तेरी मेरी कहानी

तेरी मेरी कहानी

विजय मोहन

GenNext Publication

तेरी मेरी कहानी

ISBN : 978-93-8022-239-4
मूल्य : 295
भारत सन् 2014 में प्रकाशित
जेन्नेकस्ट पब्लिकेशन,
23, मैन अंसारी रोड, दरियागंज
नई दिल्ली-110002
Phone : 23282060, 23261060
ई-मेल : gennext@hotmail.com

टंकण कार्य: शुभम् प्रिन्टर्स दिल्ली
मुद्रित: जी. प्रिंट प्रोसैस, दिल्ली

यह संग्रह किसके नाम करूँ?

आज कल के वक्त के और बीते हुए कल के सभी महान कहानीकारों के नाम और उन शायरों के भी नाम जिन्होंने अपनी दो–दो पंक्तियों में कई कई अद्‌भुत कहानियाँ कह डालीं।

समर्पण

अपनी यह किताब मैं अपने माता–पिता (मिसिज़ एस. मोहन और मेहता लोकनाथ मोहन) को समर्पित करने में अपना सौभाग्य समझता हूँ। मैं जो कुछ भी लिख पाया, यह सब उनके आशीर्वाद का नतीजा है।

वो दोनों ही मेरी ज़िंदगी की महान हस्तियाँ थीं और रहेंगी।

तीसरी महान हस्ती थी, मेरी बुआ 'राज बाली'। माँ समान।

बस मुझे इसी बात का अफ़सोस है कि मैं उनके जीते–जी, ऐसा नहीं कर पाया या मैंने नहीं किया। अगर मैंने ऐसा किया होता तो उनको इसकी बहुत ही ख़ुशी होती और मुझे भी।

वैसे भी मैंने ज़्यादातर कहानियाँ कोई 35 साल पहले लिखी थीं, जब वे जीवित थे।

यह किताब उनके लिए मेरी श्रद्धांजलि है।

विशिष्ट समर्पण

यह किताब मैं अपने लड़के, विकास मोहन को भी समर्पित करना चाहूँगा, जो अपनी आँखों की प्रॉबलम होते हुए भी पॉज़िटिव सोच रखने वाला, ज़हीन, समझदार और हर फ़ील्ड में निपुण है। सबसे बड़ी बात यह है कि वह किसी भी मुश्किल से घबराता नहीं और न ही हिम्मत हारता है।

मैं उसकी इस भावना को सलाम–सैल्यूट करता हूँ।

लेखक – विजय मोहन

कहानियों की सूची

आभार

यह किताब, मेरे जिगरी दोस्त जवाहर (श्री जवाहरलाल मल्होत्रा) की वजह से आपके हाथों में आ रही है। अगर वह मुझे बार–बार न कहते कि अपनी उर्दू में लिखी कहानियों का हिन्दी में अनुवाद कराओ, तो शायद मैं ऐसा कभी न कर पाता।

फिर एक दिन श्रीमती मल्होत्रा ने मुझसे कहा "भाई साहब! मैंने सुना है कि आप कहानियाँ अच्छी लिखते हैं। लेकिन हमें उससे क्या फ़ायदा? आप कहानियाँ उर्दू में लिखते हैं और हमें उर्दू आती नहीं। आप उनका हिन्दी भाषा में अनुवाद करायें ताकि हम और हमारे सभी दोस्त भी उनका मज़ा उठा सकें"।

उसके बाद मैंने अपनी कहानियों का हिन्दी में अनुवाद कराने की सोची। मेरी वे सारी कहानियाँ जो न जाने कितने सालों से, पत्रिकाओं में, या मेरी फ़ाईलों में दबी पड़ी थीं, उन्हें लोगों के सामने आने का मौका मिल गया और यह सब मल्होत्रा दम्पति के कारण हुआ।

वैसे भी वो दोनों महान समाज सेवक हैं। समाज कल्याण में विश्वास रखते हैं और ऐसे कामों में योगदान देने के लिए हर समय तैयार रहते हैं।

इसके लिए मैं श्री जवाहरलाल मल्होत्रा और उनकी धर्मपत्नी श्रीमती सविता मल्होत्रा का धन्यवाद करता हूँ।

–विजय मोहन

ख़ास बात

एक दिन जब मैं जवाहर से अपनी किताब के बारे में बात कर रहा था तो उनका पोता, वंश मल्होत्रा भी वहाँ आ गया। वह कहने लगा–''अंकल! मैं भी कहानियाँ लिखता हूं। मेरी कहानी भी अपनी किताब में ज़रूर छपवा देना।''

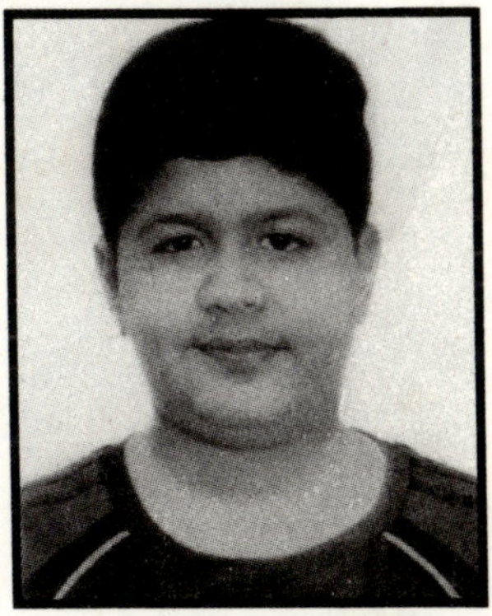

मैं उस 11 साल के बच्चे के उत्साह से बहुत ही खुश और प्रभावित हुआ और उससे वायदा किया कि जब भी मेरी कहानियों का संग्रह छपेगा, तो 1–2 कहानियाँ अवश्य ही उसकी होंगी।

यह बात तो पाठक समझ ही गये होंगे कि मेरी कहानियों तक पहुँचने से पहले, आपको वंश की 2 कहानियाँ तो पढ़नी ही पड़ेंगी। मुझे विश्वास है कि आप उसकी कहानियों की सराहना किये बग़ैर नहीं रह पायेंगे।

उसकी तस्वीर इसलिए छपवा रहा हूँ ताकि यह 'माइल–स्टोन' उसको आने वाली ज़िन्दगी में हमेशा प्रेरित करता रहे।

क्यों! मैंने सही कहा ना?

–विजय मोहन

लेखक का परिचय

नाम	:	विजय मोहन
पिता का नाम	:	मेहता लोकनाथ मोहन
माता का नाम	:	मिसिज़ एस0 मोहन
जन्म स्थान	:	लायलपुर (पाकिस्तान)
शिक्षा	:	बी.ए.
		मास्टर्स–इन–रेकी
		मास्टर्स–इन–करूणा रेकी
		पी0जी0–नेचुरो–पैथी
		डिप्लोमा–मैग्नेटो–थैरेपी
		डिप्लोमा हिप्नो–थैरेपी
		डिप्लोमा–एक्यूप्रैशर
पत्नी का नाम	:	मिसिज़ रेखा मोहन (एक्स–प्रिंसिपल)
शिक्षा	:	एम.ए. (हिन्दी) बी.एड.
मो0	:	9350627579
पुत्र	:	विकास मोहन
शिक्षा	:	बी.ए.
मो0	:	9015941420, 8470027579

सम्पर्क : विजय मोहन

769, सैक्टर –17ए,

डिफ़ेंस कालोनी, गुड़गांव

(हरियाणा)–122007

मो0 9350627580

ई0मेल : col.mohan2011@gmail.com

अपने बारे में

मैं लायलपुर में पैदा हुआ, जो आजकल पाकिस्तान में है।

मेरे पिताजी, मेहता लोकनाथ मोहन, ने बी.ए., एल.एल.बी. करने के बाद वकालत शुरू कर दी और फिर पंजाब पुलिस में भर्ती हो गये। मेरी माता जी, मिसिज़ एस. मोहन, ने बी.ए. आनर्स, (इंगलिश) और बी.टी. करने के बाद लाहौर के एक स्कूल में टीचर की नौकरी कर ली।

1947 के दंगों में दोनों ही लाहौर में थे और ज़ाहिर है कि हम भी उनके साथ थे। अगस्त 1947 की एक रात मेरे पिताजी को उनके एक साथी, पुलिस इंस्पेक्टर खान ने आकर कहा कि आप आज ही रात अपनी फ़ैमली को लेकर लाहौर से चले जायें, क्योंकि अगले दिन बड़ी मार–काट होने वाली है।

मेरे पिताजी जानते थे कि उसकी ख़बर पक्की है। उन्होंने जल्दी से कुछ घोड़े–तांगो का बंदोबस्त करवाया और जल्दी–जल्दी, जो भी ज़रूरी सामान लोड हो सकता था, लोड करवाकर, हम सबको साथ लेकर रेलवे स्टेशन पहुँच गये। बाकी सामान वहीं घर में ही छोड़ दिया। जान का सवाल जो था।

अब भी मुझे याद है कि हम सब भाई–बहन छोटे–छोटे थे। सारे लोग लाहौर को छोड़कर भाग रहे थे। ट्रेन खचाखच भरी हुई थी। बड़े–बड़े लोहे के बक्सों को, जैसे–तैसे करके ट्रेन के डिब्बे में डाला गया। जो–जो ज़रूरी सामान आ सकता था, लाया गया। वक्त भी तो कम था। हम सब भेड़–बकरियों की तरह ट्रेन में बैठकर अम्बाला पहुँचे।

मेरे पिताजी को अम्बाला पोस्ट कर दिया गया और वहाँ से उन्हें फ़िरोज़पुर, जालन्धर और 1950 में इन्चार्ज, इन्टलीजेंस ब्यूरो, बनाकर पठानकोट पोस्ट कर दिया गया।

मेरी माताजी ने भी पठानकोट में प्रिंसिपल के पद पर आर्य गर्ल्स स्कूल में नौकरी कर ली और पठानकोट के उसी स्कूल में तकरीबन 35 साल तक सर्विस की। चूंकि पठानकोट में लड़कियों का कोई कॉलेज नहीं था, तो उसी दौरान उन्होंने 1954 में लड़कियों के लिए 'आर्य नेशनल कॉलेज' की स्थापना की, जिसकी वह फ़ाउंडर–प्रिंसिपल भी थीं। यह कॉलेज लड़कियों की पढ़ाई को ध्यान में रखते हुए खोला गया था, न कि पैसे कमाने के लिए। इसलिए मेरी माताजी ने यह कॉलेज आर्यसमाज संस्था को दे दिया। जो आज भी चल रहा है।

चूँकि हम सब बहन–भाईयों की पढ़ाई का सवाल था इसलिए उन्हें इस कारण वहीं सेटल होना पड़ा। मगर हमारे पिताजी की नौकरी के सिलसिले में पोस्टिंग जगह–जगह होती रही। इस दौरान हमारे पिताजी की पोसटिंग जम्मू–कश्मीर, चाइना बार्डर, लाहौल–स्पीती, शिमला और बम्बई (मुंबई) जैसी जगहों पर होती रही।

उन्होंने पुलिस सुपरिटेंडेंट की पोस्ट से रिटायर होने के बाद पठानकोट में वकालत शुरू कर दी।

मेरे पिताजी को शेरो–शायरी का शौक था और माताजी को लिखने में महारत थी। मुझे 14–15 साल की उम्र में ही शेरो–शायरी का शौक पड़ गया और कहानियाँ भी पढ़ने लग गया । मैंने बड़े–बड़े शायरों की किताबें पढ़नी शुरू कर दीं और 1955 में जो पहली कहानियों की किताब ख़रीदी, वह थी महान कहानीकार जनाब कृष्णचन्द्र जी की कहानियों का संग्रह 'यूकलिप्टस की डाली' । उसको पढ़ने के बाद मैंने उनकी तमाम कहानियों के संग्रह पढ़ डाले।

जिन लोगों ने कृष्णचन्द्र जी के अफ़सानों/कहानियों को पढ़ा है, उन लोगों को मेरी लिखी हुई कहानियों में उनकी छाप/उनका अक्स अवश्य नज़र आयेगा। उनकी कहानियों को पढ़कर ही, मैं उनके लिखने का स्टाईल सीख गया। इसलिए उनको ही अपना गुरू मानता हूँ।

हाँ! उनके बारे में कुछ उर्दू की पत्रिकाओं में, जैसे 'बीसवीं सदी', 'शमा', 'तामीरे हरियाणा', 'पासबान', 'रूबी' और हिन्दुस्तान की जानी–मानी ऐसी कई पत्रिकाओं में पढ़ता रहा। बस इतना ही रिश्ता है, मेरा अपने गुरू के साथ।

बाकी मेरा भी किस्सा वैसा ही है, जैसे 'महाभारत काव्य' में 'एकलव्य' का। वह गुरू द्रोणाचार्य को ही अपना गुरू मानकर तीर चलाना सीखते रहे।

मेरी कुछ कहानियाँ कई पत्रिकाओं में छपती रहीं लेकिन मुझे उन्हें किताब के रूप में पेश करने का ख्याल आया ही नहीं।

शिमला के एस.डी. कॉलेज की यूनियन का सेक्रेटरी, उर्दू की बज़्में अदब और ड्रामा क्लब का प्रेसीडेंट भी रहा हूँ। कई कल्चरल प्रोग्राम 'कालीबाड़ी' हॉल और 'गेटी थियेटर' में करवाये। गेटी थियेटर में कुछ ड्रामों में भी हिस्सा लिया।

और कालीबाड़ी में एक प्रोग्राम के दौरान, स्टेज पर अपने साथी स्टूडेंटस के 'गले–सड़े' अण्डे और टमाटर खाने का भी सौभाग्य प्राप्त हुआ।

आज के दौर के महान विख़्यात शायर से मेरी पहली मुलाकात, 1958 में शिमला में हुई। उन्होंने एक ऐसी नज़्म लिखी, जिसे जगजीत सिंह ने गाकर अमर कर दिया। वो हैं, पंजाब गवर्नमेन्ट और देश के सम्मानित शायर, जनाब राजेन्द्र नाथ 'रहबर' और नज़्म का शीर्षक है 'तेरे ख़ुशबू में बसे खत'।

मेरी लाइब्रेरी में उनकी सारी किताबें आपको देखने को मिलेंगी। वह मेरे बहुत ही करीब हैं।

इसके अतिरिक्त मैंने ऑल इंडिया रेडियो, टेलीविज़न पर प्रोग्राम दिये। टेलीविज़न–एड किये और कई फ़िल्मों में जाने–माने कलाकारों के साथ काम किया। मुझे होलिस्टिक साइंसेस में भी काफ़ी रूचि है। रेकी और करूणा–रेकी में मैंने मास्टर्स की डिग्री पा रखी हैं। मैग्नेटो–थैरपी, एकुप्रेशर, वास्तु शास्त्र, हिप्नो–थैरपी में भी डिप्लोमा कर रखा है। नैचुरा–पैथा में पी.जी. कर रखा है।

मैंने लोगों के इलाज के लिए **'Reiki Healing and Research Centre'** भी खोल रखा है। इसके बारे में मैंने 'जैन' टी.वी. और 'साधना' टी.वी. चैनल्स पर, लाइव प्रोग्राम भी दिये हैं।

एन.सी.सी. का सर्टिफ़िकेट 'सी' किया हुआ था। सन् 1962 में चाइना की जंग हो गई। अतएव बी.ए. करने के बाद मैंने 1963 में आर्मी ज्वाइन कर ली और 1967 में बी.एस.एफ. में चला गया। आर्मी के दौरान 1965 की जंग में हिस्सा लिया और बी.एस.एफ. के दौरान सन् 1971 की जंग में हिस्सा लिया। आर्मी और बी.एस.एफ. की सर्विस के दौरान पंजाब, जम्मू–कश्मीर, राजस्थान, गुजरात, आसाम और बंगाल जैसी जगहों पर रहा।

मैंने सन् 1984 में वोलंट्री रिटायरमेंट ले ली। होटल, आई.टी., ऑटोमोबाइल, गॉरमेंट, इंडस्ट्रियों में काम किया और डिप्टी डायरेक्टर की पोस्ट पर भी एक विख़्यात हॉस्पिटल में सर्विस की। आजकल फ़िल्मों में छोटे–मोटे रोल करके अपने आपको जवान रखता हूँ।

शेरो–शायरी और कहानियाँ लिखने का इतना शौक था कि सर्विस के दौरान, रात को 2:00 बजे तक कहानियाँ लिखता और सुबह 6:00 बजे अपनी परेड पर चला जाता। मेरी पत्नी अक्सर मज़ाक में कहती कि अगर आपने इतनी मेहनत कॉलेज में की होती तो अवश्य ही आपको वज़ीफा मिल जाता।

यह मेरी पत्नी रेखा मोहन और मेरे लड़के विकास मोहन का साथ था जो मैं इतनी दूर जिंदगी में चल पाया और इतनी कहानियाँ और नज्में लिख पाया। उन्होंने मुझे कहानियाँ लिखने के लिए ऐसा सकून भरा माहौल दिया।

अपनी कहानियों के बारे में तो बस इतना ही कहूँगा कि जैसे मां–बाप को अपने सारे बच्चे प्यारे लगते हैं, वैसे ही मेरी सारी कहानियाँ भी, मेरे दिल के बहुत करीब हैं। लेकिन मेरी एक मिनी कहानी 'कर्ज़दार' (तस्वीर का दूसरा रूख़) के नाम से रूबी पत्रिका में 1979 में छपी थी, मुझे बहुत ही अज़ीज़ है।

मैंने जनाब कृष्णचन्द्र जी की कहानियों से रोमांस और जनाब मुंशी प्रेमचन्द जी की कहानियों से सादगी ली व सीखी।

जिस तरह विज्ञान अभी तक यह फ़ैसला नहीं कर पाया कि पहले मुर्गी आई या अण्डा? ऐसे ही मैं अभी तक नहीं जान पाया, कि पहले शायरी का शौक मेरे दिल में आया या कहानी लिखने का।

मैंने शायरी और कहानियों का शौक एक ही वक़्त पाला। लेकिन शायरी मैंने कम इसलिए की, क्योंकि इसमें बंदिश होती है, मगर कहानी लिखने में ऐसी बात नहीं। अगर है भी तो मैंने किसी बंदिश में रहकर कभी कोई कहानी नहीं लिखी।

हिन्दी के साहित्यकार कहते हैं कि शायर गागर में सागर भर देता है। मेरे ख्याल में शायर के पास इतना सब्र ही नहीं होता कि वह ज़्यादा इंतज़ार कर सके। इसीलिए तो वह गागर में सागर भर देता है। जो बात शायर दो लाइनों में कहता है, वही बात कहानीकार सौ लाईनों में लिखता है। खैर अपना–अपना अंदाज़ है।

कहानी और सपने शेंरो–शायरी का मुझे इतना जुनून है कि कई बार सफ़र के दौरान कई कहानियों और शेरे–शायरी ने मेरे दिमाग़ में जन्म लिया।

इसी तरह एक कहानी जो मुझे सपने में सुझाई दी या दिखाई दी, उस कहानी का शीर्षक, पात्र और अंत, सारा का सारा मैटीरियल, नींद में ही मिला। मैंने बस वक्त मिलने पर उसे अपने लफ़जों/डायलॉग के ताने–बाने में पिरो डाला। उस कहानी का शीर्षक 'तिकोण का चौथा कोण' भी मेरे उस सपने की ही देन है।

एक नज़्म 'गम़ का साया', मैंने 1976 में लिखी। सुबह का समय था। मैंने सपने में एक दृश्य देखा और 100 लाइनों की यह नज़्म 'ग़म का साया' आधे घण्टे में ही लिख डाली। इसके बाद मैंने कई बार इस नज़्म को बढ़ाने की कोशिश की, पर नहीं कर पाया।

इस किताब में आपको मेरी कहानियों के साथ–साथ कुछ नज़्में भी पढने को मिलेंगी। मेरी लघु कहानी 'कर्ज़दार' और 'भिखारिन' और मेरी नज़्म 'वायदा' भी एक सफ़र की ही देन है।

चूंकि मैंने अपनी कहानियों का उर्दू से हिन्दी में अनुवाद किया है, इसलिए मैं अपनी कहानियों से उर्दू ज़ुबान की महक को, इनमें से नहीं निकाल सकता। वह उन कहानियों की खुशबू है, जो मैं हिन्दी में अनुवाद की गई कहानियों से अलग नहीं कर सकता।

मुझे लगता है कि यह मेरी पहली और आख़री किताब है। कहानियाँ तो मेरी ज़िंदगी और ज़हन में बहुत सारी आईं लेकिन अब तक उनका संग्रह बनाने का मुझे ख़्याल आया ही नही। यहां पर मुझे एक शायर का, शेर याद आ रहा है।

> ''फ़ुर्सत मिली तो सुलझा लूँगा तेरी बिख़री ज़ुल्फ़ें,
> अभी तो उलझा हुआ हूँ वक्त को सुलझाने में।''

तो पता नहीं कौन–सी उलझन थी जो मैं और कहानियाँ नहीं लिख पाया। कहते हैं हर चीज़ का वक़्त होता है। शायद मेरी कहानियों के प्रकाशन का वक्त ऊपर वाले ने, यही नियुक्त कर रखा था।

मैंने अपनी कहानियों को बड़े जुनून के साथ लिखा है। ये सब आपको यानी मेरे सभी पाठकों को समर्पित हैं। मुझे पूर्ण आशा और विश्वास है कि आप इन कहानियों को पढ़ेंगे और उनका मज़ा उठायेंगे।

आख़री बात यह है कि मैंने कहानियों को कभी भी लेखक के तौर पर नहीं लिखा बल्कि एक पाठक के तौर पर ही लिखा है। मैं कहानी लिखता जाता हूँ और पढ़ने का मज़ा लेता जाता हूँ। यह है राज़ मेरा कहानी लिखने का।

हर आदमी कहानीकार है। आप भी कहानीकार हैं।

हाँ! ज़रूरत है तो बस कागज़ और कलम उठाने की।

तो जल्दी कीजिए! उठाइये कलम और कागज़, वर्ना देर हो जायेगी।

मो0 :– 09350627580
col.mohan2011@gmail.com

विजय मोहन
769,सेक्टर–17ए, डिफेंस कालोनी, गुड़गांव, (हरियाणा)

1
कौआ और मेंढक की कहानी

तलाब के पास एक पेड़ था। वहाँ एक कौआ रहता था। कौआ हर रोज़ वहाँ पानी पीने आता था। वहाँ उसकी दोस्ती एक मेंढक से हो गई।

मेंढक हर रोज तालाब में से कीड़े पकड़कर अपने दोस्त को खिलाता था।

एक दिन जब कौआ तालाब पर नहीं आया तो मेंढक को उसकी चिंता हुई। जब काफी दिन कौआ वहाँ पानी पीने के लिए नहीं आया तो मेंढक उसे ढूंढते–ढुंढते उस पेड़ के पास गया जहाँ कौआ रहता था। वहाँ जाकर उसने देखा कि पेड़ के पास कौआ गिरा पड़ा था। उसके पंख और पैरों में चोट लगी हुई थी। वह भूख के कारण बहुत कमज़ोर हो गया था।

मेंढक को उसने बताया कि ये सब बाज़ के साथ छिना–झपटी के कारण हुआ है। मेंढक भागता–भागता तालाब के पास गया। वहाँ से गीली मिट्‌टी लाकर उसने कौए के पंखो और पैरो पर मिट्‌टी का लेप कर दिया। तालाब से कीड़े–मकौड़े लाकर उसको खिलाये। कुछ दिनों में कौआ स्वस्थ हो गया और उड़ने लग गया।

कुछ दिनों बाद गर्मी के कारण वहाँ सूखा पड़ गया। घास और पेड़–पौधे सब सूख गये। ये देख कर कौआ मेंढक से बोला "पेड़ पर खाने वाले फल पत्ते नहीं रहे और घास भी सूख गई है। मेरे खाने को कुछ नहीं बचा। मैं अब अपने साथियों के साथ किसी दूसरी जगह जा रहा हूँ।" ये कहकर वह वहाँ से चला गया।

कुछ दिन में गर्मी के कारण तालाब भी सूख गया। अब मेंढक भूखा मरने लगा। ना खाने को कीड़े और ना पीने को पानी।

एक दिन कौए को अपने मित्र मेंढक की याद आई। वो वहाँ मेंढक को मिलने आ गया। वहाँ आकर उसने देखा कि खाना और पानी ना मिलने के कारण मेंढक बेहोश पड़ा था। मरने ही वाला था। जहाँ पहले मेंढक गोटा ताज़ा होता था वहाँ अब वो एक आम के पतले छिलके की तरह हो गया था।

कौआ कुछ देर सोचता रहा। फिर उसने हिम्मत करके मेंढक को अपने पंजो में मज़बूती से पकड़ा और उड़कर दूर बहुत दूर, ऐसे स्थान पर ले गया जहाँ एक बहुत बड़ा तालाब पानी से भरा हुआ था। उसने वहाँ जाकर उस तालाब में मेंढक को डाल दिया और इस प्रकार उस मेंढक की जान बच गई।

"कर भला–तो हो भला।"

2

हस्त कला महान

जीवन के पिताजी की एक लंबी बीमारी से मृत्यु हो गई थी। उसकी माता जी कढ़ाई के काम में निपुण थी। उन्होंने कढ़ाई का सामान बेच–बेच कर उसकी पढ़ाई कराई। ऊँची शिक्षा के लिए उसे शहर भेज दिया। पढ़ाई के पश्चात वो भगवान दास कपड़े की मिल में अफसर बन गया। माँ ने उसकी शादी भी कर दी। पर उसकी माता जी गाँव छोड़कर शहर जाने को तैयार नहीं हुई।

एक दिन उसकी माताजी बीमार हो गई। जीवन उनको ईलाज के लिए अपने साथ शहर ले गया। वहाँ उनका ईलाज होने में काफी समय लग गया। समय गुजारने के लिए वह अपने कमरे में बैठी–बैठी कढ़ाई का काम करती रहतीं।

एक दिन जीवन ने अपने मिल के मालिक को खाने पर बुलाया। वो नहीं चाहता था कि उसका मालिक उसकी अनपढ मां से मिले। इसलिए वह अपनी कार में अपनी मां को गाँव छोड़ आया।

भगवान दास ने जीवन के घर के कमरों का चक्कर लगाया। जब वो माता जी के कमरे में गया तो उसकी नजर माता जी के बने कढ़ाई वाले कपडे पर पड़ी। वह कढ़ाई किया हुआ कपड़ा माता जी जल्दी में वहाँ भूल गई थीं। उसे देखते ही भगवान दास ने पूछा "ये कढ़ाई किसने की है?"। जीवन बोला कि मेरी माता जी ने की थी।

तुमने पहले क्यों नहीं बताया कि तुम्हारी माता जी कढ़ाई का काम जानती हैं। तुम नहीं जानते आजकल इस कढ़ाई की कितनी महत्वता है। मैं उनसे अभी मिलना चाहता हूं। वो सभी कार में बैठकर गाँव गये। माता जी के कमरे के अन्दर जाते ही भगवान दास उनके कढ़ाई के काम को देखकर चकित रह गया। "माता जी आप ऐसी अद्भुत कढ़ाई करती हैं। लोगों को देखकर यह विश्वास नहीं होगा।"

अब मेरी मिल में मशीनों की बजाय सारा माल हाथ से बनेगा। जो हाथ से बने सामान की शान है वो मशीन से बने माल की कहाँ। माता जी मैं आज ही आपके गाँव में 'हस्त कलां केन्द्र' खोल देता हूँ। आप पूरे गाँव की नारियों को अपनी कलां सिखायें। पूरा का पूरा माल मेरी भगवान दास मिल ख़रीदेगी। इस केन्द्र में बने हुए माल की मैं मुँह मांगी कीमत दूँगा।

आप नहीं जानती कि विदेशों में इस पुराने समय के डिज़ाइन की कितनी माँग है। दूसरे मेरी मिल में बने सारे सामान की चैकिंग भी आप ही करेंगी।

मैं जीवन को जितना वेतन देता हूँ, आपको उससे दोगुना दूँगा। ऑफ़िस की कार आपको यहाँ से ऑफ़िस और वापिस यहाँ छोड़कर जाया करेगी। बस आज से आपको मेरा और मेरी मिल का काम करना होगा।

जीवन और उसकी पत्नी यह सुनकर चकित थे। जिस मां की कला को वो बेकार समझते थे, उस कला की महानता का आज उन्हें पता चला।

आख़िर भगवान दास बोला–"माँ जी आप तो हीरा हैं हीरा। काश! किसी ने आपको पहले परखा होता।"

गाँव में खोले गये केन्द्र के बोर्ड पर ये लिखा था . . .

'हस्त कलां महान–देश की है ये शान।'

3
कर्ज़दार-तस्वीर का दूसरा रूख़

बंतासिंह का बापू दोपहर से ही गर्म मूड में था। बंतासिंह तब से ही बापू की बातें सुनता जा रहा था। बापू ने बात जारी रखते हुए कहा–''बंतेया! तुम नहीं जानते कि मैंने किस–किस तरह तुम्हारा ध्यान रखा था? तुम उस वक्त छोटे से बच्चे थे। मैं खुद तो सूखी रोटी खाता था लेकिन तुम्हें घी–चूरी खिलाता था। तुमने तो वो दिन भुला दिए लेकिन मैं उन दिनों को कभी नहीं भुला सकता।''

बापू एक लम्बी आह लेकर फिर कहने लगा–''कितने बरसों से देख रहा हूँ कि तुम रोटी खाने से पहले मुझे हाथ–मुँह धोने के लिए कहते हो और इसी बहाने मेरी नज़र का चश्मा उतरवा कर रख लेते हो, ताकि मैं यह न देख सकूँ कि तुम खुद तो खीर–पुलाव खाते हो और मुझे चंद रोटी के टुकड़े दाल के साथ . . .। खैर, मैं सब कुछ समझता हूँ, बंतेया! मैंने क्या कुछ तुम्हारे लिए नहीं किया? ख़ुद को तकलीफ़ें दे–देकर तुम्हारा हमेशा ख़्याल रखा। सौ–सौ मुसीबतें सहीं, पर कभी उफ़ तक न की। तुम उसका कर्ज़ा कभी नहीं चुका सकते।''

बंतासिंह जो अभी तक चुपचाप बैठा सब–कुछ सुन रहा था आख़िर बोला–''बापू! तुमने हमेशा ही ग़लत सोचा है। मैं तो कई बरसों से तुम्हारा ही कर्ज़ा सूद समेत उतारने की कोशिश कर रहा हूँ।''

यह कह कर, बंतासिंह ने नज़र का चश्मा बापू के हाथ में थमा दिया।

बापू ने चश्मा लगाया और गर्दन घुमाकर बंतासिंह की तरफ़ देखा। बंतासिंह अपने छह बच्चों के साथ ज़मीन पर बैठा हुआ था, सभी बच्चे अपनी–अपनी थाली से सूखी रोटी खा रहे थे और बंतासिंह अपनी ख़ाली थाली में सिर्फ़ हाथ ही हिला रहा था।

4
पुष्पा और उसका चश्मा

कल ही की तो बात है, दोपहर का वक़्त था। खाने के बाद, मैं आधी नींद में था। जब मेरी बीवी ने कहा– "आप अपना चश्मा ढूंढ रहे थे'' चश्मा देखते ही न जाने क्यों, अचानक मुझे अपनी बीजी का चश्मा याद आ गया।

एक अर्सा गुज़र गया था, उनको गुज़रे। पूरे 13 साल बीत चुके हैं। मैंने आँखें बंद करके सोने की कोशिश की, लेकिन मेरी आँखों के सामने, बार–बार मेरी बीजी का चश्मा घूम रहा था। इतने बरस हो गये, भला कहाँ होगा उनकी नज़र का चश्मा? मैं सोच में डूब गया। जैसे–जैसे मैं उनके चश्मे के बारे में सोचता गया, वैसे–वैसे मैं परेशान होता गया।

फिर मैंने सोचा कि उनकी कोई तस्वीर, जिसमें उन्होंने चश्मा डाल रखा हो, उसे देखता हूँ और उससे, शायद मुझे तसल्ली हो जाये। मुझे याद आया कि मेरे पास तो उनकी कोई भी ऐसी तस्वीर न थी, जिसमें उन्होंने चश्मा लगा रखा हो।

मेरी परेशानी इतनी बढ़ गई कि मैंने चुपके से बेडरूम से बाहर जाकर, अपनी बहन पैम को फ़ोन लगाया। लगभग दोपहर के 3 बजने वाले थे और वह आमतौर पर, दोपहर के खाने के बाद, ढाई बजे, सो जाती थी। पर वह जाग रही थी, उसने फ़ोन उठाया।

पैम ने मेरी आवाज़ पहचान ली और बोली, ''क्या बात है?–''पैम! तुम्हारे पास, क्या बीजी की कोई तस्वीर है?, जिसमें उन्होंने चश्मा लगा रखा हो'' वह कहने लगी कि उसके पास, ऐसी तस्वीर है तो सही, पर उसे तलाश करना पड़ेगा। ''तो ठीक है जब कोई ऐसी तस्वीर मिल जाये, तो मुझे बताना।''

उसके इतना कहने के बाद भी मेरी बेचैनी न गई। मैंने झट से अपनी दूसरी बहन, 'गुगा' (नीलम) को मनीमाजरा फ़ोन किया और उससे भी तस्वीर के बारे में पूछा। उसने बताया कि उसके पास, डैडी और बीजी की शादी की तस्वीर है और उसमें बीजी ने चश्मा लगा रखा है।''

''तो कल उस फ़ोटो की फ़ोटोकॉपी कराकर मुझे भेज देना,'' मैंने कहा।

थोड़ी ही देर बाद, मेरी भांजी, कीनू (पायल) का फ़ोन आ गया– ''मामा जी! हमारे पास बीजी की एक बहुत ही पुरानी तस्वीर है। जब बहुत साल पहले, उन्होंने मल्लिका का जन्मदिन अटैंड किया था और उसमें उन्होंने चश्मा लगा रखा है।'' उसने फ़ौरन, मेरा ईमेल आई.डी. लेकर मेरे कम्प्यूटर पर, वह तस्वीर भेज दी।

अब एक और मुश्किल पैदा हो गई। मेरा कम्प्यूटर दूसरी मंजिल पर था, मैंने पेसमेकर लगा रखा था और डॉक्टर ने सीढ़ियाँ चढ़ने को, सख़्त मना कर रखा था। मेरे पास न तो प्रिंटर था और न ही कोई दूसरा आदमी, जो मेरी मदद कर पाता।

यह सब करते–कराते रात हो गई और मेरे लिए रात काटनी मुश्किल हो गई। जैसे–जैसे वक्त बीतता गया। वैसे–वैसे मेरी ज़िंदगी के पिछले सारे पन्ने मेरे सामने आने लगे।

तब मुझे, अपने क्लास फ़ैलो, रामलाल की याद आई। उसने मेरे साथ मैट्रिक से लेकर, कॉलेज का सफ़र तय किया था। बहुत ही मेहनती, होनहार और हर क्लास में वज़ीफ़ा लेता था।

हिमाचल प्रदेश का रहने वाला था। पठानकोट में सिर्फ़ पढ़ाई के लिए आया था। बाद में उसने बी.एड. कर ली और वापस अपने गाँव कांगड़ा जाकर, एक टीचर की नौकरी कर ली। बाद में पता चला कि वह कांगड़ा साल में सिर्फ़ दो महीने के लिए आता था। दरअसल उसकी पोस्टिंग दूर–दराज़ इलाके में हो गई थी, जहाँ आने–जाने का

कोई, सही साधन न था। पैदल ही आना–जाना पड़ता था। एक दिन आने में और एक दिन जाने में लग जाता। जब पहाड़ों पर बर्फ़ पड़ती, तो सर्दी की छुट्टियों में कांगड़ा आता। जैसे भी था वह अपनी ज़िंदगी से बहुत ही संतुष्ट था। उसका शौक पढ़ना और पढ़ाना था। स्कूल के बच्चों को पढ़ाता और उसके बाद वह अपने शौक की किताबें पढ़नें में, मसरूफ हो जाता।

छुट्टियों के बाद, जब भी वह अपनी नौकरी की जगह पर जाता, तो ज़्यादातर सामान में, उसकी किताबें होतीं। कहने को तो हम कहते कि वह कांगड़ा में रहता है लेकिन दरअसल उसका गाँव कांगड़ा से 25–30 मील दूर जंगलों में था।

गाँव का नाम समाकड़ा था। गाँव में ज़्यादा घर नहीं थे। कोई पचास के करीब घर होंगे।

उसके घर में एक बड़ा कमरा था जिसमें घर के सभी लोग और आने–जाने वाले मेहमान, आकर रहते थे और एक छोटा कमरा था, जिसमें जब भी वह आता, रहता। उसे इस कमरे में आने के लिए बड़े कमरे से गुज़र कर आना पड़ता था। बाहर एक बरामदा था, जिसके एक कोने में बाथरूम था और दूसरे में टॉयलेट।

हाँ! बड़े कमरे के साथ, एक अटैच्ड रसोई थी और वह भी इसलिए कि सर्दियों में बाहर जाना बड़ा ही, दुश्वार था।

बिजली थी नहीं। इसलिए मिट्टी के तेल का लैम्प इस्तेमाल करना पड़ता था।

उसके घर का नक्शा तो आप समझ ही चुके होंगे। इसलिए जब भी वह छुट्टियों में घर आता, सीधा बड़े कमरे को लांघता हुआ अपने कमरे में, जो किताबों से भरा रहता, चला जाता।

उसकी सर्दियों की छुट्टियाँ, होने से दो हफ़्ते पहले ही, उसके स्कूल के इलाके में एक भारी तूफ़ान आ गया। उधर दूसरी तरफ़ उसके घर में भी एक तूफ़ान आ गया। यह तूफ़ान दूसरी ही किस्म का था।

दरअसल उसकी माँ के दूर के भाई हवलदार तोमर ने अपनी लड़की, पुष्पा, जिसने बी.ए. पास कर रखा था, वहाँ भेज दिया। पुष्पा को वहाँ भेजने के कई कारण थे। पुष्पा का भाई, मिलिटरी स्कूल में पढ़ाई के लिए चला गया। माँ थी नहीं और हवलदार तोमर को छह महीने के कोर्स पर जाना था। पुष्पा को घर में अकेला नहीं छोड़ा जा सकता था। उसने सोचा कि पुष्पा ने, शहरी ज़िंदगी तो उसके साथ रहते–रहते, बहुत देख ली है, अब कम–से–कम गाँव की जिंदगी भी देख ले।

चाहे पुष्पा आँखों का चश्मा लगाती थी, लेकिन उसे, कोई कॉम्पलैक्स नहीं था। पढाई के साथ–साथ वह सभी खेलों में, खाना पकाने और राईफ़ल फ़ायरिंग में माहिर थी।

उसने घर में आते ही, रामलाल की माँ, बहन शीला और दो छोटे भाईयों, देव और कृष्ण का मन जीत लिया था। दरअसल वह उन सबकी रिंग लीडर बन गई थी और घर में शोर–शराबा बहुत बढ़ गया। हाँ! पहले शोर होता था लेकिन इतना नहीं, जितना पुष्पा के आने से बढ़ गया था।

दूसरी तरफ़ रामलाल को शोर और हंगामा बिल्कुल पसंद न था। जब तक वह अपने घर आया, तब तक पुष्पा ने घर का सारा नक्शा बिगाड़ कर रख दिया था।

रामलाल को अपने गाँव, आते–आते बर्फ़बारी की वजह, से दो दिन लग गये। वह दोपहर को जब घर पहुँचा तो घर के अंदर से आते हुए, शोर को सुनकर हैरान और परेशान हो गया। उसने सोचा कि पहले तो घर के अंदर कभी, इतना शोरो–गुल नहीं होता था।

घर के अंदर आते ही उसकी आँखें खुली–की–खुली रह गईं। आगे–आगे पुष्पा दौड़ रही थी और पीछे–पीछे शीला और उसके दोंनो भाई। उसकी माँ ने रामलाल को देखते ही, बडी कड़क आवाज़ में सब बच्चों को डांटा और बोली–''देखो रामलाल आ गया है। अब ऐसा शोर

यहाँ नहीं चलेगा'' सभी बच्चे सहम गये और पुष्पा जहाँ खड़ी थी, वहाँ गुमसुम–सी होकर खड़ी रही।

रामलाल ने पुष्पा की तरफ़ देखा। उसके सामने, एक सांवली–सी लड़की, आंखों पर चश्मा डाले हैरान–सी खड़ी थी। उसकी नज़र पुष्पा पर टिक गई। वैसे तो वह लड़कियों की तरफ़ आँख उठाकर भी नहीं देखता था लेकिन इस लड़की में पता नहीं कुछ बात थी, जो वह अपनी नज़रें उसके चेहरे से नहीं हटा पाया। पुष्पा भी हैरान नज़रों से उसे देखती रही और फिर मुस्कराकर बाहर चली गई।

तब रामलाल का ख़्याल टूटा और वह झट से अपने कमरे में चला गया।

रात को खाना खिलाते वक्त उसकी माँ ने बताया कि उस लड़की का नाम पुष्पा है और उसके बारे में पूरी तफ़सील से बताया। वह चुपचाप माँ की बातें सुनता रहा और खाने के बाद बाहर गाँव में टहलने निकल गया।

वह थका हुआ था। इसलिए जल्दी वापस आ गया और जाकर अपने कमरे में सो गया। लेकिन अपने कमरे में जाने से पहले, उसने बड़े गौर से, बड़े कमरे में पड़ी सभी चारपाईयों पर नजर डाली, यह जानने के लिए कि पुष्पा की चारपाई कौन–सी थी?

उसके कमरे के साथ वाली पहली चारपाई पर पुष्पा बैठी हुई थी, दूसरी पर उसकी बहन तीसरी और चौथी पर उसके भाई, देव और कृष्ण और फिर माँ पांचवी चारपाई पर।

दिन के वक्त वो सारी चारपाईयाँ फोल्ड करके बाहर बरामदे में रख देते और फिर कमरे में दरी बिछाकर, ताश या कोई दूसरा गेम खेलते रहते।

रामलाल थका हुआ था, इसलिए देर से उठा। सब लोग नाश्ता कर चुके थे और दरी बिछाकर ताश की बाज़ी लगा रहे थे। रामलाल के डर से वे सब बहुत आहिस्ता–आहिस्ता बातचीत कर रहे थे।

रामलाल ने आहिस्ता से अपने कमरे का दरवाज़ा हल्का–सा खोला और चोरी–चोरी पुष्पा को देखने लगा।

लम्बा दिलकश चेहरा . . . बड़ी–बड़ी आँखे . . . . ख़ूबसूरत नाक और गुलाबी से होंठ और . . . और . . . ! उसने झट से दरवाज़ा बंद कर लिया। उसको डर था कि कोई उसकी यह हरकत, कहीं देख न ले। वह सोच रहा था कि आज उसे क्या हो गया है? वह क्यों इस लड़की में दिलचस्पी लेने लग गया है। ऐसा तो उसके साथ पहले कभी नहीं हुआ था। खैर! वह सिर झुकाये हुए अपने कमरे से निकला और गाँव में घूमने चला गया।

गाँव के लोग उसको देखकर बहुत खुश हुए, क्योंकि वह जब भी गांव में आता तो उनकी मुश्किलों का कुछ–न–कुछ, हल निकाल ही देता था। गाँव में वही तो एक बड़ा पढ़ा–लिखा शख़्स था।

कुछ देर बाद, जब वह वापस आया तो उसने देखा कि गाँव के मैदान में बहुत से लोग जमा थे। वह वहाँ गया तो उसने देखा, कि पुष्पा गाँव के लड़कों के बीच में खड़ी थी और उनको दौड़ के लिए चैलेंज दे रही थी। रामलाल उसकी इस हरकत से घबरा गया। गाँव की किसी लड़की ने अभी तक कभी लड़कों को चैलेंज नहीं किया था। उसने पुष्पा को समझाने की लाख कोशिश की। वह बोली– ''मास्टर जी! आप बीच में से हट जाइये।''

रामलाल को जैसे एक ज़ोरदार बिजली का झटका लगा हो। वह हैरान था कि इस लड़की ने उसे, मास्टर जी कहने की हिम्मत कैसे की? वह फिर कहने लगी ''मास्टर जी मैं हवलदार तोमर की बेटी हूँ। यह दौड़ जीतना तो मेरे बायें हाथ का खेल है।''

रामलाल की उसने एक न सुनी और दौड़ के लिए, सभी लड़के, उसके साथ, दौड़ में हिस्सा लेने के लिए, एक लाईन में खड़े होंने लगे। उनमें से एक लड़का भागकर अपने घर से एक सीटी ले आया और उसने मास्टर जी के हाथ में थमा दी।

पुष्पा ने भी दुपट्टे से अपनी कमर कस ली और शीला से कहने लगी–''शीला! मेरा चश्मा, ज़रा मेरी आंखों पर सैट कर देना'' यह उसका 'पैट' फ़िकरा था। वह हर गेम में, ये अल्फाज़ जरूर इस्तेमाल करती।

रामलाल ने सीटी बजाई और दौड़ शुरू हुई। पुष्पा एक हिरणी की तरह दौड़ रही थी और देखते ही देखते उसने सभी लड़कों को पीछे छोड़ कर दौड़ जीत ली। सभी लड़के बहुत शर्मिंदा थे और वहाँ खड़ी सभी लड़कियाँ और औरतें, पुष्पा की हिम्मत पर बहुत ख़ुश थीं।

रामलाल यानी पुष्पा के मास्टर जी, तो पुष्पा के दौड़ जीतते ही जाने कहां भाग गये, पता ही न चला।

उन्हें डर था कि पुष्पा कहीं, उनको ही न चैलेंज दे डाले?

शीला पढ़ने के लिए शहर जाया करती थी। वह एक दिन पुष्पा को भी अपने साथ, अपने कॉलेज ले गई। उस दिन कॉलेज का स्पोर्ट्स–डे था। वहाँ तरह–तरह के, गेम्ज़ के कम्पटीशन्स हो रहे थे। पुष्पा ने भी, शीला के आग्रह करने पर उनमें हिस्सा लिया और हर गेम में अव्वल आई। सभी लोग उससे बहुत प्रभावित हुए।

शिक्षा विभाग के अफ़सरों ने, उसकी गेम्ज़ में, यह निपुणता देखकर, पुष्पा को काँगड़ा ज़िले के हर समारोह में बुलाना शुरू कर दिया। यहाँ तक कि ऐजूकेशन डिपार्टमेंट के डायरेक्टर ने, यहाँ तक हिदायत कर दी, कि जब भी कोई समारोह हो तो उसमें पुष्पा को स्पेशल गाड़ी भेजकर, अवश्य बुलाया जाये। क्योंकि वह आजकल की नौजवान लड़कियों के लिए एक मिसाल थी।

ब्रिगेडियर सम्याल, को यह जानकर बहुत ही ख़ुशी हुई कि पुष्पा हवलदार तोमर सिंह की बेटी है। क्योंकि वह जानते थे कि हवलदार तोमर, घुड़सवारी में आर्मी के जाने – माने घुड़सवारों में से एक था।

पुष्पा को घोड़ों का पोलो मैच देखने के लिए बुलाया गया। साथ ही शीला, देव, कृष्ण और बाकी गाँव वाले भी आये।

पोलो मैच ख़त्म हुआ। ब्रिगेडियर सम्याल ने अनाउंस करवाया कि अब घोड़ों की दौड़ होगी और जो भी जवान उसमें हिस्सा लेना चाहें वे ले सकते हैं। कई फ़ौजी जवान हिस्सा लेने के लिए आगे आये। पूरा मैदान सेना के अफ़सरों, जवानों, उनके परिवारों और आस–पास के गाँव के रहने वालों से भरा हुआ था।

लेकिन हैरानी की बात यह हुई कि उन जवानों की लाइन में, पुष्पा भी खड़ी हुई थी। सारे उपस्थित लोग उसे देखकर चौंक गये। उनकी दिलचस्पी और भी बढ़ गई जब, उन फ़ौजी जवानों में, उन्होंने एक लड़की को देखा।

एक कर्नल वहाँ गया और कहने लगा– "बेटी! यह दौड़ में हिस्सा लेना तुम्हारे बस की बात नहीं" लेकिन वह बोली– "सर! मैं हवलदार तोमर की बेटी हूँ। आप मुझे नहीं जानते"

जब वह नहीं मानी, तो आख़िर ब्रिगेडियर सम्याल, उसको समझाने आये। वह तब भी नहीं मानी, हठ की बड़ी पक्की थी। आख़िर ब्रिगेडियर सम्याल कर्नल को अपने पास बुलाकर कहने लगे– "कर्नल! लड़की बड़ी हठीली है। इसे समझाने से कोई फ़ायदा नहीं। इसको कहो कि अपनी पसंद का, जो घोड़ा लेना चाहे, ले–ले"।

पुष्पा ने घोड़ा चुना और अपने दुपट्टे से कमर कस ली और कर्नल से बोली – "सर! मैं हवलदार तोमर की बेटी हूँ। आपको नीचा नहीं देखना पड़ेगा।"

क्योंकि कर्नल के हाथ में माइक था, इसलिए उसकी सारी बातें, वहाँ मौजूद लोगों को सुनाई दे रही थी। इस पर कुछ मुस्कुरा रहे थे तो कुछ हँस रहे थे।

दौड़ जब शुरू होने लगी। ब्रिगेडियर सम्याल जो पास ही खड़े थे, पुष्पा उनको सम्बोधित करते हुए बोली–"सर! प्लीज़ थोड़ी तकलीफ़ करना। मेरा चश्मा अपने हाथ से, मेरी आँखों पर सैट कर देना।" यह सुनकर ब्रिगेडियर सम्याल मुस्करा दिये और उन्होंने पुष्पा का चश्मा सैट कर दिया।

आप तो समझ ही चुके होंगे कि किसी भी खेल के शुरू होने से पहले, यह पुष्पा का 'पैट' (पसंदीदा) डायलॉग था।

दौड़ शुरू हुई। पहले तो थोड़ी दूर तक वह पीछे रही लेकिन, उसके बाद उसके घोड़े ने ऐसी शूट ली कि देखते–ही–देखते वह सब सवारों को बहुत पीछे छोड़ती हुई, आगे निकल गई।

सारे लोग उसे आगे निकलता देख कर, खड़े होकर ज़ोर–ज़ोर से तालियाँ बजाने लगे। जहाँ वे लोग उसे मज़ाक से हवलदार तोमर की बेटी कहकर पुकारते थे, अब ज़ोर–ज़ोर से चिल्लाने लगे–''पुष्पा चश्मे वाली ज़िंदाबाद–ज़िंदाबाद।''

ब्रिगेडियर ने माइक हाथ में लेकर अनाउंस किया कि इस दौड़ में फ़र्स्ट आने के लिए पुष्पा को एक स्पेशल प्राईज़ दिया जायेगा।

पुष्पा ने स्टेज पर आकर अपना प्राईज़ लिया। अफसरों की पत्नियों नें भी आगे बढ़कर उससे हाथ मिलाया। सबने उसके साथ अपनी तस्वीरे खिचवाई, जो अगले दिन सभी अख़बारों में छपीं।

रामलाल को सुबह की सैर और किताबें पढ़ने के अलावा और किसी चीज़ में ज़्यादा दिलचस्पी न थी। इसलिए उसने पुष्पा की इन सारी बातों के बारे में पढ़ा तो सही लेकिन कोई खास अहमियत नहीं दी क्योंकि गेम्ज़ वगैरा में उसकी कोई खास रूचि नहीं थी।

एक दिन जब वह सुबह सैर कर के वापस आया तो उसने देखा कि पहली चारपाई पर पुष्पा सो रही थी। उसके सीने पर एक अधखुली किताब पड़ी थी और आँखों पर चश्मा था। कुछ समय के लिए वह वहाँ रूक गया और उसे देखता रहा। बाकी सभी लोग गहरी नींद में थे। उसने बड़े ध्यान से पुष्पा को देखा। आहिस्ता से उसके हाथों से किताब लेकर और आँखों से चश्में को उतारकर नज़दीक रखी मेज़ पर हौले से रख कर चल दिया। ऐसा करने के बाद उसने सोचा कि जो आज उसने किया है, कभी पहले नहीं किया था। आख़िर आज उसमें ऐसा करने की हिम्मत कैसे आ गई? अगले दिन भी यही हुआ और उसने पुष्पा के चश्में को उतारकर मेज़ पर रख दिया।

काफ़ी दिनों तक यह सिलसिला चलता रहा। आख़िर पुष्पा को शक होने लगा कि कोई–न–कोई उसके चश्में को उतारकर मेज़ पर रख देता है। उसने यह जानने की बहुत कोशिश की लेकिन घर का कोई भी सदस्य नहीं था, जिस पर वह शक कर पाती। एक दिन पुष्पा ने फ़ैसला किया कि आज की रात वह जागती रहेगी, ताकि पूरी हकीकत को जान सके। पूरी रात कोई न आया और वह इंतज़ार में थी कि चोर को पकड़े लेकिन सुबह होते–होते उसकी थक कर आँख लग गई। जब वह जागी, तो चश्में को उसने फिर मेज़ पर रखा पाया।

आख़िर उसने सोचा कि आज चाहे जो भी हो जाये, वह नहीं सोयेगी। मगर यह क्या? उसके माथे पर, इतनी सर्दी में भी पसीना आ गया। उसने सांस रोक ली और बंद आंखों के झरोके से देखा कि चश्मा उतारने वाला दूसरा कोई नहीं बल्कि रामलाल ही था। कुछ देर तक रामलाल उसकी तरफ देखता रहा और फिर सैर के लिए चल दिया। वह बड़ी मुश्किल से सांस रोककर लेटी रही। मगर उसने यह बात न तो शीला को बताई और न ही रामलाल को इस बारे में पता लगने दिया कि वह सब जान गई है। कई रोज़ तक यह सिलसिला चलता रहा। अब उसको भी इस खेल में मज़ा आने लगा और रामलाल तो इस बात से बिल्कुल ही बेख़बर था कि उसकी इस हरकत का राज़ पुष्पा को मिल चुका है।

रामलाल को दरअसल इसमें मज़ा आने लगा था या यूं कहना मुनासिब होगा कि दोनों को इस खेल में मज़ा आने लगा था।

दोनों को एक–दूसरे से एक अनजानी–सी मुहब्बत होने लगी थी।

काफ़ी दिनों तक यह सिलसिला चलता रहा। न रामलाल ने हिम्मत की और न ही पुष्पा ने अपनी आँखें खोलीं।

शीला काफ़ी दिनों से, उन दोनों के बीच का, यह खेल देख रही थी। आख़िर वह पुष्पा और अपने भाई रामलाल की चुप्पी देखकर, चुप नहीं रह सकी। उसने एक दिन आख़िर पुष्पा से पूछ ही लिया–

‘‘पुष्पा क्या तुम्हें भईया से प्यार हो गया है?’’ पुष्पा कुछ न बोल पाई। बस नज़रें नीचीं करके उसने ‘हां’ में सिर हिला दिया।

दूसरी तरफ़ अब रामलाल की बारी थी। शीला ने एक चाल चली और एक दिन जब रामलाल उसके साथ अकेला था, बोली–‘‘भईया! आपको यह जानकर खुशी होगी कि पुष्पा की शादी तय हो गई है।’’ यह सुनते ही रामलाल के चेहरे का रंग उड़ गया।

यह देखकर शीला जोर–जोर से हँसने लग गई। फिर बोली ‘‘अगर उससे प्यार करते हो, तो उससे कहते क्यों नहीं?। यह पुष्पा का चश्मा, आख़िर कितने दिन तक उतार–उतार कर मेज पर रखते रहोगे।’’ दरअसल वह बहुत ही शर्मीला इंसान था। शीला के सामने कुछ भी न बोल पाया, बस मुस्करा दिया।

अगले ही दिन शीला, पुष्पा और रामलाल को बाज़ार घुमाने के बहाने ले गई और उनको वहीं बाज़ार में अकेला छोड़कर अपनी किसी सहेली के घर चली गई। हाँ, मगर जाते वक्त कह गई – ‘‘भईया! मैं शाम को छः बजे आप दोनों को इसी जगह पर मिलूंगी। तब तक आप दोनों, अच्छी तरह घूम–फिर लो।’’

और इस तरह, उन दोनों के प्यार का सिलसिला, आख़िर शीला ने शुरू करा ही दिया।

शीला के द्वारा पूरी कहानी सुनने के बाद, शीला की माँ ने रामलाल और पुष्पा की शादी करा दी।

उन दोनों के प्यार की सबसे मज़बूत कड़ी थी, वह पुष्पा का चश्मा। जिसे वह हर रोज़ लगाये–लगाये हमेशा सो जाती और मास्टर जी उतारकर उसे मेज़ पर रखना नहीं भूलते।

रामलाल को वह अकेले में, अब भी मास्टर जी कहकर पुकारती।

पुष्पा से शादी के बाद, रामलाल अपनी माँ के इसरार पर, पुष्पा को अपने साथ दूर–दराज़, अपनी नौकरी के इलाके में ले गया। पुष्पा ने ऐसा इलाका पहले कभी नहीं देखा था। वहाँ उसे बहुत अच्छा लगा

लेकिन थोड़े ही दिनों बाद उसको, घर के सभी लोगों की याद सताने लगी। उसने इसका ज़िक्र मास्टर जी से भी किया।

इससे पहले कि मास्टर जी कोई प्लान बना पाते, एक खुशख़बरी आ गई। उनका तबादला, उनके गाँव के पास ही किसी स्कूल में कर दिया गया है। पुष्पा को यह जानकर बड़ी खुशी हुई।

दोनों वापिस अपने गाँव लौट आये। गाँव में आने पर, उनकी फ़ैमिली में कोई फ़र्क नहीं आया। मास्टर जी पहले की तरह अपने छोटे कमरे में सोते और पुष्पा पहले की तरह पहली नंबर की चारपाई पर। बाकी सारे सदस्य, पहले की तरह ही अपनी–अपनी चारपाईयों पर सोंते।

माँ ने रामलाल को बहुत समझाया कि बेटा तुम्हारा कमरा बहुत छोटा है। पड़ोस वाले घर में, एक कमरा ले लेते हैं। पुष्पा और तुम दोनों वहाँ सो जाया करना लेकिन रामलाल नहीं माना। हाँ! पुष्पा कभी–कभार, चोरी छिपे मास्टर जी के पास, रात को चली जाती।

वक्त गुज़रता गया। घर के मेम्बर बढ़ने के साथ घटते भी गये। बढ़ते इसलिए कि पुष्पा के लड़के ने जन्म लिया और घटते इसलिए कि शीला की शादी हो गई। रामलाल के दोनों भाई, पढ़ाई करने के लिए पठानकोट चले गये।

वहाँ ही किसी कम्पनी ने उन्हें नौकरी के लिए चुन लिया। कुछ साल बाद पुष्पा के लड़की पैदा हुई और उसके कुछ समय बाद, रामलाल की मां चल बसी।

घर में अब सिर्फ़ पुष्पा, दो बच्चें और मास्टर रामलाल रह गये थे।

मगर पुष्पा के चश्मे वाला सिलसिला वैसे ही जारी रहा। रात को थक कर वह अपनी चारपाई पर सो जाती और हमेशा की तरह चश्मा उतारना भूल जाती। मास्टर जी सुबह उठते और उसका चश्मा उतारकर, सैर के लिए चले जाते।

दोनों बच्चे भी अब बड़े शरारती हो गये थे। वे तंग करने के लिए अपनी मां का चश्मा उतारकर ले जाते और पुष्पा आखिर तंग आकर

मास्टर जी से कहती– "मास्टर जी! प्लीज़ इनसे कहिये कि मेरा चश्मा वापस कर दें।" मास्टर जी प्यार से बच्चों को अपने पास बुलाते और चश्मा लेकर पुष्पा की आंखों पर लगा देते।

वक्त के साथ–साथ हालात ने करवट ली। दोनों बच्चे बड़े हो गये। उनकी नौकरी लग गई और शादी भी हो गई। वक्त कैसे गुज़र गया पता भी न चला?

लड़के की नौकरी दिल्ली में लग गई और उनकी बेटी, ब्याह कर फ़रीदाबाद, अपने ससुराल चली गई।

लड़के ने कई बार अपने मां–बाप से इसरार किया कि वे उसके पास शिफ़्ट कर लें, लेकिन मास्टर जी नहीं माने। वह रिटायर हो चुके थे। उनको अपने लड़के के पास, शिफ्ट होने में कोई प्रॉबलम तो न थी, पर वह अपने गाँव में बहुत संतुष्ट थे। उसे छोड़कर जाने का उनका मन ही नहीं करता था। वह अपने गांव के लोगों की सेवा करने में ही मग्न रहते।

कुछ ही दिनों बाद एक लम्बी बीमारी से पुष्पा का अचानक देहांत हो गया। मास्टर जी इस सदमे से टूट ही गये। फिर भी जैसे–तैसे करके उन्होंने अपने आपको इस इतने बड़े हादसे से संभाल लिया।

मगर एक बात वह हर रोज़ नियमित रूप से करते और वह यह कि वह हर रात को एक नंबर चारपाई पर पुष्पा का बिस्तर लगाते। तकिये पर पुष्पा का चश्मा रखते और अपने कमरे में जाकर सो जाते। हर सुबह पुष्पा का चश्मा तकिये से उठाते, मेज़ पर रखते और सैर के लिए चल देते। ऐसा करने से उनको लगता कि पुष्पा अब भी उनके पास मौजूद है।

यह सिलसिला काफ़ी अरसे तक चलता रहा और मास्टर जी को पुष्पा की कमी, कम खलने लगी। उनके ज़हन ने यह मान लिया कि पुष्पा आज भी उनके साथ है।

लेकिन एक दिन तूफ़ान आ गया। मास्टर जी जब सुबह उठे और पुष्पा के बिस्तर के पास गये तो उन्होंने देखा कि तकिये के ऊपर रखा,

पुष्पा का चश्मा गायब था। वह परेशान हो उठे। उन्होंने सारा घर छान मारा। रसोई के सारे बर्तन, अपना कमरा, सभी अलमारियाँ और किताबें लेकिन चश्मा कहीं नहीं मिला।

वह पागल–से हो गये। उनका दिमाग़ी संतुलन खोने लगा। रात आई तो उनकी परेशानी और भी बढ़ने लगी। पूरे घर में वह अकेले इंसान थे। बात भी करते तो किस से करते? कोई नहीं था हौसला देने वाला। कोई नहीं था दुःख–दर्द बांटने वाला।

अगले दिन मास्टर जी सैर पर नहीं गये। खाना भी नहीं खाया और न ही किताबें पढ़ी।

हैरानी की बात यह थी कि घर में पूरी रात कोई भी नहीं आया था। चश्मा गया भी तो आख़िर कहाँ गया? ग़ायब हुआ भी तो आख़िर कैसे हुआ?

सुबह उठकर, अब हर रोज़ बरामदे में बैठ जाते। न अपनी सुध–बुध और न ही कपड़ों का ध्यान।

पूरा गाँव उनकी इस हालत से परेशान था। वही तो सारे गाँव के मसीहा थे। पूरे गाँव ने चप्पा–चप्पा छान मारा लेकिन चश्मा नहीं मिल पाया।

क्योंकि पुष्पा को सारा इलाका जानता था, इसलिए उसके चश्मे के गुम होने की खबर, हर लोकल पेपर में छपी।

कई साल तक मैं आसाम में पोस्टिड रहा। पठानकोट आते ही पहले दिन मैंने पुष्पा, उसके चश्मे और रामलाल की व्यथा के बारे में पूरा किस्सा अख़बार में पढ़ा।

कई बार पहले भी मैं रामलाल से मिलने उसके गाँव जा चुका था। मैंने अपने एक अजीज प्रवीन को साथ लिया और रामलाल के गाँव पहुँच गया।

रामलाल के घर पहुँचते–पहुँचते मुझे गाँव वालों ने उसका पूरा किस्सा बयान कर दिया।

बरामदे में रामलाल कुर्सी पर निढाल पड़ा था। मुझे देखते ही उसके चेहरे पर रौनक आ गई और वह झट से मेरे साथ लिपट गया और बिलख–बिलख कर रोने लगा।

''यार मोहन! मेरी पुष्पा का चश्मा कहीं खो गया है'' रामलाल की हालत मैं बयान नहीं कर सकता। बाल बिखरे हुए– कपड़े गंदे – जिस्म काफ़ी कमज़ोर हो चुका था। खाना उसने कई दिन से खाया ही न था और बातें करते–करते जैसे थक–सा गया और अपना मानसिक संतुलन भी खो चुका था।

मैंने दिलासा देते हुए कहा– ''हौसला कर रामलाल! आख़िर चश्मा कहाँ जायेगा? फिक्र न कर मिल जायेगा।''

उसी वक्त गूंगा वहाँ पर आ गया और मुझसे इशारे से कुछ कहने लगा। मैंने सरपंच से पूछा–

''यह क्या कह रहा है?''

सरपंच ने बताया कि दो–तीन दिन से पता नहीं क्या बताना चाहता है? हमें तो कुछ समझ नहीं आया। गूँगे ने मेरा हाथ पकड़ा और मुझे खींचने लगा। मैं झट से उसके साथ चल पड़ा। मेरे पीछे–पीछे गाँव वालों की भीड़ थी।

जंगल में पहुँचकर, गूंगे ने एक ऊंचे पेड़ की टहनी की ओर पत्थर फेंका। मैंने देखा वहाँ कोई चमकीली चीज़ थी और फिर समझने में देरी न लगी कि हो सकता है कि वही पुष्पा का चश्मा हो।

देखते ही देखते एक नौजवान बड़ी फुर्ती से उस ऊँचे पेड़ पर चढ़ गया और उस चमकती हुई चीज़ को नीचे ले आया। जो दरअसल पुष्पा का चश्मा ही था।

और हम जल्दी–जल्दी रामलाल के घर की तरफ़ चल पड़े।

दरअसल चश्मा गुम हो जाने वाले दिन, रामलाल शायद रात को अपने घर की एक खिड़की का दरवाज़ा ठीक से बंद न कर पाया था। अगले दिन सुबह एक बंदर उस खिड़की से अंदर आया और पुष्पा के चश्मे को उठा कर ले गया।

तो यह था पुष्पा के चश्मे के खो जाने का राज़. . .।

जब हम रामलाल के घर पहुंचे। वह वैसे ही उसी हालत में कुर्सी पर बैठा हुआ था।

''रामलाल! ख़ुश हो जा। आख़िर हमें पुष्पा का चश्मा मिल ही गया। यार तू यूं ही परेशान हो रहा था'' मैंने उससे हँसते हुए कहा और उसके हाथ में पुष्पा का चश्मा थमा दिया। लेकिन यह क्या, चश्मा उसके हाथ से गिर गया। चश्मे के दोनों शीशे टूट गये और मास्टर रामलाल. . .? उसकी साँसें बंद थीं।

थोड़े ही दिनों बाद विवेक ने जब यह कहानी एक हिन्दी पत्रिका में पढ़ी तो उसके आँसू निकल पड़े। अपने दोस्तों से कहने लगा– ''दोस्तों मैं बड़ा भावुक इंसान हूँ। अगर मेरी हालत भी कभी मास्टर रामलाल जैसी हो जाये, तो प्लीज़ मुझे इंजैक्शन लगाकर, गहरी नींद सुला देना। मैं मास्टर रामलाल नहीं बनना चाहता . . . मैं मास्टर रामलाल नहीं बनना चाहता।''

5
सोफ़िया: ए-गर्ल फ़्रॉम नोर्थ-ईस्ट

मैं एक स्टोरी टैलर हूँ। कई सालों से आपका दिल बहलाने के लिए प्यार, मोहब्बत, असली–नकली, मनघडंत, हकीकत के पास, हकीकत से दूर, सभी प्रकार की कहानियाँ सुनाता रहा हूँ। मेरा मकसद तो केवल आपका दिल बहलाना था या आपकी जिन्दगी में जागृति की लहर पैदा करना था। आज जब अचानक मेरी नज़र, आज के अख़बार पर पड़ी तो मैं उसकी हैडलाईनज़ पढ़कर चौंक गया। लिखा था। 'दिल्ली में नार्थ और नार्थ–ईस्ट के रहने वाले लोगों में झगड़ा और . . .।' तब मुझे सोफ़िया की याद आ गई! मेरे मुँह से अचानक निकल गया – ''सोफ़िया तुम कहाँ हो?''

उसके जवाब में मुझे सोफ़िया की धीमी सी आवाज़ सुनाई दी। फूलो पर शबनम की बुंदे गिरने की आवाज़ से भी धीमी। ''मेरे स्टोरी टेलर! तुम क्यों इतने परेशान से हो? मैं तो सदियों से तुम्हारे पास ही तो हूँ।''

सोफ़िया नोर्थ–ईस्ट की रहने वाली कोई 23 वर्ष की ख़ूबसूरत सी लड़की। लम्बा कद, गोरा रंग, लंबा चेहरा, कंधे तक घने ब्राउन बाल, शरबती आँखे, गुलाबी होंठ और जिस्म तो ऐसा कि जैसे भगवान ने खुद अपने हाथों से गढ़ा हो।

शंकर और दयाल की मुलाकात उससे रेस्टोरेन्ट 'ग्रीन लैंड' में हुई। शंकर को घुमने–फिरने का शौक था और वही दयाल को वहाँ ले गया और फिर उनके कॉलेज का एक पुराना साथी मेजर रणजीत नागरा भी उन्हें वहाँ मिल गया।

सोफ़िया ने अपनी पहली मुलाकात में ही सबको अपना दीवाना बना दिया। क्या मुस्कराहट थी? ऐसी कि होश वालों को भी बेखुद कर दे।

उसने हाथ जोड़कर सबका स्वागत किया। यह दरअसल रेस्तौरां का रिवाज था कि दरवाज़े पर वह सबसे हसीन लड़की को खड़ा रखते या करते थे। बिल्कुल बसरे की हूर की तरह नज़र आ रही थी। वही लड़की तो रेस्तौरां की शान थी, जान थी।

लोग उसकी ख़ूबसूरती देखते–देखते, रेस्तौरां के अन्दर चले जाते, लेकिन अन्दर जाकर खाने को क्या–क्या मिलेगा ये सब भूल जाते।

अक्सर कुर्सी पर बैठे–बैठे लोग नज़रे चुराकर/बचाकर उसकी तरफ देखते रहते। खाने का सामान लेने के लिए वहाँ से उठकर जाना तो शायद उनकी मजबूरी थी। वरना वो उस शोख़ हसीना की तरफ़ देखते–देखते घंटो बीता सकते थे।

वैसे भी वो एक 'टोटा' थी।

आप भी सोच रहे होंगे की इसमें 'टोटा' शब्द कहाँ से आ गया। एक दिन मैं रेडियो के किसी एफ.एम. चैनल पर कोई प्रोग्राम सुन रहा था। उसमें एक लड़की प्रोग्राम दे रही थी और उसने सुनने वालों से सवाल पूछा कि 'टोटा' किसे कहते है? और फिर कोई भी जब उसका सही जवाब ना दे पाया, तो उसने बताया कि पंजाबी भाषा में 'टोटा' एक ख़ूबसूरत लड़की को कहते है।

उस लड़की के मुँह से यह सुनते ही मेरे सामने मेरे कॉलेज के दोस्त नन्दलाल पुरी की शक्ल आँखों के सामने घूम गई। बड़ा ही हंसमुख था और अक्सर लड़की को देखकर कहता 'क्या टोटा है'? और मैं अपने बीते हुए कल में खो गया।

खैर! सोफ़िया वाकई ही असली मायनो में 'टोटा' और लाजवाब 'टोटा' थी। लोग वहाँ खाने के लिए नहीं बल्कि उसको देखने के लिए आते थे। आते ही वो एक ऐसी कुर्सी पर कब्ज़ा कर लेते जिसके सामने वो खड़ी होती थी। मनचले लोग बियर पे बियर पीये जाते और उसको देखने का मज़ा लेते जाते।

इस बात को नोट करते हुए रेस्तौरां के मैंनेजर ने उन कुर्सीयों पर सर्व होने वाली बियर और खाने वाले आइटमों के दाम/रेट दोगुने कर दिये थे।

इस बार जब बहुत समय के बाद शंकर और दयाल वहां आये तो उन्होंने देखा कि वह मेजर रणजीत नागरा के साथ काफ़ी घुल मिलकर बातें कर रही थी।

सब लोगो को वह मुस्कराकर, हाथ जोड़कर अभिवादन करती लेकिन मेजर नागरा से बडे प्यार से हाथ मिलाकर मिलती। सभी लोग उसकी इस बात पर मेजर नांगरा से ईर्ष्या करते या करने लग गये। उसको चाहने वाले लोग तो उसकी इस हरकत से अपने–अपने दिल में बहुत खफ़ा थे, नाराज़ थे।

लेकिन जब वह मेजर नागरा के हाथों में अपने गुदाज़ हाथ देती तो वह सातवें आसमान पर पहुंच जाता। असल में ऐसी बात थी कि नही! पर देखने वालों को ऐसा महसूस होता।

रेस्तौरां का मैंनेजर मनीष, जो कि शादीशुदा था, सोफ़िया का मेजर नागरा के प्रति ये प्यार देखकर दिल ही दिल जल जाता। एक–दो बार तो उसने मेजर को दबे लफ़ज़ो में कह ही दिया कि सर! आप उससे हाथ मिलाते हैं, एक बार नहीं बल्कि कई बार। तो उससे सोफ़िया को इन्फ़ेक्शन भी हो सकती है। बडे नाज़ुक हाथ हैं उसके। मख़मल जैसे। यह कहते–कहते उसे लगता कि जैसे वो सोफ़िया के हाथों को अपने हाथों में लेकर छू रहा हो।

मेजर नागरा ने उसके इस मशवरे को नज़र अंदाज कर दिया और फिर वह कोई बेवकुफ़ तो था नहीं कि उसकी बातों में आकर ऐसा हुसीन मौका छोड़ देता।

लगता है उसका रिश्ता सोफ़िया से हाथ मिलाने तक का ही था।

फिर मनीष ने एक दिन बातों–बातों में इस बात का जिक्र अपने मालिक सागर से कर दिया। शोर ज़्यादा था इसलिए सागर ने सोचा कि मैनेजर शायद दयाल के बारे में कह रहा था और वो मनीष को

समझाते हुए कहने लगा कि अगर वह दयाल से हाथ मिलाती है। तो अच्छा है। यहां टिकी रहेगी और फिर हंसकर अपनी बाई आंख मारकर उसे कहने लगा–''वैसे भी मुझे दयाल में कोई दम नज़र नहीं आता। 'हॉरम–लैस' किस्म का लगता है। तुम ऐसे ही इसकी फिक्र कर रहे हो. . .।''

मनीष गंभीर लहजे में कहने लगा – ''सर! आप नहीं जानते, दयाल को। पता नहीं क्या–क्या कुश्ते–बादाम खाता है। कोई पता नहीं कि बाबा. . . को भी पीछे छोड़ जाये।''

मनीष को जल्दी ही अहसास हुआ कि सागर मेजर नागरा की बात को दयाल से लिंक कर बैठा था। उसने झट सागर को मेजर नागरा के बारे में बता दिया।

सागर कहने लगा–''मनीष हमें अपना बिज़नैस देखना है। सोफ़िया और मेजर नागरा क्या करते हैं, वो नहीं''। फिर कुछ याद आते हुए बोला–''तुम ही तो कहते थे कि सोफ़िया का किसी अपने स्टाफ़ के लड़के साथ चक्कर चल रहा है तो. . .!''

''चक्कर तो उन दोनों में चल ही रहा है। वैसे लड़का जवान है और. . .!''

सागर बीच में उसकी बात काटते हुए कहने लगा–''हो सकता है वह मेजर नागरा के साथ टाईम पास कर रही हो।''

मनीष गहरी सोच में पड़ गया। वह कश्मकश में था। एक तरफ़ एक जवान लड़का और दूसरी तरफ़, सोफ़िया से बडी उम्र वाला स्मार्ट, खुबसुरत फ़ौजी अफ़सर। फिर उसने अपने सिर को झटका दिया और सोचने लगा कि वह भी कैसी उलझन में पड़ गया है। उसकी घर में बीवी है। जब वह उसकी हर ज़रूरत पूरी कर रही है तो उसे सोफ़िया के बारे में सोचकर क्या लेना?

मनीष को कुछ दिन के लिए किसी ज़रूरी काम से अपने घर जाना पड़ा। जब वह छुट्‌टी से वापिस आया तो उसके असिसटेंट जगदीश ने उसे बताया कि अब तो मेजर नागरा हर रोज़ दोपहर को

वहाँ आ जाता है और शाम तक वहीं रहता है। और जब सोफ़िया की डयूटी ख़त्म होती है, तब वह अपने घर चला जाता है और सोफ़िया बस में अपने फ़्लैट पर दिल्ली चली जाती है।

''पर मुफ़्त में तो हम किसी को भी रेस्तौरां में बैठने नहीं दे सकते,'' मनीष थोड़ा गर्म लहजे में कहने लगा।

''सर! वो मुफ़्त में यहाँ नहीं बैठता बल्कि उसने हमें एक महीने का एडवांस दे रखा है और सोफ़िया ने अपने सामने वाला टेबल भी उसके लिए हर रोज के लिए बुक करवा रखा है।'' ''और उसके ब्वायफ्रैंड का क्या हुआ? क्या उसने सोफ़िया को मेजर नागरा से मिलने से नहीं रोका,'' मनीष ने पूछा।

''रोका बहुत रोका! लेकिन मेजर ने जब बाहर सड़क पर उसे अपना पिस्तौल दिखाया तो वह इतना घबरा गया कि यहाँ से नौकरी छोड़कर भाग गया। सोफ़िया को भी इस सारी घटना का पता है।

लेकिन मेजर नागरा की सोफ़िया से सिर्फ़ दोस्ती है। पता चला है कि उसके दिल में कोई ऐसी –वैसी दूसरी बात नहीं। हाँ! शौकिन मिज़ाज का ज़रूर है। सोफ़िया की एक सहेली ने ये भी बताया कि उसने सोफ़िया को अपने लिए एक अच्छा सा लड़का सैलेक्ट करने के लिए भी कहा है।''

''तुम्हारा वायफ्रैंड बेकार था इसलिए मैंने उसे भगा दिया। तुम्हारी शादी की उम्र है। इसलिए तुम्हे जल्दी ही अपने इलाके के किसी अच्छे से लड़के से शादी कर लेनी चाहिए।''

यह बात सुन कर वह अक्सर हँस देती। ''ठीक है अंकल! जल्दी ही अपने लिए एक अच्छा सा लडका तलाश कर लूंगी। आप फ़िक्र मत करो।''

''क्या कहा। क्या मैं तुम्हारा अंकल लगता हूँ?''

उसकी इस बात पर वह ज़ोर ज़ोर से हँसने लग जाती। ''लगता है अंकल आप के दिल में ज़रूर' कोई चोर है।''

मेजर को समझ में नहीं आया कि आख़िर वह सोफ़िया की इस बात का क्या जवाब दे।

फिर वह हंस कर बोली–"बोलिये! ना तो आप मेरे अंकल हैं और ना ही आप मेरे ब्वायफ्रैंड बनना चाहते हैं। तो फिर आप मेरे क्या है?"

मेजर नागरा उसकी यह बात सुनकर सोच में पड़ गया। फिर थोड़ी देर बाद कहने लगा–"मै तुम्हारा गार्जियन हूँ।"

वह मुस्कराते हुए कहने लगी –"यह तो बड़ा कन्फ़यूज़ड सा रिश्ता है। मै इसे नही मानती। भला मेरे जैसी एक हसीन लड़की का, आप जैसे हैन्डसम आदमी से यह रिश्ता कैसे हो सकता है। यह तो मेरी ख़ूबसूरती की तौहीन है।"

सोफ़िया को फिर अचानक अपने माँ की बीमारी के कारण एक महीने के लिए मणीपुर जाना पड़ा। मेजर नागरा उसको रेलवे स्टेशन पर 'सी–ऑफ़' करने गया। सोफ़िया ने बडे प्यार से हर बार की तरह उससे हाथ मिलाया। उसकी आँखो में आंसू थे। लेकिन मेजर नागरा यह ना समझ पाया कि आख़िर क्यों? यह लड़कियां भी . . . ! नागरा सोचने लगा।

गार्ड ने हरी बत्ती दिखाई। ट्रेन चल पड़ी . . . पर उसने मेजर का हाथ पकड़े रखा। आख़िर कब तक . . . ! फिर खुद बखुद मेजर का हाथ, उसके हाथ से छूट गया। जब तक गाड़ी नज़रो से ओझल नहीं हो गई तक तक वह दरवाज़े पर खड़ी खड़ी हाथ हिलाती रही।

मेजर नागरा को अपनी जवानी के पल याद आ गये। जब उसे अपने कॉलेज की ही एक लड़की से इश्क हो गया था। उसका उस लड़की से यह सिलसिला काफ़ी देर तक चलता रहा और जब शादी का वक्त आया, तो वह लड़की उसे 'डिच' कर गई। तब से उसने कसम खाई कि अब वह शादी कभी नहीं करेगा। घर वालों ने बहुत समझाया लेकिन सब बेकार।

फिर उसने आर्मी ज्वाइन क़र ली। शाम को क्लब में जाना और पीना पीलाना। उसकी जिन्दगी बड़े मज़े से चल रही थी। इसलिए

उसने शादी की तरफ़ ध्यान देना ही छोड़ दिया।

वैसे भी शादी के बाद बावी बच्चों की ज़िम्मेवारियाँ। ऐसे ही अच्छा था। मस्त मोला ज़िन्दगी कट रही थी। ना आगे की फिक्र ना पिछे का डर।

सोफ़िया के इलाके में शायद नेटवर्किंग की प्रोबलम थी। इसलिए काफ़ी कोशिश के बाद भी, वह अपने मोबाईल से मेजर नागरा से बात ना कर पाई–कर सकी।

तकरीबन एक महीने बाद जब वह नोर्थ इस्ट से वापस आ रही थी तो उसने रास्ते में से मेजर नागरा के साथ गुफ़्तगू करनी चाही। लेकिन वहाँ भी शायद नेटवर्किंग की प्रोबलम थी और वह बात नहीं कर पाई। और दूसरी बार जब उसने फ़ोन मिलाने की सोची तो उसने देखा कि उसका बैग जिसमें मोबाइल पड़ा था ग़ायब था। या तो वह खो गया था या फिर किसी ने उसका बैग चोरी कर लिया था। मगर शुक्र है कि उसका कैश और रेलवे टिकट वाला दूसरा बैग सही सलामत था।

दिल्ली वापिस आते ही वह सीधी टैक्सी लेकर अपने रेस्टोरैन्ट ग्रीन लैन्ड गई। वहाँ जाकर उसको पता चला कि कुछ समय से मेजर रणजीत नागरा वहाँ नहीं आ रहा था। यह जान कर वह बड़ी बेचैन हो गई।

उसने शंकर और दयाल को भी ख़ोजने की बहुत कोशिश की। वह भी बहुत समय से वहाँ नहीं आ रहे थे। हो सकता है, साल का अन्त था, इसलिए इनकम टैक्स के कारण बिज़ी हों।

उधर किसी को भी मेजर नागरा के मोबाइल नम्बर का पता नहीं था। एक बार बातों–बातों में दयाल ने सोफ़िया को बताया था कि नागरा सिक्योरिटी की वजह करके अपना मोबाइल नम्बर किसी को भी नहीं देता। यह और बात है कि उसने अपना मोबाइल नम्बर केवल सोफ़िया को ही दे रखा था।

फिर सोफ़िया ने होटल 'ओशन ब्लयू' ज्वाइन कर लिया। वह हर वक्त मेजर नागरा की नामौजूदगी को बड़ी बेसबरी से महसूस करती

रही। लेकिन मजबूर थी। इन्तज़ार करने के अलावा कोई चारा भी तो ना था।

मेजर रणजीत नागरा को अचानक आर्मी ने किसी स्पेशल मिशन पर भेज दिया था। वह जब वापिस लौटा तो उसे पता चला कि सोफ़िया ने होटल 'ओशन ब्लयू' ज्वाइन कर लिया था।

"वह तुम्हारा रैस्टोरैन्ट 'ग्रीन लैन्ड' क्यों छोड़ कर चली गई?" मेजर नागरा ने मनीष से पूछा।

"दरअसल होटल 'ओशन ब्लयू' ने उसकी तनख़वा भी बढ़ा दी थी और घर आने जाने के लिए गाड़ी और रहने को एक अच्छा सा फ्लैट भी दे दिया था। और सबसे बड़ी बात तो यह कि उसको ए.जी. एम की पोस्ट भी दे दी थी।"

मेजर नागरा को रेस्टोरैन्ट में देखते ही, सोफ़िया कि एक सहेली ने उसे मेजर नागरा के बारे में बताया।

बस फिर क्या था। वह भागी–भागी वहाँ चली आई। उसने आते ही मेजर से हाथ मिलाया और बड़े प्यार से गले लग कर मिली। वह सोफ़िया की इस हरकत पर काफ़ी कन्फयूज़्ड हुआ।

"मैं बड़े दिनों से आप का ही इन्तज़ार कर रही थी।" फिर वह मेजर का हाथ पकड़कर उसे होटल 'ओशन ब्लयू' ले गई। उसे अच्छी तरह अपने पास बिठा कर कॉफ़ी पिलाई।

वहाँ होटल 'ओशन ब्लयू' में नागरा को यह सब बड़ा अजीब अजीब सा लग रहा था। रैस्टोरन्ट 'ग्रीन लैण्ड' में तो उसे सब लोग जानते थे। यहाँ चारो तरफ स्टाफ़ के लोग नए थे। मगर सोफ़िया इन सब बातों से बेख़बर, नागरा के साथ बैठकर ढेर सारी बातें कर रही थी। अपनी माँ के बारे में, उसके इलाज के बारे में बता रही थी।

उसके बाद उसने मेजर नागर को अपने जी.एम से मिलाया। वह बड़ी इज़्ज़त से मिला। वैसे भी होटल 'ओशन ब्लयू' में रखने से पहले, वह सोफ़िया के बारे मे पूरी छानबीन कर चुका था। उसे यह भी पता लग चुका था कि मेजर नागरा रैस्टोरैन्ट 'ग्रीन लैण्ड' के परमानैन्ट कस्टमर्ज़ में से था और सोफ़िया के बहुत ही 'क्लोज़' था।

सोफ़िया के कहने पर जी.एम ने मेजर को उसके पास बैठने की स्पेशल पर्मीशन दे दी थी। क्योंकि उस की ड्यूटी ऑफ़िस के अन्दर थी, इसलिए काम के साथ–साथ वह मेजर से भी बात–चीत करती रहती।

एक दिन जब मेजर नागरा होटल में ना आया तो सोफ़िया को उसकी बहुत फिक्र हुई। उसका मोबाईल भी ऑफ़ पड़ा था। वह ऑफिस की कार लेकर मेजर के घर पहुँची। मेजर की तबियत ठीक नहीं थी, इसलिए उसने अपने जी.एम से कुछ दिन की छुट्टी माँगी।

''सोफ़िया! तुम्हे छुट्टी लेने की कोई ज़रूरत नहीं। मैं तुम्हें रहने के लिए, मेजर के घर के पास ही एक फ़्लैट किराये पर दे देता हूँ। वहाँ से तुम मेजर का ध्यान भी रख सकोगी और दफ़्तर का काम भी लैपटॉप पर वहीं से करती रहना। जब मेजर ठीक हो जाए तब ऑफ़िस आ जाना। और बीच में जब कभी भी ज़रूरत पड़ेगी तो मैं तुम्हें थोड़े समय के लिए यहाँ बुला लिया करूंगा।''

वह होटल 'ओशन ब्लयू' की जान थी और जी.एम हर हालत में सोफ़िया को खुश रखना चाहता था। उसने सोफ़िया को मेजर के घर के बहुत ही पास एक फ़्लैट किराये पर दे दिया। कई दफ़ा तो वह उसका हाल जानने के लिए दिन में, मेजर के घर के दस–दस चक्कर लगा लेती। यहाँ तक तो सब ठीक था। मेजर के पड़ोसियो ने सोफ़िया के बारे में कोई ख़ास ध्यान नहीं दिया। लेकिन एक दिन तो उसने हद ही कर दी, जब मेजर की हालत ज़्यादा ख़राब होने पर वह अपना बिस्तर बोरिया लेकर ही, उसके घर में शिफ़्ट कर गई।

मेजर ने बहुत समझाया कि वह एक ग़ैर–शादी शुदा लड़की और वह. . .! लेकिन वह नहीं मानी।

जब लोग मेजर का हाल पूछने आते तो उनके सामने वह मेजर को 'अंकल' कह कर पुकारती। वर्ना 'सर' कहती और आहिस्ता–आहिस्ता मेजर के असली नाम यानि रणजीत कह कर बुलाने लग गई।

मेजर के ठीक हो जाने के बाद भी वह अपने फ़्लैट पर जाने के लिए राज़ी ना हुई। मेजर का अच्छी तरह ध्यान रखती। फलो का रस, सूप और अच्छा खाना खिलाती।

मेजर के साथ रहते रहते उसको बहुत दिन बीत गये। सोफ़िया के गाँव की एक लड़की ने यह सारी बात उसके के माँ–बाप को बता दीं।

वह भागे भागे वहाँ चले आए। उस वक्त वह मेजर के घर पर ही थी।

उसके माँ–बाप ने बहुत समझाया कि सोफ़िया का मेजर के साथ रहना सही नही था। लेकिन वह कहने लगी – मैं तो अंकल के साथ, इसी मकान मे रहूंगी।

"बेटी यह कैसे मुमकिन है। ना तुम्हारी शादी हुई है और ना इनकी. . .!"

वह बोली – "तो मैं अंकल से शादी कर लूंगी।"

उसकी यह बे–बाकी देखकर उसके माँ बाप भी दंग रह गये और मेजर भी। ख़ैर! बात यही पर लटक कर रह गई। शादी की तो बात उसने गुस्से में आकर कह दी थी।

सोफ़िया ने किसी की परवाह ना की। उसके माँ बाप उसे समझाते गए और वह 'हाँ' और 'ना' करती गई।

आख़िर वह थक हार कर वापस मणीपुर चले गए।

वैसे भी हठ की पक्की थी। पढाई लिखाई करने के बाद उसने दिल्ली आने की सोची। सब जान–पहचान वाले लोगों ने बहुत ही एतराज़ किया।

सब ने कहा–"नई और अनजान जगह है। दिल्ली के लोग..." सब की बातों की परवाह किये बगैर, उसने ट्रेन पकड़ी और दिल्ली आ गई। किसी को भी नहीं जानती थी। बड़ी बोल्ड और दबंग किस्म की लड़की थी। जूडो–कराटे में माहिर थी। चाहे देखने में बड़ी नाजुक सी दिखती थी।

दिल्ली आते ही, उसने दो दिन के अन्दर ही अपने लिए एक अच्छी सी नौकरी तलाश कर ली। आत्मविश्वास तो उसमें कूट–कूट कर भरा हुआ था। यहाँ उसे कोई खौफ़, कोई डर नहीं लगा।

खैर! लोगों की परवाह किए बगैर वह मेजर रणजीत के साथ रहने लगी। हांलाकि सोफ़िया के साथ रहने से मेजर को थोड़ी सी घबराहट ज़रूर थी। लेकिन उस लड़की को जैसे किसी भी बात की फिक्र ना थी।

ऑफ़िस में उसकी ड्यूटी 9 से 6 बजे तक थी। समय पर तैयार होती, मेजर को तैयार करती और अपने साथ ले जाती। ऑफ़िस की कार ठीक पन्द्रह मिनट पहले आ जाती और वह दोनों उस में बैठ कर चले जाते।

मेजर की बीमारी को देखते हुए जी.एम ने अब सोफ़िया को एक अलग ही कमरा दे दिया। क्योंकि वह जानता था कि वह मेजर के पास रह कर उसकी दवाई वगैरह का भी ध्यान रखना चाहेगी।

कोई और वर्कर होता तो मैनेजमैन्ट उसके इतने नख़रे वर्दाश्त ना करती। लेकिन सोफ़िया की पर्सनैल्टी ही ऐसी थी। वह उस होटल की लाईफ–लाईन थी। टूरिस्ट इस होटल में सोफ़िया के नाम पे आते थे।

हर नए टूरिस्ट को वह ख़ुद रिसीव करती और उसको उसके कमरे तक छोड़कर आती। बस इतने ही वक्त में टूरिस्ट उसके फ़ैन बन जाते। उसका मोबाईल नम्बर सब के पास था। आने से पहले वो उसे फ़ोन करके कमरा होटल मे बुक करवा लेते।

जब से उसने होटल़ ज्वाइन किया था। तब से उसकी ओकुपैन्सी बढ़ गई थी। होटल 'ओशन ब्लयू' के सारे के सारे कमरे हर वक्त फुल रहते।

एक दफ़ा तो ऐसा हुआ कि जब वह सात दिन की छुट्टी गई तो होटल के कमरों की ओकुपैन्सी घट कर आधी से भी कम रह गई। वह चाहे काम करे या ना करे, उसकी मोजूदगी ही होटल के लिए काफ़ी थी।

सारे स्टाफ और टूरिस्टस में बहुत ही मकबूल थी।

दस साल में उसे जी.एम बना दिया गया। उधर रैस्टोरैन्ट 'ग्रीन लैण्ड' में मनीष भी जी.एम बन चुका था। दोनों की अकसर मुलाकात होती रहती।

जब वह जी.एम बनी तो होटल 'ओशन ब्लयू' में इस उपलक्षय में एक बड़ी पार्टी का आयोजन किया गया। सोफ़िया रैस्टोरैन्ट 'ग्रीन लैण्ड' के मालिक सागर को पार्टी में आने का खुद न्योता देने गई। हांलाकि उसके होटल 'ओशन ब्लयू' में जाने से, सागर सोफ़िया के साथ नाराज़ था। लेकिन आज जब वह उसको न्योता देने आई तो वह उसको ना नहीं कर सका।

जो भी हो वह सब लोगों की दिल की धड़कन थी। उसकी प्रमोशन की पार्टी में उसने होटल और रैस्टोरैन्ट के मालिकों का, गिला शिकवा दूर करा दिया। दोनों में दोस्ती करा दी।

अब कभी कभार वह रैस्टोरैन्ट 'ग्रीन लैण्ड' में कॉफ़ी पीने चली जाती। उसके वहाँ जाने से 'ग्रीन लैण्ड' के स्टाफ़ और कस्टमर्ज़ के चेहरे पर रौनक आ जाती। और आहिस्ता आहिस्ता उसने हफ़्ते में एक बार 'ग्रीन लैण्ड' में बैठना शुरू कर दिया। उस दिन तो 'ग्रीन लैण्ड' में लोगों कि भीड़ की भीड़ लग जाती।

अकसर मनीष सोफ़िया से कहता–"दयाल साहब ने तो हमें पहले ही कह दिया था कि सोफ़िया आपके ग्रीन लैण्ड की जान है। उसे वापिस बुला लो, लेकिन हमने उनकी बातों पर कभी ध्यान ही नहीं दिया। दयाल साहब की पार्खी नज़र बड़ी तेज़ है।" मनीष की यह बात सुनकर सोफ़िया हँस देती और बल्श करने लग जाती।

सोफ़िया ने मेजर नागरा से शादी की या नहीं, इसका पता नहीं लग पाया। लेकिन उड़ती उड़ती यह ख़बर जरुत सुनने में आई कि उन दोनों की लड़की शिमला में पढ़ती है। मगर उसे देखा किसी ने भी नहीं था।

फिर अचानक एक दिन वह मेजर नागरा को लेकर गायब हो गई। हाँ! सोफ़िया के ऑफ़िस टेबल पर उसका रैजिनेशन लैटर ज़रूर पड़ा मिला।

उसके जाने के बाद होटल 'ओशन ब्लयू' और रैस्टोरैन्ट 'ग्रीन लैण्ड' को बहुत बडा सैट–बैक पहुँचा। दोनों ही विरान–विरान से हो गए।

दरसल हुआ यूँ कि सोफ़िया को अपनी बेटी की याद सताने लगी। मेज़र नागरा फ़ौज ज्वाइन करने से पहले शिमला के एक कॉलेज में प्रोफ़ेसर था। उसका वहाँ एक मकान भी था, जो वर्षो से बन्द पड़ा था।

सोफ़िया ने जाकर उस घर को ठीक ठाक कराया। दोनों दिन भर वहाँ पहाड़ियों पर घूमते रहते। शाम को उसकी बेटी आ जाती तो बाकी समय वह उसके साथ ही गुज़ारते।

कभी कभार टूरिस्ट उसको पहचानने की कोशिश करते और उसके साथ फ़ोटो खिंचवाते। उसकी वजह पहले तो सोफ़िया को समझ नहीं आई। लेकिन बाद में उसे पता चला कि होटल 'ओशन ब्लयू' और रैस्टोरैन्ट 'ग्रीन लैण्ड' ने उसके जाने के बाद, अपने–अपने एन्ट्रैन्स पर उसका एक बडा 'कट– आउट' लगा रखा था।

दरअसल सोफ़िया के जाने से दोनों के बिज़नस को बहुत फ़र्क पड़ा था। तो एक दिन दयाल ने उनको सलाह दी कि दोनों अपने–अपने होटल और रैस्टोरैन्ट के बाहर सोफ़िया का एक बड़ा 'कट–आउट' लगा लें। हो सकता है उससे उनकी इन्कम पर कुछ फ़र्क पड़ जाए।

फ़र्क पड़ा के नहीं, लेकिन यह ज़रूर हुआ कि दोनों ने उसका 'लाइफ़ साईज़' कट आउट लगा लिया। और इतने बरसो से अब भी लगा हुआ था।

होटल 'ओशन ब्लयू' और रैस्टोरैन्ट 'ग्रीन लैण्ड' दोनों की 25 दिसम्बर को सिल्वर जुबली थी। दोनों ने मिलकर सिल्वर जुबली

इक्टठे मनाने का प्लान बनाया। दोनों ने सोफ़िया की मकबूलियत को देखते हुए, यह फ़ैसला लिया कि दोनों ही, अपने होटल और रैस्टोरैन्ट के नाम के आगे सोफ़िया का नाम लगाऐंगे। यानि होटल का नाम हो जाएगा 'सोफ़िया ओशन ब्लयू' और रैस्टोरैन्ट का नाम हो जाएगा 'सोफ़िया ग्रीन लैण्ड'।

यह खबर अख़बार में छपी। और इसे पढ़ते ही सोफ़िया और मेजर नागरा ने प्लान बनाया कि वह दोनों भी अपनी बेटी के साथ, इस फंकशन में शमिल होगें। इस बात का सोफ़िया ने फ़ोन करके होटल और रैस्टोरैन्ट के डार्यक्टरों को आगाह कर दिया।

यह बात सुनकर दोनों ही बहुत ख़ुश हुए। और सोफ़िया की अपनी फ़ैमली के साथ आने की यह ख़बर जंगल की आग की तरह फैल गई। इसी वजह से 25 दिसम्बर को होने वाले फंकशन की सारी की सारी सीटे रिर्ज़व हो गई।

सोफ़िया के कहने पर शंकर और दयाल को भी स्पैशल इन्वीटेशन भेजा गया।

25 दिसम्बर की शाम भी आ गई। होटल के अन्दर सभी लोगों की भीड़ बैठी हुई, सोफ़िया का इन्तज़ार कर रही थी।

होटल के बाहर, होटल का मालिक और रैस्टोरैन्ट का मालिक, दोनों बड़ी बेसबरी से गेट पर खड़े सोफ़िया का इन्तज़ार कर रहे थे। उनके साथ शंकर और दयाल भी थे।

इतने में एक कार आकर वहाँ रूकी। उसमें से सोफ़िया, मेजर नागरा और उनकी बेटी सोफ़ियाना तीनों नीचे उतरे।

सोफ़िया में तो बिल्कुल कोई चेन्ज नहीं आया था। उसने अपने उपर एक हल्की सी शाल ओढ़ रखी थी। वैसे की वैसे ही ख़ूबसूरत थी। जैसे बरसों पहले हुआ करती थी। हॉ! उसका थोड़ा सा वज़न ज़रूर बढ़ गया था।

मेजर नागरा भी पहले जैसा ही 'सलिम एन्ड ट्रिम' था। हॉ! उसके बालो ने हल्की–हल्की सफ़ेदी पकड़नी शुरू कर दी थी।

हाँ! उनकी बेटी सोफ़ियाना का तो कहना ही क्या?। अगर पता ना होता तो लोग उसको सोफ़िया ही समझते। हू बहू वैसी ही शक्ल जैसे सोफ़िया की बरसो पहले थी। किसी फनकार/संगत्राश का चलता फिरता मुजस्मा हो जैसे।

उनको रिसीव करने के बाद उन्हें अन्दर ले जाया गया। हॉल में लोगों ने उठकर तालियाँ बजा कर उनका स्वागत किया। उनको फूलों के गुलदस्ते प्रैज़ेन्ट किये गए। सोफ़िया ने अपनी पुरानी आदत के मुताबिक लोगों के पास जा जाकर उनसे हाथ मिलाया।

होटल और रैस्टोरैन्ट के मालिकों ने उसके बारे में और उसके काम के बारे में लोगों को विस्तार में अवगत कराया। अन्त में दोनों ने यहीं कहा कि सोफ़िया होटल और रैस्टोरैन्ट की जान थी–शान थी। और उन्हें उसके जाने का हमेशा ही अफ़सोस रहेगा।

सभी लोग अपने–अपने हाथों में गिलास लिये, कोई विस्की पी रहा था, कोई जिन पी रहा था और कोई जूस पी रहा था। लेकिन शंकर और दयाल पता नहीं क्यों, केवल मिनरल वाटर ही पी रहे थे। खैर! बड़ा रंगीन सा माहौल था।

उसके बाद लोग खाना खाने के लिए अपनी–अपनी कुर्सीयों पर बैठ गए। तभी सामने से गोली चलने की आवाज़ आई। गोली का निशाना सोफ़िया की ओर था।

सभी लोग चौंक गए। लोगों ने देखा कि कुछ सिक्योरिटी वालों ने गोली चलाने वाले आदमी को दबोच रखा था। फिर पुलिस आ गई और उस आदमी को गिरफ्तार करके ले गई। ये सब कुछ इतनी जल्दी हुआ कि लोग कुछ भी ना समझ पाए। लोग आपस में तरह–तरह की बातें करने लगे।

सोफ़िया ने माईक लेकर सब को शांत रहने के लिए कहा और बोली – ''अभी यहाँ क्या हुआ?, उसको भूल जाईए। आइए हम सब मिलकर खाने का मज़ा लें।''

लेकिन लोगों का अब खाने की तरफ़ बिल्कुल ध्यान ही नहीं था। वह सब इस गोली के चलने के राज़ को जानने के लिए बेचैन थे। हालात को समझते हुए सोफ़िया कहने लगी कि अगर आप इस बारे में जानने के लिए काफ़ी बेचैन हैं, तो मैं आपको सारी हकीकत बताती हूँ।

मैं बहुत वर्ष पहले नोर्थ–ईस्ट से यहाँ एक मिशन पर आई थी। दरअसल उस वक्त मैं 'नोर्थ–ईस्ट पीस कोन्सल' की एक्टीव मैम्बर थी। यह संस्था कोई सरकारी नहीं बल्कि एक प्राईवेट है। इस कोन्सल का काम आपस में भाई चारे को बढ़ावा देना और अमन शांति को कायम रखना है।

काफ़ी साल पहले जब नोर्थ और नोर्थ–ईस्ट के लोगों के आपसी झगडों की ख़बरें छपीं तो हमारी पीस कोन्सल को शक हुआ कि इसके पीछे किसी तीसरे देश का हाथ है। वो नहीं चाहता कि हम नोर्थ–ईस्ट वाले तरक्की करें। वह नहीं चाहता कि हम दोनों प्रांतों के लोग आपस में प्यार महब्बत और भाईचारे से रहें। वह हम में फूट डालना चाहता है और हमारी अमन और शांति को भंग करना चाहता है।

इसीलिए कोन्सल ने फ़ैसला किया कि किसी मैम्बर को दिल्ली भेजकर इस बात की छान–बीन की जाए। मैं इस खुफ़िया कोन्सल की सबसे ज़्यादा एक्टिव और फ़िट मैम्बर थी। इसलिए मुझे इस काम के लिए सलैक्ट करके यहाँ भेजा गया। मुझे तीन महीने जूयडो–कराटे, सभी प्रकार के हथियार चलाने की और इन्टलिजैन्टस इक्ट्ठी करने की ट्रेनिगं दी गई।

मैंने आते ही दो दिन के अन्दर रेस्टोरैन्ट 'ग्रीन लैण्ड' में नौंकरी ढूंढ ली। कुछ ही दिनों में मुझे पता चल गया कि दिल्ली में सिक्योरिटी टाईट होने के कारण, शरारती लोगों ने अपना हैड क्वाटर यहाँ ज़िला गाज़ियाबाद के होटल 'ओशन ब्लयू' में बना रखा है। फिर क्या था मैंने होटल 'ओशन ब्लयू' में चाय–काफ़ी पीने के बहाने आना जाना शुरू

कर दिया। मैं भी होटल में उस वक्त जाती जब होटल के डायरैक्टर के आने का समय होता और वही हुआ जो मैं चाहती थी। होटल के डायरैक्टर की नज़र मुझ पर पड़ गई। उसने अपने जी.एम से मेरे बारे में पूछा। जी.एम. ने अपने डायरेक्टर को बता दिया कि मैं रैस्टोरैन्ट 'ग्रीन लैण्ड' की कर्मचारी थी।

बस फिर क्या था? दूसरे ही दिन उन्होंने मुझे होटल 'ओशन ब्लयू' में नौकरी की ऑफ़र दे दी। बस मैं अपने मिशन के लिए यही तो चाहती थी। मैंने उनकी आफ़र मन्जूर कर ली। उन्होंने मेरी तनख़्वा भी बढ़ा दी, और आने जाने को गाड़ी की सुविधा के साथ–साथ, रहने के लिए जगह भी दे दी।

दूसरी तरफ़ मैंने मेजर नागरा से दोस्ती कर ली। ऐसा सब कुछ मैंने अपने मिशन को पूरा करने के लिए किया। क्योंकि मैं जानती थी कि वह ख़ुफ़िया विभाग में रह चुका था और विश्वास के काबिल भी था और वह मेरे जाल में फँस गया। या यूँ कहिये कि आहिस्ता आहिस्ता मैं भी उसके जाल में फँस गई।

मैंने जब मेजर नागरा को अपने मिशन की बात बताई तो वह फ़ौरन मेरी सहायता करने के लिए राज़ी हो गया। मैं होटल की जी. एम बना दी गई और मुझे एक अलग ऑफ़िस दे दिया गया। जिसमें मैं और मेजर नागरा मिल कर होटल में आने–जाने वाले सभी शक्किया किस्म के लोगों पर नज़र रखने लग गए।

हमने अपनी जान–पहचान वाले, ख़ुफ़िया विभाग के एक रिटायर्ड अफ़सर कर्नल चड्डा को भी वहाँ नौकरी दिला दी। वह नेटवर्किंगं के काम में बहुत ही कुशल था। हमारे प्लान के मुताबिक होटल के सारे कमरों में ख़ुफ़िया यंत्र लगा दिये गये और हम ऐसे लोगों की हरकतों की रिकार्डीगं करने लगे।

आहिस्ता–आहिस्ता हमें उन लोगों का पता चलता गया और हमने उन्हें किसी ना किसी मुठभेड़ में ढेर करवा दिया और आख़िर एक

ही आदमी बचा। वो था इस टीम का लीडर डाक्टर 'दोंगजीचोंग'। यह उसका असली नाम नहीं था। हर नई जगह पर वह अपना नया नाम रख लेता। भेस बदलने में माहिर। कई देशों की भाषा जानता था। कोई नहीं जान पाया कि वह किस देश का नागरिक था।

मैंने सोचा था कि वह हमारे पिछले एन्काउटर में मारा गया था। लेकिन मेजर नागरा को शक था कि वह अभी भी जीवित था। और यह भी कि उस एन्काउटर में उसकी दोनों टांगे बेकार हो चुकी थीं।

इसलिए जब होटल वालों ने सिल्वर जुबली के दिन जब हमारे आने की बात अख़बारों में छपवादी तो मेजर नागरा को शक हुआ कि अगर डाक्टर दोंगजीचोगं जिन्दा है, तो वह अवश्य ही मुझ पर हमला करेगा।

इसलिए मेजर नागरा ने यहाँ आने से कुछ दिन पहले, भेस बदलकर, आर्मी के कुछ सिक्योरिटी के आदमीयों को लेकर पूरे होटल के इलाके की 'रेकी' की और जगह–जगह आदमी तैनात कर दिये।

और बाकी तो आप सबने देख ही लिया, कि क्या–क्या हुआ? मुझे मारने के लिए डॉक्टर दौरजीवांग ने मुझ पर गोली चला दी। लेकिन मैं कैसे बच गई आप नहीं जानते। डॉक्टर दौरजीवांग का निशाना कभी नहीं चूकता।

दयाल की बहुत शातिर नज़र है, अगर उसने मुझे हल्का सा धक्का ना दिया होता तो गोली सीधे मेरे सीने पर लगती। ख़ैर! अब मैं सही सलामत हूँ। मेरा मिशन पूरा हो गया है। अब कोई भी नोर्थ और नोर्थ–ईस्ट लोगों में फूट नहीं डाल पायेगा।''

इस बात पर सभी लोगों ने तालिया बजाकर उसे बधाई दी। खाना शुरू हो गया। मेजर नागरा, सोफ़िया, सोफ़ियाना, दोनों डायरेक्टरस, शंकर और दयाल सभी एक ही टेबल पर बैठे–बैठे खाना खा रहे थे और इस घटना के बारे में बातें करते जा रहे थे। ये भी एक दूसरे को जानकारी दे रहे थे कि बीते सालों में किस–किस ने क्या–क्या किया?"

खाना ख़त्म हो गया और जाने का वक्त आ गया। आख़िर सोफ़िया कहने लगी– ''दयाल! तुम्हारा शुक्रिया कि मैं तुम्हारी वजह से...!'' और उसने आगे बढकर दयाल को गले लगा लिया। उसकी अचानक ये हरकत देखकर दयाल असमंजस में पड़ गया।

क्योंकि अभी तक उसने सोफ़िया को सिर्फ़ नागरा से ही गले मिलते देखा था और बाकि सबसे तो वह हाथ जोड़कर मिलती थी।

(होटल ग्रीनलैंड में पहले तो वो उन दोनों को मिस्टर दयाल और मिस्टर शंकर कहकर बुलाती थी। लेकिन बाद में उन सबमें दोस्ती हो गई और वो उनको दयाल और शंकर कहकर बुलाने लग गई।)

सोफ़िया ने जल्दी ही दयाल की उलझन को महसूस कर लिया और उसके दिल की हालत को समझते हुए कहने लगी– ''दयाल तुम्हारी बहुत दिनों से ये आरज़ू थी कि मैं तुमको कभी गले लगाकर मिलूँ।''

''तुमको कैसे मालूम?'' अचानक दयाल के मुँह से निकल गया और वह स्वयं ही अपने इस सवाल पर शर्मिंदा हो गया।

सोफ़िया शरारत भरे अंदाज में, उसे आँख मारते हुए कहने लगी–''मैं इतनी नादान नहीं। मैं सबके इरादे पहचानती हूँ और दयाल तुम इस वक्त ठीक ही सोच रहे हो कि मैं मेजर नागरा के सिवाय किसी को भी गले लगाकर नहीं मिलती। और तुमसे भी गले लगकर कहाँ मिली?''

ये सुनकर दयाल का मुँह खुला का खुला ही रह गया। ''सोफ़िया मैं कुछ समझा नहीं?''

''मैं अभी आप सबको समझाती हूँ।'' और ये कहकर उसने कंधे पर से अपना शॉल उतार दिया। नीचे उसने बुलेटप्रूफ जैकिट डाल रखी थी। सबने नोट किया कि जैकिट में डॉक्टर दोरजींवांग की गोली का सिक्का उसमें फंसा पड़ा था।

''मैं कभी रिस्क नहीं लेती। मेरी ट्रेनिंग ही ऐसी थी'', ये देखकर सब उसकी प्रसंशा करने लग गये।

''दयाल आज भी जब मैंने तुम्हें गले लगाया तो तुम्हारे और मेरे बीच में यह जैकिट थी और वैसे भी मैं सब लोगों की धड़कनों को अच्छी तरह पहचानती हूँ। क्यों कुछ ग़लत कहा मैंने?''

सोफ़िया की इस बात पर वहाँ मौजूद सभी लोग हसंने लग गये। आख़िर दयाल उँची आवाज़ में कहने लगा–''सोफ़िया तुम वाकई नोर्थ–ईस्ट की दबंग लड़की हो।'' सोफ़िया बोली ''हाँ! आई एम सोफ़िया–ए गर्ल फ़्रॉम नोर्थ–ईस्ट।''

6
वायदा

मेरी महबूब!
क्या होगा तेरा बाद मेरे?
कौन देगा सहारा तुझे?
कौन सुलझायेगा तेरी बिखरी ज़ुल्फ़े?
कौन तेरी राह में फूल बिछायेगा?
हां! अब वो सब दौर ख़त्म हुआ।
अब गजरे फूलों के नहीं होंगे तेरी ज़ुल्फ़ो में,
अब तेरे दामने – तर काँटे ही काँटे होंगे।
मैं तेरी ज़ुल्फ़ों से महरूम हुआ,
और तू मेरे दीदार को तरसेगी,
सभी मरहले तुझे अकेले ही सुलझाने होंगे।
सभी बोझ तुझे अकेले ही उठाने होंगे।
मेरी पेंशन से क्या होगी भला तेरी गुज़र?
हिम्मत करनी होगी तुझे, हौसला जुटाना होगा।
अपने बच्चों को अभी और पढ़ाना होगा।
मादरे–हिन्द को हो नाज़ जिस पर हर दम,
उन्हें इक ऐसा शहरी बनाना होगा।
मेरी महबूब!. . . मेरी महबूब!
ज़ख्म है गहरा और ख़ून बहुत निकला है।
वक़्त है थोड़ा मगर बात बहुत है लंबी।
हां! अपने बच्चों को बड़ा करना होगा।
बाप का फर्ज़ भी अब तुझको निभाना होगा।
जवां हो जायें जब अपनी जानें–जिगर,
तब बेटी राधा को भी ब्याहना होगा।

राजू को बड़ा करके मेरी ही तरह,
राजू को भी आह!. . . !
आख़री सांस है जंग के मैदान में मेरी,
मेरे अब्बा ने भी ये वायदा लिया था अम्मा से कभी,
सात पुश्तों से दिया है मुल्क को हमने अपना ख़ून।
हाँ! हाँ! मेरी महबूब. . . वायदा कर,
वायदा कर, राजू को भी सिपाही बनाना होगा।

उसके बाद जिस्म में कोई हरकत न रही,
चूड़ियां टूट गईं, माँग का सिन्दूर मिटा।

एक दिन साथ इस ख़त के, इक जनरल का संदेशा आया,
क्या बताऊं इस जंग में किसने क्या खोया, क्या पाया?
जंग किसने की, है ये सब सोच फ़िज़ूल।
क्यों जो इस बहस से, कुछ भी न होगा वसूल,
'मोहन' मैं जंग के शहीदों को सलाम करता हूँ ,
जंग में राजू की हो उमरे–दराज़, ये दुआ करता हूँ।

7
मेरी आवाज़ सुनो

यह जो कहानी मैं आपको सुनाने जा रहा हूँ, कोई नई नहीं, बहुत पुरानी है और आजकल के इस दौर में इसने नया रूप धारण कर लिया है।

वही किस्सा – एक दादी को पोते की इच्छा।

शारदा देवी को अपने लड़के की शादी करनी थी। क्योंकि उनके ख़ानदान में किसी के लड़का नहीं था, इसलिए वह चाहती थी कि अपने लड़के की शादी ऐसी लड़की से करें जो उनकी पोते की ख़्वाईश को पूरी कर दे।

इस मकसद के लिए उन्होंने अपने ख़ानदानी पंडित का सहारा लिया। जिस लड़की का भी रिश्ता आता, वह उस लड़की की जन्म कुंडली पंडित को दिखाती।

आख़िरकार पंडित जी ने एक लड़की की जन्म कुंडली को पढ़ा और कहने लगा कि इस लड़की से शादी के बाद उनके घर में पोता जरूर होगा। बस फिर क्या था?

शारदा देवी ने अपने लड़के जगबीर की शादी गौरी से करने की सोची। पर ऐसा करने से पहले, वह गौरी के घर गई और उसको अकेले में बुलाकर कहने लगी कि वह गौरी की शादी अपने बेटे से इसलिए कर रही है क्योंकि वह पंडित जी की राय के मुताबिक उसको पोता देगी।

शारदा देवी को यह जानकर बहुत ही ख़ुशी हुई कि गौरी भी लड़की जनने के हक में नहीं थी। वह भी चाहती थी कि लड़का ही हो। लड़का ही है. . . जो . . .।

मां, बेटा और बहू तीनों लड़के के जन्म के लिए पागल हो रहे थे। जगबीर तो चाहता था कि उसका लड़का जवान होकर उसकी गद्दी संभाले, जैसे उसने अपने पिता के मरने के बाद संभाली थी।

शारदा देवी इस बात को, लड़का पैदा होने तक गुप्त ही रखना चाहती थीं। वह चाहती थीं कि लड़का होने पर अपने पूरे गाँव वासियों को चौंका दे। इसी कारण उन्होंने अपने गाँव से दूर किसी दूसरे शहर में एक नर्सिंग होम में अपनी बहू की ड़िलीवरी करवाने का प्लान बनाया।

बड़ा नर्सिंग होम था। शारदा देवी ने ढेर सारी मिठाईयाँ बाँटने के लिए मंगवा रखी थीं। नर्सों और दूसरे कर्मचारियों के लिए गर्म शाल और गर्म कपड़े मंगवा रखे थे।

डिलीवरी होते ही शारदा देवी ने बहू के गले में सोने का भारी हार डाला। अस्पताल के सभी कर्मचारियों को गर्म कपड़े व मिठाईयाँ दिल खोलकर बाँटी गई।

आज भगवान ने उनकी सुन ली थी और उनकी मुराद पूरी कर दी थी।

शारदा देवी, बेटा और बहू सब बहुत खुश थे। लेकिन नर्स की आवाज सुनते ही पूरे माहौल में एकाएक मातम छा गया।

जब नर्स ने बताया कि लड़का नहीं बल्कि लड़की पैदा हुई है। शारदा देवी का सारा जोश धरा का धरा रह गया। यह खबर सुनते ही शारदा देवी बेहोश होते–होते बचीं और धड़ाम से कुर्सी पर बैठ गईं। जगबीर का भी यही हाल था और बहू का रंग तो ऐसे जैसे जिस्म में खून ही न रह गया हो।

तीनों काफी देर तक खामोश बैठे रहे। आखिर शारदा देवी कुछ फैसला लेते हुए कहने लगीं– ''हम गाँव में जाकर कह देंगे कि बच्चा मुर्दा पैदा हुआ है। ध्यान रहे कि इस असलीयत के बारे में किसी को भी कानों–कान खबर नहीं होनी चाहिए।''

''लेकिन इस लड़की का क्या करें?,'' जगबीर ने पूछा।

माँ कहने लगी–''इसको हम रास्ते में ही कहीं दफ़ना देंगे।'' और बहू को ख़बरदार करते हुए कहने लगीं–''ध्यान रहे यह बात हम तीनों

तक ही सीमित रहनी चाहिए। किसी को भी इसकी भनक नहीं लगनी चाहिए।''

''माता जी मैं तो खुद लड़की नहीं चाहती थी। मैं तो इसका मनहूस चेहरा भी नहीं देखना चाहती। आपका जो भी फ़ैसला है, मुझे मंज़ूर है।''

गुप्ता नर्सिंग होम से निकलते–निकलते शाम हो गई। तीनों कार में बैठ गये और लड़की को उन्होंने चद्दर में लपेट रखा था।

नर्सिंग होम से उनके गाँव का फ़ासला कोई पचास किलोमीटर का था। कई जगह पर जंगल और रास्ता भी सुनसान था। जगबीर ने एक घने जंगल के पास जाकर कार को एक साइड पर खड़ा कर दिया और जल्दी–जल्दी उसने फावड़े की मदद से गड्ढा खोदा और जल्दी से लड़की को उस में दबा दिया।

जगबीर कार को सीधा अपनी हवेली में ले गया। उनका मुनीम भागा–भागा उनके पास आया। उसके चेहरे पर बहुत रौनक थी। वह ख़ुशख़बरी सुनने के लिए बहुत बेताब था।

लेकिन उन सबके चेहरों पर नज़र पड़ते ही वह समझ गया कि कोई बुरी घटना हो गई है। इसीलिए तो सबके चेहरे बहुत उदास–उदास थे। शारदा देवी ने मुनीम को बताया कि एक लड़की पैदा हुई थी। वह भी मुर्दा।

यह खबर सारे गाँव में आग की तरह फैल गई। जब यह खबर पंडित देवदत शर्मा के कानों तक पहुँची तो उसके तो होश ही गुम हो गये। क्योंकि उसकी भविष्यवाणी की वजह से ही तो शारदा देवी ने जगबीर की शादी गौरी से की थी। लड़की पैदा होने की बात सुनते ही, उसने झट से अपना सामान बाँधा और इससे पहले कि शारदा देवी का मुनीम उसके घर तक पहुँच पाता, वह वहाँ से अपने बीवी–बच्चों को साथ लेकर गाँव से रफ्फू–चक्कर हो गया।

वह जानता था कि शारदा देवी बड़ी जालिम किस्म की औरत है। वह नाराज़गी और गुस्से में कुछ भी कर या करा सकती थी। गाँव में

तो यहाँ तक भी अफ़वाह फैली हुई थी कि एक दिन गुस्से में आकर उसने अपने पति तक को...। इस ख़बर में कहाँ तक सच्चाई थी, कोई नहीं जानता।

हाँ! यह बात तो जरूर है कि उस दिन के बाद उसका पति कहीं भी दिखाई नहीं दिया।

शारदा देवी ने अपने पंडित के ग़ायब हो जाने के बाद, मथुरा के एक पंडित को बुलाया और अपने बेटे और बहू की जन्म कुंडली बनाने के लिए कहा।

उस पंडित रामप्रसाद ने बताया कि पहली भविष्यवाणी में एक ग़लती की वजह से उनका पंडित ठीक से हिसाब–किताब नहीं लगा पाया। दरअसल दूसरी संतान में लड़के का योग था।

खैर इस बार लड़का पैदा हुआ और सारे गाँव में जश्न मनाया गया। पूरा गाँव एक दुल्हन की तरह सजाया गया। पूरे गाँव वालों को दिल खोलकर नये कपड़े और मिठाईयाँ बाँटी गईं। शारदा देवी ने पैसा पानी की तरह बहाया।

लड़का बडा होनहार निकला, पढ़ाई में अच्छा था। बी.ए. कराने के बाद शारदा देवी ने उसे एम.ए. करने के लिए अमरीका भेज दिया।

पढ़ाई ख़त्म करने के बाद जब वह वापस हिन्दुस्तान आया तो वह अकेला नहीं था। बाहर से एक मेम को भी साथ ले आया। सिल्वेनिया उसकी क्लास फ़ैलो थी। दोनों ने शादी कर ली। लेकिन कुन्दन ने इसकी खबर किसी को न दी।

एयरपोर्ट पर कुन्दन के साथ एक गोरी लड़की को देखकर शारदा देवी समझीं कि वह शायद कोई मुसाफ़िर थी। पास आकर जब कुन्दन ने उनसे उस लड़की का परिचय कराया, ''दादी! इससे मिलो। ये सिल्वेनिया है, मेरी पत्नी...।'' यह सुनते ही दादी के जैसे प्राण ही निकल गये।

शारदा देवी ने तो शहर के एक बड़े बिज़नेसमैन की लड़की से कुन्दन की शादी कराने के सपने देख रखे थे। वे सारे के सारे सपने रेत की दीवार की तरह एक ही झटके में ढह गये।

खैर जैसे–तैसे करके शारदा देवी ने हालात से समझौता कर लिया। वह सब कुछ बर्दाश्त कर सकती थी लेकिन मीट, मछली, शराब से समझौता करना उसके बस की बात नहीं थी। वह मेम क्या आई कि हर वह चीज़ जो शारदा देवी को पंसद नहीं थी, घर में आने लगी। वह हैरान थी कि उसका पोता जिसने आज तक इन चीज़ों को कभी छुआ तक न था, कैसे इन चीजों के जाल में फंस गया।

दरअसल इसकी सबसे बड़ी वजह थी, कुन्दन की बीवी। जिसके साथ रहते–रहते, उसने इन चीज़ों का सेवन शुरू कर दिया था। सिल्वेनिया भी इस रोज़–रोज़ की बंदिश से तंग आ गई। क्योंकि उसके घर का माहौल कुछ और ही था और यहाँ बिल्कुल उसके उलट।

उसने आख़िर तंग आकर कुन्दन को नोटिस दे दिया कि या तो वह अपने घरवालों से अलग हो जाये नहीं तो वह अपने घर वापिस अमरीका चली जायेगी। सिल्वेनिया के इस फ़ैसले से कुन्दन बड़ी दिमाग़ी उलझन में फंस गया। उसको समझ नहीं आ रहा था कि क्या करे और क्या न करे। एक तरफ कुंआ था तो दूसरी तरफ खाई।

हर रोज घर में झगड़े होने लगे। सिल्वेनिया बहुत ही चालाक औरत थी। वह अमरीका से ही सारा प्लान बनाकर आई थी। वहां अमरीका में ही उसने कुन्दन की सारी प्रोपर्टी का हिसाब–किताब लगा लिया था। उसकी चाल काम कर गई। आख़िर कुन्दन सिल्वेनिया को नाराज़ नहीं करना चाहता था। इसलिए उसने सिल्वेनिया के साथ अमरिका जाने की बजाय, बिज़नेस अलग करना ही बेहतर समझा। दूसरे वह अपने माँ–बाप और दादी से भी तो दूर नहीं होना चाहता था।

बिज़नेस अलग करने के लिए उसने घर वालों से अपना हिस्सा मांगा। मगर उसके लिए घरवाले राज़ी नहीं थे। इस कशमकश में सिल्वेनिया के कहने पर उसने अपने हिस्से के लिए कोर्ट में केस डाल दिया। सिल्वेनिया ने वकालत पास कर रखी थी। उसने कुन्दन का बहुत ही पुख़्ता केस बनाया और कोर्ट में शारदा देवी केस हार गई।

शारदा देवी ने बड़ी कोर्ट में केस डालने की सोची। शारदा देवी ने फैसला किया कि चाहे कितना ही रूपया–पैसा लग जाये लेकिन वह कुन्दन और सिल्वेनिया को एक नया पैसा तक न देंगी।

फिर उसे यह भी दुःख था की कितने जतन करके उसने, ज्योतिषियों के चक्कर लगा–लगाकर, पोता प्राप्त किया था और आज उसका यह फल निकला। उसने हिन्दुस्तान की जानी–मानी वकील देविका रानी को अपना केस दे दिया।

देविका रानी ने केस अच्छी तरह स्टडी किया। केस शुरू हो गया। कई दिन तक बहस चलती रही और आखिर फ़ाइनल फ़ैसले के दिन भी नज़दीक आने लगे।

वैसे तो देविका रानी साठ वर्ष की, चलने–फिरने में बहुत चुस्त थीं लेकिन उनको हार्ट की प्रोबलम थी। शारदा देवी अपने लड़के और बहू के साथ हमेशा ही उनके घर पर ही मीटिंग करती थीं।

देविका रानी ने अपने घर के हर कमरे में सी.सी. टी.वी. और स्पीकर लगवा रखे थे। कोई भी काम होता तो वो पास रखे स्पीकर से घर के नौकरों से, अपने पी.ए. से और ड्राइवर से बात कर लेती।

ऐसा सिस्टम उन्होंने इसलिए लगवा रखा था क्योंकि एक दिन दफ़्तर में बैठे–बैठे उनको दिल का दौरा पड़ गया और वहाँ कोई मौजूद न था। सभी नौकर–चाकर, पी.ए. और ड्राईवर सब अपने–अपने कमरों में थे। यह तो अच्छा हुआ कि उनका एक नौकर उनसे चाय पूछने के लिए, उनके कमरे में आ गया। मैडम की हालत देखकर उसने जल्दी से पी.ए. और ड्राइवर को बता दिया और उनको फ़ौरन मेडिकल ऐड मिल गई।

यह भी अच्छा था कि उनकी लड़की शहर के ही किसी अस्पताल में डॉक्टर थी। ख़बर मिलते ही वह दौड़ी चली आई।

सी.सी. टी.वी. घर में लगे होने के कारण घर के अंदर होने वाली हर हरकत का पता लग जाता और सब कमरों में इन्टरकाम भी लगे

हुये थे। घर में दो कमरों में मोनीटर लगे हुए थे। एक देविका रानी के ऑफ़िस में और दूसरा उनके बेडरूम में। ज़्यादातर काम वह इन कमरों में ही करती थीं।

केस की आख़री सुनवाई के दिन एक बुरी घटना हो गई और वह यह थी कि देविका रानी को बहुत बड़ा दिल का दौरा पड़ गया। उनकी लड़की ने आकर उनको संभाल लिया लेकिन उनकी हालत ऐसी हो गई कि दिल के डाक्टर ने उन्हें चलने–फिरने से मना कर दिया।

शारदा देवी यह ख़बर सुनकर अपने बेटे और बहू के साथ उनको देखने और उनका हाल पूछने आई। उसको दरअसल यह फिक्र और ख़तरा था कि कहीं देविका रानी को कुछ हो गया तो उनका केस उल्टा भी पड़ सकता था। क्योंकि सिल्वेनिया बड़ी चालाक औरत थी।

शारदा देवी ने देविका रानी से पूछा कि अब उनके केस का क्या होगा? वह तो कोर्ट जा नहीं सकतीं। आखिर उनका केस कौन लड़ेगा? देविका रानी मुस्करा कर कहने लगी– ''मै सब ठीक कर लूंगी। आपने नोट तो किया होगा कि आपकी पिछली 15–20 मीटिंगों में, मेरी लड़की साधना मेरी बीमारी की वजह से मेरे पास बैठी होती थी। उसको सारे केस की जानकारी है। वह केस को अच्छी तरह हैंडल कर लेगी।''

''लेकिन वह डॉक्टर है वो कैसे...?'' शारदा देवी ने सवाल किया।

देविका रानी हंस कर कहने लगीं–''आप नहीं जानती। साधना ने वकालत भी कर रखी है। पहले मेरे नीचे रहकर वह कोर्ट के केस देखा करती थी लेकिन पिछले छह साल पहले जब मुझे दिल का दौरा पड़ा तो उसने ज़िद की कि वह डॉक्टरी का कोर्स करेगी। उसके साईंस के सब्जैक्ट तो थे ही, उसने मेरी एक न मानी और फिर डाक्टरी का कोर्स कर लिया। वकालत के बजाय उसको डॉक्टरी की लाइन ज़्यादा अच्छी लगी। वह कहती है कि मुझे लोगों की जान बचाना ज़्यादा

अच्छा लगता है। तो मैंने कहा ठीक है जैसी तेरी मर्ज़ी, तू डॉक्टर ही बनी रह।

ये सारी बातें देविका रानी के बेडरूम में हो रही थीं। उन्होंने सी. सी. टी.वी. पर देखा कि साधना अपने कमरे में किताबें पढ़ने में व्यस्त थी।

देविका रानी बोली–''हर वक्त कुछ न कुछ पढ़ती रहती है।'' और फिर इंटरकाम पर साधना को अपने कमरे में आने के लिए कहा।

शारदा देवी को देविका रानी से सारी बातें सुनकर बड़ी हैरत हुई कि एक लड़की भी इतना कुछ कर सकती है। क्योंकि वह तो सोचती थी कि लड़का ही. . .। इतने में साधना वहाँ आ गई। देविका रानी ने साधना को केस की सारी बारीकियाँ समझा दीं।

''मम्मी आप फिक्र न करें। मैं केस को संभाल लूंगी। यह आपके पिछले केस जैसा ही तो है।'' और फिर शारदा देवी की तरफ देखकर कहने लगी–"आप सब आइये हम सब ऑफ़िस में बैठकर केस को फिर से स्टडी कर लेते हैं।

शारदा देवी उनका लड़का और बहू सब साधना के साथ ऑफ़िस में आ गये। साधना ने केस के बारे में कई बडे पेचीदा सवाल पूछे। वह केस की हर बारीकी तक पहुँचना चाहती थी। इस दौरान देविका रानी ने अपना सी.सी. टी.वी. ऑन ही रखा। लेकिन थोड़ी ही देर बाद उनकी तबीयत कुछ खराब होने लगी। तो नर्स ने उन्हें नींद की गोली खिला दी और हिदायत दी की वह सो जायें। सोने से पहले उन्होंने अपना सी.सी. टी.वी. का बटन रिकॉडिंग पर लगा दिया। उन्होंने सोचा सुबह उठकर देख लेंगी कि साधना और बाकी लोगों में क्या–क्या बातचीत हुई थी और उसके मुताबिक जो–जो भी प्वाइंट होंगे, वह साधना को उनके बारे में समझा देंगी।

साधना की समझ–बूझ को देखकर शारदा देवी तो दंग ही रह गई और पूछने लगी ''बेटी तुम ने वकालत भी की और अपनी मां की सेहत

की ख़ातिर डाक्टरी का लंबा–चौड़ा कोर्स भी कर डाला। ताकि तुम अपनी बीमार मां का इलाज भी कर सको। तुम्हारी यह बात वाकई तारीफ़ के काबिल है। मैं तो समझती थी कि लड़कियाँ. . .।''

साधना उनकी ये बातें सुनकर कुछ न बोली, सिर्फ़ 'हां' में छोटा–सा जवाब दे दिया। फिर साधना उन सबको ऑफ़िस में ही छोड़कर कुछ देर के लिए अपने कमरे में चली गई। शायद उसे कोई ज़रूरी काम याद आ गया था।

उसके जाने के बाद शारदा देवी अपने बेटे और बहू से न जानें क्या–क्या बातें करती रहीं। ख़ैर! थोड़ी देर बाद साधना आ गई। उसने उन सबसे कुछ ज़रूरी पेपर्स साइन कराये और उन सबको वापस भेज दिया।

दो दिन के बाद कोर्ट में केस शुरू हुआ। देविका रानी काफ़ी फिक्रमंद थी। हालांकि उनको साधना पर पूरा भरोसा था। मगर देविका रानी की इतने सालों की इज़्ज़त दांव पर लगी हुई थी।

आख़िर दोनों तरफ़ की बहस के बाद, जज् ने कहा कि वह अपना फ़ैसला अगले दिन सुबह 11:00 बजे सुनायेंगे। अगले दिन कोर्ट में काफ़ी भीड़ थी। क्योंकि केस लड़ने वालों में एक अमरीकन महिला भी शामिल थी।

जज् ने शारदा देवी के हक में फ़ैसला दिया। यह सुनकर कुन्दन और उसकी विलायती बीवी के तो होश ही उड़ गये। कहाँ वे करोड़ों की जायदाद की उम्मीद कर रहे थे और यहाँ आज उनको एक कौड़ी भी नहीं मिली थी।

थोड़ी देर बाद साधना जब शारदा देवी के पास आई तो शारदा देवी ने साधना को झट से बड़े जोर से अपने गले लगा लिया और उसके मुँह से अचानक निकल गया– ''काश! तुम हमारी बेटी होती?''

''यह आप ही की तो बेटी है,'' पीछे व्हील चेयर पर देविका रानी थी और ये उन्हीं के शब्द थे।

“मैं समझी नहीं। देविका रानी जी आप क्या कह रही हैं?,” शारदा देवी बोली।

“मैं ठीक ही कह रही हूँ। यह आप ही की तो बेटी है,” देविका रानी ने अपनी बात को दोहराते हुए कहा।

“पर यह तो आपकी बेटी...।”

“नहीं! मुझे आज से काफ़ी वर्ष पहले यह जंगल में मिली थी. . . और मुझे कल ही पता चला कि यह आपकी बेटी है यानी आपकी पोती। उस दिन मैं देखना चाहती थी कि साधना आपसे क्या–क्या पूछती है?., क्योंकि यह केस मेरे लिए बहुत ही महत्वपूर्ण था। परन्तु मेरी तबीयत ख़राब होने के कारण मैं नींद की गोली खाकर सो गई। मगर सोने से पहले मैंने अपने सी.सी. टी.वी. को रिकार्डिंग पर कर दिया था ताकि अगले दिन मैं देख सकूँ कि आपके साथ उसकी क्या–क्या बातचीत हुई थी? सुबह उठकर मैंने सी.सी. टी.वी. की रिकार्डिंग देखी। मैंने देखा साधना आप तीनों को छोड़कर अपने कमरे में किसी काम के लिए चली गई। उसके जाने के बाद आप तीनों के बीच में जो–जो बातें हुई, उनको देखकर, सुनकर मैं चौंक गई।

आपकी बातों से मुझे गुप्ता नर्सिंग होम और उसके बाद जंगल में होने वाले अनर्थ का पता लग गया और आप सोच नहीं सकती कि इस बात से मुझे कितना सदमा पहुँचा। एक औरत दूसरी औरत के साथ इतना घिनौना...।

अगर मुझे आपकी इस हरकत का पहले पता लग जाता तो मैं आपका केस कभी न लड़ती लेकिन जब तक मैं कोर्ट पहुँची जज् साहब अपना फ़ैसला दे चुके थे।

“लेकिन आप उस वक्त वहाँ क्या...?” शारदा देवी ने पूछा।

“मैं उस अस्पताल में अपने पति का डैथ सर्टीफ़िकेट लेने गई थी और वहाँ लेट हो गई। रात को एक जगह जंगल में ड्राईवर ने झट से गाड़ी रोकी और दरवाज़ा खोलकर भागकर एक तरफ़ चला गया। थोड़ी देर बाद जब वह वापस लौटा तो उसके हाथ में एक ख़ून से

लथपथ नवजात बच्ची, जो फटी–पुरानी चादर में लिपटी हुई थी। उसने बताया कि इसको जंगली जानवर ले जा रहे थे। जल्दी ही मैं इस बच्ची को नज़दीक के किसी नर्सिंग होम में ले गई। इसका इलाज कराया।

मेरी औलाद तो थी नहीं। मैंने सबको बता दिया कि यह मेरी लड़की है। शारदा देवी अब तो आपको समझ आ गया कि लड़कियाँ भी लड़कों से ज्यादा मां–बाप के काम आती हैं।''

साधना पास खड़ी उदास मन से सब सुनती गई। उसकी आँखों से आसुंओं की बरसात हो रही थी और उसने आगे बढ़कर ज़ोर से देविका रानी को गले लगा लिया और कहने लगी–''मम्मी! मैं आपका कर्ज़ा कभी नहीं चुका सकती।''

शारदा देवी आख़िर अपनी करनी पर बहुत ही शर्मिंदा थीं। फिर भी हिम्मत करके पूछ ही बैठीं–''तो क्या आप हमें हमारी बेटी दे देंगे?''

इससे पहले कि देविका रानी कुछ कह पाती, साधना ज़ोर से चिल्लाई–''नहीं कभी नहीं,। लोगों को माँ चाहिए, बहन चाहिए, पत्नी चाहिए, आख़िर बेटी क्यों नहीं?''

और फिर कहने लगी–

''मेरी आवाज़ सुनो–
वक्त की पुकार हूँ मैं.।''

8
दस साल बाद

"अरे यह पागल कौन है?" उस वक्त राधा हाथ में दूध का प्याला लिए बैठी थी। यह अल्फाज सुनते ही वह चिल्ला उठी।

"खबरदार! जो इसे दोबारा पागल कहा। अगर तुम ने. . .।'' और वह अपना वाक्य पूरा न कर सकी। उसके होंठ खुष्क हो गये और माथे पर पसीने की बूँदें उभर आईं। उसका चेहरा ज़र्द हो गया और आँखों में दो आंसू लटकने लगे। दूध का प्याला उसके हाथों से छूटकर टूट चुका था और सफ़ेद दूध से बनी धारियाँ गंदी नाली की ओर रेंग रही थी। उसने ये शब्द इतनी ज़ोर से कहे थे कि उसके अपने ही कान अपनी आवाज़ से झनझना उठे।

करीब ही एक आदमी बैठा था जिसकी दाढ़ी बढ़ी हुई थी। कुछ देर पहले ही वह बच्चों की तरह हंस रहा था लेकिन राधा की ऊंची आवाज़ सुनकर वह भी चुप हो गया और हैरानी से चारों ओर देखने लगा।

राधा उसके इस मासूम अंदाज़ की तरफ देखकर रोने लगी और भाग कर अपने कमरे की ओर चली गई।

रंजना, राधा की सहेली सुन्न–सी खड़ी यह सब देखती रही। वह अभी तक कुछ भी नहीं समझ सकी थी। राधा का उसे चिल्ला कर कहना और उसका रोना, यह सब उसे अजीब–सा लग रहा था। राधा ने उसे हमेशा अपनी बहन की तरह समझा था और उससे कभी भी इस लहजे में नहीं बोली थी लेकिन आज का रवैया. . .।

"जरूर कोई खास बात है।'' रंजना ने सोचा। वह तेज़ी से राधा के कमरे की तरफ़ बढ़ी, अंदर राधा सिसकियां ले कर रो रही थी। आख़िर उसने बड़ी मुश्किल से उसे चुप कराया।

''देखो राधा मुझे तो कुछ भी नहीं मालूम कि मेरा दोष क्या है? अगर मुझसे कोई भूल हो गई हो तो मुझे माफ़ कर दो।'' राधा के गालों पर रोने से बनने वाले काले धब्बे उसे और भी ख़ूबसूरत बना रहे थे। उसने अपने दुपट्टे से उन्हें साफ़ करते हुए कहा–"असल में मेरा ही सारा कसूर है जो मैंने तुम्हें पहले यह सब कुछ नहीं बताया. . .।'' और फिर वह रोने लगी। रंजना सोच में पड़ गई कि ऐसी कौन–सी बात है जो इसने मुझे नहीं बताई वर्ना यह तो सारी बातें मुझे बता दिया करती थी।

थोड़ी देर बाद राधा चुप हो गई और कहने लगी– "मैंने तो तुम्हें कई बार यह बात बतानी चाही लेकिन फिर यह सोच कर कि बीती बातों को बताने से क्या फ़ायदा ? लेकिन अब तो तुम्हें सब कुछ जरूर ही बता दूंगी। क्योंकि इसके बग़ैर तुम मेरा आज का रवैया नहीं समझ सकोगी। ...''

दस बरस पहले की बात है। उन दिनों मैं बी.ए. में पढ़ती थी। शेखर हमारे घर आया–जाया करता था। हम एक दूसरे को बहुत चाहते थे। हम अकसर इकट्ठे खाना खाया करते थे और अगर कभी उसे देर हो जाती तो मुझे भी भूखा रहना पड़ता था।

जानती हो जब भी वह मुझे दुःखी देखता तो उसकी आँखे भर आती। मेरे दुःखों से तो शायद उसे नफ़रत थी और हाँ ऐसे मौके पर वह अपनी भरी आँखे छुपाने के लिए धूप की ऐनक लगा लिया करता। मुझे उसकी इस आदत का पता था। मैं उसे हंस कर ऐनक उतारने का इशारा करती तो वह कहता "देखो राधा, मुझसे तुम्हारे दुःख नहीं देखे जाते। काश! ऐसा हो सकता कि तुम्हारे सारे दुःख मुझे मिल जायें।"मैं उसकी यह बात पूरी होने से पहले ही उसके मुँह पर अपना हाथ रख देती। फिर मैं उसकी बात पर नाराज़ हो जाती। वह मुझे मनाने के लिए कई तरीके आज़माता लेकिन मैं उसको तंग करने के लिए जान–बूझ कर रूठी ही रहती। आख़िर में जब, वह मना–मना कर थक जाता तो कहता– "भई! समझो मैं फ़ोटोग्राफ़र हूँ और तुम्हारी

तस्वीर ले रहा हूँ। हाँ तो रेडी वन... टू ...एण्ड...थ्री।'' मैं उसकी इस अदा पर हँस देती।

मुझे अच्छी तरह याद है सर्दियों की शाम थी। वह शैली के बारे में कोई सवाल बता रहा था। न जाने क्यों उस वक्त मेरा दिल पढ़ने में नहीं लग रहा था? मैंने कहा– "भई! बस करो बाकी कभी फिर बता देना।'' उसे मेरी इस बात पर बहुत गुस्सा आया। गुस्से से उसे देख कर मैं जोर–जोर से हँसने लग पड़ी। गुस्सा तो उसमें था ही बहुत, मेरे हंसने से और भी बढ़ गया और उसने जोर से मेरे गाल पर एक थप्पड़ रसीद कर दिया। थप्पड़ पड़ते ही उसकी सारी उंगलियों के निशान मेरे गालों पर छप गये। यह देखते ही उसका सारा गुस्सा काफूर हो गया। उसने मेरे गाल को मल–मल कर बने निशानों को दूर कर दिया और फिर मुझ से माफ़ी माँग कर बोला– "देखो! मुझे ऐसे ही इतना गुस्सा आ गया। मैं सच–मुच बहुत बुरा हूँ। कितना ही अच्छा हो अगर ये मेरे हाथ न रहें और न ये आँखें, जिन्होंने तुझे मारा और जिन्होंने यह नज़ारा देखा।"

"शेखर! देखो अगर तुम ऐसी बात करोगे तो मैं तुम से कभी भी नहीं बोलूँगी। तुम्हारा जितना जी चाहे पीटो लेकिन ऐसी बात कभी भी जुबान पर न लाया करो। आख़िर मैं हूँ किसकी? सच कहती हूँ कि मैंने तुम्हारी किसी बात का कभी भी बुरा नहीं माना लेकिन तुम्हारी इस बात का बुरा ज़रूर माना है।"

ऐसे कितने ही किस्से होते रहे और हमारा प्यार हमेशा बढ़ता रहा। शायद तुम जानती नहीं यह रिंग (ring) भी उसने मुझे मेरे जन्म दिन पर दी थी और ऐसा ही रिंग मैंने उसके जन्म दिन पर। उसे रिंग पहनाते वक्त मैंने यूं ही मज़ाक में उससे कह दिया–''शेखर! यह रिंग तो नहीं गवाँ दोगे।"

"मरने तक तो इसे अपने साथ रखूँगा लेकिन मरने से पहले यह रिंग ज़रूर तुम्हें वापस कर दूँगा। यह बेचारा मेरे साथ कहाँ ख़ाक में मिलती रहेगी। हँसते–हँसते यह बात करते हुए वह न जाने क्यों

संजीदा हो गया? उसका बात करने का ढंग ही ऐसा था कि मैं कुछ न बोल सकी।

आख़िर एक दिन किसी ने आकर हमारी प्यार की दुनियाँ में हलचल मचा दी। मेरे रिश्ते के लिए कुछ लोग हमारे घर आये, लेकिन मेरे माता–पिता को वह रिश्ता मंज़ूर न था। इसलिए "ना" कर दी गई।

अब चूंकि मेरी शादी का किस्सा चल ही पड़ा था तो शेखर ने यह ठीक ही समझा कि पहले ही बात कर ली जाये। उसने एक दिन मौंका अच्छा देख कर मेरे पिता से बात चलाई लेकिन वह नहीं मानें। उन्हें उसकी हर चीज पसंद थी। मगर उसकी तनख़्वाह तो सिर्फ़ तीन सौ ही थी और वह चाहते थे कि लड़के की तनख़्वाह कम–से–कम पांच सौ तो हो। शेखर ने कहा कि तरक्की तो ज़रूर होनी है और तनख़्वाह भी तो कुछ सालों में बढ़ ही जायेगी। पर सब बेकार।

हालांकि मेरे माता–पिता को यह पता चल चुका था कि हम दोनों एक–दूसरे को चाहते हैं मगर फिर भी वह अपनी बात पर अड़े रहे। वह तो मेरी भलाई केवल पैसे में ही समझते थे। मेरे अरमानों की तो उनके सामने कोई कीमत न थी।

अगर हम चाहते तो शादी भी कर सकते थे लेकिन ऐसी बात हम दोनों को पसन्द न थी। आख़िर मेरी मंगनी हो गई, एक ऐसे लड़के के साथ जिसके पास दो–तीन मकान थे और उसकी तनख़्वाह भी एक हजार थी। पैसे पर मेरे प्यार को बलिदान कर दिया गया।

मेरी शादी से कुछ दिन पहले की बात है। नदी का किनारा था। वहाँ हम घंटो बातें किया करते थे। आज हम उसी जगह चुपचाप खड़े थे। सारा वातावरण ही चुप–सा था। चारों तरफ़ ख़ामोशी थी। नदी की लहरें जो इतनी जोशिली हुआ करती थी, आज चुप्पी साधे बैठी थीं।

एक तरफ़ ढलता हुआ सूरज और उसकी थकी हारी पीली–पीली किरणें और दूसरी ओर बिजली के जलते हुए खंबों के इर्द–गिर्द मंडराते हुए परवानों का थक–थक कर गिरना। अजीब ही नज़ारा था। हर चीज़ ख़ामोशी की चद्दर ओढ़े हुए खड़ी थी। हर तरफ़ मौत

का–सा सन्नाटा छाया हुआ था। इस ख़ामोशी से मैं घबरा उठी और मैंने ख़ामोशी का आलम तोड़ ही दिया।

"मेरे माता–पिता मेरी चुप्पी का नाजायज़ फ़ायदा उठा रहे हैं अगर मैं चाहूँ तो बोल भी सकती हूँ। अब सोचती हूँ कि काश मैंने उस दिन ऐसा कर दिया होता तो मुझे ये दिन तो न देखने पड़ते," वह चुपचाप सब कुछ सुनता रहा।

जाने से पहले बस उसने इतना ही कहा– "अपने से ज़्यादा अगर मैंने किसी को चाहा है तो वह तुम हो। बस यही ख्वाहिश है कि हमेशा अपना ख़्याल रखना।"

उसके इन शब्दों ने मेरे दिल के शांत सागर को हिला कर रख दिया। मेरी आंखो से आँसू बहने लगे लेकिन इस बार उसने मेरे आँसू नहीं पोंछे। इतना कहकर वह तेज़ी से एक ओर चला गया और मैं यह भी न पूछ सकी कि वह कहाँ जा रहा है? जब वह मेरी आँखों से ओझल हो गया तो मैं थके हारे कदमों से वापस घर लौट आई।

उसके बाद दस बरस तक मैंने उसे नहीं देखा। हाँ शादी से पहले उसकी एक चिट्ठी जरूर मिली थी। लिखा था।

मेरी राधा,

आना तो चाहिए मुझे तेरी शादी पर लेकिन क्या करूं मैं खुद अपने ही सामने, अपने अरमानों का जनाज़ा उठता नहीं देख सकता। मेरा घर लुट जाये और मैं चुप रहूँ। ऐसा देखने का धैर्य मुझमें नहीं।

फ़कत तुम्हारा

मैंने हर जगह पता कराया लेकिन वह कहीं भी न मिला। यहाँ तक कि उसके घरवालों को भी उसका हाल मालूम न था। जिस जगह वह नौकरी करता था, वहाँ से सिर्फ इतना पता चला कि वह एक महीने की छुट्टी लेकर किसी की शादी पर गया था लेकिन अब तक वापस नहीं लौटा है।

मैंने दिल में कई बार दुआ की कि वह सिर्फ़ एक बार मुझे मिल जाये और आख़िर एक दिन वह मुझे मिल भी गया लेकिन...।

हाँ तो परसों मैं बस में घर आ रही थी। मैं अपने ध्यान में मग्न बैठी हुई थी कि पास वाली सीट पर बैठे हुए आदमी की आवाज़ ने मुझे चौंका दिया। आवाज तो बिल्कुल वही थी लेकिन सूरत...। मैंने उसे गौर से देखा और अगर वह बोलता न तो शायद मैं उसे पहचान भी न पाती। उसके सिर के सारे बाल सफ़ेद थे। दाढ़ी इतनी बढ़ी हुई थी कि बिल्कुल जंगली मालूम होता था। गालों पर जहाँ सुर्खी दौड़ा करती थी, आज वह जगह स्याह हो चुकी थी। जगह–जगह पर झुर्रियाँ पड़ी हुई थी और गाल अंदर धंसे हुए थे।

तभी उसने ऐनक लगा ली। बिल्कुल वही ऐनक थी। मैं समझ गई कि उसने मुझे देख लिया है और अपनी पुरानी आदत के मुताबिक अपने आंसुओं को छुपा रहा है। मैं उसे कहने ही वाली थी कि ज़रा अपनी ऐनक तो उतारो कि बीच में एक आदमी आ गया और मैं चुप हो गई।

जब वह आदमी आगे बढ़ गया तो मेरी नज़र शेखर के गले पर पडी। अरे यह क्या? उसके गले में एक चैन थी और उसमें वही मेरी दी हुई अंगूठी लटक रही थी। मैं यह सोचने लगी कि आख़िर अंगूठी को गले में लटकाने का क्या अर्थ है? शायद गुम हो जाने के डर से या फिर . . . ? और मेरी आँखों के सामने वही गुज़रे हुए लम्हें बारी–बारी आने लगे।

बस की ज़ोरदार ब्रेक की आवाज़ ने मुझे चौंका दिया। मैंने देखा लोग तेज़ी से बस में से निकलने लगे। मैंने झट से साइड वाली सीट पर देखा लेकिन वहाँ शेखर मौजूद न था।

बाहर अच्छी–खासी भीड़ थी। आख़िर मैं भी उतरी और चारों तरफ देखा लेकिन शेखर का कहीं निशान न था। आख़िर मैंने लोगों से पूछा कि माजरा (मामला) क्या है? तो उन्होंने बताया कि कोई आदमी चलती बस से गिर पड़ा है। फिर एक तरफ़ से दो आदमियों की आवाज़ आई– "बेचारा अंधा है। हाथ भी कटे हुए हैं।"

उनकी बात सुनकर मेरा दिल धक से रह गया।

"कहीं उसने...। नहीं नहीं ऐसा नहीं हो सकता।" मैंने सोचा और जल्दी भीड़ को चीरती हुई बीच में जा पहुँची। वह सचमुच ज़मीन पर

चित पड़ा था। उसके करीब ही ऐनक के शीशे के टुकडे बिखरे पड़े थे। बहुत ही दर्दनाक सीन था। उसके कई जगहों पर चोटें आईं थीं। मुँह से खून बह रहा था। मैंने बढ़ कर अपनी साड़ी के पल्लू से उसका खून पोंछ दिया। मैंने उसे कई बार पुकारा लेकिन बेफायदा। वह बेहोश था।

अस्पताल में जब उसे होश आया तो वह चिल्लाने लगा। डाक्टर ने बताया कि ब्रेन इंजरी है जिसके कारण यह पागल हो गया है,

जानती हो रंजना यह कौन है? यह वही है और मैं इसे अपने घर ले आई ताकि इसकी देखभाल कर सकूँ। क्योंकि इसका ख़्याल रखने वाला है ही कौन?

"बहुत ही दर्दनाक कहानी है। पता नहीं तुम्हारे माता–पिता इसकी यह हालत देख कर खुश होंगे या दुःखी लेकिन इतना ज़रूर है कि वह अपने दिल में पछतायेंगे–ज़रूर'' रंजना बोली।

उसी वक्त नौकर ने कमरे में दाख़िल हो कर वहीं रिंग राधा को देते हुए कहा–"मालकिन बिटिया, यह रिंग उस पगले बाबू ने दी है। कहता था कि जाओ यह मैंने तुम्हारी मालकिन को भेंट दी। बेचारा पागल..." ।

और फिर कुछ याद आने पर जल्दी बोल उठा–"हाँ मालकिन, मालिक ने उसे पागल खाने भिजवा दिया है। वह कह रहे थे कि मुझसे इस पागल की बक–बक और रोज का खर्च बर्दाश्त नहीं होता।''

नहीं! ऐसा नहीं हो सकता। मैं उसे उस नर्क में नहीं जाने दूँगी। मैं अभी उसे वापस ले कर आऊँगी। इतना कह कर वह तेजी से दरवाज़े की ओर बढ़ी। बाहर बरामदे में टेलीफ़ोन की घण्टी बज रही थी। उसने लपक कर रिसीवर उठा लिया।

"राधा स्पीकिंग''

उधर से पागलख़ाने के डाक्टर की आवाज़ थी।

"मिसिज़ राधा! अभी थोड़ी देर पहले आपके पति ने किसी पागल को यहाँ भेजा था। वह हमारे आदमियों से छूटकर भाग रहा था कि किसी कार के नीचे आ गया। अब उसके बचने की कोई..।''

इससे आगे वह कुछ न सुन सकी। रिसीवर उसके हाथ से गिर गया...।

9
भ्रम

उन दोनों की शादी को कुछ अर्सा गुज़र चुका था। बहुत मुश्किल से वह आज कुछ दिनों की छुट्‌टी लेकर घर आया था। दीवाली थी। बाहर पटाख़ों के चलने की आवाज़ आ रही थी और वे दोनों बाहर की दुनियाँ से बेन्याज़ और बेख़बर पड़े थे। रानी उसकी बाहों में सिमटी पड़ी थी। दोनों को कुछ होश न था।

होश आया...।

रानी अपनी नाज़ुक उँगलियाँ उसके घुंघराले बालों में फेरती हुई बोली–"प्रशान्त! तुम्हारे बाल तो कुछ–कुछ सफ़ेद हो गए हैं। तुम्हारी आँखों के नीचे गहरे गड्ढे पड़ने लगे हैं। तुम्हारे चेहरे, हाथों और गर्दन पर भी झुर्रियाँ पड़नी शुरू हो गई हैं। बदन भी ढलक गया है। तुम अब बूढ़े हो गए हो।" वह हंसी और उसकी आवाज़ का तरन्नम सारे कमरे में गूंज गया। रानी की आंखों में शरारत झलक रही थी।

प्रशान्त रानी की यह बात सुन कर मुस्करा दिया और उसने एक हंसती हुई निगाह रानी पर डाली। उसने देखा, कि रानी के सुनहरे बालों ने भी सफ़ेदी पकड़नी शुरू कर दी थी। उसके शगुफ़ता गुलाबी चेहरे पर भी झुर्रियों के निशान उभरने लगे थे। आंखों की पुरकशिश चमक भी मद्धिम पड़ रही थी। उसकी जवानी के तूफ़ानी नक़ूश भी ढल रहे थे और...।

मगर वह अपनी बीवी से यह सब कुछ न कह सका या, यूँ कहिए कि यह सच्चाई कहने का उसमें हौसला ही नहीं था।

उसने एक लंबी सांस खींची और जल्दी ही घबरा कर अपनी आंखे बंद कर लीं। वह नहीं चाहता था कि उसका यह भ्रम कि उसकी बीवी अब भी पहले जैसी ताज़ा, हसीन और जवांबदन है, कहीं टूट जाए।

10
चाल गर्ल

इतवार का दिन था मनोहर देर से सो कर उठा।

पहले तो उसने बिस्तर पर से लेटे–लेटे अपनी बीवी शांति को आवाज लगाई। जब काफी बार पुकारने पर भी, उसकी बीवी ने कोई जवाब न दिया, तो वह झुंझुलाकर आख़िर उठ ही बैठा। उसे ध्यान आया कि उसकी बीवी तो पिछले सात दिन से मायके गई हुई थी।

लेकिन रात को, मेरे साथ, मेरे बिस्तर पर कौन था? उसकी नज़र दरवाज़े की तरफ़ चली गई। उसे याद आया कि रात को, उसने थोड़ी ज्यादा ही पी ली थी और सोते वक्त वह दरवाज़ा बंद करना भूल गया था।

वह नज़दीक पड़े मेज़ से जब पानी का गिलास उठाने लगा तो उसकी नज़र, पास ही रखे एक काग़ज़ पर पड़ी। वह एक ख़त था और वह उसे उठाकर पढ़ने लगा।

" मिस्टर...?

आप मेरा यह ख़त पढ़कर ज़रूर हैरान होंगे। मैं आपके साथ वाले फ्लैट में चन्द्रभान के पास आई थी। काम पूरा होने के बाद मैं अपना मुआवज़ा एक हजार रूपये लेकर, वापस चल पड़ी थी। मुझे कुछ और रूपयों की सख्त ज़रूरत थी, और मेरे पास वो रूपये कहाँ से आयेंगे, सोचती हुई जब मैं आपके फ़्लैट के पास से गुज़र रही थी कि आपकी आवाज़ 'शांति... शांति, मेरे करीब आओ', मेरे कानों में पहुँची और मैं वहीं रूक गई।

पास ही खिड़की से मैंने अन्दर झाँक कर देखा तो आपको, सोते में बड़बड़ाता पाया। थोड़ी देर तक, मैं कुछ सोचती रही फिर पक्का इरादा करके मैंने दरवाज़ा आहिस्ता से खोला और आप के पहलू में जा लेटी।

आप मुझे शांति समझते रहे और मैं शांति पूर्वक शांति बनी रही। आपके तकिये के नीचे पड़े आपके भारी पर्स में से, अपनी फ़ीस, एक हजार रूपया लेकर जा रही हूँ।

आपकी,
चाल गर्ल।"

यह ख़त पढकर, मनोहर का दिल धक से रह गया। उसके पर्स के अन्दर कोई पचास हज़ार रूपये पड़े थे। उसने झट से पर्स उठाया और नोट गिनने लग गया।

सिर्फ़ एक हज़ार रूपये का, लाल नोट ही कम था।

एक हफ्ते पहले की ही तो बात है, जब इन्सपेक्टर विनोद ने हवलदार पांडे को अपने ऑफ़िस बुलाया और एक लाल रंग की फ़ाइल थमाते हुए बोला– ''पांडे जी, इस फ़ाइल का रंग क्या है?''

''जनाब लाल,'' हवलदार पांडे बोला।

''इसका मतलब यह है कि बहुत ही ज़रूरी फ़ाईल है जिसका जवाब, एक हफ़्ते के अन्दर–अन्दर, कमिश्नर साहब को भेजना ज़रूरी है।''

फाइल पांडे को देते हुए इन्सपेक्टर विनोद ने कहा– ''पांडे जी, मैंने यह फाईल पढ़ ली है। आप भी इसे अच्छी तरह पढ़ लो और फिर मुझे बताओ कि इसमें क्या–क्या ख़ास बातें लिखी हुई हैं?''

पांडे एक घंटे के बाद आया और बोला– ''जनाब! मैंने फ़ाइल अच्छी तरह पढ़ ली है। इस केस का कोड नेम है 'चाल गर्ल' और बीच में ही रूकते हुए बोला, जनाब इसका नाम 'चाल गर्ल क्यों है?, जबकि इस केस का ताल्लुक, एक कॉल गर्ल 'चांदनी' से है।''

इन्सपेक्टर विनोद ने उसे डाँटते हुए कहा– ''पाँडे जी, आप इस चाल गर्ल और कॉल गर्ल के चक्कर में मत पड़ें। मुझे केस पूरी तरह से बतायें।''

''ठीक है जनाब! यह कॉल गर्ल, चांदनी, मुंबई से चार साल से लापता है। मुंबई पुलिस को शक है कि या तो वह हमारे इलाके में

ऑपरेट कर रही है, या मर–मरा गई है। फ़ाईल के नीचे, ख़ुद कमिश्नर साहब ने लाल स्याही में लिखा है कि अगर यह लड़की मिल जाये, तो उसे फ़ौरन पकड़ लिया जाए और जो भी पुलिसकर्मी इस लड़की को पकड़ेगा, उसे प्रमोशन दी जायेगी।

और अगर यह लड़की हमारे इलाके में नहीं है, तो केस क्लोज कर दिया जाए।''

मनोहर के किस्से के अगले ही दिन पांडे ने देखा कि वही तस्वीर वाली लड़की एक फ़्लैट के अंदर गई और शाम होने पर ही बाहर निकली। कोई सात बजे का वक्त था और अंधेरा होने ही वाला था।

पांडे ने सोचा कि यह एक अच्छा मौका है चांदनी को रंगे हाथ पकड़ने का। फिर उसे ख़्याल आया कि क्यों न लड़की का पीछा करूँ और देखूँ कि अब वह आगे क्या करती है?

यही सोचकर उसने लड़की को पकड़ने का प्लान कैंसिल कर दिया और उसके पीछे–पीछे चलने लगा।

चांदनी काफ़ी देर तक तो पैदल चलती रही और फिर एक गंदी बस्ती में न जाने कहाँ गुम हो गई। पाँडे उसी जगह ओट में छुपकर लड़की का इंतिजार करने लगा। थोड़ी देर बाद चांदनी वापस आई तो उसका नक्शा ही बदला हुआ था।

पांडे ने नोट किया कि न तो उसके कपड़े ही तड़क–भड़क वाले थे, न ही हाथ में रंग–बिरंगा पर्स था और न ही वह मेकअप में थी। सीधे–सादे बाल और न ही कोई लिपिस्टिक। बल्कि इस वक्त चांदनी ने पुरानी–सी, सादी साड़ी डाल रखी थी।

यह देखकर एक सेकण्ड के लिए तो पांडे तो चकरा ही गया। इस वक्त चांदनी बिल्कुल सती–सावित्री बनी हुई थी।

पांडे ने एक बार फिर चांदनी को पकड़ने का प्लान छोड़ दिया और उसका पीछा करने लगा।

थोड़ी ही देर में लड़की एक नर्सिंग होम की सीढ़ियाँ चढ़कर अंदर चली गई। वह भी अब बेधड़क अंदर चला गया। वह सिविल कपड़ों

में था किसी को शक होने की गुंजाइश न थी। अब वह भी अपने आपको मरीज़ कह सकता था।

उसने देखा चांदनी ने डॉक्टर के कमरे के पास जाकर चपरासी से थोड़ी देर कुछ बात की। चपरासी बोला– ''डॉक्टर साहब! किसी मरीज़ को देखने गये हुए हैं अभी आते ही होंगे। आप डॉक्टर साहब के कमरे में जाकर, इंतज़ार कीजिए।'' चांदनी डॉक्टर के कमरे में चली गई।

पांडे ने उन दोनों की सारी गुफ़्तुगू सुन ली थी। इसलिए वह डॉक्टर के कमरे के बाहर, एक ऐसी जगह पर बैठ गया, जहाँ से वह चांदनी और डॉक्टर की सारी बातें अच्छी तरह सुन सकता था।

डॉक्टर के आते ही, चांदनी कुर्सी से उठकर खड़ी हो गई और धीरे–धीरे बातें करने लगी। उसके जवाब में डॉक्टर, चांदनी से बड़ी सख़्ती से, डांटते हुए बोला– ''तुम्हें पता है कि पिछले चार सालों से तुम्हारे पति को यह इंजेक्शन लग रहा है। अगर इंजेक्शन सस्ता होता तो मैं लगा देता। आज तुमने पैसे लाने में बड़ी देरी कर दी। अगर तीस मिनट और तुम लेट हो जातीं...। खैर जल्दी से पैसे दो मैं अभी इन्जेक्शन मंगा कर लगा देता हूँ।''

तुम चार सालों से हर रोज इन्जेक्शन के लिए पैसे लेकर आती हो। हाँ! तुम्हारी हिम्मत है कि आजकल की मँहगाई के ज़माने में भी, इतने रूपयों का बंदोबस्त तुम कर पाती हो।''

''डॉक्टर साहब! मेहनत मज़दूरी... हर काम कर लेती हूँ। जो भी काम मिलता है...! अपने पति को मरता हुआ भी, तो नहीं देख सकती'', चांदनी ने रोते हुए कहा।

''ख़ैर चुप हो जाओ, अब फ़िक्र की कोई बात नहीं। सब ठीक हो जायेगा, '' डॉक्टर ने उसे तसल्ली देते हुए कहा।

नर्सिंग होम में डॉक्टर और चांदनी की सारी बात सुनने के बाद, पांडे का दिल भर आया। उसकी आँखों में आँसू आ गये। वह मन ही मन चांदनी के, इस बलिदान की सराहना करने लगा। उसने सोचा कि

कॉल गर्ल ही सही, कितने पुण्य का काम कर रही है। कोई और औरत होती तो अपने पति को छोड़कर, कब की चली गई होती, मगर ऐसा घिनौना काम कभी न करती।

नर्सिंग होम में डॉक्टर और चांदनी की सारी बातें सुनने के बाद, वह सीधा, इन्सपेक्टर विनोद के ऑफ़िस आया। इन्सपेक्टर दफ़्तर में ही था।

दाख़िल होते ही पांडे बोला– ''जनाब! आप अभी तक यहीं हैं? मैंने तो सोचा आप घर जा चुके होंगे''।

''पांडे जी, हम दोनों पिछले छः साल से इकट्ठे काम कर रहे हैं। मैं कभी आपके बिना घर गया हूँ, क्या? हम एक ही जगह के रहने वाले हैं, घर भी हमारा पास–पास है।

हमारी जाटौली जाने वाली ट्रेन, हमेशा ही लेट हो जाती है। अभी तो वह दिल्ली से चली भी नहीं होगी। कम–से–कम, ट्रेन को यहाँ पहुँचने में, एक घंटे का समय तो लगेगा ही'' और फिर कुछ याद आते ही उसने पूछा– ''पांडे जी क्या लड़की मिली या फिर ख़ाली हाथ ही आये हो?''

''जनाब! आप सही कह रहे हैं। मैं ख़ाली हाथ ही लौटा हूँ।''

फिर उसने नर्सिंग होम का सारा किस्सा, इन्सपेक्टर विनोद को तफ़सील में बता डाला।

''जनाब! इसमें शक नहीं कि वह कॉल गर्ल है और अपने बीमार पति को बचाने के लिए... ! जनाब मैं उसको पकड़कर नर्क में नहीं जाना चाहता''

और यह कहकर वह, फ़ाईल इन्सपेक्टर के हाथ में थमाते हुए बोला–''जनाब! अब मेरी प्रमोशन तो नहीं हो सकती। मैं दुखियारी नारी को पकड़कर, प्रमोशन पाना भी नहीं चाहता।''

इन्सपेक्टर विनोद ने फ़ाईल, पांडे के हाथों से लेकर टेबल पर रख दी। उसने टेबल पर रखे हुए, सिगरेट के पैकेट में से, एक सिगरेट निकाला और लाइटर से जला कर लंबे–लंबे कश लेने लगा। वह अपने

ख़्यालों में गुम था और सिगरेट के धुंए के छल्ले बना–बना कर, अपने ऑफ़िस के कमरे में घूम रहा था।

फिर उसे अचानक ख़्याल आया कि पांडे भी कभी–कभार, सिगरेट पी लेता है और उसने एक सिगरेट पांडे की ओर बढ़ा दिया। पांडे ने अपनी जेब से माचिस की डिब्बी निकाली और अपना सिगरेट सुलगा लिया।

अब दोनों ही सिगरेट के कश पे कश लगाये जा रहे थे। मगर दोनों ही किसी ख़ास उलझन में नजर आते थे। दोनों किसी गहरी सोच में डूबे हुए थे।

आख़िर इन्सपेक्टर विनोद, कुछ सोचते हुए अपने टेबल के पास गया, और फ़ाईल के पन्ने पलट–पलट कर देखने लगा। फिर न जाने उसके दिमाग में क्या आया कि उसने एक ही झटके से अपने लाईटर को जलाकर, फ़ाईल को आग लगा दी। फिर उसे कूड़ेदान में फेंक दिया।

''पांडे जी आप यही चाहते थे कि हम दोनों नर्क में न जायें? अब न यह फ़ाईल रहेगी और न ही हम दोनों नर्क में जायेंगे''

हवलदार पांडे, हैरानी से चुपचाप सारा नज़ारा देखता रह गया।

उधर दूसरी तरफ़, हवलदार पांडे जब नर्सिंग होम से चला तो वह इस बात से बेखबर था कि नर्सिग होम का चपरासी, उसका पीछा कर रहा है।

चपरासी ने अंधेरे में खड़े होकर, इन्सपेक्टर विनोद और पांडे की सारी बातें भी सुन लीं थीं और अपनी आँखों से फ़ाइल को जलते हुए भी देख लिया था।

वह भागता–भागता नर्सिंग होम पहुँचा।

चांदनी और डॉक्टर अभी तक आफ़िस में ही थे और इधर–उधर की बातों में लगे हुए थे।

चपरासी अंदर जाते ही खुशी से बोला– ''मैडम मुबारक हो आपके केस की फ़ाईल जला दी गई है। अब आप आज़ाद हैं। आज से आपकी सब परेशानियां ख़त्म हो गईं हैं।''

फिर उसने सारा किस्सा, चांदनी और डॉक्टर को सुना दिया। यह सुनकर चांदनी बड़े जोश से डॉक्टर के गले मिली और झट से उसने पचास हज़ार रूपये निकालकर डाक्टर को और पांच हज़ार रूपये चपरासी को पकड़ा दिये।

फिर डॉक्टर से कहने लगी – ''आपका बहुत–बहुत शुक्रिया जो आप ने मेरे 'प्लान' के मुताबिक, मेरे पति की झूठी कहानी गढ़कर, मुझे और मेरी फ़ाईल को, पुलिस के पंजों से हमेशा–हमेशा के लिए मुक्ति दिला दी।''

डॉक्टर चाँद ने, बड़े रोमांटिक अंदाज में, अपना बाजू चांदनी की कमर में डाला और उसे अपनी ओर खींचते हुए कहने लगा–"पुलिस डिपार्टमेंट ने, तुम्हारी फ़ाइल का कोड नेम (code name) चाल गर्ल, बिल्कुल सही रखा था।

''तुमने अपनी चतुराई से कैसे पता लगा लिया था कि तुम्हारी फाइल यहाँ पुलिस हेडक्वार्टर में आ गई है और फिर मुझे और मेरे चपरासी को अपनी चाल में फंसा ही लिया''

तुम 'कॉल गर्ल' नहीं सचमुच 'चाल गर्ल' हो।

11
नये मोड़ पर

"इतनी तन्ख्वाह में भला मैं ख़ाक गुज़ारा करूँ। जब से मैं इस घर में आई हूँ कभी भी भगवान ने अच्छे पैसे देने की कृपा नहीं की" और फिर शांति गुस्से में बोली– "हो भी कैसे! आज तक कभी भी आपने भगवान के चरणों में सिर तक नहीं झुकाया। आप कभी तो इसे पत्थर की मूर्ति और कभी मनगढंत तस्वीरें कहते हैं, मेरे मन्दिर में रखे भगवान को। इसी निरादर की वजह से ही तो आपको अभी तक तरक्की नहीं मिली। यहाँ तक कि पिछले दस साल से आपकी सालाना तरक्की भी बंद है। मेरी तो किस्मत ही... और वह फूट–फूट कर रोने लगी।

नीरज अभी तक चुपचाप बैठा सब कुछ सुन रहा था लेकिन शांति के रोने पर उसके पास आ बैठा और प्यार से बोला–

"शांति! चुप हो जाओ, तुम तो बेवजह ही रोती हो। तुम तो जानती हो कि मैं इन चीजों में विश्वास नहीं रखता और यह आज से नहीं बल्कि कई वर्षों से ही ऐसी बात है। लेकिन क्या मैंने तुम्हें कभी पूजा करने से रोका है? तुम दिन–रात मन्दिर आती–जाती हो। कभी तुम से कुछ भी कहा है क्या?"

शांति बात करते ही बोली– "ताली एक हाथ से तो नहीं बजती। ख़ाली मेरी पूजा से क्या होता है? तरक्की तुम्हारी होनी है। तनख़्वाह तुम्हारी बढ़नी है। अगर पूजा नहीं करोगे, इन मूर्तियों को पत्थर कहोगे और अगर तुम्हें इनमें विश्वास नहीं होगा तो हमारे काम भला क्या खाक होंगे?" वह अब और भी ज़ोर–ज़ोर से रोने लगी।

नीरज को दफ़्तर जाने में देर हो रही थी। वह उसे मनाने लगा।

"अगर तुम मुझे कुछ भी समझते हो तो तुम्हें आज मेरी एक शर्त माननी ही पड़ेगी।"

नीरज चाहता था कि किसी भी तरह शांति चुप हो जाये और बोला– "मुझे तुम्हारी हर शर्त मंजूर है।"

"तो वायदा करो कि तुम इन दशहरे की छुट्टियों में तीर्थस्थान पर चलोगे'' उसके आंसू ग़ायब थे और वह प्रफुल्लित होकर बोली।

नीरज ने सोचा कि उसने शांति से यह कैसा वायदा कर लिया? खैर बाद में देखा जायेगा।

उसे दफ्तर जाने में देर हो रही थी। उसने खाने का टिफिन हाथ में लिया और दफ़्तर के लिए रवाना हो गया।

शांति अब बहुत ख़ुश–ख़ुश नजर आती और जल्दी ही नीरज को इसके राज का पता चल गया। एक दिन जब वह दफ्तर जाने लगा तो उसने देखा कि आज शांति बहुत ही अच्छी–अच्छी सब्जियां टिफिन में ड़ाल रही थी। उसने देशी घी में बना बादाम के टुकड़ों से भरा हलवा जब खाने के डिब्बे में डाला तो नीरज के मुँह में पानी आ गया।

उसका दिल चाहा कि दोपहर का खाना अभी खा ले लेकिन उसने अपने ऊपर कंट्रोल कर लिया।

"क्या बात है! आज बहुत ही लज़ीज़ खाना बनाया है,? आखिर'' उससे न रहा गया और वह पूछ ही बैठा।

शांति उसके पास आई और उसके कमीज़ के कॉलर को दुरूस्त करते हुए कहने लगी– "भूल गये। तुम ही ने तो कहा था...''

"क्या कहा था?'' वह याद करते हुए बोला।

"यही कि दशहरे की छुट्टियों में हम तीर्थस्थान पर चलेंगे।'' आपको तो कुछ याद ही नहीं रहता।''

नीरज को ऐसे लगा जैसे उसे कोई साँप सूँघ गया हो। वह खाना जिसे थोड़ी देर पहले ही उसने लज़ीज़ कहा था और जिसे देखकर उसके मुँह में पानी आ गया था, ऐसे लगने लगा जैसे किसी बीमार की खिचड़ी हो।

लेकिन कोई चारा न था। वह बग़ैर कुछ बोले अपना टिफ़िन उठाकर दफ़्तर चल पड़ा। सारा रास्ता वह सोचता रहा कि इस मुसीबत से कैसे छुटकारा पाये?

कल से ही तो दशहरे की छुट्टियाँ हो रहीं थी और...इतने में बस आ गई और उस की भीड़ में उसे इस बारे में सोचने का मौका ही न मिला। दफ़्तर में जाते ही वह काम में जुट गया।

लेकिन लंच ब्रेक की घण्टी बजते ही उसके दिल में घंटाल बजने लगे और वह भी ख़तरे के। उसने बहुत सोचा लेकिन उसे कोई तरकीब न सूझी। आख़िर वह टिफ़िन खोलकर खाना खाने लगा।

उसे इतने लज़ीज़ बने खाने को खाकर आज जरा भी मज़ा न आया। देशी घी का बना बादाम वाला हलवा भी उसे ऐसा लगा जैसे गूंधा हुआ कच्चा आटा निगल रहा हो।

शाम को दफ़्तर से छुट्टी हुई। सब क्लर्क अपने–अपने घरों को बड़ी ख़ुशी–ख़ुशी जा रहे थे। अब उनकी 15 दिन की छुट्टियाँ थीं और सभी किसी–न–किसी पहाड़ी स्थान पर जा रहे थे।

लेकिन उसे तो... ! अपने ऊपर रोना आ रहा था।

वह दफ़्तर से घर पहुँचा। वह किसी भी तरीके से अपनी बीवी का इरादा बदलने में कामयाब न हो सका।

शांति ने दिन में पहले ही तैयारियां कर रखी थी। सारा सामान बंध चुका था और यहाँ तक कि उसने रात की ट्रेन की सीटें भी बुक करवा ली थीं।

सूली पर चढ़ने से पहले जैसी हालत मुजरिम की होती है वैसी ही हालत नीरज की थी। उसकी कुछ न चली और वह अपनी बीवी के साथ रात की गाड़ी में सवार हो गया।

वे एक पहाड़ी स्थान पर एक जटाधारी साधू के दर्शन के लिए जा रहे थे। साधू महात्मा बहुत पहुँचे हुए थे। यह शांति की एक सहेली ने उसे बताया था।

उसकी एक सहेली का तो यहाँ तक कहना था कि साधू महात्मा के दर्शन के बाद उसकी फ़ैमिली के तो भाग्य ही खुल गये और रूपये तो उनके पास ऐसे आते थे...!

ख़ैर! दो दिन के सफर के बाद वह उसी पहाड़ी स्थान पर पहुँचे। गुफा का रास्ता काफी लंबा था। शांति तो चाहती थी कि सफर पैदल

ही किया जाये लेकिन नीरज ने उसे साफ़–साफ़ शब्दों में कह दिया थे कि पैदल चलना उसके बस की बात नहीं। वह गुफ़ा में जाने को तैयार था, अगर शांति उसे ख़च्चर पर ले जाना चाहे।

शांति ने सोचा कि अगर दर्शन पैदल किये जाते, तो साधू बाबा के पुण्य प्रताप से कोठी बंगले मिलते लेकिन फिर उसने दिल को तसल्ली दी कि चलो खच्चर पर चलकर, बंगला न सही, बाबा की कृपा से मकान तो मिल ही जायेगा।

खच्चर पर तीन दिन के सफर के बाद वह उस जटाधारी साधू के निवास यानी गुफ़ा के पास पहुँचे।

गुफा के बाहर सैकड़ों लोग बाबा के दर्शन के लिए भीड़ लगाकर खड़े हुए थे। एक मोटी–सी औरत जिसने साधूओं जैसे भगवे कपड़े पहन रखे थे, पचास–पचास की टोली में भक्तों को अन्दर ले जाती। दर्शन कराने के बाद उनको उसी रास्ते से वापस ले आती। इसी तरह यह सिलसिला रात के 10:00 बजे तक जारी रहता।

लोगों ने श्रद्धा से पैसे जमा करके साधू बाबा के लिए गुफ़ा के बाहर एक लोहे का गेट बनवा दिया था। यही गेट वह मोटी औरत रात के पूरे 10:00 बजे अंदर से बंद कर देती और ताला लगा देती ताकि साधू बाबा अपनी सारे दिन की थकावट को दूर कर सके।

भीड़ बहुत थी लेकिन फिर भी शांति पूरी कोशिश करके नीरज को अपने साथ अंदर ले जाने में कामयाब हो गई।

गुफ़ा 'बाबा की जय! बाबा की जय!' की आवाज़ से गूँज रही थी।

काफ़ी देर तक गुफ़ा में मद्धिम सी रोशनी में चलने के बाद, सब भक्तों ने देखा कि सामने एक ऊंचे स्थान पर एक कमज़ोर दुबले–पतले साधू बाबा विराजमान थे। सब भक्तों के चेहरे ख़ुशी से प्रफुल्लित हो उठे।

"बाबा राम भरोसे खड़का–धड़का नाथ की जय।" इस आवाज़ से गुफ़ा गूंज उठी। जवाब में साधू बाबा ने हाथ हिलाकर उनको आर्शीवाद दिया लेकिन उनकी आँखे भक्ति में बंद ही थी।

सब बढ़चढ़कर चढ़ावा बाबा के चरणों में डाल रहे थे। कोई नोटों के ढेर डालता तो कोई सोने के गहने। बाबा के चरणों के पास ही एक चश्में का पानी बह रहा था। लोग जल्दी–जल्दी से उस पानी को बोतलों में भर रहे थे, ताकि वापस जाकर अपने घरवालों को भी इसे पिलाकर उनका जीवन सुखी कर दें।

नीरज खड़ा हैरानी से यह सब देखता रहा। शांति समझ गई कि इसके अंदर का नास्तिक फिर जाग उठा था। उसने नीरज को ज़ोर से हिलाया। नीरज उसके इशारे को समझ गया कि वह चाहती है कि बाकी लोगों की तरह वह भी बाबा के चरणों में माथा टेक दे और उस अमृत को पी ले।

जब सब लोग बाबा के दर्शन कर चुके तो नीरज भी कुछ सोचता हुआ आगे बढ़ा और उसने साधू बाबा के चरणों को पकड़ लिया। पीछे खड़े भक्तों की आवाज "बाबा राम भरोसे खड़का–धड़का नाथ की जय "गूँज रही थी।

नीरज ने साधू बाबा के पैर इतनी जोर से पकड़ रखे थे कि साधू बाबा अपने ऊपर काबू ना रख सके और उन्होंने घबरा कर अपनी आँखे खोल दीं।

वह नीरज को घूरे जा रहा था और नीरज बाबा को। काफ़ी देर तक दोनों एक दूसरे को घूरते रहे। इतनी देर लगती देखकर मोटी औरत बोली–"जल्दी करो बच्चा बाकी लोगों को भी अभी दर्शन करने हैं।''

शांति भी घबरा गई कि कहीं उसके पति साधू बाबा के आशीर्वाद के बगैर ही न चले जायें। इतने में साधू बाबा उस मोटी औरत से कहने लगे–

"ऐसा करो तुम सब भक्तों को बाहर ले जाओ। इस प्राणी से हम अकेले में कुछ ज़रूरी बात करना चाहते हैं और साथ ही इस औरत (शांति) को भी ले जाओ। अगली टोली को तुम थोड़ी देर बाद हमारे दर्शनों के लिए लेकर आना।''

शांति ख़ुश थी कि आज उसकी किस्मत खुल रही है जो बाबा ने उसके पति को अपने पास रोक लिया है।

बाबा और नीरज दोनों काफ़ी देर तक चुप रहे। आख़िर नीरज ने पूरी तरह तसल्ली हो जाने पर कहा– "त... त.. त.. तुम यहाँ! मुझे कहीं धोखा तो नहीं हो रहा है।"

"अरे आहिस्ता बोल"। बाबा चेहरे पर मुस्कराहट लाते हुए बोले– "नीरज! तुम्हें कोई धोखा नहीं हो रहा है। तुम ने मुझे ठीक ही पहचाना है।"

दोनों ज़ोर से गले मिले। उसके पास बैठते हुए नीरज बेसब्री से बोला–"लेकिन तुम तो कमलदेव नाथ थे... तुम ये बाबा कैसे...?"

"नीरज यह एक लंबी कहानी है" और बाबा ने एक लंबी आह लेकर नीरज को अपना पूरा किस्सा बताया कि वह के.डी. नाथ से बाबा कड़का–धड़का नाथ कैसे बन गया। ऐसे लगता था जैसे कमलदेव अपना किस्सा किसी को सुनाने के लिए मुद्दतों से बेचैन था। उसने अपनी दास्तान कहनी शुरू की।

"नीरज तुम तो जानते हो कि मैं पढ़ाई में काफ़ी अच्छा था और आगे की पढ़ाई जारी रखना चाहता था। लेकिन मेरे घर वालों ने दौलत के लालच में मेरी शादी कर दी। मेरी किसी के सामने कुछ न चली।"

मेरे ससुर का बिज़नेस मेरे हिस्से में आ गया। मैं बिज़नेस में अनाड़ी तो था ही, इसलिए बिज़नेस पार्टनर्स मुझे लूट कर खा गए। हालत यहाँ तक पहुँच गई कि दो वक्त की रोटी भी मिलनी मुश्किल हो गई। मेरी बीवी गीता....!" फिर कुछ याद आते हुए कहने लगा – "हाँ! यह जो औरत भक्तों को मेरे पास लाती और ले जाती है, यही तो मेरी बीवी गीता है।"

"ओह–आई–सी.," नीरज ने कहा। कमल ने बात जारी रखी– "हाँ! तो मैं कह रहा था कि मेरी बीवी मुझे हर दम कोसती रहती कि किस मनहूस घड़ी में उसकी शादी मुझ से हुई थी। एक दिन मैं

अंधेरे में मन की शांति के लिए, अपनी गीता को छोड़कर हमेशा के लिए घर से चला गया।

काफी समय जंगलों में भटकता रहा। आख़िर एक दिन इसी तीर्थ स्थान के लिए चल पड़ा। रास्ता पैदल तय करना था। सात दिन का रास्ता तय करने में मुझे एक महीना लग गया। रास्ते में एक जगह जब नहाने के लिए मैंने कपड़े उतार कर रखे ही थे कि अचानक बरसात का पानी आ गया और मेरे सारे कपड़े बह गये। मैं अब एक बड़े पत्थर के पीछे बिल्कुल बगैर कपड़ों के बैठा हुआ रो रहा था कि उसी वक्त एक साधू उस तरफ आ निकला।

पता नहीं उसने मेरी लंबी–लंबी दाढ़ी और भूख की वजह से कांटे जैसे सूखे जिस्म को देख कर, या तो मुझे कोई यतीम समझा या फिर अपने से बड़ा महात्मा और उसने अपने थैले में से एक कुर्ता निकालकर मुझे दे दिया। मैंने जल्दी से वह कुर्ता डाला।

साधू बहुत लंबे कद वाला था इसलिए उसका कुर्ता भी बड़ा लंबा था। मेरे पैरों से भी नीचे जमीन को छूने लगा। ऐसे लगता था जैसे आटे की खाली बोरी को किसी बांस के ऊपर डाल दिया गया हो।

ख़ैर मैंने जैसे–तैसे करके रास्ता तय किया। गुफ़ा के सामने लोग हज़ारों की संख्या में, एक बहुत ही पहुँचे महात्मा राम भरोसे नाथ के दर्शन करने के लिए बेताब हो रहे थे।

बाबा राम भरोसे नाथ की 'जय–जय' कार से सारा माहौल गूँज रहा था। मुझमें न जाने कहाँ से एक अजीब–सी शक्ति आ गई। मैं लोगों के पैरों तले से गुज़रता–गुज़रता, उस गुफ़ा में पहुँच गया। गुफा में भीड़ इतनी ज़्यादा थीं कि लोग सैंडविच बने हुए थे।

मैं चार घंटे तक वहाँ खड़ा रहा। लोगों ने हाथों में नारियल, मेवा, बादाम, केले, सेब, संतरे यानी तरह–तरह के फल पकड़े हुए थे। कई दिनों से भूखा तो था ही, इतने सारे फल–फ्रूट देखकर मेरी भूख चमक उठी।

गुफ़ा के बाहर ज़ोर की बारिश होने लगी और गरजदार बादलों के साथ बिजली भी चमकने लगी। इतनी ज़ोर का तूफ़ान आया कि गुफ़ा में जल रहे सारे दिये बुझ गये।

माईक पर बाबा की आवाज़ सुनाई दे रही थी। "बच्चो! हर अंधेरी रात के बाद सवेरा होता है। प्राणियों सब्र करो। जब–जब भी दुनिया पर कोई कष्ट और संकट पड़ा है, तब–तब भगवान ने मनुष्य के रूप में पृथ्वी पर जन्म लिया है और इस दुनिया के दुःखी लोगों के कष्टों का निवारण किया है।''

आज बाबा राम भरोसे अपनी गद्दी पर अपने बेटे को बिठाने के लिए यह सारी भूमिका बना रहे थे। वह चाहते थे कि यह स्थान उनके लड़के को मिले और इस तरह यह स्थान हमेशा के लिए उनके खानदान के पास ही रहे।

"प्राणियों! अभी थोड़ी देर में जो भी मनुष्य मेरे चरणों में आकर माथा टेकेगा, वही मनुष्य आज से मेरा उत्तरदायी होगा और वही आपकी सेवा करेगा। आपके दुःखों का निवारण करेगा लोग बड़ी बेताबी से बाबा के चरणों को देखने की कशमकश करने लगे। अंधेरा तो पहले ही था। लोग पैरो तले कुचले जाने लगे।

इतने में एक ज़ोरदार भूचाल आया और देखते ही देखते गुफ़ा के पत्थर टूटकर तेज़ी से गिरने लगे। लोग तेज़ी से गुफ़ा के बाहर भागने लगे। इस भगदड़ में जहाँ मैं लोगों की भीड़ में सबसे आख़िर में खड़ा था, न जाने उस भगदड़ में कैसे सब से आगे जा पहुंचा। पत्थर तेजी से गिरते जा रहे थे और लोग नीचे दबते जा रहे थे। अजीब–सा नज़ारा था। लोगों की आहें और चीख़ो–पुकार सारे माहौल में गूंज रहीं थीं।

आख़िर मेरा माथा भी एक पत्थर से जा टकराया और मैं बेहोश हो गया। जब मेरी आंख खुली तो मैंने देखा कि सारी गुफ़ा मटियामेट हो चुकी है। बाबा राम भरोसे भी पत्थर के नीचे दबकर मर चुका था।

शायद बाबा का लड़का भी दबकर मर चुका था। मैं भी न बच पाता अगर एक बड़े पत्थर ने मुझे आसरा न दिया होता। मुझे नहीं मालूम कि मैं कितनी देर तक उस बड़े पत्थर की ओट में पड़ा रहा। बाहर निकलने की मेरी सारी कोशिश नाकाम रही। हां! किसी छोटी–सी दरार से मुझ पर हल्की–सी रोशनी की किरण पड़ रही थी।

बाबा के चरणों की तरफ मेरी नज़र गई। पास ही सोने चांदी के गहनों की और नोटों की भरमार थी। फलों का तो कोई हिसाब ही न था। मैं काफी दिन से भूखा था इसलिए फलों पर टूट पड़ा।

दिन गुज़रते गये मुझे कोई गिनती न रही। गुफ़ा में अकेले पड़े–पड़े मैं परेशान हो उठा। बचने के लिए बाहर निकलना ज़रूरी था और उसके कोई आसार नज़र नहीं आ रहे थे।

मैं इस परेशानी में फिर बेहोश हो गया।

जब होश आया तो मैंने अपने आपको किसी बड़े हस्पताल के स्पेशल वार्ड में पाया। मेरे होश में आने की ख़बर सुनकर, बाहर खड़े लोगों में ख़ुशी की लहर दौड़ गई। सभी बड़े–बड़े डॉक्टरों ने बड़ी श्रद्धा से मेरे पांव छूए।

"बाबा! आप बहुत महान हैं,'' वो सब कह रहे थे।

"मैं कोई महान नहीं। यह तो...।" इससे आगे खड़े भक्तों ने मुझे कुछ भी कहने का मौका ही न दिया और वे कहने लगे– "बाबा! सभी महापुरूष ऐसा ही कहते हैं। जब गुफ़ा में से पत्थर हटाये गये तो आपको बाबा राम भरोसे के चरणों में बेहोश पाया गया और उन्हीं का कहना था कि जब–जब लोगों पर संकट आयेगा तब–तब. . .! भला आप ही बताइए कि सभी लोग मर गये लेकिन आप पर आंच तक नहीं आई। भला क्यों...?"

चुप रहने के सिवाय नीरज मेरे पास कोई और चारा न था। मैंने चुप रहना ही ठीक समझा।

प्रेस वाले मेरे पास आये और उन्होंने मेरा इंटरव्यू लिया। जब उन्होंने मेरा नाम पूछा तो मैं घबरा ही गया। उस वक्त बाहर खड़े

लोगों की आवाज "बाबा राम भरोसे नाथ की जय'' मेरे कानों में पड़ी और मैंने झट से बाबा राम भरोसे नाथ की मेहरबानी से कह दिया कि मेरा नाम 'बाबा राम भरोसे कड़का–धड़का नाथ' है। इस तरह मैं कमलदेव नाथ से बाबा कड़का–धड़का नाथ बन गया।

कुछ ही मिनटों में मेरा नाम बाहर खड़े लोगों के हुजूम तक पहुंच गया और फिर 'बाबा राम भरोसे कड़का–धड़का नाथ' के नारे हवा में गूंजने लगे।

अच्छे से अच्छे डॉक्टर मेरा इलाज कर रहे थे। जब तक मैं ठीक हुआ, तब तक मेरे भक्तों ने बहुत सारा पैसा इकट्ठा करके, उस गुफा को दोबारा से ठीक करा दिया। मज़बूती के लिए अन्दर लोहे के फ़्रेम लगा दिये गये।

मेरे ठीक होने पर एक बहुत बड़ा जश्न किया गया।

मेरी तस्वीरें अख़बारों में देखकर मेरी बीवी गीता भी यहाँ आ पहुँची। तब से ही मैं और गीता इस गुफ़ा में रहते हैं।

नीरज मैं अगर अब यहाँ से जाना भी चाहूं तो भी ऐसा नहीं कर सकता। इतने सारे लोगों के विश्वास का क्या होगा? मैं उनके दिलों को ठेस नहीं पहुंचा सकता।

अभी कमल (बाबा) ने बात ख़त्म ही की थी कि पीछे से आ रही एक भक्तों की टोली की आवाज 'बाबा. . . की जय गूंज उठी' और नीरज का सिर बाबा के चरणों में झुक गया। बाबा ने नीरज के सिर पर हाथ फेरा और वह वहाँ से उठकर वापस चला गया।

शांति बहुत ख़ुश थी कि बाबा ने नीरज को ख़ास समय दिया। उसे पूरा यकीन था कि हो न हो उनके भाग्य के दरवाज़े अब खुलने वाले ही हैं।

दिल्ली पहुंचकर हर रोज़ वह नीरज की तरक्की का इंतज़ार करने लगी। दफ़्तर की हड़ताल में नीरज ने हिस्सा लिया और बाकी साथियों के साथ उसकी भी दफ़्तर से छुट्टी कर दी गई।

शांति को तो इस ख़बर पर यकीन ही न हुआ। जब उसे पूरा यकीन हो गया कि ख़बर सच्ची है तो वह नीरज को कोसने लगी कि उसे बाबा के दर्शन ठीक नीयत से नहीं किये थे। उसका ध्यान उस समय जरूर कहीं और होगा। इसीलिए तो उन पर यह कहर टूट पड़ा है। सभी लोग जिन्होंने अब तक बाबा के दर्शन अच्छे मन से किये थे, वे अब कितनी अच्छी जिंदगी गुज़ार रहे थे।

उसने शांति को बहुत समझाने की कोशिश की लेकिन उस पर तो जैसे भूत सवार था। उसने नीरज की एक न सुनी और अपना कड़ा फ़ैसला सुनाते हुए कहने लगी– "मैं आपको दोबारा बाबा के पास लेकर जाऊंगी। यह कैसे हो सकता है कि ज़ुल्म सिर्फ़ हम पर ही हो। हम इतने भी तो अभागे नहीं जो...। बात अधूरी ही छोड़कर वह फूट–फूट कर रोने लगी।

नीरज को शांति पर तरस आने लगा। उसने सोचा – "बेचारी कैसी सीधी–सादी औरत है जो बाबा पर भरोसा करके बैठी हुई है।''

वह नहीं चाहता था कि शांति को बाबा की असलियत बतानी पड़े। इसलिए उसने पहाड़ पर लंबा सफ़र करने की बजाय, अपनी कम्पनी में माफ़ीनामा दे दिया और उसे नौकरी पर दुबारा रख लिया गया। लेकिन नये ग्रेड में, जिससे उसकी तनख़्वाह एक सौ रूपये और कम हो गई।

इससे भी शांति का नीरज को पहाड़ पर दोबारा ले जाने का इरादा नहीं बदला। वह बाबा से पूछना चाहती थी कि आख़िर उन पर बाबा की कृपा दृष्टि क्यों नहीं पड़ रही है?

आख़िर हालात से तंग आकर नीरज ने शांति को बाबा राम भरोसे कड़का–धड़का नाथ की सारी असलियत बयान कर दी। यह किस्सा सुनकर शांति कुछ देर तक कुछ सोचती रही और फिर बोली – "अब तो मेरा विश्वास और भी। मज़बूत हो गया है कि कुछ तो बात है जो भगवान ने उसे ऐसे महान स्थान पर ले जाकर बैठा दिया।

गुफ़ा के बाकी लोग क्यों मारे गये? सिर्फ़ बाबा ही क्यों बचा? भगवान का उस पर कृपा का हाथ था तभी तो ऐसा करिश्मा हो गुज़रा। नहीं तो ....! ख़ैर मैं अब कुछ भी नहीं सुनूंगी। आपको मेरे साथ चलना ही होगा।''

नीरज मजबूर और लाचार था। वह दफ़्तर से बग़ैर बिना वेतन छुट्टी लेकर शांति के साथ बाबा के निवास स्थान की तरफ चल दिया। रास्ते के खर्चे के लिए पैसे तो पास थे नहीं। इसलिए शांति ने अपने हाथ के कंगन तक बेच दिये।

गुफ़ा के पास जब नीरज और शांति पहुंचे तो कोई रात के 9:00 बजे का वक्त था। नीरज ने शांति को सलाह दी कि वह 10:00 बजे का इंतिजार करे और जब फाटक बंद होने लगेगा तो अंदर दाखिल हो जायेंगे। शांति उसकी राय मान गई।

जब 10:00 बजे गीता फाटक बंद करने लगी तो वे जल्दी से अंदर दाखिल हो गये। गीता ने उन्हें बहुत रोका लेकिन नीरज शांति को तेज़ी से साथ लिये बाबा राम भरोसे के पास जा पहुंचा।

गीता उनकी इस हरकत पर बहुत गुस्से में थी। अभी तक किसी भक्त ने इस तरह की बेहूदगी पहले तो नहीं की थी। वह दौड़ती हुई उनके पीछे आ ही रही थी कि बाबा ज़ोर से बोला–"ये मेरे ख़ास भक्त हैं। तुम जाओ और बाहर के दरवाज़े को ताला लगाकर आओ।''

गीता ने सोचा कि कमल ने पहले तो कभी ऐसी बात न की थी। जब वह वापस लौटी तो उसने देखा कि कमल हंस–हंस कर नीरज और शांति से बातें कर रहा था। नीरज ने अपना और शांति का गीता से परिचय कराया। वह हंस कर उन दोनों से बड़े प्यार से मिली।

वह खिसयानी हंसी हंसकर बोली – "आप तो इनके दोस्त थे। तो पिछली बार आप दोनों क्यों मुझसे मिले बिना ही चले गये? मुझे अगर आपकी यह असलियत पहले मालूम होती तो मैं ज़रूर ही आपको हमारे पास कुछ और दिन यहाँ रहने के लिए कहती। चलो अच्छा हुआ आप दुबारा आ गये।''

नीरज ने अपना सारा दुखड़ा उन्हें कह सुनाया। सब ख़ूब ज़ोर से हंसें।

“ऐसी बात है तो शांति बहन तुम दोनों भी हमारे साथ यहाँ रहो। जो भी मिलेगा सब मिल बाँट कर खायेंगे। हम दोंनो भी यहाँ अकेले रहते–रहते अब तंग आ चुके हैं। तुम्हारा साथ रहेगा तो जिंदगी मज़े से कटेगी। रूपया, सोना, चांदी सब कुछ है भगवान का दिया लेकिन इंसान को कोई तो सोसायटी चाहिये। किसी ने ठीक ही कहा है कि इंसान एक सोशल–एनिमल है।”

गीता के इस सुझाव पर शांति दिल ही दिल में बहुत ख़ुश हुई। गीता की यह बात सुनकर नीरज का तो दिल ही बैठ गया। उसने अपने मन ही मन में ख़ुद को साधू के भेष में तसव्वर किया और कांप उठा।

शांति और नीरज को गुफ़ा में रहते–रहते काफ़ी दिन बीत गये। शांति का मन यहाँ बहुत लग गया था। वह खुश थी। खाना पीना रहना सब की सुविधा थी और रूपयों–पैसों की तो कोई कमी न थी।

मगर नीरज को वहाँ के माहौल से शुरू से ही घबराहट थी। उसने शांति को बहुत समझाया कि वह भी कोई रहने की जगह थी। लेकिन शांति किसी भी शर्त पर वहाँ से वापस जाने के लिए तैयार न थी। बल्कि उसने तो कई बार नीरज से आग्रह किया कि वह भी अपने दोस्त जैसे भगवे कपड़े डालकर दुनियाँ की सेवा करे और पुण्य कमा ले।

एक दिन गीता ने शांति को अकेले देखकर झिझकते–झिझकते बात शुरू की – “शांति बहन मैं तुम से यह बात तो नहीं करना चाहती थी लेकिन क्या करूँ मजबूर हूँ?” ऐसे लगता था जैसे गीता के मुँह से बात ही न निकल पा रही थी। उसने हौसला करके बात आगे जारी रखते हुए कहा– “तुम तो जानती हो मेरे पति सुबह से रात तक गुफ़ा में बैठे रहते हैं। जब रात को कमरे में आते हैं तो इतने थके हुए होते हैं कि बिस्तर पर लेटते ही सो जाते हैं और मैं ....। मैं भी आख़िर एक

औरत हूँ। मेरी भी तो कुछ तमन्नायें हैं। मगर लगता है जैसे यह सब उनके बस की बात नहीं। ख़ैर तुम्हारे पास वह सब कुछ है। तुम अगर चाहो तो हम एक सौदा कर सकते हैं। तुम दोपहर से शाम तक गुफ़ा में मेरे पति कमल के साथ रहा करना। उस दौरान जितना रूपया, गहना, चढ़ावे के बाद आयेगा वह सब तुम रख लेना और उसी दौरान दोपहर से शाम तक नीरज मेरे साथ इस कमरे में . . .।''

यह बात सुनकर शांति का मुँह खुला–का–खुला रह गया और वह इतना ही कह पाई– "गीता बहन तुम और...'' । उसको आगे कहने के लिए अल्फ़ाज ही नहीं मिल रहे थे।

जाने से पहले गीता कहने लगी – "मैं तुम्हें सोचने के लिए एक हफ़्ते का समय देती हूँ। कोई जल्दी नहीं। अच्छी तरह सोच–विचार कर लो''। इतना कहकर वह तेज़ी से गुफ़ा की तरफ़ चली गई।

गीता की इस बात ने शांति के दिल में बहुत उथल–पुथल मचा दी थी। सारी रात शांति बेचैनी से बिस्तर पर करवटें लेती रही। एक तरफ़ पैसा था तो दूसरी तरफ़ पति का ...। वह एक बहुत बड़ी कशमाकश में उलझी हुई थी कि क्या करे और क्या न करे। उसकी समझ में कुछ नहीं आ रहा था।

उसने बत्ती जलाई। घड़ी में अभी 4:00 ही बजे थे। उसके साथ ही नीरज बड़ी चैन की नींद सो रहा था। वह कुछ देर तक उसे टकटकी लगाकर देखती रही। फिर जैसे उसने कुछ फ़ैसला कर लिया हो।

वह तेज़ी से बिस्तर से उठी। उसने जल्दी से नीरज को उठाया और शॉल उसके कंधे पर रखती हुई बोली– "जल्दी से मेरे साथ आ जाओ''। नीरज ने कुछ पूछने की कोशिश की लेकिन शांति कुछ न बोली और तेज़ी से उसका हाथ पकड़े हुये अपने साथ खींचती चली गई।

कई जगह तो उतराई इतनी ख़तरनाक थी कि वे पहाड़ के ढलान में गिरते–गिरते बचे। मगर शांति इन सब ख़तरों की परवाह किये बग़ैर नीरज को साथ लिये भागती चली जा रही थी।

नीरज सोच रहा था कि उसने यह क्या मुसीबत मोल ले ली? अगर कहीं पाँव फिसल जाता तो...?

हालांकि गीता ऐसी घटिया बात करने पर ख़ुश न थी। मगर नीरज ख़ुश था कि उसका गीता के साथ मिलकर बनाया गया प्लान कामयाब हुआ था।

क्योंकि वह जानता था कि औरत सब कुछ सह सकती है मगर अपने पति का ...!

12
मूली के पत्ते

कर्नल संधू की पोस्टिंग की ख़बर सुनकर मेजर टोनी मधूकर बहुत ख़ुश था। बहुत बरस पहले वे एक ही यूनिट में इकट्ठे काम कर चुके थे।

कर्नल संधू टोनी मधूकर की ही यूनिट में कमाडिंग ऑफ़िसर बन कर आया था। यूनिट गुरदासपुर स्थित थी और टोनी मधूकर उसको अमृतसर हवाई अड्डे पर लेने गया।

फ्लाईट टाइम पर थी। उसने फ़ौज के नियमानुसार कर्नल संधू को सैल्यूट किया और फिर गले मिला। दोनों तकरीबन पांच साल बाद मिले थे।

दोनों स्टाफ़ कार में बैठ गये और पुरानी बातें करते हुये जा रहे थे।

सड़क के दोनों तरफ खेत थे। ज़्यादातर खेतों में मूलियों को उगाया गया था। अक्सर ऐसा होता है कि किसान मूलियों को खेतों से निकालकर, उनके फ़ालतू पत्ते तोड़कर फेंक देते हैं। लेकिन खेत चूंकि सड़क के बिल्कुल साथ थे, तो कई जगह किसानों ने मूली के पत्तों को सड़क के किनारे पर और कई जगह तो सड़कों के बीचो–बीच फेंक रखा था। दो पहियों वाली साईकिल, स्कूटर और मोटर साइकिलों को बहुत ध्यान से बचकर जाना पड़ता रहा था, लेकिन चार पहिये वाली गाड़ी को फ़िसलने का कोई खतरा न था। शायद इसलिए कार के ड्राइवर ने, मूली के पत्तों से बचने की कोशिश नहीं की और कार को उनके ऊपर से चलाता गया या यू कहिये कि रौंदता गया।

कर्नल संधू और मेजर टोनी मधूकर अपनी बातों में मग्न थे। लेकिन जैसे ही कर्नल संधू का ध्यान कार की खिड़की से बाहर गया कि वह

अचानक ज़ोर से चिल्ला उठे "अरे ब्लैडीफूल! तुम मूली के पत्तों को रौंदते हुए जा रहे हो। क्या कार के पहियों से इन्हें बचाकर नहीं चल सकते?''

मेजर टोनी मधूकर को झटका–सा लगा और वह कर्नल संधू के इस रवैये पर बहुत हैरान–सा था। आख़िर ड्राइवर ने ऐसी कौन–सी बड़ी ग़लती कर दी थी। मूली के बेकार पत्ते ही तो थे जो किसानों ने मूलियों से तोड़कर, सड़क पर फेंक रखे थे।

माहौल सीरियस–सा हो गया। ख़ैर वह चुप रहा या यूँ कहिये कि उसने उस वक्त कुछ बोलना ठीक न समझा।

क्योंकि फ़ासला कम था इसलिए वह अमृतसर एयरपोर्ट से जल्दी ही यूनिट पहुँच गये और वह कर्नल संधू को उसके कमरे तक छोड़कर वापस आ गया।

शाम को दोनों की मुलाकात ऑफ़िसर्स मैस में हुई। मेजर टोनी मधूकर ने कर्नल संधू को सभी जूनियर ऑफिसर्स और उनके परिवारों से मिलवाया।

शराब का दौर चलने लगा वे दोनों एक किनारे की टेबल पर जाकर बैठ गये। इधर–उधर की बातें चलने लगी और जब दोनों ने चार–चार, व्हिस्की के लॉर्ज पैग लगा लिए, तब सही मौका देखकर मेजर टोनी मधूकर ने आख़िर बात शुरू कर ही डाली। वह पूछ ही बैठा की आखिर कर्नल संधू ने इस तरह, मूली के पत्ते गाड़ी के पहियों के नीचे आने पर क्यों रिएक्ट किया था?

कर्नल संधू एक लंबी सांस लेकर कहने लगा–''मैं जानता था कि तुम सब कुछ जानने के लिए ज़रूर बेताब होगे और मैं हैरान था कि अभी तक तुमने यह सवाल मुझ से क्यों नहीं किया?'' और रूककर फिर बोला "दरअसल यह एक लंबी दास्तान है।''

"कर्नल संधू मूली के पत्तों की भला क्या दास्तां हो सकती है? आख़िर मूली के पत्ते तो मूली के पत्ते ही होते हैं,'' मेजर टोनी मधूकर कहने लगा।

"नहीं! मेजर टोनी मधूकर नहीं मूली के पत्ते, मूली के पत्तों के सिवा और भी बहुत कुछ होते हैं। लो अब मैं तुम्हें मूली के पत्तों के बारे में एक सच्ची घटना बताता हूँ।

बहुत वर्ष पहले की बात है।

एक गांव में संतासिंह अपने छः बच्चों के साथ एक टूटी–फूटी झोंपडी में जिंदगी के दिन काट रहा था। बड़ी मेहनत करके वह जो भी चार पैसे कमाता उससे अपने बच्चों का और अपना पेट पालता। चाहे रोज़ की कमाई गई रकम इतनी काफी तो न थी कि उन सबका पेट अच्छी तरह भर पाता, मगर इतनी जरूर थी कि वह उनको जिन्दा रखने के लिए काफी थी।

जैसे ही वह ज़रूरत का सामान ख़रीदने के लिए कुछ पैसे कमा लेता, तो जल्दी से खाने का सामान लेकर लंबे–लंबे कदम लेता हुआ अपनी झोपंड़ी की तरफ़ चल देता। क्योंकि उसी सामान से ही तो उसको अपने बच्चों का पेट भरना होता था। वर्ना तब तक वे सब भूखे रहते और उनकी नज़रें हर समय दरवाज़े की तरफ़ लगी रहती।

झोंपडी से बाहर निकलते ही जब कभी उसकी नज़र अनजाने में, सामने मोड़ पर लगे ख़ंभे पर लटके बोर्ड "हम दो हमारे दो" पर पड़ती तो उसके मुँह से एक लंबी आह निकल जाती और वह भी सोचता कि काश उसके भी कम बच्चे होते और वह उनकी देखभाल अच्छी...! यह ख्याल आते ही वह झट वापस पलट पड़ता और दरवाज़े पर खड़े सभी बच्चों को दोनों बाजुओं में समेटकर अपने सीने से लगा लेता। वे सभी तो उसके जिगर के टुकड़े थे और...सुरजीत कौर की प्यार भरी निशानियां। वह अपने आपको कोसता! कि ऐसा ख़्याल उसके दिमाग़ में आया भी तो कैसे?

मोटर के हादसे में अचानक, उसकी सुरजीत, जिसने कभी उसके दिल को जीता था, चल बसी और.... वह अपनी एक टांग गवां बैठा था।

आँखे बंद होने से पहले सुरजीत कौर ने उससे वायदा लिया था कि वह उसके बाद अपना और उसकी प्यारी निशानियों का हमेशा

ख़्याल रखेगा। वह उसे दुःखों में घिरा छोड़कर दूसरी दुनियाँ में चली गई। तब से अब तक इतने सालों से वह एक लाठी का सहारा लिए, मारा–मारा फिर रहा था।

उसकी सारी पूंजी सुरजीत कौर के इलाज में ख़र्च हो गई और उसकी नौकरी भी एक टाँग कट जाने से चली गई।

इस साल जो सूर्यग्रहण लगा तो लोग घर से बाहर ही न निकले। इस डर से कि कहीं वे अपनी अनमोल आँखों की रोशनी न खो बैठे। सारे बाजार बंद थे। मगर सब लोग इस बात से बेख़बर थे कि अगर उस दिन संतासिंह ने कोई मज़दूरी न की तो उसके सभी बच्चे भूखे ही रह जायेंगे।

भूख के कारण बच्चों के चेहरों पर उदासी देखकर उसका दिल रो उठा और वह मज़दूरी करने के लिए चलने को तैयार होने लगा। उसने अपनी लाठी उठाई। फिर उसे ख्याल आया कि बाजार तो उस दिन पूरा बंद था। उसको मजदूरी भला कौन देगा? फिर अगर उसकी आंखों की रोशनी चली गई तो उसके बच्चों का वह आख़री सहारा भी छिन जायेगा। और वह मायूस...!

उसने अपने बच्चों को अपनी बाहों के घेरे में ले कर छाती से लगा लिया। उसकी आँखों में आँसू थे। सभी बच्चे आँखे बंद किये उसके सीने के साथ चिपटे रहे। वे सब चुप थे और किसी बच्चे ने भी अपनी भूख के बारे में अपने बापू संतासिंह को कुछ न कहा। शायद वे उसकी मजबूरी समझ चुके थे।

किसी तरह रात कट गई। अगले दिन सवेरा होते ही संतासिंह मज़दूरी के लिए चल पड़ा। मगर उस दिन किसी ने यह अफ़वाह फैला दी कि ग्रहण का असर आज शाम तक रहेगा। यह ख़बर सुनते ही, घरों से बाहर बाजार में आये लोग अपने–अपने घरों को भागने लगे। संतासिंह सारा दिन घूमता रहा लेकिन बाज़ार ख़ाली थे। कहीं भी कोई मज़दूरी का सवाल न था।

उसने बाज़ार से घर भाग रहे लोगों से मज़दूरी के लिए कहा तो उन्होंने उस पर रहम करके उसकी हथेली पर चंद सिक्के रख दिये जो उसने वापस लौटा दिए। उसकी खुद्दारी, उसके ज़मीर ने उसे ऐसा करने से रोक दिया।

वह इसी ख़्याल में डूबा हुआ वापस जा रहा था कि उसकी नज़र रास्ते में मिट्टी में दबी एक चवन्नी पर पड़ी। उसने चारों तरफ नज़र घुमाकर देखा, यह देखने के लिए कि शायद उस चवन्नी का मालिक कहीं आस–पास ही हो। मगर चारों तरफ़ वीरानी थी। उसने झुककर अपने नाख़ूनों की मदद से वह चवन्नी मिट्टी से निकाली और फिर उसे घूमा–फिरा कर देखा। चवन्नी असली थी! बिल्कुल असली!

वह गहरी सोच में पड़ गया। कहीं यह चवन्नी भीख तो न थी। नहीं–नहीं यह तो उसे मिट्टी में से मिली थी। दरअसल वह इस रास्ते से अपने घर जा रहा था ताकि एक तो वह अपने बच्चों का हाल देख आए और दूसरे उनको तसल्ली दे आए। मगर इस चवन्नी के हाथ में आते ही वह बाज़ार की तरफ़ वापस दौड़ पड़ा।

एक ढाबे का किवाड़ आधा खुला था। वह उसके अन्दर चला गया और उसने ढाबे वाले को चवन्नी की रोटियाँ देने को कहा। बावर्ची ने उसके हाथ में दो रोटियाँ थमा दीं। इन दो रोटियों से, क्या मेरे बच्चों का पेट भर सकेगा? यह ख़्याल उसके दिमाग़ में आते ही, उसने दोनों रोटियाँ लौटा दीं और अपनी चवन्नी वापस लेकर बाहर निकल पड़ा। बावर्ची उसे हैरानी से देखने लगा। वह भला संतासिंह की मजबूरी को क्या समझ पाता?

संतासिंह बाज़ार की सूनी गलियों में, इस तलाश में घूम रहा था कि चवन्नी के बदले उसे कोई ऐसी चीज़ मिल जा यें जिससे उसके बच्चों का कम–से–कम दो दिन का भूखा पेट तो भर जाये।

आख़िर उसकी नज़र सब्ज़ी मंडी में एक अकेले बैठे व्यक्ति पर पड़ी, जिसके सामने गले–सड़े पत्ते वाली मूलियों का ढेर पड़ा था। उसने मूलियों के दाम पूछे। सब्ज़ी वाला लापरवाही से बोला ''एक

रूपया''। क्योंकि वह संतासिंह की नाज़ुक हालत देखकर उसे भिखारी या मांगने वाला, समझा था?

संतासिंह झिझक कर बोला "मेरे पास तो चवन्नी है अगर...। ''लूट का माल समझा है क्या? वह गुस्से से बोला।'' और संतासिंह बिना किसी बहस के आगे बढ़ गया। सब्ज़ी वाले ने सोचा कि उसके सभी साथी अपनी–अपनी सब्ज़ियाँ बेच कर घर जा चुके हैं। वह ही इन मूलियों के कारण अभी तक वहीं था और फिर कुछ फ़ैसला करते हुए संतासिंह को पीछे से आवाज़ देते हुए कहने लगा–" अच्छा चवन्नी में ही ले जाओ।"

संतासिंह ने चवन्नी देकर जल्दी–जल्दी सारी मूलियाँ एक फटे–पुराने कपड़े में बांध लीं। वह चाहता था कि उसके पैरो को पंख लग जाएँ और वह एक पक्षी की तरह उड़कर अपने बच्चों के पास पहुँच जाए। लेकिन ऐसा तो असंभव था। वह तेज़ी से अपनी झोपड़ी की तरफ़ भाग रहा था।

उसने दूर से ही अपने बच्चों को पुकारा। पाँच बच्चे उसकी आवाज़ सुनते ही बाहर निकल आए। वह अपने छठे बच्चे को उनके साथ न देखकर बेचैन हो उठा। वह जानता था कि उसका सबसे छोटा बच्चा अपनी मां का प्यार और ध्यान न मिलने के कारण, शुरू से ही कमज़ोर था। "कहीं! वह...?'' ऐसा ख़्याल आते ही वह बुदबुदाया। "नहीं!... नहीं!. . ." और वह चिल्लाकर बोला –" छोटू कहाँ है?" वह उसे प्यार से 'छोटू' ही बुलाता था। उसकी गरजदार आवाज़ सुनकर सभी बच्चे सहम गये। मगर उन सबकी नज़रें गली के नल की तरफ़ थीं। उसने मुड़कर उधर देखा।

छोटू नल के पास खड़ा था और अपनी भूख मिटाने के लिए नल से बार–बार पानी पी रहा था। संतासिंह का दिल रो उठा कि वाहेगुरू ने उसे आज यह भी दिन दिखाना था।

ख़ैर उसने जल्दी से नल के पानी से सारी मूलियों को धोया। मूलियों के गले–सड़े पत्ते उसने वहीं नल के पास फेंक दिए

और बच्चों को लिए, नज़दीक एक वृक्ष के नीचे बैठ़कर, मूलियों के टुकड़े तोड़–तोड़कर, अपने जिगर के टुकड़ो को खिलाने लगा।

सभी बच्चे जल्दी–जल्दी मूली के टूकडों को खा रहे थे। उसने सोचा कि भला उससे गरीब और लाचार कौन हो सकता है, इस दुनिया में...? अभी यह ख़्याल उसके ज़हन से गुज़र ही रहा था कि उसे अपने पीछे कुछ आवाज़ें सुनाई दीं। उसने गर्दन घुमाकर उधर देखा।

नल के पास एक औरत अपने दो बच्चों को लिए, मूली के वही गले–सड़े पत्ते खिला रही थी।

यह दास्तां सुनाकर, कर्नल संधू थोड़ी देर के लिए चुप हो गया और फिर बात जारी रखते हुए कहने लगा–जानते हो मेजर टोनी मधूकर, कि उस औरत का बड़ा लड़का कौन था?

"वह मैं ही था।"

13
तिकोण का चौथा कोण

पवन जमवाल, रमन और मेजर अशोक चटर्जी की आपस में ख़ूब पटती थी। आख़िर शौक जो एक जैसे थे। और वो शौक था एस्ट्रोलिजी (astrology) का। तीनों ने एस्ट्रोलिजी की शाम की क्लास ज़्वाइन कर रखी थी।

मेजर चटर्जी की माता जी कोलकाता में रहती थीं। और एक दिन किसी जरूरी काम से उन्हें दिल्ली आना पड़ा। उन्होंने मेजर चटर्जी से कुछ जरूरी पेपर साइन कराने थे।

वक्त कम था इसलिए वह टैक्सी लेकर सीधे एयरपोर्ट से मेजर चटर्जी के कॉलेज पहुँची। प्रिंसिपल ने उन्हें अपने ऑफ़िस में बैठाया और चपरासी को पूछते हुए बोले–''क्या तुम मेजर चटर्जी को जानते हो?''

''हाँ! सर वही तिकोण वाले।'' प्रिंसिपल हैरानी से चपरासी को देखते हुए बोला– ''मैं कुछ समझा नहीं।''

चपरासी उन्हें समझाता हुआ कहने लगा– ''सर! मेजर चटर्जी और उनके दो दोस्त हमेशा ही इकट्ठे रहते हैं। चाहे क्लास हो या बाजार। इसलिए सारी क्लास उनको 'तिकोण' कहकर बुलाती है।''

मेजर चटर्जी की माँ चपरासी की बातें सुनकर मुस्करा दी। अब मेजर चटर्जी की माँ जब भी उससे बात करने के लिए शाम को कॉलेज में फ़ोन करती तो प्रिंसिपल को कहती– ''प्लीज़! तिकोण वाले मेजर चटर्जी को फोन पर बुला दीजिए।''

प्रिंसिपल भी उनके मुंह से 'तिकोण' लफ़्ज़ सुनकर मुस्करा देता।

पहला कोणः– पवन जमवाल.... 40 साल का हल्के–फुल्के बदन वाला। लम्बा कद, फुर्तीला और चीते जैसी चाल। सिर के आगे के बाल काफ़ी हद तक उड़ चुके थे।

वह हिमाचल प्रदेश का रहने वाला था। बी.ए. करते ही उसने नौंकरी पकड़ ली। कोई भी काम होता तो उसकी तह तक पहुँचता। जोश से भरा हुआ और नये–नये काम करने का जुनून उस पर सवार रहता। चाहे दिन में बीस घण्टे काम करवा लो। लगन का पक्का और जिस काम के भी पीछे पड़ जाता, उसे पूरा करके ही छोड़ता।

हाँ! लड़कियों के मामले में उसके विचार कुछ ठीक नहीं थे। हर लड़की को शक की नज़र से देखता। किसी भी लड़की पर भरोसा नहीं करता था।

इस बात को तो वह खुले लफ़्जों में कहता था।

लगता था कि जैसे उसके साथ कोई दर्दनाक हादसा हो रखा हो। वह शेक्सपियर की यह लाइन हमेशा ही बोल देता– ''औरत तेरा नाम बेवफ़ाई है।'' पर इस बात को उसने हमेशा ही सीक्रेट रखा कि किस लड़की ने उसके साथ बेवफ़ाई की थी?

एक बार तो ऐसा दिलचस्प वाकि़या हो गया कि आपको भी जानकर हैरत होगी। उसके एक दोस्त प्रेमनाथ का एक लड़की से इश्क था और वे दोनों शादी करने का भी प्लान बनाकर बैठे हुए थे। यहाँ तक कि उनका लिव–इन रिलेशन था।

एक दिन पवन जमवाल अपने दोस्त से कहने लगा– ''यार! तू मुझे अपनी गर्लफ्रैंड का मोबाइल नम्बर दे और मैं कुछ ही दिनों में यह साबित कर दूँगा कि वह लड़की बेवफ़ा है। तेरी मेरी शर्त रही।''

उसकी यह बात सुनकर प्रेमनाथ ज़ोर–ज़ोर से हंसने लगा और बोला– ''पवन! तू नहीं जानता, हम दोनों तीन साल से इकट्ठे रह रहे हैं। तू हर शर्त हार जायेगा। मालती मेरे ऊपर जान देती है।''

पवन के बार–बार कहने पर आखि़र प्रेम ने मालती का मोबाइल नम्बर उसे दे ही दिया। अगले ही दिन पवन ने अपना खेल शुरू कर दिया। अब वह हर रोज़ मालती को मिसड कॉल देने लगा।

आख़िर कुछ दिन बाद मालती ने पवन को फ़ोन किया और पूछने लगी– "आप मुझे दस दिन से मिस कॉल दे रहे हैं। आख़िर आप हैं कौन?"

"बस यूंही! आप मुझे अच्छी लगती हैं, इसलिए मैं आपको काल कर देता हूं।"

मालती ने सोचा, चलो बात करने में हर्ज ही क्या है? और इस तरह उनकी बातों का सिलसिला चल पड़ा। अब पवन हर रोज़ उससे बातें करने लगा। पवन उसका नाम तो जानता ही था फिर भी, एक दिन मौका अच्छा जानकर पवन ने पूछा– "आपने अभी तक अपना नाम तो बताया ही नहीं। मैं आपको किस नाम से पुकारूं?"

पहले तो मालती थोड़ी झिझकी, फिर उसने अपना नाम बता ही दिया। पवन ने भी उसे अपना नाम बताया।

"क्या आप अकेली रहती हैं या....?"

मालती क्या कहती? यह भी तो नहीं कह सकती थी कि उसका लिव–इन अफ़ेयर है।

कहने लगी– "मैं अकेली ही रहती हूँ।"

"तो चलिये कल सहारा मॉल में मिलते हैं।" पवन ने इतना इसरार किया कि मालती ना नहीं कर पाई। मालती ने भी सोचा कि आख़िर मिलने में हर्ज़ ही क्या है?

अब हर दूसरे रोज़ उनके मिलने का सिलसिला शुरू हो गया। अभी तक तो उसने मालती को अपने बारे में कुछ नहीं बताया था।

जब मालती को मिलते–मिलते काफ़ी दिन हो गये तो एक दिन सही मौका देखकर उसने अपने दोस्त प्रेम को सारी सच्चाई बता दी। यह बात सुनकर प्रेम को बिल्कुल ही यकीन न हुआ।

पवन अगले ही दिन एक लेडीज़ सूट ख़रीद कर लाया और प्रेम को दिखाते हुए कहने लगा– "प्रेम यह सूट मैं कल मालती को गिफ़्ट कर रहा हूँ।"

यह बात सुनकर प्रेम मुस्करा दिया। वह जानता था कि मालती ऐसी लड़की नहीं थी। वह कभी भी उसका तोहफ़ा नहीं लेगी। मगर

उसे यह ज़रूर बुरा लगा कि इतना कुछ हो गया और मालती ने उसे उसके बारे में कुछ भी नहीं बताया।

ख़ैर अगले दिन पवन ने वह सूट मालती को गिफ़्ट कर ही दिया और मालती ने हँसते–हँसते उसको ले लिया। लेकिन घर जाकर उसने अपने सूट को अलमारी में पड़े कपड़ों की तह में छुपाकर रख दिया।

पवन ने जब प्रेम को इसकी रिपोर्ट दी तो प्रेम ने चुपके से सब जगह पर उस सूट को ढूंढने की कोशिश की। मगर वह उस सूट को ढूंढने में असफ़ल रहा।

''लगता है पवन तुमने वह सूट किसी और ही लड़की को दे दिया है। वह मालती नहीं कोई और ही लड़की होगी।''

''प्रेम! तुम देखते जाओ। कभी न कभी सूट तो सामने आ ही जायेगा,'' वह शरारत भरे अंदाज़ में मुस्कराता हुआ कहने लगा।

और वही हुआ कोई तीसरे–चौथे दिन मालती ने वह सूट डाला और दफ़्तर चली गई। उस वक्त प्रेम वहाँ न था।

शाम को जब मालती ऑफ़िस से आई तो वह सूट देखकर प्रेम आग–बबूला हो गया। पर उसने अपने गुस्से पर काबू पा लिया और पूछने लगा– ''यह सूट कहाँ से आया है''

''अरे मार्केट से आया है और कहाँ से आया है। मैं दरअसल कुछ दिन पहले इसे लाई थी और शायद तुम्हें बताना भूल गई।''

राज़ खुलने पर प्रेम और मालती में बहुत झगड़ा हुआ।

यह तो पता नहीं कि प्रेम और मालती ने शादी की या नहीं।

लेकिन पवन जमवाल ने अपनी यह बात साबित करके रख ही दी कि 'औरत तेरा नाम बेवफ़ाई है'।

अब मेरे ख़्याल में तिकोण के दूसरे कोण की तरफ़ चला जाये।

दूसरा कोण– रमन... उम्र कोई तीस साल। गोरा रंग, दरम्याना कद और चाल–ढाल अंग्रेजों जैसी। अंग्रेजों में खड़ा हो जाये और

बात–चीत करे तो अंग्रेज लगे और अगर देहाती लोगों में तो उनके रंग में ढल जाता।

यानी जैसा देश वैसा भेष वाली बात उस पर फ़िट आती थी। शे'रो–शायरी का शौकीन था और ड्रामों में माहिर। शायर ग़ालिब की शायरी से बड़ा प्रभावित था। बात–बात पर ग़ालिब के शे'र बोलता और ड्रामें देखने का तो उसे जुनून था।

इन्टीरियर डिजाईनिंग में माहिर, बड़ा कलाकारी और बहुत ही दूर–अंदेश। बात करने में माहिर और झट ही अपनी मीठी ज़ुबान से लोगों का दिल जीत लेता।

अपने काम पर इतना भरोसा कि उसकी बात सुनकर क्लाइंट (client) उससे इतने प्रभावित होते कि बगैर काम करवाये ही दस–दस लाख रूपये तक का एडवांस दे देते। और...ड्रामाबाज़ तो वो था ही।

उसको अपने बचपन की एक दोस्त से इश्क था। चाहे वह लड़की चिन्नई की थी और वह पंजाबी, मगर उसने उस लड़की से शादी करने की ठान ली।

रमन की माँ ने लाख समझाया। उसकी माँ बडी सूझ–बूझ वाली औरत थी। उसने दुनियाँ देखी थी। वह ख़ुद भी एक कम्पनी में डायरेक्टर थी। इसलिए उन्होंने बहुत इसरार किया लेकिन रमन ने अपनी माँ की बात नहीं मानी और आख़िर चिन्नई की उस लड़की से शादी कर ही ली।

माँ तो माँ ही थी, बेचारी चुप हो गई और सोचा ठीक है जिसमें मेरा बेटा ख़ुश है, उस में ही मेरी ख़ुशी है।

रमन की पहले कुछ साल तो शादी–शुदा जिंदगी ठीक–ठाक रही लेकिन लड़की का दिल उदास होने लगा। उसने रमन को यह बात बताई और कहने लगी– ''रमन! तुम इंटीरियर डिज़ाईनिंग का बिजनेस चिन्नई शिफ़्ट कर लो।'' मगर वह नहीं माना। क्योंकि उसके सारे क्लाइंट दिल्ली एन.सी.आर. में थे और चिन्नई में जाकर नये सिरे से

बिज़नेस शुरू करना और क्लाइंट ढूंढना कोई आसान काम न था। और फिर लंबी चौड़ी बहस के बाद उसकी पत्नी ने उसे अल्टीमेटम दे दिया कि वह यहाँ नहीं रूकेगी।

एक दिन रमन अपनी बीवी को ब्लैंक चैक देते हुए बोला– ''तुम जो भी इसमें रकम भरना चाहो भर लो।'' पैसों की वह भूखी तो थी ही नहीं जो पैसे लेती। उसने उस चैक को फाड़ कर फेंक दिया।

वह इस बात पर अड़ी रही कि रमन चिन्नई शिफ्ट कर जाये। मगर वह नहीं माना और उसकी पत्नी एक दिन उसे छोड़कर चिन्नई चली गई।

आख़िर तलाक के पेपर डाले गये।

इसी दौरान रतन की मुलाकात अपने वकील के ऑफ़िस में एक लड़की बल्कि यूँ कहिये कि एक जवान औरत से हुई। जिसकी एक छः साल की लड़की थी और वह भी उसके वकील के पास अपने पति के खिलाफ़ तलाक का केस डालने आई थी।

रमन इस औरत में दिलचस्पी लेने लगा। उसे उस औरत यानी शालू से सहानुभूति होने लगी।

थोड़े ही दिनों में उसका अपनी पत्नी से तलाक़ हो गया और शालू का अपने पति से। आपस में सहानुभूति तो थी ही आख़िर एक दिन दोनों ने शादी कर ली।

रमन की मां लक्ष्मी देवी ने इस बार बड़ी आबजेक्शन की, बहुत समझाया मगर रमन न माना। दोस्तों और रिश्तेदारों ने भी बहुत समझाया मगर सब बेकार।

एक साल बाद रमन के लड़का पैदा हुआ। वह बड़ा ख़ुश था। दफ़्तर से ज़रा भी ख़ाली वक्त होता तो फ़ौरन अपने लड़के को देखने घर चला आता।

और परेशानी भी तो बताकर नहीं आती। दूसरे ही साल उसकी दूसरी बीवी ने अपने तेवर दिखाने शुरू कर दिये।

हर दूसरे दिन रमन को थाने जाना पड़ता। उसकी पत्नी शालू किसी–न–किसी इल्ज़ाम में रमन को फंसा देती। रमन पुलिस वालों को पैसे खिला–खिला कर आख़िर तंग आ गया।

एक दिन तो उस औरत ने हद ही कर दी। उसे तिहाड़ जेल तक पहुँचा दिया बेचारा एक रात तिहाड़ जेल में ही रहा। आख़िर काठ की हांडी कितनी देर तक आग पर चढ़ती, रमन के सब्र का पैमाना टूट गया।

उसने शालू से तलाक़ ले लिया।

अब पवन बगैर शादी के कुंआरा था और रमन अपनी दो बीवियों से, तलाक लेकर, दोबारा कुंआरा हो चुका था।

तीसरा कोण – मेजर अशोक चटर्जी. . . लम्बा–चौड़ा जिस्म और स्मार्ट। हर बात बड़े सलीके से करता–बड़ा तहज़ीब वाला।

दिल्ली में हिन्दू कालेज में पढ़ाई की। आर्मी में दाख़िले के लिए टेस्ट दिया और पास हो गया। ट्रेनिंग करने के लिए आई.एम.ए. देहरादून चला गया।

उसकी माता जी मौसमी चटर्जी मिरांडा हाउस (कॉलेज), दिल्ली में प्रिंसिपल थी। जब तक अशोक ट्रेनिंग पूरी करके दिल्ली आता, अचानक उसके पिताजी का देहांत हो गया। उसकी माता जी को नौकरी छोड़कर कोलकाता जाना पड़ा।

दरअसल वहाँ ज़मीन ज़ायदाद बहुत थी और उसकी देख–भाल करने वाला कोई न था।

और अब अशोक चटर्जी की पोस्टिंग ट्रेनिंग के बाद अम्बाला हो गई थी और इस हालत में उसके लिए प्रोपर्टी की देख–भाल करना मुश्किल था।

कुछ साल गुज़र गये और वह अब मेजर बन चुका था।

अम्बाला सरहिन्द क्लब में उसकी मुलाकात एक लड़की से हुई। लड़की क्लब की जान थी। रविन्द्र उसके हुस्न के जाल में फंस गया या यूँ कहिये कि उस लड़की ने उसे फंसा लिया। दोनों घूमने–फिरने

के शौकीन थे। दो साल तक सब ठीक चलता रहा। फिर उसकी पत्नी रमा वर्मा ने दिल्ली फ्लाइंग क्लब में दाखिला ले लिया और दिल्ली शिफ़्ट कर गई।

कभी वह अशोक को मिलने अम्बाला आ जाती और कभी वह उसे दिल्ली मिलने चला जाता। मगर ऐसा सिलसिला ज़्यादा देर तक न चल पाया।

दिल्ली फ़्लाइंग क्लब में एक बहुत ही बड़े घराने के लड़के ने दाख़िला ले लिया। लड़का स्मार्ट भी था और अमीर भी। मर्सीडीज़ से कम की गाड़ी में नहीं बैठता था। उसने रमा से दोस्ती कर ली और उनमें नज़दीकियाँ...।

फिर रमा ने अशोक के पास अम्बाला जाना आहिस्ता–आहिस्ता कम कर दिया। पहले तो अशोक ने इस बात की तरफ़ कोई ख़ास ध्यान ही नहीं दिया।

लेकिन एक दिन इस बात की वजह जानने के लिए वह दिल्ली क्लब गया तो वहाँ लोगों से बात करने पर उसे सारी हक़ीक़त का पता चल गया।

कुछ दिन तक उनकी आपस में कशमकश चलती रही लेकिन...।

अशोक के हाथ से पतंग की डोर छूट ही गई। कहाँ वह ज़मीन पर चलने वाला फ़ौजी और कहाँ वह हवा में उड़ने वाली पतंग। एक दरख्त की टहनी पर जाकर अटक गई।

उस अमीर ज़ादे के साथ ऐश था आराम था और यहाँ मेजर अशोक चटर्जी के साथ वही घिसा–पिटा माहौल जिससे रमा को बोरियत होने लगी थी। इधर मेजर एक सीधा–सादा इंसान और अपने उसूलों का पक्का।

मेजर चटर्जी ने जल्दी ही हालात से समझौता कर लिया क्योंकि वह मस्त–मौला किस्म का आदमी था और उसने यह बात ज़्यादा देर तक दिल को नहीं लगाई।

वह बंगाली ड्रामें और राबिन्द्र संगीत का शौकीन था। उन्हीं में हमेशा व्यस्त रहता। अक्सर वह ड्रामें देखने दिल्ली चला जाता।

छुट्टियों में अपनी मां के पास कोलकाता चला जाता। उसकी रेजीमेंट को लड़ाई में जाने का आर्डर मिला और इस कारण उसकी छुट्टी कैंसिल कर दी गईं। उसे अपनी यूनिट में आना पड़ा।

जंग के दौरान वह कश्मीर की लड़ाई में जख़्मी हो गया और दुश्मन के काबू में आ गया। जंगी कैदी बना लिया गया और पांच साल दुश्मन की कैद में रहने के बाद वापस हिन्दुस्तान आ गया।

उसने कुछ साल और नौकरी की। उस वक्त उसकी उम्र कोई 37 वर्ष की थी। दरअसल उसने 22 साल की उम्र में फ़ौज ज्वाईन की थी और 15 साल की नौकरी के बाद रिटायरमेंट ले ली थी।

अच्छी पेंशन थी। आर्मी कोटे से एक प्लाट मिल गया और उस पर उसने एक आलीशान मकान बना लिया। वैसे भी खाते–पीते घर का तो था ही और किसी चीज़ की कमी नहीं थी।

सुबह उठकर गोल्फ़ खेलने चला जाता और दोपहर को आर्मी क्लब में ताश की बाज़ी लगाने चला जाता। शाम को एस्ट्रालॉजी का कोर्स करने चला जाता।

खाना वह अक्सर घर में ही खाता। घर में सोहन सिंह उसके लिए लज़ीज़ खाना बनाता। कई बार अपने दोस्तों को भी वहीं बुला लेता। पार्टी देने का वह शौकीन तो था ही। लेकिन ज़्यादातर पार्टियों में उसके दोनों दोस्त पवन और रमन ही होते। उन तीनों के शौक जो एक जैसे थे। ड्रामें देखना, शायरी करना और एस्ट्रालॉजी के बारे में बहस करना।

क्योंकि कोर्स शाम के वक्त होता था, इसलिए चटर्जी कोर्स के बाद अपने दोनों दोस्तों को अपनी कार में बैठाकर अपने घर ले जाता। रात गये तक ताश खेलते और व्हिस्की का दौर चलता। खाने में सोहन सिंह कोई कमीं न रहने देता।

सोहन सिंह कुक की भी एक अजीब कहानी है।

एक दिन सुबह एक बहुत ज़रूरी काम से पवन और रमन को अचानक मेजर चटर्जी के घर आना पड़ा। कोई ज़रूरी पेपर साइन कराने थे। इसलिए दोनों मेजर चटर्जी को इन्फ़ार्म किये बग़ैर ही आ गये।

चटर्जी उस वक्त अपने डायनिंग टेबल पर ब्रेकफ़ास्ट कर रहा था। ये दोनों जब वहाँ पहुँचे तो उन्होंने देखा कि एक स्मार्ट–सा सरदार नौजवान, पैंट–कमीज़ और टाई डाले मेजर चटर्जी को ब्रेकफ़ास्ट सर्व कर रहा था।

"सोहन सिंह! इन दोनों के लिए भी नाश्ता लगाओ"।

"सर! मैं अभी तैयार करके लाया," यह कहकर सोहन सिंह चला गया।

पर दोनों चौंक पड़े। उनकी समझ में कुछ न आया।

मेजर उनकी परेशानी समझते हुए बोला– "मैं जानता हूँ कि इस वक्त तुम दोनों के दिमाग़ में क्या चल रहा है? पहले फ़ुर्सत से नाश्ता कर लो। फिर तफ़्सील में सब बातें बताऊँगा।"

सोहन सिंह ने जल्दी ही उनका नाश्ता लगा दिया और वह चटर्जी की तरफ़ मुंह करके कहने लगा– "सर! मुझे आज जरा आफ़िस जल्दी जाना हैं। कुछ नये स्टाफ़ की अपाईंटमैंट करनी है। बर्तन धोने वाली लड़की टेबल से बर्तन, उठा लेगी।"

चटर्जी बोला– "ठीक है तुम जाओ।" और सोहन सिंह सबको विश करता हुआ अपने काम पर चला गया।

सोहन सिंह के जाते ही पवन कहने लगा– "सर! जल्दी से हमें सोहन सिंह का किस्सा बतायें।" "सोहन सिंह का कोई लम्बा–चौड़ा किस्सा नहीं है। बहुत साल पहले मेरा एक कुक जब रिटायर हुआ तो वह अपने लड़के को मेरे पास ले आया और कहने लगा–कि साहब जी! मेरा लड़का बड़ा अच्छा कुक है। आप इसे अपने पास रख लें और काम के साथ–साथ इसकी पढ़ाई भी करा दें।"

"तब से सोहन सिंह मेरे साथ रहने लगा और साथ–साथ पढ़ाई भी करने लगा। बी.ए. करने के बाद उसने ईवनिंग कालेज ज्वाईंन करके एम.बी.ए. भी कर ली।"

"लेकिन आप तो जंग में कैद हो गये थे। फिर सोहन सिंह का क्या हुआ?" रमन ने पूछा।

"तब यह मेरी मां के पास कोलकाता चला गया। वहीं इसने बी.ए. पास की। मैं जब दुश्मन की कैद से छूटकर अपनी यूनिट में आया तो मेरी मां ने इसे वापस मेरे पास भेज दिया। मेरी मां को यह बहुत प्यार करता है। वह भी इसे अपने बच्चे की तरह समझती हैं। यह बंगला भाषा भी अच्छी तरह जानता है। बोलता भी है और समझता भी है। फिर उसने मेरे पास रहकर एम.बी.ए. किया और अब एक कम्पनी में पर्सनल अफ़सर है। मैंने इसे लाख समझाया कि मैं अपने खाने के लिए कोई और कुक रख लेता हूँ।

क्यों मेरे लिए तकलीफ़ करता है? तुम्हारे पास वैसे भी दफ्तर का बहुत काम होता है। सोहन सिंह है कि मानता ही नहीं और कहता है कि आपका पूरा खाना मैं ही बनाया करूंगा और मैं किसी और को यह काम नहीं करने दूंगा। मेरे बापू ने मेरे से वायदा लिया था कि मैं हमेशा आपके खाने का ख्याल रखूंगा। दोपहर का खाना बनाकर गया है और रात का खाना शाम को दफ़्तर से वापस आकर बनायेगा। धुन का बड़ा पक्का है।

दफ़्तर में अगर देर हो जाये। तो अपने जी.एम. को साफ कह देता है कि मैं छः बजे के बाद दफ़्तर में नहीं रूकूंगा क्योंकि मुझे घर जाकर मेजर साहब का डिनर तैयार करना है।

उसकी इस हक़ीक़त को सारा दफ़्तर जानता है कि वह मेरे घर में एक कुक का काम करता है और यह बात बड़े गर्व से सबको बताता है। उसको कोई कॉम्पैलक्स नहीं है। सोहन सिंह की इस बात पर सारे दफ़्तर वाले उसकी बड़ी इज़्ज़त करते हैं।"

एस्ट्रालॉजी का छः महीने का कोर्स था। अभी कोर्स को शुरू हुए एक महीने का वक्त ही हुआ था कि उनके कोर्स में एक लड़की ने दाख़िला लिया।

वह कोई 28–29 साल की सांवली–सी लड़की थी। उसके तीखे नैन–नक्श थे मछली जैसी आँखे, दिलकश चेहरा और बोलती तो ऐसे लगता जैसे उसकी वाणी से शहद टपक रहा हो। मतवाली चाल लंबे–लंबे बाल और जब चलती तो बाल कमर को छूते।

उसके आते ही सभी विद्यार्थियों में हल–चल मच गई। वह एम.ए. , एम. फिल थी। क्लास रूम में आते ही उसने चारों तरफ़ नज़र दौड़ाई। एक ही बैंच थी जिस पर एक जगह ख़ाली थी और वो थी मेजर चटर्जी की बगल में। वह सीधी आई और वहाँ बैठने से पहले उसने मेजर की तरफ़ मुस्करा कर देखा। फिर बिना किसी झिझक के उसके साथ बैठ गई। मेजर चटर्जी ने भी सिर हिलाकर उसे वैलकम किया।

क्लास टीचर जब क्लास में आया तो उस नये स्टूडेंट को देखकर बोला– "मैडम! क्या आप अपने बारे में कुछ बताएंगी?"

"सर! मेरा नाम मैथाली है। मै एम.ए., एम. फ़िल हूँ। एस्ट्रालॉजी में मेरी दिलचस्पी है। इसलिए मैंने यह कोर्स ज्वाईन किया है। क्या और कुछ जानना चाहेंगे मेरे बारे में?"

उसके इस सवाल पर टीचर भी थोड़ा–सा नर्वस हो गया, बोला– "नहीं इतना ही काफ़ी हैं।"

क्लास ख़त्म होने पर मेजर चटर्जी ने मैथाली को अपने बारे में बताया कि वह आर्मी का रिटायर्ड मेजर है। इसके बाद बग़ैर किसी काम्पलैक्स के मैथाली ने मेजर से गुफ़्तुगु करनी शुरू कर दी। वैसे भी मेजर उसको सबसे ज़्यादा मैच्योर लगा।

अगले दिन इतवार था। क्लास की छुट्टी थी। हमेशा की तरह दोनों क्लास फ़ेलोज़, मेजर के साथ आर्मी क्लब में पहले तो तम्बोला खेलते और बियर पीने के बाद, वहीं लंच करते।

कल ही तो मैथाली ने उनकी क्लास ज्वाईन की थी। इसलिए बातें उसकी तरफ़ चल पड़ीं। उसके बारे में तीनों में हल्की–फुल्की बातें होती रहीं। जैसे पता नहीं कहाँ से आई है, कहाँ की रहने वाली है और क्या करती है वगैरह–वगैरह?

सोमवार को जब क्लास शुरू हुई तो वह पवन के साथ वाली जगह ख़ाली देखकर उसके साथ बैंच पर बैठ गई। यह देखकर मेजर चटर्जी तो घबरा ही गया। वह जानता था कि पवन को औरतों से सख़्त चिढ़ थी। उन्होंने सोचा कि कहीं पवन कोई उल्टी–सीधी हरकत न कर दे। मैथाली ने बैठते वक़्त पवन की तरफ मुस्करा कर देखा और बैठ गई। लेकिन पवन ने न ही उसकी मुस्कराहट का कोई जवाब दिया और न ही मुस्कराया।

क्लास के दौरान मैथाली को जब कोई प्वाइंट समझ में नहीं आता तो वह पवन से पूछती, क्योंकि उसने क्लास एक महीने के बाद ज्वाइन की थी। इसलिए एस्ट्रालिजी के कई प्वाइंटस का उसको पता नहीं था।

पवन के पास उसको बताने के सिवाय कोई चारा न था। वह जो–जो बातें–सवाल पूछती, वह उसे बताता जाता।

ये देखकर मेजर चटर्जी बहुत ही ख़ुश था कि चलो पवन ने लड़की से बात–चीत तो करनी शुरू कर दी।

शाम को क्लास के बाद जब तीनों दोस्त मिले तो मेजर चटर्जी कहने लगा– ''पवन मैं तुमसे बहुत ख़ुश हूँ।''

''मेजर चटर्जी! किस बात के लिए?''

''मैं ख़ुश इसलिए हूं कि तुमने मैथाली से कोई ऐसी–वैसी बात नहीं की। वर्ना मुझे तो डर था कि तुम अपनी रूखी बातों से कहीं उसे भगा ही न दो।''

''मेजर साहब! दरअसल मुझे उसका मेरे पास बैठना अच्छा नहीं लगा। मगर क्या करता? बाकी सब बैंच जो भरे पड़े थे। कोई बैंच ख़ाली होता तो मैं झट से वहाँ शिफ़्ट कर जाता। फिर मुझे बार–बार

सवाल पूछ—पूछ कर परेशान कर रही थी। मैं क्या करता? मुझे सवालों का जवाब बताना ही पड़ा।''

इस पर रमन जो अभी तक दोनों की गुफ़्तगु सुन रहा था आखिर चुप न रह सका, मुस्कराते हुए कहने लगा—''मेजर चटर्जी, पवन अब जो मर्ज़ी कहे लेकिन मैथाली के सवालों के जवाब तो बड़े प्यार से दे रहा था।''

मेजर चटर्जी रमन की इस बात पर जोर—जोर से हँसने लगा और इधर पवन गंभीर होकर बोला– ''यह मैं ही जानता हूँ कि मैंने कैसे दो पीरियड मैथाली के पास बैठकर बिताये? सच पूछिए मेरा तो वहाँ से उठकर भाग जाने का दिल कर रहा था। आप तो जानते हैं मुझे लड़कियों से कितनी चिढ़ है? लेकिन मजबूरी थी और कर भी क्या सकता था?''

मेजर चटर्जी ने मज़ा लेते हुए कहा– ''यार! तुम नौजवान हो। बड़ी जल्दी तुमने हथियार डाल दिये। लड़की सुन्दर है, स्मार्ट है।''

''नहीं, आप नहीं जानते इन लड़कियों को। आपका इनसे वास्ता जो नहीं पड़ा। मैं इनकी फ़ितरत से अच्छी तरह वाकिफ़ हूँ।''

मेजर चटर्जी कहने लगा– ''दोस्तों मैं तो अपने कान को हाथ लगाता हूँ। एक ही ने मेरे तो छक्के छुड़ा दिये।''

''मेजर चटर्जी आप तो अपने कान को सिर्फ़ एक बार हाथ लगाते हैं लेकिन मै अपने कानों को दो—दो बार हाथ लगाता हूँ। क्योंकि मेरे साथ तो यह हादसा दो—दो बार हो चुका है। एक नहीं बल्कि दो—दो बीवियां छोड़ चुका हूँ।''

और इस पर तीनों दोस्त ज़ोर—ज़ोर से हँसने लग गए।

मैथाली का पवन के साथ बैठने का सिलसिला एक हफ़्ता तक चलता रहा। आख़िर पवन ने मैथाली से थोड़ी बहुत एडजेस्टमेंट कर ही ली और खुलकर उससे बातें करने लगा। मेजर चटर्जी ख़ुश थे कि चलो पवन में कुछ तो चेंज आया।

लेकिन एक बात ज़रूर थी कि पवन के विचार लड़कियों के बारे में बिल्कुल वैसे ही थे जैसे पहले थे। यानी 'औरत तेरा नाम बेवफ़ाई है।'

पवन को हिमाचल प्रदेश में एक जमीन के झगड़े के कारण जल्दी जाना पड़ा। जाने से पहले उसने मेजर चटर्जी को फ़ोन पर सब कुछ बता दिया और यही बात मेजर चटर्जी ने रमन को भी बता दी।

शाम को मैथाली के पूछने पर कि पवन नहीं आया तो, मेजर ने उसे भी सारी बात बता दी।

क्योंकि एस्ट्रालॉजी की कुछ बातें उसको समझ में नहीं आ रहीं थीं इसलिए वह रमन के बैंच पर जा बैठी। वो जगह ख़ाली थी और शायद रमन के साथ वाला लड़का नहीं आया था। वह दूसरी ही किस्म का इंसान था। बोलने में शहद जैसी मिठास, बड़ी तहजीब वाला और सबसे बड़ी बात कि ड्रामेबाज था।

मैथाली जो भी सवाल–जवाब उससे पूछती, वो बड़े प्यार से उसे समझाता। मैथाली उसके इस अंदाज से बहुत प्रभावित हुई।

एक हफ़्ते का वक्त पता नहीं कैसे गुज़र गया। क्योंकि उसको वक़्त की दोहरी मार पड़ चुकी थी। इसलिए कदम फूँक–फूँक कर चलता था। उसे भी औरत जात पर भरोसा नहीं रहा था। डर–डर के कदम रखता था।

मेजर चटर्जी आख़िर एक बात से तो ख़ुश थे कि चलो पवन और रमन ने मैथाली के साथ बात–चीत करनी तो शुरू कर दी। उनको तो शक था कि कहीं दोनों ही उसको बाई–काट न कर दें।

जिस दिन पवन वापस आया, उसी दिन क्लास में चार–चार स्टूडेंटस का एक–एक ग्रुप बना दिया गया।

मैथाली के ग्रुप के सदस्य थे मेजर चटर्जी, पवन और रमन। अब उनके ग्रुप को मिलकर सब प्रोजेक्ट दिये जाते और वे हर प्रोजेक्ट में अव्वल आते। मैथाली बहुत ही ज़हीन थी। सवालों के हल जल्दी–जल्दी निकाल लेती।

अब क्लास के बाद चारों, कैंटीन में बैठकर देर–देर तक गप्पें मारते। आहिस्ता–आहिस्ता उनको एक दूसरे के बारे में काफ़ी जानकारियां हो गईं।

लेकिन मैथाली कहाँ की रहने वाली थी और बाकी उसकी फ़ैमिली के लोगों की बैकग्राउंड के बारे में वह चुप ही रही और न ही किसी ने पूछने की हिम्मत की और . . .। मैथाली भी इन तीनों की पार्टियों में शामिल होने लग गई। अपनी–अपनी बारी आने पर, सब ही पार्टी देते।

मेजर चटर्जी की पार्टी उनके घर पर ही होती और जिस इतवार को तम्बोला होता तो वह इन तीनों को भी अपने साथ आफ़िसर्स मैस में ले जाते। वहाँ वह सब तम्बोला खेलते और अक्सर मैथाली ही फुल हाउस जीतती।

मेजर चटर्जी ही थे जिनके पास अपनी कार थी और तकरीबन हर छुट्टी के दिन वह, उन तीनों को या तो कहीं रेस्टोरेन्ट में ले जाते या फिर मूवी दिखाने ले जाते।

ऐसे ही वे चारों एक दूसरे के काफ़ी नज़दीक हो गये। मेजर चटर्जी अकेले में कई बार पवन और रमन से कहते– "लड़की अच्छी है। तुम दोनों में से ही कोई, एक इससे शादी कर लो"

"मेजर चटर्जी! यह सलाह आप पवन जमवाल को दें। उसने अभी तक इस फल का मज़ा नहीं चखा। जहाँ तक मेरा सवाल है, मैं तो कान को हाथ लगाता हूँ।"

इस पर पवन जमवाल हँसते हुए कहने लगता– "क्यों! रमन मुझसे कुछ दुश्मनी है क्या? जो मुझे जाल में फंसाना चाहते हो। भई मुझे आज़ाद पंछी ही रहने दो। मत पिंजरे में डालो।"

मेजर चटर्जी उसकी इस बात पर ज़ोर–ज़ोर से हंसने लग जाते। खैर ऐसे मजाक का सिलसिला कई बार चलता रहा और मेजर चटर्जी उन दोनों को कई बार नहीं, बल्कि बार–बार समझाते रहे कि ऐसी सुलझी हुई लड़की तुम्हें नहीं मिलेगी।

एक बार मेजर चटर्जी के किसी रिश्तेदार की शादी जयपुर में थी। चार दिन का प्रोग्राम था। मेजर चटर्जी के कहने पर मैथाली भी उनके साथ चलने को तैयार हो गई।

सभी मेजर चटर्जी की कार में दिल्ली से चल दिये। जयपुर पहुंचकर सब डिग्गी पैलेस में ठहरे। वह 250 साल पुरानी हवेली थी जिसे होटल में कन्वर्ट किया गया था। क्या खुबसूरत बिल्डिंग थी।

चार दिन, चारों दोस्तों ने जयपुर की ख़ूब सैर की, शॉपिंग की और वहाँ के किले भी देखे। इस सैर के दौरान मेजर चटर्जी को कभी लगा कि मैथाली पवन से ज़्यादा घुल–मिल गई है और कभी लगता कि रमन के साथ उसकी दोस्ती कुछ ज्यादा है।

ख़ैर! जयपुर से वापस आकर उन्होंने पवन और रमन को अपने घर बुलाया और उनसे साफ़ तौर पर पूछा लेकिन दोनों में से किसी ने भी यह न कबूल किया कि उन दोनों में से किसी को मैथाली से कोई लगाव था।

कई बार जब वे चारों कहीं घूमने जाते तो मेजर चटर्जी जान–बूझकर एक तरफ़ घूमने चले जाते ताकि उन दोनों को मैथाली के साथ बैठने का ज़्यादा मौका मिल सके।

एक दफ़ा उन सबने मनाली जाने का प्रोग्राम बनाया। वहाँ होटल में पहुँचे तो पता चला कि दो ही कमरे ख़ाली थे। अब बड़ा सवाल यह पैदा हो गया कि सोने का इंतिज़ाम कैसे हो। मेजर चटर्जी ख़र्राटे बहुत लेते थे और इसलिए वह किसी को अपने साथ सुलाने को तैयार नहीं थे। यानी अगर वह अपने लिए एक कमरा लेते तो बाकी तीन के लिए एक ही कमरा था।

सबसे बडा सवाल था, मैथाली का कि वह कहाँ सोये? मेजर अपने खर्राटों की वजह से अपने साथ किसी को सुलाने को तैयार नहीं थे और उधर पवन व रमन भी उसको अपने कमरे में सुलाने को तैयार नहीं थे। ख़ैर! मेजर चटर्जी के समझाने पर वो दोनों मैथाली को अपने कमरे में सुलाने को तैयार हो गये और कोई चारा भी तो नहीं था।

अगले दिन सबने मिलकर नाश्ता किया और, पहाड़ों की तरफ घूमने चले गये। मेजर चटर्जी उम्र में तो सबसे ज्यादा थे लेकिन बहुत ही फ़िट थे और पहाड़ों पर चढ़ने में सबसे आगे–आगे चलते। बाकी तीनों पीछे–पीछे।

मेजर चटर्जी ख़ुश थे कि चलो इसी बहाने उनकी दोस्ती बढेगी और शायद कोई अच्छा नतीजा निकल आये यानी उन दोनों में से किसी को मैथाली से लगाव हो जाये।

पवन और रमन जब एक तरफ़ जाकर गप्पें मारने लगे तो मैथाली मौका अच्छा जानकर मेजर चटर्जी के पास चली गई और कहने लगी–''मेजर चटर्जी! मैं रात को इनके कमरे में नहीं सोऊंगी।''

''क्यों रात को कोई बात हो गई?''

''नहीं! बात तो कोई नहीं हुई पर. . .। दरअसल बात यह है कि ये दोनों सारी रात ज़ोर–ज़ोर से करवटें बदलते रहे और मैं अच्छी तरह से सो भी नहीं पाई।'' मेजर चटर्जी ने उसकी बात सुनकर हूं. . . ''हाँ ही'' करते रहे और कुछ न बोले।

थोड़ी देर बाद जब मैथाली वाशरूम में गई तो उन दोनों ने आकर मेजर को घेर लिया और कहने लगे– ''मेजर चटर्जी! रात को हम दोनों मैथाली के साथ कमरे में नहीं सोएंगे।''

''तो फिर वह कहाँ सोएगी?''

''हमें नहीं पता हम बाहर बरामदे में सो लेंगे। हमें तो उसके कमरे में होते हुए, रत्ती भर भी नींद नहीं आई।''

''तो मैथाली का क्या किया जाये?'' मेजर चटर्जी ने सवाल किया।

''हम नहीं जानते कुछ भी कीजिए। हाँ! आप उसे अपने कमरे में ही सुला लीजिए''

''अरे यह कैसे मुमकिन है? भला मेरे कमरे में। मैं एक महान ख़र्राटेबाज़ हूँ। वह पांच मिनट में ही मेरे कमरे से भाग जायेगी।''

दोनों पार्टियों के अगल–अलग विचार सुनने के बाद, उनके पास एक ही हल बचा था कि मैथाली मेजर चटर्जी के कमरे में सोए।

मैथाली को हर शर्त मंज़ूर थी मगर वह किसी भी हालत में इन दोनों के साथ नहीं सोना चाहती थी। आज मेजर चटर्जी के परेशान होने की रात थी।

रात को काफ़ी देर तक मेजर और मैथाली अलग–अलग विषयों पर बहस करते रहे और फिर सो गये।

जब मेजर चटर्जी ने यकीन कर लिया कि मैथाली सो गई है, तो उन्होंने अपना कंबल उठाया और अहिस्ता से दरवाज़ा खोलकर बाहर बरामदे में आकर सो गये और सुबह तक वहीं बरामदे में सोते रहे। सुबह होते ही मैथाली के जागने से पहले ही, वह कमरे में अपने बिस्तर पर जाकर लेट गये।

मगर इस बात से बाकी सारे लोग अनजान थे।

सुबह उठने पर पवन और रमन दोनों ही बड़े उत्सुक थे। लेकिन मैथाली और मेजर चटर्जी दोनों ही नॉर्मल थे। यह देखकर दोनों ही हैरान थे कि मैथाली ने मेजर चटर्जी के खर्राटे कैसे बर्दाश्त किये? कारण कि वे दोनों मेजर चटर्जी के ख़र्राटों का जयपुर के ट्रिप में मज़ा ले चुके थे।

ख़ैर! तीन दिन मनाली और क्लास में इकट्ठे रहने के बाद वह पवन और रमन के साथ काफी फ्री हो चुकी थी।

एक दिन छुट्टी थी। तीनों ने मेजर चटर्जी के घर जाने का प्लान बनाया। सवेरे का कोई 8:00 बजे का वक्त था। जब वह मेजर चटर्जी की कोठी पर पहुँचे तो मेजर चटर्जी नाश्ते के टेबल पर बैठे हुए अख़बार पढ़ने में व्यस्त थे।

उन्होंने उन तीनों का स्वागत किया और पूछने लगे– "आज सुबह–सुबह कैसे आप लोगों ने हल्ला बोल दिया?"

''बस फ़्री थे। सभी चले आये,'' सबके मुँह से अचानक इकट्ठे ही निकल गया।

नौकरानी नें उन्हें चाय और बिस्कुट सर्व किये। मेजर ने उनसे आग्रह किया कि वे सब लंच वहीं उसके साथ ही खाकर जायें और

नौकरानी को बताते हुए बोले– "ये सब अपना लंच यहीं करेंगे।''

दोपहर को 12:00 बजे के करीब सोहन सिंह ड्राईंग रूम में आया। सब लोग तो उससे मिल ही चुके थे। लेकिन मैथाली, उससे पहले कभी नहीं मिली थी। उसने सबको गुडमॉर्निंग की।

सोहन सिंह उस वक्त भी पैंट, शर्ट और टाई में था।

''सोहन सिंह– आज तो छुट्टी थी तो तुम. . .। मेजर चटर्जी की बात बीच में ही काटते हुए सोहन सिंह कहने लगा–'' सर! आज आफ़िस में स्पेशल मीटिंग थी और इसलिए मुझे जाना पड़ा। आप फिक्र न करें। मैं सब का खाना समय पर बना दूँगा। नौकरानी ने मुझे फोन पर बता दिया था कि आपके गेस्ट खाने पर आये हैं।

दरअसल सुबह मेरा स्कूटर स्टार्ट ही नहीं हुआ और मुझे दफ़्तर जाने की जल्दी थी। इसलिए मैं आपकी कार लेकर दफ़्तर चला गया और उसी में ही सारा सामान ले आया हूँ।

मैथाली कुछ भी न समझ पाई कि आख़िर सोहन सिंह क्या चीज़ है? पैंट, शर्ट और टाई पहन रखी थी और खाना बनाने की बातें कर रहा है।

अभी सोहन सिंह वहीं खड़ा था कि कुछ याद आते हुए कहने लगा– ''सर! आपकी माता जी का कोलकाता से फ़ोन आया था और आप तो जानते हैं कि हर रोज ही आता है। आप उनको बता क्यों नहीं देते?।''

''तुम तो माता जी को जानते हो। तुम बहुत साल उनके साथ रह चुके हो। वह मेरी कोई बात नहीं मानेगी।

''सर! आख़िर वह आपकी मां हैं और हर मां को फ़िक्र होती है कि उसके बेटे की शादी हो। घर में बहू आये– रौनक बढ़े। या तो आप उनको साफ़–साफ़ कह दीजिए कि आपका शादी करने का कोई इरादा नहीं है और या...।''

मेजर चटर्जी सोहन सिंह की बात को बीच में ही काटते हुए बोला– ''ठीक है मैं बता दूँगा। तुम पहले जाओ और सबके लिए ठंडी बियर लेकर आओ।''

सोहन सिंह चला गया।

वैसे सोहन सिंह ने पहले ही माता जी को बता दिया था कि मेजर साहब के दो दोस्त हैं और वे दोनों ही शादी को एक मुसीबत समझते हैं। अगर मेजर साहब उनके साथ इसी तरह रहे, तब तो माता जी अपने बेटे की शादी का ख्याल भूल ही जायें।

इसलिए मेजर चटर्जी की मां काफ़ी फ़िक्रमंद थी। हर वक्त सोचती कि इसका क्या हल किया जाये? वो सोचती कि किसी तरह इस तिकोण को ख़त्म करना ही पड़ेगा। लेकिन तिकोण बहुत मज़बूत था। कारण कि तीनों की दोस्ती बड़ी मज़बूत थी और माता जी को इस प्रोब्लम का कोई हल नजर नहीं आ रहा था।

मैथाली हैरान थी क्योंकि वह सोहन सिंह के बारे में कुछ नहीं जानती थी। उसकी हैरानी को महसूस करते हुए, पवन और रमन ने उसे सोहन सिंह के बारे में, वे जो भी कुछ जानते थे, मैथाली को बता दिया।

मैथाली थोड़ी बहुत कहानियाँ भी लिखती थी। उसे सोहन सिंह का किरदार बहुत ही दिलचस्प लगा।

सोहन सिंह बियर लेकर आ गया और उसने सबको बियर सर्व की। मगर मैथाली ने बियर नहीं ली और कहने लगी–''मैं बियर नहीं पीती अगर हो सके तो मेरे लिए मैंगो जूस ले आओ।'' सोहन सिंह जल्दी ही मैंगो जूस ले आया और मैथाली को देकर चला गया।

एक दिन इतवार को मेजर चटर्जी पवन और रमन तीनों जब कहीं गये हुए थे तो मौका अच्छा जानकर मैथाली मेजर चटर्जी के घर आई। घर में सिर्फ़ सोहन सिंह ही था। वह उसे वहाँ देखकर हैरान हो गया और कहने लगा– ''मैडम! मेजर साहब तो अपने दोस्तों के साथ क्लब गये हुए हैं।''

''हाँ.! मैं जानती हूँ। तभी तो आई हूँ। मैं जान–बूझकर उनके साथ नहीं गई ताकि तुमसे अकेले में बातें कर सकूँ और कुछ लिख सकूँ।''

ख़ैर! सोहन सिंह पढ़ा–लिखा तो था ही उसने बड़े अच्छे तरीके से अपने बारे में, मेजर चटर्जी, उनकी माता जी और उनके बाकी रिश्तेदारों के बारे में, कोलकाता के घर के बारे में और अपने बारे में बताया कि कैसे वह माता जी के पास दस साल तक रहा था, सारा कुछ बता दिया।

उसने मैथाली को यह भी बताया कि माता जी ने मेजर चटर्जी के लिए एक लड़की भी पसंद कर रखी है। बस मेजर चटर्जी के हाँ करने की देर है। अगर सब ठीक–ठाक रहा तो दुर्गा पूजा की छुट्टियों में ही उनकी शादी कर देंगी।

''मैडम! दरअसल साहब की एक बहन अमरीका में रहती है और वह हर साल दूर्गा पूजा की छुट्टियों में माता जी से मिलने कोलकाता आती है। उसकी एक सहेली जो अमरीका में रहती है, माता जी उससे बहुत प्रभावित हैं और चाहती हैं कि उनके बेटे की शादी उस लड़की से हो जाये। वह लड़की भी अमरीका से दुर्गा पूजा की छुट्टियों में कोलकाता उनकी बहन के साथ ही आ रही है। इसलिए माता जी यह शुभ कार्य दुर्गा पूजा के दिनों में ही करना चाहती हैं।''

अगले दिन जब मैथाली क्लास में पहुँची तो मेजर चटर्जी ने कहा– ''मैथाली! सोहन सिंह से पता चला कि तुम उस पर कोई कहानी या आर्टिकल लिखने का प्लान बना रही हो। भई हम सब पर भी कोई कहानी लिख दो।''

यह सुनकर मैथाली कुछ न बोली, मगर मुस्करा दी। हाँ! यह बात सुनकर पवन और रमन दोनों हँसने लग गये।

मैथाली इस दौरान पवन और रमन के काफ़ी क्लोज हो चुकी थी। मेजर चटर्जी को अब यकीन हो गया था कि उन दोनों में से कोई न कोई जल्दी ही उसे प्रोपोज़ कर देगा। अब तो सवाल यह था कि उनमें से पहल कौन क़रता है? पवन या रमन। चटर्जी के लिए यह सबसे बड़ी पहेली थी।

उधर दुर्गा पूजा के दिन भी करीब आ रहे थे और मेजर चटर्जी की माता के फ़ोन पर फ़ोन आ रहे थे।

सोहन सिंह हर रोज मेजर चटर्जी को याद दिला देता कि वह शादी करें या न करें लेकिन दुर्गा पूजा की छुट्टियों में कोलकाता ज़रूर हो आये। वैसे भी उन्हें कोलकाता गये काफ़ी अर्सा हो गया था और यूँ भी वह दुर्गा पूजा की छुट्टियों में वहाँ जाया ही करते थे।

कोर्स में ज़्यादातर बंगाली विद्यार्थी थे इसलिए मैनेजमेंट ने फ़ैसला किया कि कोर्स वालों की दुर्गा पूजा की छुट्टियाँ तीन हफ़्ते की होंगी।

दुर्गा पूजा की छुट्टियाँ हो गईं लेकिन मेजर चटर्जी कोलकाता जाने का नाम ही नहीं ले रहे थे। इसलिए उनके सारे दोस्त पवन, रमन और मैथाली भी अपने–अपने घर नहीं गये।

दरअसल मेजर चटर्जी ने जान बूझकर उन सबको रोक रखा था। वह बड़ी उलझन में थे। उन्हें दिल ही दिल में मैथाली से लगाव होने लग गया था और शायद यह बात मैथाली ने भी महसूस की थी। वह कोलकाता जाने से डर रहे थे। उन्हें मालूम था कि वहाँ जाते ही उनकी माता जी, उनकी शादी अमरीका वाली लड़की से करा देंगी। उस लड़की से जिसे वह जानते तक न थे।

उधर मेजर चटर्जी की बहन भी अमरीका से आ चुकी थी। सोहन सिंह की ख़बर के मुताबिक उनकी बहन की सहेली भी उसके साथ आई थी। वहाँ कोलकाता में सब लोग मेजर चटर्जी के आने का इंतिज़ार कर रहे थे।

सोहन सिंह भी परेशान था क्योंकि हर हाल वह भी दुर्गा पूजा के दिनों में मेजर चटर्जी के साथ कोलकाता जाया करता था। लेकिन इस बार उनके कोर्स की वजह से ...।

जब एक हफ़्ता गुज़र जाने पर भी मेजर चटर्जी कोलकाता नहीं पहुंचे तो एक दिन अचानक उनकी माता जी उसको बताये बग़ैर वहाँ आ गई। उस वक्त मेजर चटर्जी अपने तीनों दोस्तों के साथ पार्टी में व्यस्त थे।

वह सोहन सिंह को लेकर वहाँ पहुँच गईं और मेजर चटर्जी को डाँटते हुए कहने लगीं– "अशोक कैसे बेटे हो मेरे! तुम्हें मेरा कुछ भी ख़्याल नहीं। एक हफ़्ता हो गया है तुम्हारी छुट्टियों को और तुम यहीं दिल्ली में... चलो अभी मेरे साथ। मैं टैक्सी में आई हूँ। सोहन सिंह ने तुम्हारा सारा सामान पैक करके टैक्सी में ही रख दिया है।"

"माँ! पहले मेरे दोस्तों से तो मिलो। हम सब छः महीने का कोर्स इकट्ठे ही कर रहे हैं और हर रोज़ मिलते हैं घूमते हैं। हम इकट्ठे जयपुर भी गये थे और मनाली भी। मैं इनको ऐसे तो छोड़कर नहीं जा सकता।" मेजर चटर्जी को जब कोई और जवाब नहीं सूझा तो उन्होंने अपनी माँ को यह बात कह दी।

"उन्होंने क्या तुम्हें बाँध कर रखा है? जो तुम उन्हें छोड़कर नहीं जा सकते," उसकी मां बोली। फिर कहने लगी–"तुम्हें तो अपनी मां की फ़िक्र नहीं, मगर इन्हें तो अपने घरवालों का ख़्याल होना चाहिए और इन सबको भी अपने–अपने घर जाना चाहिए।"

उसकी माँ की यह बात सुनकर सभी दोस्तों ने अपने–अपने सिर नीचे कर लिए।

"अच्छा! तो मिलाओ अपने दोस्तों से।"

सब दोस्तों ने माता जी के चरण छुए। मैथाली झुककर उनके पांव छूने ही वाली थी कि वह उसे रोकते हुए कहने लगी– "मैं कन्या से भला अपने पैर थोड़े छुवाउंगी।" और उन्होंने मैथाली को पकड़कर अपने गले लगा लिया और बोलीं– "तुम संस्कारी लड़की हो। बड़ी प्यारी है शक्ल तुम्हारी।"

मुझे पवन, रमन और तुम्हारे बारे में सोहन सिंह हर रोज़ ही बताता रहता था। मैंने भी तो उसे अपने बेटे की तरह पाला है। वह भी चाहता है कि अशोक की शादी जल्दी कर दूँ। फिर सोहन सिंह की शादी भी तो मुझे ही करनी है। अगर अशोक शादी नहीं करेगा तो सोहन सिंह की बारी कैसे आयेगी? "माता जी की इस बात पर सभी जोर से मुस्करा दिये।

और फिर फ़ौजी तरीके से हुक्म देकर कहने लगीं– ‘‘सोहन सिंह तू साहब की कार में इन तीनों को इनके घर पहुँचा देना और फिर ट्रेन लेकर कोलकाता आ जाना। मैं अशोक को अपने साथ टैक्सी में ही एयरपोर्ट ले जा रही हूँ।’’

माता जी के जाने के बाद, सोहन सिंह ने उन तीनों को कार में बैठाकर जहाँ–जहाँ वे चाहते थे, वहाँ–वहाँ उनको छोड़ दिया। सभी अपने–अपने घर चले गये।

कोर्स शुरू होने से एक दिन पहले, सोहन सिंह ने सबको फोन किया और कहने लगा कि मैं आज ही कोलकाता से वापस आया हूँ और फिर बोला–‘‘मेजर साहब कल ही कोलकाता से वापस आ रहे हैं। हाँ! माता जी ने मेजर साहब की शादी ज़बरदस्ती उनकी बहन की अमेरिका वाली सहेली से करवा दी है। मेजर साहब अपनी शादी की ख़ुशी में घर में ही पार्टी दे रहे हैं और आप सब को कल शाम के 8:00 बजे आने का निमन्त्रण दिया है। आप तीनों ज़रूर आइएगा।’’

‘‘लेकिन सोहन सिंह मैथाली तो . . .’’ पवन इतना ही बोल पाया था कि टेलीफ़ोन का सिलसिला कट गया।

‘‘फ़िक्र की कोई बात नहीं, कल शाम को कोर्स में तो सभी आयेंगे। मैथाली को वहीं से लेकर मेजर चटर्जी के घर चले जायेंगे। थोड़ी देर हो जायेगी कोई बात नहीं,’’ रमन कहने लगा।

शाम को दोनों ही दोस्तों ने अपने–अपने बेहतरीन सूट डाल रखे थे। बहुत इंतिज़ार के बाद जब मैथाली कोर्स के लिए नहीं पहुँची तो वे दोनों ऑटो लेकर मेजर चटर्जी के घर चले गये।

मेजर चटर्जी ने अपनी पार्टी में कुछ ख़ास लोगों को ही बुला रखा था।

सोहन सिंह ने उन दोनों को रिसीव किया और एक ख़ास टेबल पर ले जाकर बैठा दिया। सोहन सिंह ने इधर उधर देखा। पवन, रमन समझ गये कि वह मैथाली को तलाश कर रहा है। लेकिन वे चुप रहे– कुछ बोलते–बोलते रूक गये।

इतने में मेजर चटर्जी अपनी ख़ास बंगाली ड्रैस में आ गये और बड़ी गर्म जोशी से उन दोनों को मिले। अभी वह उनसे कुछ कहने या पूछने ही वाले थे कि सोहन सिंह बीच में ही बोल पड़ा– ''साहब! कौन–सी व्हिस्की लेकर आंऊ?''

''अरे! यह भी कोई पूछने की बात है। शिवाज़रीगल लाओ,''

इतने में माता जी वहाँ आ गई पवन और रमन ने उनके पाँव छुए और माता जी को शादी की बधाई दी। सामने से सोहन सिंह गुज़र रहा था। उसे अपने पास बुलाते हुए कहने लगीं–''जा अंदर जाकर अशोक की बहू को इधर ले आ।''

सोहन सिंह सिर हिलाकर अंदर चला गया।

थोड़ी देर में ख़ास बंगाली लाल रंग की साड़ी में मिसिज़ चटर्जी आईं। उन्होंने बडा लंबा–सा घूंघट निकाल रखा था।

माता जी ने बहू के कंधे पर बड़े प्यार से हाथ रखा और हँसते हुए कहने लगीं–''बहू! अपना घूँघट ऊपर कर लो। ये पराये नहीं बल्कि दोनों ही अशोक के ख़ास दोस्तों में से हैं।''

बहू बहुत संकोच कर रही थी, इसलिए माता जी ने आगे बढ़कर उसका घूंघट झट से ऊपर ...।

उसका घूंघट ऊपर होते ही...। पवन और रमन दोनों ही अपनी–अपनी कुर्सी से ऐसे उछल पड़े जैसे उन्हें बिजली का करंट लग गया हो।

सामने मैथाली खड़ी थी। वो हैरान–सी नज़रों से उसको देख रहे थे। जैसे उनको अपनी आँखों पर यकीन ही न हो।

माता जी उन दोनों की सूरत देखकर मुस्करा रही थीं। वह कहने लगी– ''मैंने अपने लड़के की शादी करनी थी, इसलिए ही मैंने तिकोण का चौथा कोण बनाने के लिए, मैथाली को प्लांट कर दिया।

14
तलाश

सुबह उठकर पढ़ना अख़्तर की पुरानी आदत थी। सर्दी के दिन थे। अख्तर ने खिड़की के शीशों में से बाहर झांककर देखा। बाहर हल्की–हल्की धुंध थी।

दूर पगडंडी पर एक आदमी झुका–झुका, निगाहें ज़मीन पर जमाये जा रहा था। ऐसा लगता था जैसे वह किसी गुमशुदा चीज़ की तलाश में था।

थोड़ी देर तक अख़्तर उसे घूरता रहा और फिर अपनी पढ़ाई में मसरूफ हो गया। दूसरे दिन फिर अख़्तर की निगाहें बाहर चली गईं। उसने देखा कि फिर वही आदमी धुंध में झुका–झुका किसी चीज की तलाश, करते हुए आगे गुज़र गया।

इस तरह, उस आदमी को देखते देखते अख़्तर के कई दिन गुज़र गये। कई बार उसके दिल में आया कि बाहर जाकर वह उस आदमी से पूछे कि वह इतने दिनों से उस रास्ते पर क्या तलाश कर रहा है लेकिन हर बार बाहर की कड़कती सर्दी उसे अपना यह इरादा टालने पर मजबूर कर देती।

मगर इस बार वह इस कड़कड़ाती सर्दी की परवाह न करते हुए उस आदमी के पास जा पहुँचा। वह काफ़ी बूढ़ा आदमी था। अख़्तर ने उस बूढ़े आदमी से पूछा।

''बड़े मियां! मैं कई दिनों से देख रहा हूँ कि आप हर रोज़ कुछ तलाश करते हुए इस पगडंडी से गुज़र जाते हैं। लगता है आपकी कोई बड़ी अनमोल चीज़ खो गई है, जिसकी आपको तलाश है।''

दोहरी कमर वाला बूढ़ा पहले तो ज़ोर से हंसा और फिर उसने कहा–''हां मेरे अज़ीज़! तुमने बिल्कुल ठीक अंदाज़ा लगाया है। मुझे अपनी किसी बहुत ही अनमोल चीज़ की तलाश है।

वह चीज़ जो आज से पचास साल पहले इन्हीं रास्तों पर गुम हो गई थी। मुझे अपनी उसी जवानी की तलाश है।''

15
वो कुत्ते वाली लड़की

देवपाल कल ही मुंबई आया था। असल में वह दिल्ली में बहुत ही ख़ुश था। हर रोज़ जयवीर, विक्रम के साथ तीनों की अच्छी महफ़िल जमती थी।

वैसे तो देवपाल के दिल्ली में दस–ग्यारह क्लास फ़ैलो थे और अगर मैंने इस कहानी में उन सबका ज़िक्र न किया तो वे अवश्य ही नाराज हो जायेंगे। इसलिए मैं आपको यह ज़रूर बताना चाहूँगा कि जब भी उसका दोस्त या यूँ कहिये, उन सबका दोस्त सुदर्शन राणा, कनाडा से दिल्ली आता, तो जयवीर उन सब दोस्तों को यानी राधे, वेद शर्मा, उप्पल, नन्द किशोर,... विक्रम वग़ैरह सबको ही कनाट प्लैस के **'Host Restaurant'** में आमंत्रण देकर बुलाता।

वहाँ इकट्ठे होने पर, कॉलेज का–सा, माहौल हो जाता। सभी पुराने दोस्त एक दूसरे को बड़ी गर्म जोशी से मिलते।

राणा से कनाडा के बारे में तरह–तरह की बातें और सवाल पूछते। मगर विक्रम शरारत भरे लहजे में पूछता।

''राणा! यार सुना है कि वहाँ की लड़कियां बड़ी एडवांस और बोल्ड हैं...।''

सवालिया नज़रों से, सभी दोस्त उसकी तरफ़ देखने लग जाते। राणा उनकी नज़रों का मतलब भांप कर, ज़ोर–ज़ोर से हंसते हुए कहता–

''तुम क्या समझते हो कि वहाँ की लड़कियाँ... और एक्शन करते हुए बोलता। मित्रों वहाँ की लड़कियाँ हर एक से ... ऐसे–ऐसे नहीं करतीं'' और उसका यह एक्शन देखकर सब हंस पड़ते।

और फिर उन सब दोस्तों में 'नानवेज' जोक्स शुरू हो जाते। सभी दोस्त, एक दूसरे को, एक से बढ़कर एक किस्से सुनाते।

उनका एक दोस्त केदारनाथ बड़ा दुःखी आत्मा था। वह शायर, अंग्रेजी में कवितायें लिखता था आख़िर दुःखी होकर बोलता।

''यार! मैं दफ़्तर से ख़ास छुट्टी लेकर आता हूँ। मगर तुम सब तो यहाँ, कोई काम की बात तो करते नहीं। बस ऐसे ही नानवेज जोक्स के सिवाय कुछ भी नहीं सुनाते। आगे से मैं नहीं आया करूँगा।'' केदार की इस बात पर सभी दोस्त ज़ोर–ज़ोर से हँस पड़ते।

राणा उसको समझाते हुए कहता ''यार तू बिल्कुल नहीं बदला''

इस पर विक्रम बोल पड़ा ''राणा! तुम इसको नहीं जानते। यह बगला भक्त है। क्लास में मेरे साथ, एक ही बैंच पर बैठा करता था। अगले बैंच पर बैठी हुई, क्लास की लड़की का, पीछे से आहिस्ता से दुपट्टा खींच देता था और जब वह पीछे मुड़कर देखती है तो मुस्करा देता है इसकी यह हरकत सिर्फ़ मुझे ही पता थी।''

''देखो विक्रम! तुम अब मेरी लेग पुलिंग कर रहे हो'', केदार झुंझलाते हुए कहता।

और इस बात पर, सबके हंसी के फव्वारे छूट जाते।

सुदर्शन राणा के, कनाडा वापस जाते ही, बाकी सब दोस्तों का मिलना–जुलना ख़त्म हो जाता, सिवाय जयवीर, विक्रम और देवपाल के।

जयवीर को खाने–खिलाने का बहुत शौक था। उसको तो जैसे दोस्तों को पार्टी देने का जुनून था। वह विक्रम और देव को कभी कंट्रीक्लब, कभी पॉम कोर्ट, कभी जिमख़ाना क्लब और कभी मौर्या होटल... बुला ही लेता।

मौर्या होटल जयवीर के आफ़िस के पास ही था, वहाँ वे अक्सर ही इकट्ठे होते और विक्रम हर बार स्वीमिंग पूल की तरफ वाली, कुर्सी पर बैठ जाता। देवपाल कहता

''यार विक्रम तुम मुझे कुर्सी पर से उठाकर हमेशा मेरी ही जगह पर बैठ जाते हो। आखिर क्यूँ?''

इस पर जयवीर बोल पड़ता ''तू नहीं जानता देवपाल... विक्रम को तैरना तो नहीं आता इसलिए स्वीमिंग पूल में तैरने वाली फिरंगियों को देखकर, तैरने के मज़े लेता है।''

विक्रम हंसकर कहता ''भई जयवीर तुम कहते तो ठीक हो। मै 'हिप्पोक्रेट' नहीं हूँ। जो अच्छा लगता है, उसे खुलेआम, करता हूँ।''

और तीनों दोस्त हंसने लग जाते।

हां! ऐसा माहौल, ऐसे दोस्तों का साथ छोड़कर, देवपाल खुश नहीं था। लेकिन क्या करता?

अपने बेटे और बहू, केवल और कविता की पोस्टिंग करके उसे दिल्ली छोड़कर, मुंबई आना पड़ा।

इसके सिवा कोई चारा न था।

देव का बेटा केवल और बहू कविता दोनों, एक ही कम्पनी में काम करते थे। दोनों अंग्रेजी संस्थाओं में पढ़े होने के कारण, आज़ाद विचारों के थे। लेकिन अपने पिताजी के सामने बड़े संभल कर रहते थे। उनको मालूम था कि उनके पिताजी, बड़े सीधे–साधे इंसान थे।

जिनका सबसे बड़ा शौक सुबह सैर पर जाना, कभी–कभी मन्दिर जाना और किताबें पढ़ना। किताबें तो शायद उनकी जिंदगी की खुराक थी।

कॉलेज के ज़माने में, वह थोड़ी बहुत शायरी भी करते थे और रोमांटिक तस्वीरें भी पेंट किया करते थे, यह उन्होंने देवपाल के पुराने साथी क्लास फेलो से सुन रखा था।

लेकिन उन्होंने अपने होश में न तो कभी उन्हें शायरी करते देखा और न ही कभी पेंटिंग बनाते, देखा था।

आज मुंबई में, पहला ही दिन था। घर के पास ही जूहू का किनारा था। वह हवा खोरी के लिए समुद्र की ओर चल दिए। किनारे पर कुछ देर टहलने के बाद, वह नज़दीक की एक बैंच पर बैठ, समुद्र की लहरों का नज़ारा देखने लगे। दूर समुद्र में ऊंची–ऊंची लहरें उठ रही थी। बड़ा दिलकश नज़ारा था। वह उसे देखने में मस्त थे।

वह दूर–दूर उठती हुई लहरों का, आसमान को छूने का नज़ारा देख रहे थे और सोचने लगे कि दिल्ली में भी बहुत कुछ देखने को है। लेकिन समुद्र में तैरती हुई किश्तियों और जहाज़ों की अपनी अलग ही शान है।

वह अभी इन्हीं ख़्यालों में डूबे हुये थे कि एक छोटा–सा कुत्ता उनके पैरों में आकर लोटने लगा। उनका लहरों से ध्यान टूटा और उन्होंने देखा कि वह किसी भूटानी नस्ल का छोटे कद वाला कुत्ता था। अगर और कोई होता तो वह घबरा जाता लेकिन देवपाल ने कुत्ते पाल रखे थे। उसको ज़रा–सी भी दहशत नहीं हुई। उन्होंने दायें–बायें देखा, उसका मालिक कहीं नज़र नहीं आया। आखिर कुछ देर तक वह उस कुत्ते का, पैरों में लोटने का मज़ा लेते रहे और फिर हिम्मत करके उन्होंने उसके सिर पर आहिस्ता–अहिस्ता हाथ फेरा, इस पर कुत्ते ने उनके हाथ चाटने शुरू कर दिये।

फिर उन्होंने कुत्ते को उठाकर, अपनी गोद में ही बिठा लिया। कुत्ता किसी रईस मालिक का लगता था। बहुत ही साफ–सुथरा और उसमें से यू.डी. क्लोन की भीनी–भीनी ख़ुशबू आ रही थी।

वह सोचने लगा कि यह कुत्ता अगर दिल्ली में होता तो अभी तक किसी–न–किसी ने उसे गायब कर दिया होता।

वह अभी इन्हीं ख्यालों में खोए हुए थे कि एक लड़की की सुरीली आवाज़ ने उन्हें अपनी तरफ खींच लिया।

''टॉमी तुम यहाँ हो और मैं तुम्हें जगह–जगह ढूंढ रही हूँ।'' उसने कुत्ते को ऐसे संबोधित किया कि जैसे वह कोई आदमी हो, जो उस लड़की की सारी बातें समझ रहा हो।

देवपाल ने देखा वह 20–22 साल की एक ग़ोरी–चिट्टी ख़ूबसूरत–सी लड़की थी। गालों की रंगत ऐसी कि लाल गुलाब को भी मात कर दे। देवपाल सोचने लगा। ''समुद्र के पास कमल तो हो सकते हैं, लेकिन पहाड़ी गुलाब जैसी रंगत...!''

अभी तक उस लड़की का ध्यान अपने कुत्ते पर ही था। फिर देवपाल के हाथों से कुत्ते को लेती हुई बोली–"सॉरी अंकल इसने आपको बहुत परेशान किया होगा?"

"नहीं ऐसी कोई बात नहीं। मुझे बचपन से ही कुत्तों का शौक रहा है।" देवपाल ने कहा।

हाँ! एक बात ज़रूर थी कि लड़की के नरम हाथों का स्पर्श देवपाल के जिस्म के अंदर, एक बिजली का–सा असर पैदा कर गया।

वह उनके पास बेंच पर बैठकर बातें करने लगी लेकिन उनका ध्यान उसकी बातों की तरफ़ कम था। वह मन ही मन उसकी खूबसूरती को सराह रहे थे। सुडौल बदन, गुलाबी होंठ, खिला चेहरा, जवानी जो जिस्म से फूट–फूट कर बाहर निकल रही थी।

आज उनको बड़ी मुद्दत के बाद,

आज एक ऐसी शौख़ हसीना के साथ, बैठने का मौका मिला था। वह उनके दिमाग में छाई हुई थी।

इतने में दूर गिरजे की घंटी ने आठ बजाये। देवपाल एक झटके के साथ बेंच से उठा और बिना कुछ कहे चल दिया।

लड़की उनकी इस हरकत पर हैरान थी और सोच रही थी कि जाने से पहले उस इंसान ने कुछ भी नहीं कहा।

ख़ैर वह अपने कुत्ते में मशरूफ़ हो गई। कुत्ता लड़की की गोदी में आराम से बैठा हुआ था और लड़की उससे तरह–तरह की बातें करती जा रही थी।

उधर देवपाल सोच रहा था कि आज पहला दिन है और उसकी बहू और बेटे को नौ बजे आफ़िस जाना है। उनको शूगर की बीमारी है इसलिए उनको, नाश्ते को साढ़े आठ बजे खाना ज़रूरी था। खैर वह पूरी स्पीड से घर पहुँचे। उनकी बहू कविता, पहले ही नाश्ता, देने के लिए तैयार थी। कविता ने नाश्ता परोसा और बोली–

"आपका लंच मैंने फ्रिज में रख दिया है। माइक्रोओवेन में गर्म करके, वक्त पर खा लीजिएगा।"

और केवल व कविता, दोनों जल्दी से ऑफ़िस चले गये।

अब सारा दिन फ्री था। नाश्ता करने के बाद उन्होंने अख़बार लिया और पढ़ने लगे लेकिन यह क्या? उनका ध्यान आज अख़बार पढ़ने में लग ही नहीं रहा था। दरअसल वह ज़ड़की उनके दिल और दिमाग पर छाई हुई थी। वह हैरान थे कि आज उन्हें हो क्या गया है? ऐसा तो उन्होंने पहले कभी नहीं महसूस किया था?

वह सारा दिन उस लड़की के ख्यालों में ही उलझे रहे। यह पहला वक्त नहीं था कि वह कुत्ते वाली लड़की से मिले थे।

ऐसे कई जगह, उनके साथ ये हादसे हो चुके थे, जहाँ कहीं–न–कहीं किसी शहर में उनकी मुठभेड़ किसी–न–किसी कुत्ते वाली लड़की से हो जाती और जब वह इसके बारे में अपने दोस्तों को बताते तो उनके दोस्त, दिल्लगी करते हुए पूछते–''भई! देवपाल इस बार घूमने गये थे। तो कोई वहाँ कुत्ते वाली लड़की मिली'' और देवपाल झेंप जातें।

वह गुस्से में बोलते ''यार मुझे क्या विक्रम समझ रखा है।'' दरअसल ऐसी छेड़छाड़ उनसे ख़ासकर जयवीर ही करता था।

शाम को बहू बेटा ऑफ़िस से आये। सबने मिलकर खाना खाया। टी.वी. देखा और अपने – अपने कमरे में सोने के लिए चले गये।

देवपाल सारी रात ठीक से न सो सका और करवटें बदलता रहा। वह खूबसूरत लड़की उनके ज़हन पर छाई हुई थी। वह सोचता रहा कि उसकी ऐसी फितरत, तो कालेज में भी न थी।

खैर सुबह होते ही वह जूहू के किनारे जाकर उसी बेंच पर जा बैठा। वह सोच रहा था कि अभी कुत्ता क्यों नहीं आया? क्योंकि कुत्ता आयेगा तो साथ ही वह लड़की भी आयेगी। लेकिन वह यह भूल गया कि वह आज लड़की के चक्कर में, एक घंटा पहले ही आ गया था।

खैर जैसे–तैसे करके उसने वक्त काटा और उसकी खुशकिस्मति देखिये कि वह कुत्ता, फिर अकेला कल की तरह, भागता हुआ उनके पांव में आकर लोटने लगा।

लेकिन उसे ज्यादा देर लड़की का इंतिजार नहीं करना पड़ा। लड़की भी पीछे–पीछे दौड़ी चली आ रही थी।

लड़की आई और काफी देर तक कुछ–न–कुछ बोलती रही। देवपाल उसको देखने में मग्न था और सोच में डूबा हुआ था। जब लड़की ने देखा कि वह बोलती जा रही है और देवपाल चुप–चाप बैठा हुआ है और कुछ भी नहीं बोल रहा हैं तो वह उठते हुए बोली–''शायद मैं आपको बोर कर रही हूँ। अच्छा तो मैं अब चलती हूँ।''

यह सुनते ही देवपाल के ख़्यालों का सिलसिला टूटा और बात बनाते हुए वह बोला। ''नहीं मैं यह सोच रहा था कि कुत्ता आज भी यहाँ कैसे आ गया?''

''असल में मैं पिछले काफ़ी समय से यहाँ सुबह सैर करने आती हूँ और साथ में टॉमी को भी लाती हूँ। आज फिर देर हो गई और यह कल की तरह, आज भी जंजीर में से अपनी गर्दन निकाल कर यहाँ ख़ुद भागा चला आया। वैसे है बड़ा ऑबीडियेंट (Obedient) । मेरा कहना बहुत मानता है।''

''कुत्ता तो क्या? तुम्हारा तो कहना हर कोई मानेगा। आहिस्ता से देवपाल के मुँह से निकल गया। जो उस लड़की को अच्छी तरह सुनाई नहीं दिया।''

''अंकल! आपने कुछ...कहा?'', वह बोली।

''नहीं! नहीं! मैं तो तुम्हारे इस कुत्ते की सफ़ाई के बारे में कह रहा था''

लड़की बड़ी ख़ुश हुई कि आख़िर देवपाल ने उसके कुत्ते की सफाई की तारीफ़ की थी, बोली, ''मैं इसे रोज़ विलायती साबुन से नहलाती हूँ और फिर यू.ड. क्लोन लगाती हूँ। ताकि दिन भर इसमें से, भीनी–भीनी, ख़ुशबू आती रहे।''

देवपाल फिर सोचने लगा ''यह उन्हें क्या हो गया है? कैसे–कैसे रोमांटिक ख़्याल उनके ज़हन में आने लगे हैं? ऐसी शैतानी सोच, तो

उनके दोस्त विक्रम की हुआ करती थी, और शायद अब भी है'' उसने सोचा।

इधर देवपाल इन उलझनों में उलझा हुआ था, उधर वह लड़की नॉनस्टाप बोलती जा रही थी। ''हाँ! अंकल मेरा नाम...'' इससे पहले कि वह लड़की कुछ और बोल पाती, गिरजे की घण्टी ने 8 बजाये और वह एक्सकयूज़ मी, कहकर जल्दी से चले गये।

लड़की फिर हैरान हो गई कि वह 8 बजते ही भागने की क्यूँ करते हैं? लड़की ने सोचा कल आते ही अंकल से 8 बजते ही भाग कर जाने का, राज़ पूछूँगी।

अगले दिन लड़की पहले ही बेंच पर आकर बैठ गई और देवपाल का इंतजार करने लगी। लेकिन देवपाल उस दिन नहीं आया।

लड़की रोज आती और देवपाल को वहाँ न देखकर, मायूस होकर घर चली जाती। वैसे तो उसे देवपाल से कोई खास लगाव नहीं था लेकिन हर बार गिरजे पर, 8 बजे की घण्टी बजने पर भागकर चले जाना बड़ा अजीब–सा लगा था।

आख़िर पांच–छः दिन बाद देवपाल समुद्र के किनारे आया और प्रतिदिन की भांति वह लड़की आज भी बेंच पर बैठी हुई उसका इंतिज़ार कर रही थी। देवपाल कुछ कमज़ोर लग रहा था और वह ढीली–ढाली पैंट और कमीज़ में, एक नमूना–सा लग रहा था। दरअसल देवपाल ने अपने कपड़ों की फ़िटिंग की तरफ़ कभी ध्यान ही नहीं दिया था। और कॉलेज के उसके साथी दोस्त उसका इस बात पर मज़ाक उड़ाया करते थे। हाँ! जूते उसके बहुत ही फ़ैशनेबल हुआ करते थे। दरअसल उसका एक दोस्त महेन्द्र पैंटल, बाटा कंपनी में पार्ट टाईम नौकरी करता था। वह बड़ा गुरू घंटाल था और कंपनी से या तो जूते उड़ा के ले आता या डिस्काउंटिड कराके ले आता था और देवपाल का प्रिय मित्र होने के नाते, उसे प्रेज़ैंट कर दिया करता था।

लड़की ने जब देवपाल से आठ बजे का राज़ पूछा तो उसने बताया कि उसे शूगर की बीमारी है। इसलिए वह आठ बजे ही घर चला जाता

है और वहाँ जाकर नाश्ता करता है। क्योंकि भूखे रहने से शूगर बढ़ जाती है।

और इसी प्रॉब्लम की वजह से कुछ दिन ठीक न होने के कारण वह सैर पर नहीं आ सका। उसने लड़की से कहा–

''आज इसलिए मैं अपना नाश्ता साथ ही लेकर आया हूँ। और वक्त पर खा लूँगा। घर जाकर भी खाने से कोई फ़ायदा नहीं। यहाँ बैठूँगा तो ताज़ी हवा का मज़ा लूँगा। बहू–बेटा तो शाम को सात बजे आयेंगे।''

थोड़ी देर बाद उसने बैग से नाश्ता निकाला और खाने लगा। उसने लड़की को भी नाश्ते की ऑफर दी, पर लड़की ने मना कर दिया।

जब देवपाल ने नाश्ता कर लिया तो लड़की मौका देखकर झट से बोली ''अंकल मैं कई बरसों से यहाँ रह रही हूँ। और हर रोज़ यहाँ सैर करने आती हूँ। लेकिन पहले तो कभी आपको यहाँ नहीं देखा है। हाँ! मैं अपना नाम तो आपको बताना भूल ही गई। मेरा नाम रोज़ी है।'' देवपाल के चेहरे पर हल्की–सी मुस्कराहट आ गई। उसने रोज़ी को अपने बारे में थोड़ा बहुत बता दिया। लेकिन उसने रोज़ी को यह नहीं बताया कि वह कॉलेज में प्रोफ़ेसर रह चुका है।

रोजी उससे बहुत देर तक बातें करती रही और उसने देवपाल को मुंबई शहर के बारे में, जितना हो सकता था जानकारी दे दी। वह सोचने लगा कि लड़की काफ़ी बातूनी है।

रोज़ी का घर पास ही था। रोज़ी के बार–बार कहने पर वह एक दिन उसके घर चलने को तैयार हो गया। समुद्र के किनारे बहुत सारे फ़्लैट थे। उसने सोचा कि रोज़ी भी उनमें से किसी फ़्लैट में रहती होगी।

लेकिन वहाँ पहुँचकर वह दंग रह गया, जब उसने देखा कि रोज़ी एक बहुत बड़ी हवेली के सामने खड़ी होकर कह रही है ''अंकल मैं यहाँ रहती हूँ।''

देवपाल ने बड़ी हैरत से कई बार हवेली पर निगाह डाली।

''अंकल! यह हवेली मेरे पुरखो की है।'' रोज़ी ने दरवाज़े के बाहर लगी घंटी का बटन दबाया। थोड़ी देर बाद एक बूढ़े आदमी ने उसके बड़े गेट को खोला। उसने बड़े सलीके से देवपाल को विश किया और रोज़ी को संबोधित करते हुए बोला–

''बेबी! आज तुमने वापस आने में बहुत देर कर दी। मैं तो घबरा–सा गया था।'' ''हाँ! जार्ज असल में मेरी मुलाकात अंकल से हो गई, तो मैं वहीं बैठी–बैठी उनसे गप्पें मारती रही।''

''तुम्हारी मम्मी को भी गप्पें मारने का बहुत शौक था।'' वह बड़बड़ाते हुए बोला।

''जार्ज क्या कहा तुमने?''

''कुछ नहीं बस यूँही...!''

हवेली के अंदर बड़े–बड़े कमरे थे। वह देवपाल को एक आलीशान कमरे में ले गई, जो ड्राईंगरूम था और बेहद बेशकीमती सामान से भरा हुआ था।

''जार्ज! प्लीज़ चाय ले आओ और साथ में भी कुछ ले आना।''

जार्ज! सिर हिलाकर चला गया। चाय आ गई। ट्रे में नमकीन, मीठे बिस्कुट और केक भी था।

जार्ज! ने दोनों के लिए चाय बनाई। रोज़ी ने जार्ज को देवपाल की चाय के कप में शुगर डालने से मना करते हुए कहा, इनके लिए शुगर फ्री ले आओ। रोज़ी ने देवपाल को जब केक ऑफर किया, तो वह बोला कि वह अंडे/नानवेज नहीं खाता।

देवपाल चाय पीता–पीता सोच रहा था कि रोज़ी के घर का कोई भी मेम्बर नहीं आया। उसके दिमाग़ में कई सवाल उठने लगे। क्या यह लड़की इस बड़ी हवेली में अकेली रहती है? अगर ऐसा है तो उसकी क्या वजह है? वह इन्हीं ख्यालों में उलझा हुआ था कि रोज़ी की आवाज़ ने उसे चौंका दिया।

''आइये मैं आपको दूसरा कमरा दिखाती हूँ।'' उस बड़े कमरे का दरवाज़ा खुलते ही देवपाल चौंक गया क्योंकि वह कमरा हज़ारों नहीं, बल्कि लाखों किताबों से भरा पड़ा था और सबसे बड़ी बात कि देवपाल को किताबें पढ़ने का बहुत शौक था।

वह तेज़ी से अलमारियों में से किताबें लेकर देखने लगा। उसकी किताबों में इतनी रूचि देखकर रोज़ी बहुत हैरान हो रही थी।

''रोज़ी ये किताबें तो बहुत ही लाजवाब है। आजकल किसी भी लाइब्रेरी में इनका मिलना नामुमकिन है।''

''लेकिन आप इन किताबों के बारे में इतनी जानकारी कैसे रखते हैं? ये आम आदमियों के पढ़ने वाली, किताबें तो नहीं हैं।''

''हाँ! तुम ठीक कहती हो। मैं दरअसल प्रोफेसर रह चुका हूँ और मैंने एक विषय में नहीं, बल्कि तीन विषयों में एम.ए. की हुई है।''

''तो इसका मतलब है कि आज से मुझे आपको प्रोफ़ेसर देवपाल बुलाना चाहिए।'' वह हंसते हुए बोली। ''दरअसल यह बहुत पुरानी लाइब्रेरी थी, और यहाँ लोग दूर–दूर से, ये कहीं भी न मिलने वाली किताबों का, अध्ययन करने आते थे।''

इससे पहले कि वह कुछ आगे बोलती, जार्ज आ गया और बोला, ''बेबी लंच तैयार है।''

देवपाल किताबें देखते–देखते भूल ही गया था कि दोपहर के खाने का वक्त हो गया था।

''रोज़ी! मुझे अब जाना चाहिए। घर में लंच तैयार है और...!''

''प्रोफ़ेसर पाल! प्लीज़ आज आप खाना यहीं खा लीजिये।''

वह ना–ना करता गया और रोज़ी इसरार करती गई। आखिर जीत रोज़ी की हुई और प्रोफ़ेसर वहीं खाना खाने के लिए रूक गया।

देवपाल को खाने के बाद थोड़ा रेस्ट करने की आदत थी। इसलिए वह खाना खाते ही वापस अपने घर चला आया।

अब वे रोज़ दोनों बेंच पर बैठे–बैठे, किसी–न–किसी, विषय पर बातें करते रहते। देवपाल ने नोट किया कि लड़की बहुत ही समझदार

और ज्ञानवती है। लेकिन रह–रह कर वह रोज़ी से यह न पूछ पाया कि उसके घर के बाकी लोग कहां हैं? रोज़ी की ज़िंदगी का यह हिस्सा, बड़ा ही राज़ भरा था।

एक दिन देवपाल जब लाइब्रेरी में अकेला बैठा हुआ था कि जार्ज उसके लिए चाय लेकर आ गया। उसने मौका अच्छा देखकर, आख़िर उससे पूछ ही डाला।

''जार्ज! मुझे एक बात समझ में नहीं आई कि रोज़ी के घर के बाकी सदस्य कहाँ है?''

''प्रोफ़ेसर साहब! क्या बताऊं कुछ साल पहले बेबी के सारे घरवाले नया साल मनाने के लिए साउथ गये थे। बेबी को भी साथ जाना था। लेकिन उसके इम्तिहान आ गये। और वह न जा पाई। अचानक साउथ में सुनामी आ गया और घर के सभी लोग उसकी चपेट में आ गये। कोई भी न बच पाया। हम उस हादसे का ज़िक्र कभी नहीं करते। बड़ी मुश्किल से बेबी उस घटना से संभल पाई थी और... ।''

तभी रोज़ी कमरे में आ गई और जार्ज वहाँ से चला गया।

रोज़ी बोली ''तो मैं अपनी पढ़ाई कब से शुरू करूं?''

''कौन–सी पढ़ाई?'' देवपाल हैरत से बोला।

''क्या आप भूल गये? मेरे पेपर अगले महीने हैं और आपने सारे विषयों पर, मुझे पढ़ाने का वायदा किया था''

''हाँ! याद आया।'' देवपाल चौंकते हुए बोला।

अब दोपहर का रेस्ट भी देवपाल वहीं करने लगा और शाम को अपने बहू और बेटे के, आने से पहले घर चला जाता।

दोपहर का खाना वह अपने घर से लेकर आ जाता। रोज़ी ने बहुत मना किया पर देवपाल बोला कि उसके लड़के और बहू को, यह अच्छा नहीं लगेगा। रोज़ी मान गई मगर दोनों लंच इकट्ठे ही खाने लग गये।

हाँ! उसने अपने लड़के और बहू को बस यही बताया था कि वह सारा दिन लाइब्रेरी में किताबें पढ़ने में बिताते हैं और खाना वहीं खाते हैं।

संकोच के कारण उन्होंने रोज़ी के बारे में उनसे कुछ भी न ज़िक्र किया।

काफ़ी वक्त रोज़ी के साथ बिताने से उनकी सोच में भी आहिस्ता–आहिस्ता तब्दीली आने लगी थी।

अब हर रोज़ रोज़ी उनको कार में अपने साथ मार्केट ले जाती और शापिंग मॉल में घुमाती। और एक दिन उसने उन्हें ढीली–ढाली, शर्ट–पैंट को छोड़कर, टाईट फिटिंग वाली ड्रैस लेकर दी। पहले तो कुछ दिन वो संकोच करते रहें। फिर उन्होंने आख़िर एक दिन टाईट फ़िटिंग वाली ड्रैस डाल ही ली।

जहाँ देवपाल वैज थे, वहीं बहू और बेटा नॉनवेज थे। जहाँ देव पार्टियों से दूर रहते, वहीं देवपाल के बहू और बेटा पार्टियों के बड़े शौकीन थे। दोनों घर से सीधे–सादे कपड़े पहनकर जाते, लेकिन पार्टी में जाकर वेस्टर्न ड्रैस डाल लेते। दोनों ही अपनी पार्टियों में बहुत ही मक़बूल थे। दोनों अच्छे डांसर थे।

इसलिए जब उन्होंने अपने पिताजी को टाईट ड्रैस में देखा तो दोनों ज़ोर–ज़ोर से हँसने लगे।

''पिताजी आज आपने ये टाईट कपड़े...।'' वह हँसते जा रहे थे। देवपाल यह भी नहीं बता सकता था कि रोज़ी की ज़िद थी जो उसे ऐसे कपड़े डालने पड़े। वह बात को टालते हुए बोले।

''दरअसल लाइब्रेरी में मेरे एक क्रिश्चियनं दोस्त ने ये कपड़े...।'' और वो यह फ़िकरा पूरा न कर सके।

तो इसलिए जब देवपाल ने टाईट कपड़े पहनने शुरू कर दिये और बालों का भी बदल लिया तो बहू बेटे को थोड़ी देर के लिए हैरत हुई, पर वे जल्दी ही अपने पिताजी की इस तब्दीली को भूल गये, क्योंकि वो दोनों ख़ुद इस किस्म के वेस्टर्न कल्चर को पसंद करते थे।

और फिर उनके बहू बेटे ने सोचा कि पिताजी, जैसे मर्ज़ी कपड़े ख़रीदें और डाले क्या फ़र्क पड़ता है? वह अपनी पेंशन के पैसों से ही तो ख़रीदते हैं। जो मर्जी आये ख़रीदें।

देवपाल अब तो इतवार को भी, किसी–न–किसी बहाने रोज़ी के घर चले जाते।

जयवीर और विक्रम का फ़ोन तकरीबन हर इतवार को आता था लेकिन देवपाल के बजाय, उसका लड़का ही उनसे बात करता। उसने जयवीर और विक्रम को, अपने पिताजी में होने वाली तब्दीली के बारे में भी बताया। वे दोनों यह जानकर बहुत हैरान हुए कि देवपाल ने टाईट ड्रैस डालनी शुरू कर दी है।

हाँ! एक बात तो मैं अपको बताना भूल ही गया, वह यह कि देवपाल जिस किसी भी नये शहर में जाता था, उसको कोई–न–कोई कुत्ते वाली लड़की मिल ही जाती और जयवीर और विक्रम हमेशा ही फ़ोन पर पूछ ही लेते।

''यार देवपाल! कोई कुत्ते वाली लड़की मिली'' ।

जयवीर का पब्लिसिटी का बिज़नैस था। उसने एक दिन विक्रम से कहा। ''यार! एक दिन मुंबई का काम है। चलो मेरे साथ। कल सुबह जाकर शाम की फ़्लाइट से वापस आ जायेंगे ''

जैसे ही वे मुंबई पहुँचे उन्होंने देवपाल के लड़के को ऑफ़िस में जब फोन किया, तो उसने बताया कि उसके पिताजी लाइब्रेरी में मिलेंगें।

दफ़्तर के काम से फ्री होकर वे ग्यारह बजे के करीब लाइब्रेरी में पहुँच गये। क्या आलीशान लाइब्रेरी थी? उन्हें ऐसे लगा जैसे, पुराने वक्तों के किसी किले में आ गये हों। वहीं राजा–महाराजों के ज़माने की बड़ी–बड़ी अलमारियाँ और किताबों के बड़े–बड़े रैक।

लाइब्रेरी का चपरासी, उन दोनों को लाइब्रेरी के डायरेक्टर के कमरे में ले गया। वहाँ देवपाल डायरेक्टर कुर्सी पर बैठा हुआ था लेकिन वे उसे पहचान न पायें। वह देवपाल ही था। उसकी ड्रैस और

बालों में इतना फ़र्क आ चुका था कि अगर देवपाल के लड़के ने, उन्हें पिताजी की तब्दीली के बारे में, न बताया होता तो वो उसे पहचान ही न पाते।

दोनों आगे बढ़कर देवपाल को गले मिले। इधर–उधर की बातें चल रहीं थीं कि इतने में जार्ज आ गया। देवपाल ने उसे चाय लाने को कहा।

आख़िर विक्रम बोल ही पड़ा ''यार देवपाल तेरा तो स्टाईल ही पूरा बदल गया है। लगता ही नहीं कि तू वो पुराना देवपाल है।''

देवपाल हल्का–सा शर्मा गया।

इतने में जार्ज चाय और केक लेकर आ गया। जार्ज ने सबके लिए चाय बनाई और चाय के कप उनके हाथों में देने के बाद, उसने केक वाली प्लेट उन सबके सामने कर दी। जयवीर और विक्रम ने प्लेट में से एक–एक टुकड़ा केक का लिया और खाने लगे। लेकिन यह क्या देवपाल ने भी आगे हाथ बढ़ाकर, एक केक का टुकड़ा लिया और खाने लगा। दोनों हैरान थे कि देवपाल ने तो कभी ज़िंदगी में अंडे को छुआ तक नहीं था और आज अंडे वाले केक....!

दोनों इसी कशमकश में थे कि उसी वक्त रोज़ी का कुत्ता वहाँ आ गया और देवपाल के पैरों में लोटने लगा। जयवीर और विक्रम ने सवालियाँ नज़रों से एक दूसरे की तरफ़ देखा।

वे दोनों अभी इस सोच में थे कि उधर से रोज़ी आ गई और दोनों की तरफ़ ध्यान दिये बगैर बोली ''टॉमी तुम यहाँ क्यों आ गये?''

जयवीर और विक्रम, दोनों के मुँह से अकसमात ही निकल गया।

''यहाँ भी कुत्ते वाली लड़की''

ख़ैर रोज़ी ने उनकी बात नहीं सुनी और बोलती गई ''प्रोफ़ेसर पाल आपकी तबीयत कल से ठीक नहीं है और आपको मैंने कहा भी था कि अपने ऊपर एक हल्का–सा कंबल ज़रूर डाल कर रखें। पर आप मेरी सुनते ही नहीं।'' उसकी आवाज़ में हल्की–सी डाँट की झलक थी और

उसने आगे बढ़कर एक हल्का–सा कंबल उसके कंधों पर डाल दिया।

रोज़ी ने अभी तक उन दोनों की तरफ़ ध्यान ही न दिया था। फिर उनकी तरफ़ नज़र पड़ते ही बोली।

''सॉरी! मैंने आप लोगों को देखा ही नहीं'' ।

यह सब इतनी तेज़ी से हो गया कि देवपाल को मौका ही न मिल सका कि वह रोज़ी को बता पाता कि वे उसके कॉलेज के जमाने के दोस्त हैं।

वह भी वहीं उनके पास बैठ गई और प्रोफ़ेसर देवपाल की तारीफ पर तारीफ़ करती गई। देवपाल की उसने जमकर इतनी बड़ाई की बातें कहीं, कि वो दोनों भी नहीं जानते थे कि देवपाल, इतने गुणी व्यक्ति हैं।

वे दोनों समझ चुके थे कि अब उनके प्यारे दोस्त देवपाल की गाड़ी का ट्रैक बदल चुका है। उसकी चाल–ढाल, बोलने का अंदाज़, सब बदल चुका था। लगता ही न था कि वह 50–55 साल का हो। वह तो 35–40 साल का लगने लग गया था।

रोज़ी के सामने वो दोनों कुछ ज़्यादा नहीं बोल पाये।

रास्ते में जाते–'जाते विक्रम ने कहा।

''जयवीर! काश हमें भी कोई कुत्ते वाली मिल जाये। यह देवपाल बड़ा लकी है, इसे हर शहर में कोई–न–कोई कुत्ते वाली ज़रूर मिल जाती है।''

जयवीर हंस कर बोला ''नहीं विक्रम! यूँ कहो कि उसे हर शहर में कोई–न–कोई कुत्ता मिल ही जाता है।'' और वो दोनों ज़ोर–ज़ोर से खिल–खिला कर हँसने लगे।

रोज़ी और देवपाल की नज़दीकियाँ बढ़ने लगी। अब प्रोफ़ेसर पाल के बजाय वो उसे 'पाल' कहकर बुलाती। अब यह हाल था कि जब देवपाल का लड़का और बहू, ऑफ़िस के काम के लिए, हफ़्ते दो हफ़्ते के लिए बाहर जाते,। तो रोज़ी उसको वहीं अपने घर ले जाती और

उन दोनों के आने से पहले उनके घर छोड़ आती और वह बेटे बहू के आने तक, सभी दिन–रात वहीं रोज़ी के पास गुज़ारते।

एक दफ़ा जयवीर नये साल की पार्टी में अपनी फ़ैमिली के साथ जब मुंबई में नया साल मनाने आया, तो उसने होटल की पार्टी में देखा कि देवपाल और रोज़ी इकट्ठे डाँस कर रहे थे। जयवीर के लड़के संदीप ने कहा

''पापा! वह देवपाल अंकल लगते हैं। लेकिन उनकी ड्रैस और फिर . . . डांस तो उनको आता ही नहीं।''

''नहीं बेटे वह देवपाल नहीं, वह कोई और आदमी है।'' जयवीर ने तो पहली नज़र में ही देवपाल को पहचान लिया था। लेकिन जिस तरह से रोज़ी उसके साथ चिपकी हुई, डांस कर रही थी, यह सब देखकर उसे बहुत हैरानी हो रही थी।

क्या चेंज आ गया था देवपाल में। रोज़ी ने उसे क्या से क्या बना दिया था। टाईट ब्रान्ड्रेड कपड़े डालना, स्टाईलिश हेयरकट, नॉनवेज खाना, डांस करना, और सबसे बड़ी बात यह कि वह स्कूटर तक नहीं चला सकता था, आज रोज़ी को पार्टी के बाद, मर्सीडीज गाड़ी को ड्राईव करके, ले जा रहा था।

जयवीर को समझते देर न लगी कि अब देवपाल का नया दौर शुरू हो चुका है अब वह पुराना देवपाल न रहा था। उसने अब नई जिंदगी में कदम रख दिया था। उसकी जिंदगी में एक तूफ़ानी मोड़ आ चुका था। ऐसा मोड़...! जहाँ से वापिस मुड़ना...।

अचानक देवपाल के लड़के और बहू का ट्रांस्फर सिंगापुर हो गया और वह अपने पिताजी को लेकर सिंगापुर चले गये। ये सब इतनी जल्दी से हो गया कि देवपाल को समझने और संभलने का मौका ही न मिला। वे चुपचाप सिंगापुर चले आये।

और रोज़ी भी तो दो दिन के लिए चेन्नई गई हुई थी। देवपाल को, ये सब रोज़ी को बताने का मौका ही नहीं मिला। दरअसल वह पाल

को अपने साथ, चेन्नई ले जाना चाहती थी, लेकिन देवपाल की तबीयत ठीक न होने के कारण वह उसको साथ न ले जा सकी।

जब रोज़ी चेन्नई से वापस आई तो ये सब कुछ पता लगते ही वे पागल–सी हो उठी, वे अपना मानसिक संतुलन खो बैठी। उसने जार्ज को बहुत सुनाई।

''तुमने प्रोफेसर पाल को रोका क्यों नहीं और मुझे टेलीफ़ोन क्यों नहीं किया?''

दरअसल प्रोफ़ेसर पाल उसकी जिंदगी का हिस्सा बन चुका था। बल्कि यह कहना ग़लत न होगा कि वे दोनों एक दूसरे की ज़िंदगी का हिस्सा बन चुके थे।

कैसा लगाव था, कैसी लगन थी? जार्ज भी न समझ पाया था।

बड़ी कोशिश के बाद भी रोज़ी को न पता चल सका कि देवपाल कहाँ चला गया है?

वह दीवानी–होकर हवेली में घूमने लगी। पाल की जुदाई ने उसके दिमाग़ पर असर करना शुरू कर दिया था। वह डिप्रैशन में चली गई। दिन–ब–दिन उसकी हालत बिगड़ती चली गई।

और एक दिन जार्ज, जब लाइब्रेरी के टेबल को साफ़ कर रहा था तो उसे जयवीर का विज़ीटिंग कार्ड मिल गया। बस उसने फ़ौरन जयवीर को फ़ोन लगाकर सारी हक़ीक़त बताई।

जयवीर को जैसे ही जार्ज से सारे हालात पता लगे तो उसने फ़ौरन देवपाल को पूरी स्थिति बता दी।

उधर देवपाल भी कोई ख़ुश न था। वह भी काफ़ी परेशान था। आख़िर क्या करता, खुलकर तो अपने बेटे से कुछ न कह पाया।

जयवीर से सारी बातों का पता लगते ही, उसने मुंबई आने का प्रोग्राम बनाया। ज्यों–ज्यों वक़्त गुज़रता गया, वह भी परेशान होता गया। आख़िर उसे फ़्लाइट मिल ही गई और वह सीधा रोज़ी के पास पहुँचा।

हवेली में दाख़िल होते ही उसे रोज़ी का फ़ैमिली डाक्टर एक तरफ़ ले गया और बोला ''प्रोफ़ेसर! मैं आपसे बहुत पहले मिलना चाहता था लेकिन मौका ही न मिल सका। दरअसल मैं आपको रोज़ी की मेडिकल हिस्ट्री से, आगाह कराना चाहता था। आप नहीं जानते, रोज़ी डिप्रेशन की सीरियस मरीज़ है।

जब उसके सारे रिश्तेदार सुनामी में, अचानक, मारे गये तो रोज़ी कई साल तक डिप्रेशन में रही। फिर रोज़ी में आहिस्ता–आहिस्ता फ़र्क आने लगा। वह कुछ–कुछ ठीक होने लगी।

तब आप उसको समुद्र के किनारे मिल गये। ये सब मुझे जार्ज ने ही बताया था। उसके बाद रोज़ी की हालात में तब्दीली आने लगी। यहाँ तक कि मैंने उसकी दवाईयाँ भी काफ़ी कम कर दी थीं।

यह बड़ी अदभुत बात थी वर्ना ऐसे मरीज़ों के लिए इतनी जल्दी या यूँ कहिए ठीक हो पाना बहुत मुश्किल होता है। ख़ासकर उस आदमी के लिए, जिसके साथ इतनी बड़ी घटना इतनी कम उम्र में घटी हो।

जार्ज भी मुझे आप दोनों के बारे में पूरी ख़बर देता रहा। असलियत में जार्ज के कारण, ही वह बच पाई। अगर इस हादसे के बाद, जार्ज ने उसको, ठीक से न संभाला होता, ध्यान रखा होता, तो वह अब तक जिन्दा न रह पाती। तकरीबन 12 साल की उम्र से जार्ज उसकी देखभाल करता आ रहा है। इसलिए रोज़ी उसका कहना मानती रही और दवाईयों का सेवन भी करती रही ।

लेकिन दवाईयों से ज़्यादा उसका इलाज आपकी वजह से हुआ। वह आप में एक मसीहा ढूंढने लगी और बस . . .!

मैंने बहुत दफ़ा आपसे मिलने की कोशिश की लेकिन किसी कारणवश ऐसा न हो सका।

और दरअसल मैं भी निश्चिंत हो चुका था कि आप उसके साथ रहेंगें तो वह पूरी तरह ठीक हो जायेगी। हाँ! यह ज़रूर था कि मैं आपको रोज़ी के असली हालात से वाकिफ़ कराना चाहता था और

चाहता था कि आपको उसकी मेडिकल हिस्ट्री के बारे में भी जानकारी हो जाये ताकि उसके जीवन में कोई ऐसी घटना न घट पाये, जिससे उसके पुराने ज़ख्म ताज़े हो जायें। और वह उन्हीं अंधेरों में कहीं गुम होकर न रह जाये।

लेकिन आप अचानक चले गये। और वही हुआ जिसका मुझे डर था।

लगता है उसको आपसे लगाव–सा हो गया है और आपके अचानक जाने पर वह फिर डिप्रेशन में चली गई। जार्ज ने बहुत हौंसला दिया। मैंने बहुत तसल्ली दी और साथ ही दवाईयाँ भी दीं ताकि उसकी हालत न बिगड़े।

लेकिन आप अचानक ही बिना बताये चले गये और . . .! ''पास खड़ा डाक्टर बात जारी रखते हुए बोला–"प्रोफ़ेसर आपने बहुत देर कर दी अब उसका बचना....'' ।

डाक्टर की बात सुनने के बाद प्रोफ़ेसर पाल जल्दी से रोज़ी के पास पहुँचे। उसे देखते ही वह उससे लिपटकर रोने लगी और रोते–रोते पूछती जा रही थी। ''पाल तुम कहाँ चले गये थे मुझे छोड़कर। मैं तुम्हारे बिना नहीं रह सकती...नहीं रह सकती... नहीं...रह ... सकती...!''

पाल की गोद मे रोज़ी का सिर था। प्रोफ़ेसर की आँखे अश्कबार थीं, वह रोये जा रहा था।

''रोज़ी काश मैं न जाता'' और पागलपन में न जाने क्या–क्या बोले जा रहा था?

जयवीर और विक्रम, दोनों ही फ़्लाइट लेकर दिल्ली से मुंबई आ गये थे। और उदास–उदास नजरों से ये सब नज़ारा देख रहे थे।

आख़िर विक्रम बोला ''जयवीर यार! इनका कैसा रिश्ता है?''

जयवीर ख़ामोश रहा, कुछ न बोला, बस दूर–दूर समुद्र में उठती उँची–उँची लहरों को, देखता रहा।

16
ग़म का साया

देखके इक बड़ा आदम कद जाम,
मस्ती में डूबे हुए रिंदों का उतरा ख़ुमार,
लेके हिचकी कहा एक ने, अरे रिंदो देखो।
इतना बड़ा जाम पहले भी देखा है कभी?
नहीं–नहीं, सबने मिलके कहा,
आयेगा मज़ा आज हमें पीने का,
बोतलें ही बोतलें इसमें समां जाएंगी,
हाथ को हरकत नहीं, बस मुँह लगाना होगा,
और ये अमृत हमें सबको मिलके पी जाना होगा,
इसके बाद कोई फ़िक्र ना परेशानी होगी,
ऐसी रंगी सी भला हम सब की कहानी होगी।

अपनी–अपनी वो सब दौड़ सुराही लाये,
दी उंडेल अपनी–अपनी बड़े सागर में आबे–हयात,।
मस्तों ने शोर मचाया कि अरे रिंदो देखो,
बूँद–बूँद कतरा–कतरा सागर में गिरता देखो,
इक–इक बूंद से सागर है निखरता देखो,
सब थे महवे–नजारा, के कुछ बोल पड़े,
अरे मय की गर्मी से सागर ये पिघलता देखो।
और सब देख रहे थे सागर का पिघलना पल–पल,
चुप से हैरान से, गुंगे थे सब रिंद मगर,
सबने उस जाम का धीरे से पिघलना देखा,
सबने उस जाम से इक शौख़ हसीना का निकलना देखा।
दूधिया से सफ़ेद कपड़ों में लिपटी हुई वो,
परेशान हाल बाल बिखराये हुए,

सभी चौंक पड़े और सबने मिलके कहा,
अरे साकी!– अरे साकी! मेरी रानी! मेरी रानी!,
बनी है मय से अपनी या निकली जाम से यारो,
हाँ! अब इसी से काम चलाना होगा,
नशा मय का अब इसी से पाना होगा।
और सब टूट के दौड़े उस पर,
ये तो मेरी है तुम छूके देखो तो भला,
प्यार से कहने लगी वो चंचल सी बला,
अरे बदबख़्त अरे ग़म के मारो देखो,
मैं तो तुम सबकी हूं। क्यों झगड़ते हो प्यारो देखो।
नहीं! – नहीं! पहले तुझे मेरा साथ निभाना होगा
नहीं! – नहीं! इसके नहीं, साथ मेरे आना होगा
मैं तो हैरां हूँ कि क्यों शोर करो हो तुम लोग?
तुमने पहचाना नहीं मुझको, जो हो सब मदहोश,
अरे मैं वही तो हूँ तुम्हारी दिलरूबा।
के किये थे कभी, जिस से वायदे हसीं
तुम मुझे भूल चुके हो, है मुझे इसका यकीन,
मैं तो रानी हूँ तुम सबकी, ग़ौर से देखो तो भला।
सबने देखा और बड़े ग़ौर से देखा उसको,
सब बोल पड़े
तेरी आँखो में तैरते ये आँसू क्यों हैं?
क्या तुझे भी है दुनियाँ के किसी ग़म का ख़्याल?
किया है तुझे भी दुनियाँ में किसी ग़म ने ख़राब?
ले पी ले दो घूँट,
तू भी करले अपने दुःखी दिल का इलाज,
लेकिन पहले तू बता आंख में आँसू कैसे?
सिसकियाँ लेके दिया सबकी बातों का जवाब,
क्या बताऊं! अरे रिंदो तुम्हें कुछ भी है ख़्याल?
तुम यहाँ मस्त पड़े हो तुम्हें कुछ भी नहीं याद,

घर में भूखे तेरे बच्चे और रोये तेरी अंधी माँ,
उनका क्या होगा जिन्हें भूख ने तड़पाया है?
और तू महीने की तनख़्वाह लिए इधर चला आया है,
तीस दिन उन्हें अब भूखे ही रहना होगा,
और ये ज़ुल्मों–सितम उनको ही सहना होगा,
मैं तो आदी हूँ अश्कों से भी कर लूंगी गुज़र।
मैं समझती हूँ तुझे शौक है मय पीने का,
मैं समझती हूँ तेरा ढंग है ये जीने का,
पर उनका क्या होगा भला सोच?,
जिन्हें भूख ने तड़पाया है,
और तू तश्नगी मिटाने के लिए यहाँ चला आया है।
तुम ही बताओ कि मैं क्या कर सकती हूँ?
तुम्हें आज उन सबको इसी जाम में पी जाना होगा,
अगर ऐसा नहीं कर सकते तो लौट के घर आना होगा।
जा–जा हम नहीं तेरी बातों में आने के,
तू तो घर जा अभी हम लौट नहीं आने के,
आख़री बार तेरे पास अब मैं आई हूँ।
ख़ुद को बेचूँगी और चलाऊँगी अब मैं घर अपना,
मगर तेरे सामने ना लाऊँगी अब मैं कभी ग़म अपना,
रोते रोते गई वो, मायूस–तन दामन भिगोये अपना।

थोड़े लम्हें ही अभी आके उसे बीते होंगे,
जैसे दीवाने कोई हार के जीते होंगे,
रात की गोद में चले एक पटाख़ा जैसे,
हर दर पे इक शोर सा उभरा ऐसे,
गिर जाये फ़लक ऐसी थी 'मोहन' उसमें सदा,
आवाज़ ये गूँज उठी तोड़ के सब बंद किवाड़।
उठ मेरी जां कि हुआ दूर ग़म का साया है,
वो जो भूला था सुबह शाम को घर आया है।

17
चश्मे-बद्दूर

''रियाज़ ज़रा जल्दी आना। वो देखो मैं उसी आदमी की बात कर रही थी। जब भी मैं मुन्ने को साथ लेकर जंगल में घूमने जाती हूँ। तो उसे अपनी तरफ़ ही घूरता हुआ पाती हूँ। ऐसे घूरता है जैसे... कमबख़्त ने जीना हराम कर दिया है। वो बढ़ी–बढ़ी सी दाढ़ी, उलझे–उलझे से बाल, कंधे पर एक अजीब–सा थैला लटकाये, इधर से उधर, जंगल में, मारा–मारा फिरता है। लगता है कोई सिरफिरा दीवाना है। या हो सकता है कि इसके दिमाग का कोई पेच ही ढीला हो।''

अपने आप से बोलती हुई कहने लगी– ''देखो ना अब उस दरख़्त के ही चारों ओर चक्कर लगा रहा है और पता नहीं, किस चीज़ को घूर रहा है। हाँ! ज़रूर कोई पागल है।''

फिर वह फ़ैसला देते हुए बोली– ''ज़रूर कोई पागल है। भला इसे भी हमारे घर के पास ही, घूमने की जगह पसंद आई थी। तीन दिन से इसने हमारा घूमना–फिरना सब बंद कर दिया हैं। कैदी बन गये है हम''

रियाज़ अभी–अभी तीन दिन के सफ़र से वापस आया था और इसी थोड़े से अरसे के दौरान उनके घर के इलाके में कहीं से एक पागल आ गया था। उसकी शक्ल–ओ–सूरत और हरकतों ने शबाना को भी जैसे...!

उसने रियाज़ के आते ही उसको सारी बात से आगाह किया। रियाज़ भी हैरान था कि पिछले तीन महीने से तो उसने कोई पागल अपने इलाके में देखा नहीं था। वह जंगलात के महकमें का, डी. एफ. ओ. था और सरकारी काम के लिए उसे तकरीबन सारे ही इलाके के जंगलों में घूमना पड़ता था।

शबाना को तसल्ली देने के लिए उसने कहा–''अच्छा मैं फॉरेस्ट गार्ड को बुलाकर पूछताछ करूंगा कि कौन पागल शख्स हमारी कोठी के नज़दीक घूमता रहता है?''

वह अभी बाथरूम में नहाने ही गया था कि बाहर से उसे शबाना की आवाज़ आई। वह उसे चिल्ला–चिल्ला कर जल्दी से बाहर आने के लिए कह रही थी। प्रोब्लम को गंभीर जानकर, वह जल्दी से ही तौलिया बांधकर बाहर निकल आया।

''क्या बात है? शबाना! मुझे कुछ नहीं समझ आया। नल जो तेज़ी से चल रहा था'', वह बोला।

''वह पागल... तुमने बड़ी देर कर दी। वह अभी दरख़्तों के पीछे ही है। जरा इंतिज़ार करो अभी घूम कर इधर ही आयेगा'', शबाना ने उस तरफ़ इशारा करते हुए कहा।

''भई! नहा रहा था। ऐसे ही बग़ैर कपड़ों के बाहर चला आया। तुम्हारी जल्दी की वजह से ही तो तौलिया बांधकर आ गया हूँ। अच्छा बताओ किधर है वह पागल?'' वह उस इलाके को ग़ौर से देखने लगा जिस तरफ़ शबाना इशारा कर रही थी।

उसे भी दरख़्तों के झुंड की ओट में, किसी आदमी का कुछ हिस्सा दिखाई दिया। वह अजनबी आदमी साफ़ दिखाई नहीं दे रहा था। हाँ! ऐसे लगता था जैसे छुपने की कोशिश कर रहा हो।

''तुम ऐसा करो– थोड़ा उस आदमी पर नज़र रखो। मैं तब तक जल्दी से कपड़े डालकर आता हूँ'' यह कहकर वह अंदर चला गया और जल्दी ही पैंट कमीज़ डालकर बाहर आ गया।

''आओ तो देखें, कौन है?'', वह शबाना को साथ लेते हुए बोला।

''रियाज़! साथ में अपनी बंदूक भी ले लो। क्या पता वह...?''

''क्या बोलती हो? भला बंदूक की क्या ज़रूरत है? वह कोई जानवर थोड़े ही है जो. . .।''

''तुमने सुन तो रखा होगा, कि पागल आदमी में, आम आदमी से

कई गुना ज़्यादा ताकत आ जाती है। किसी जंगली जानवर से कम नहीं होता वह आदमी।''

''हाँ! तुम्हारी इस दलील में तो वज़न है। अच्छा मैं लाता हूँ, अपनी दो–नाली बंदूक''

बंदूक हाथ में लिये वह शबाना के साथ, वहाँ उन दरख़्तों के पास पहुँचा। अब वह आदमी उनकी तरफ पीठ किये हुए, लेटा हुआ था। वे दबे पांव उस आदमी के काफ़ी नज़दीक पहुँच गये। रियाज़ अपनी बंदूक में कारतूस, चैक कर ही रहा था कि उस आदमी ने करवट बदली और उसका चेहरा, रियाज़ की तरफ़ आ गया।

उसे देखते ही रियाज़ पर जैसे हंसी का दौरा ही पड़ गया। उसकी हंसी से वह आदमी भी चौंक उठा। शबाना कभी रियाज़ को और कभी उस पागल को देखती जाती।

रियाज़ को झिंझोड़ते हुए बोली–''हां! रियाज़ देखो मैं इसी पागल की ही तो बात कर रही थी''

रियाज़ था कि उसकी हंसी बंद होने का नाम ही नहीं ले रही थी। वह आदमी भी हैरान होकर उसे देख रहा था। रियाज़ की आँखों में हँसते–हँसते आँसू आ गये। आखिर बड़ी मुश्किल से अपनी हँसी पर काबू पाकर, वह बोला–''अरे यह कोई पागल–वागल नहीं। भई! ये तो एक माने हुए आर्टिस्ट, मिस्टर परवेज़ हैं। यह कोई आम हस्तीं नहीं बल्कि फ़ोर–इन–वन हैं। तस्वीरें बनाना, पत्थर की मूर्तियां गढ़ना, कवितायें और कहानियाँ लिखना इनका शौक है।''

फिर रियाज़ ने, शबाना का सारा किस्सा, परवेज़ को बयान कर दिया।

''ओ! आई. एम. वैरी. सॉरी,'' वह आहिस्ता से बोली।

''कोई बात नहीं। अच्छा हुआ आज मैं बच गया। मैं जानता हूँ कि रियाज़ साहब एक माने हुए शिकारी हैं। कई जंगली जानवर जैसे भालू, लोमड़ी और शेर मारकर, उनकी खालो में, भूसा भरवाकर अपने ड्रॉइंगरुम में सजाए हुए हैं और आज अगर गोली चल जाती तो कुछ

दिन बाद मैं भी बजाए, इस जंगल में घूमने के, आप के ड्रॉइंगरूम में इन जानवरों के साथ किसी कोने में, खड़ा होता,'' उसने शबाना को मुखातिब करते हुए कहा।

शबाना आज के इस हादसे पर बहुत ही शर्मिंदा थी। परवेज़ की बात सुनकर उसका चेहरा गुलनार हो गया और वह खिसयानी-सी हँसी, हँसकर रह गई।

रियाज़ और शबाना का बच्चा बहुत ही ख़ूबसूरत था। उसे वो प्यार से मुन्ना बुलाते थे। शहर से आते वक्त सब रिश्तेदारों ने, शबाना को होशियार किया था कि बेटी तुम्हारा मुन्ना बहुत ख़ूबसूरत है, इसलिए नज़रे-बद (बुरी नज़र) से हमेशा बचाना। किसी एक ने तो ताक़ीद की कि उसके बाजू पर, ताबीज बाँध कर रखें और किसी दूसरे ने सलाह दी कि इसे काला टीका लगाकर रखें। बहरहाल जितने मुँह उतनी ही बातें। क्योंकि यह उनका पहला बच्चा था, इसलिए शबाना अपने मुन्ने को तैयार करते वक्त उन सब लोगों की नसीहतों पर अमल करती। कपड़े भी काले डालती-काजल का टीका भी लगाती वगैरह-वगैरह...

दरअसल शबाना खुद भी लाखों में एक थी। वह बहुत हसीन थी। उसका लाल चेहरा और गज़ाली आँखें, और घुटनों तक लम्बे-लम्बे बाल थे। इसलिए उसके बच्चे का ख़ूबसूरत होना कोई अजीब बात न थी।

इस घटना के ही दिन, वे दोनों एक हफ़्ते के लिए शहर चले गये। कुछ दिन शहर में रहने के बाद वे वापस लौटे। उस दिन तो शबाना घर के काम में काफी मसरूफ़ रही और जंगल में घूमने भी नहीं, निकल पाई।

अगले दिन रियाज़ के दफ़्तर जाते ही वह मुन्ने को साथ लेकर जंगल में घूमने चली गई। कई बार वह घूमते-घूमते काफ़ी दूर निकल जाया करती थी। दरअसल ये जंगल बहुत ही महफ़ूज़ थे। इनमें कहीं भी कोई जंगली जानवर नहीं था। वापस आते-आते शबाना की मुलाकात परवेज़ से हो गई।

उसने परवेज़ को देखा तो देखती ही रह गई। परवेज़ भी उसकी इस बात को समझ गया।

''क्या बात है मिसिज़ रियाज़, आप इतनी हैरान–सी क्यों हैं?''

''दरअसल आज तो आप पहचाने ही नहीं जा रहे हैं। आपके बाल और..... ।''

परवेज़ ने उसकी बात को काटते हुए कहा– ''मैंने अपनी बढ़ी हुई दाढ़ी, लंबे–लंबे बाल सब कटवा दिये हैं और कपड़े भी बदल दिये हैं।''

''मैडम मैं नहीं चाहता कि फिर कोई बंदूक लेकर मेरे पीछे आ जाये और मैं...,'' वह शरारत भरे लहजे में बोला।

''उस दिन के लिए मैं आप से माँफ़ी चाहती हूँ। सब कुछ गलतफ़हमी की वजह से ही हुआ था।''

''कोई बात नहीं मिसिज़ रियाज़। मैं तो सिर्फ़ आपसे मज़ाक कर रहा था। प्लीज़! आप मेरी बात को सीरियसली न लें''और फिर बच्चे की तरफ़ ध्यान जाते ही बोला– ''बहुत प्यारा और ख़ूबसूरत है आपका मुन्ना। शक्ल–सूरत और रंग में तो वह बिल्कुल आप ही पर गया है।''

यह सुनकर शबाना का चेहरा सुर्ख़ हो गया। ऐसे लगता था जैसे बाग के सारे फूलों की लाली उसके रूख़सारों में सिमट गई हो।

बात जारी रखते हुए परवेज़ बोला– ''चश्मे–बददूर (बुरी नजरों से दूर)। मेरी मानिए तो पांच सूखी लाल मिर्चे लेकर, सदका उतारकर आग में डाल दीजिएगा। इसे भूलियेगा नहीं।''

शबाना सोच रही थी कि लो यह एक और काम बढ़ गया। बाकी सब टोटके तो वह करती थी, अब यह लाल मिर्च वाला टोटका भी..। उसने आहिस्ता से 'हाँ' में सिर हिला दिया और फिर वे दोनों दूसरी बातों में मसरूफ़ हो गये।

इसी तरह हर रोज़ उनकी मुलाकात, जंगल के किसी–न–किसी कोने पर ज़रूर हो जाती। मुन्ने को खिलाते हुए वे हमेशा कहता–

''पांच मिर्च का सदका ज़रूर उतार लीजिएगा। भूलिएगा नहीं। खूबसूरती को बहुत जल्दी नज़र लग जाती है।''

शबाना उसको हमेशा मिस्टर आर्टिस्ट के नाम से बुलाया करती थी और वह हमेशा की तरह उसे मिसिज़ रियाज़ कहकर ही पुकारता था।

बातों–बातों में शबाना को पता चला कि वह यहाँ पहाड़ पर एक उपन्यास को पूरा करने के लिए आया हुआ है। कभी–कभी जब उस का दिल उपन्यास लिखने का मूड ना होता, तो वह तस्वीरें पेंट करने लग जाता।

शबाना अपना और मुन्ने का खाना, अब वहीं जंगल में मंगवा लेती और मिलकर सब खाना वहीं खाते। परवेज़ तो अपने साथ थर्मस में चाय और डबलरोटी के सैंडविच बनवा कर लाया करता था।

लेकिन शबाना ने, उस के सैंडविच लाना सब बंद करवा दिये।

''मिस्टर आर्टीस्ट आप तो हम से तकल्लुफ़ करते हैं। जब हमारा खाना आता ही है तो फिर हम उसमें थोड़ा–सा ज़्यादा खाना और मंगा लिया करेंगे। आप क्यों बेकार में ठंडा खाना साथ लाते हैं।''

''खैर! बहस तो मैं आपसे कर ही नहीं सकता क्योंकि अगर मैंने ऐसा किया तो आपके हाथ का लज़ीज़ खाना, फिर खाने को नहीं मिलेगा। लेकिन मैं आपके इस एहसान का बदला कैसे चुकाऊँगा?''

अपने खाने की तारीफ़ होती सुनकर शबाना ब्लश (blush) करने लगी। उसका चेहरा सुर्ख़ हो गया।

मुन्ने के गालों को हाथ में लेते हुए, वह बोला– ''मिसिज़ रियाज़! भूलिएगा नहीं! घर जाकर ज़रूर पाँच सूखी लाल...'' इससे पहले कि वह अपनी बात पूरी कर पाता, शबाना ने उसका वह जुमला पूरा कर दिया और दोनों खिलखिलाकर हंस पड़े।

शबाना के इस अहसान के बदले, उसने मुन्ने की और शबाना की, एक–एक निहायत ख़ूबसूरत पेन्टिंग बनाकर उसे दी।

छः महीने का लंबा वक्त पता भी न चला कि कब और कैसे गुज़र गया और उसका नावेल पूरा हो चुका था।

रियाज़ और शबाना को परवेज़ के जाने का प्रोग्राम मालूम था। उन्होंने उसे इतवार को अपने घर पर रात के खाने के लिए आमंत्रित कर रखा था।

आज मंगल का दिन था और परवेज़ के जाने में कुछ दिन बाकी थे। जंगल में परवेज़ से मुलाकात होते ही शबाना बोली–''मिस्टर आर्टिस्ट! आपकी बनाई हुई तस्वीरें भी हमने देख लीं–नावेल भी आपसे सुन लिया लेकिन आपकी पत्थर से बनी हुई कोई कृति अभी तक हम नहीं देख पाये''

वह हँसकर बोला– ''जो हुकम! जाने से पहले पत्थर की कलाकारी भी आपको ज़रूर दिखाऊँगा लेकिन वह एक आम–सी कृति होगी,'' यह कहते हुए परवेज़ ने मुन्ने की उंगुली पकड़ रखी थी और उसे चूमते हुए बोला–''उम्मीद है घर जाकर आप लाल मिर्च...''

हर बार इस जुमले पर शबाना के चेहरे की रंगत सुर्ख़ हो जाती। क्योंकि उस वक्त उसे परवेज़ के कहे हुए अलफाज याद आ जाते कि ख़ूबसूरती में मुन्ना, आप पर ही गया है।

अगले दिन जंगल में जब उसकी मुलाकात परवेज़ से हुई, तो उसने अपने थैले में से एक 'अधखुली किताब' शबाना की तरफ़ बढ़ा दी।

''यह कोई आपका नावेल है क्या?, यह कहकर जब शबाना ने उस किताब को हाथ में लिया तब उसे पता चला कि वह तो पत्थर की किताब थी। हूबहू असल जैसी लगती थी। अगर उसने उसे छूकर न देखा होता तो कभी भी उसे मालूम न हो पाता कि वह पत्थर की थी। परवेज़ ने उसे इतनी ख़ूबसूरती से तराशा था कि किताब का एक–एक वर्क साफ़ दिखाई दे रहा था।''

''मिस्टर आर्टिस्ट किताब तो बहुत ख़ूबसूरत है लेकिन अधखुली है और न ही इस पर कुछ लिखा हुआ है। भला यह क्यों''?, शबाना ने भोलेपन से पूछा।

''आपके पहले सवाल का जवाब तो यह है कि यह भी मेरी जिंदगी की तरह आधी यानी अधूरी है और रही बात उस पर कुछ लिखने–लिखाने की तो अभी जिंदगी में कोई बात ही नहीं ऐसी हुई, कि कुछ लिखा जा सके। हाँ! जब वक्त आयेगा तो इस पर हर्फ़ भी उभर आयेंगे,'' यह बात करते–करते वह कुछ उदास–उदास था।

शबाना भी ख़ामोश–सी हो गई। वह नहीं चाहती थी कि परवेज़ से उसकी जिंदगी के बारे में कुछ पूछे या कुरेदे।

इतवार को जब वह उनके घर खाने के लिए पहुँचा तो रियाज़ और शबाना ने उसे रिसीव किया। तीनों बैठे–बैठे, तरह–तरह के विषयों पर बातें करने लगे। अभी उनकी बातों का सिलसिला जारी ही था कि फोन की घण्टी बजी और रियाज़ ने फोन उठाया।

फोन सुनते ही रियाज़ ने जल्दी से कोट डाला।

''क्या बात है? मिस्टर रियाज़ क्या कहीं जाने की तैयारी हैं?,'' परवेज़ ने हैरानी से पूछा।

''माफ़ करना। मुझे अभी जाना होगा। पास वालें जंगल में आग लग गई है। इसलिए मजबूरी है,'' रियाज बेबसी के आलम में बोला।''

''कोई बात नहीं। तुम्हारी नौकरी ही ऐसी है। हमारी तरह....,'' परवेज़ हँस कर कहने लगा।

''यार! तुम्हारी ज़िंदगी को देखकर जलन होती हैं। क्या मज़े की जिंदगी है ? न कोई फ़िक्र–न कोई बंदिश....,'' रियाज़ एक लंबी आह लेकर बोला।

''भई! यह सब दूर की बातें हैं। हमारे भेश में होते तो पता चलतीं हमारी परेशानियाँ,'' परवेज़ ने हँसते हुए जवाब दिया।

हाथ मिलाकर और 'गुड बॉई' कहकर रियाज़ चला गया।

खाना शुरू हो गया। शबाना, हँस–हँस कर उसे खाना परोस रही थी। ''मिस्टर आर्टिस्ट आप तो तकल्लुफ़ कर रहे हैं, कुछ तो खाइये। कल से तो आपको ब्रैड के ठंडे सैंडविच ही खाने हैं,'' शबाना ने कहा।

"हाँ! बात तो आपकी ठीक है। आप ने दरअसल बुरी आदत डाल दी है। अब कुछ दिन तक तो खाने का मज़ा ही नहीं आयेगा," वह उदास लहजे में बोला।

खाना ख़त्म हो गया। हाथ धोते हुए परवेज ने पूछा? "मुन्ना सो रहा है, क्या?" "जी! वह तो रात के आठ बजे ही सो जाता है," शबाना बोली।

"बहुत ख़ूबसूरत बच्चा है...," वह बोला।

शबाना को परवेज़ की बात याद आ गई और उसका चेहरा एकदम लाल हो उठा।

फिर उसके कानों में परवेज की आवाज पड़ी–"पांच लाल मिर्चे लेकर सदका उतारकर आग में डालना न भूलिएगा।"

"ओ.के. 'मिस्टर आर्टिस्ट!' हमेशा ऐसा ही करूंगी और करती रहूँगी," दोनों ही ज़ोर–ज़ोर से हँसने लगे।

थोड़ी देर बाद परवेज़ शबाना को गुड–बॉई कहकर चला गया।

परवेज़ के चेहरे पर उदासी थी। शबाना के चेहरे पर उदासी थी।

या यूँ कहिये कि दोनों के चेहरों पर उदासी थी।

लेकिन ख़ुशकिस्मती से यह उनकी आखिरी मुलाकात न थी। उसे एक पब्लिशर (publisher) ने दो–तीन और नॉवेल लिखने का कांट्रेक्ट दे दिया था। परवेज अगले तीन सालों तक इन्हीं जंगलों में अपने नॉवल कम्पलीट करने के लिए आता रहा और इस तरह उसका रियाज़ और शबाना से मुलाकात का सिलसिला जारी रहा।

रियाज़ तो अक्सर टूर पर ही रहता था। परवेज़ का ज़्यादातर वक़्त शबाना के साथ ही गुज़रता और वे दोनों मिलकर इकट्ठे खाना खाते थे।

फिर रियाज़ की पोस्टिंग कहीं दूर–दराज़ इलाके में हो गई और उसकी, उन दोनों से मुलाकात का सिलसिला टूट गया।

कुछ साल बाद रेलवे स्टेशन पर गाड़ी के डिब्बे में से उतरते ही परवेज़, डिब्बे में चढ़ रही एक औरत से टकरा गया। औरत ने उसे

पहचान लिया। लेकिन परवेज़ शायद जल्दी में था इसलिए उस औरत को पहचान न सका। लेकिन नहीं, वह इतनी जल्दी में भी न था कि शबाना को पहचान न पाता। उसे उसी वक्त लगा, कि यह औरत जानी–पहचानी–सी है और हल्का–सा याद करते ही, उसने महसूस किया कि वह शबाना ही तो थी। वह उसको भला कैसे भूल सकता था?

परवेज़ को देखते ही शबाना के चेहरे पर हल्की–सी मुस्कराहट आई। ख़ुशी की मुस्कराहट न होकर वह जैसे दर्द की मुस्कराहट हो।

दरअसल शबाना बहुत दुबली–पतली और कमज़ोर हो गई थी।

ट्रेन के जाने में अभी कुछ समय बाकी था। परवेज़ कुली को सामान के पास खड़ा करके, शबाना के साथ डिब्बे में जा बैठा। फ़र्स्ट क्लास के डिब्बे में सिवाय उनके कोई और न था।

''मिसिज़ रियाज़ मैं तो पहचान ही न सका। यह क्या हालत हो गई है आपकी?'' यह कहते–कहते परवेज़ को महसूस हुआ कि जैसे शबाना के साथ कोई बहुत बड़ी घटना घटी हो, मगर वह चुप रहा।

''जब आप वहाँ से चले आये तो कुछ अरसे बाद मैं बीमार पड़ गई। बहुत इलाज कराया लेकिन कोई फ़र्क नहीं आया,'' उसने एक लंबी आह ली और बात जारी रखते हुए कहने लगी,

''आप भी तो काफ़ी कमज़ोर नज़र आ रहे हैं।''

''हाँ! मैं भी दिल के दौरे से परेशान रहा हूँ।'' फिर हँसते हुए बोला–"मुझे लगता है आपने मेरे जाने के बाद वह लाल मिर्च वाला सदका...''। परवेज़ के इस जुमले से शबाना को सारी बीती बातें याद आ गईं।

वह हँसकर बोली–''मिस्टर आर्टिस्ट मैं उसे नहीं भूली। चाहे कुछ और करूँ या न करूँ? लेकिन हर रोज़, मिर्च का सदका मुन्ने पर से..।''

''क्या कहा? तो आप मुन्ने पर से सदका....,'' उसने बड़ी हैरान भरी निगाहों से शबाना की तरफ़ देखते हुए कहा।

''मैंने तो यह टोटका आपके लिए... और आप इसे कुछ और ही समझती रहीं।''

यह सुनकर शबाना सोच न पाई, समझ न पाई कि आख़िर वह परवेज़ की इस बात का क्या जवाब देती। क्योंकि वह तो हमेशा ही सोचती थी कि यह बात परवेज़ मुन्ने के लिए कहता था। इतना बीमार रहने के बा़वजूद भी, परवेज़ की बात सुनकर शबाना का चेहरा वैसा ही लाल हो उठा था जैसे बरसों पहले हुआ करता था।

गार्ड ने सीटी बजा दी। दोनों ने एक–दूसरे की तरफ देखा, वह आहिस्ता से गाड़ी में से उतरकर खिड़की के पास आ गया।

गाड़ी अपनी जगह से धीरे–धीरे सरकने लगी। परवेज़ ने अंजाने ही अपना हाथ आहिस्ता से शबाना के हाथ के ऊपर रख दिया।

अचानक उसके मुँह से यह अल्फ़ाज निकल गये और वो बोला– ''शबाना! मुझे तुम्हारी सेहत की बड़ी फ़िक्र रहेगी। इलाज ठीक से करवाना।''

''परवेज़! मुझे भी तुम्हारी फ़िक्र रहेगी। तुम भी अपना इलाज ठीक से कराना।''

''मेरा क्या अब इलाज होगा? दो बार दिल के दौरे तो पड़ चुके हैं और अब तीसरे का इंतज़ार है,'' उसने अपनी बात पूरी करते हुए कहा। लेकिन शबाना कुछ न बोली। दरअसल वह परवेज़ को बहुत कुछ बताना चाहती थी कि इस अरसे में रियाज़ ने दूसरी शादी कर ली थी और शबाना की हैसियत तो घर में एक नौकरानी जैसी थी। मुन्ना हॉस्टल में रहता था। और वह अकेली, बिल्कुल अकेली तन्हा सी रह गई थी इस दुनिया में, मगर...।

फिर परवेज़ को देखते हुए उसने भी अंजाने में अपना दूसरा हाथ परवेज के हाथ के ऊपर रख दिया और मुस्कराते हुए बोली–''आपने तो पहले कभी भी कोई शे'र नहीं सुनाया। चलिये आज ही सुना दीजिए''।

वह हँसकर बोला–''मैं आपकी यह फ़रमाइश कैसे ठुकरा सकता हूँ। तो सुनिये किसी शायर ने क्या ख़ूब कहा है।

''वक्ते रूख़्सत मैं थाम लूँ उनका दामन,

उलझन में ये ख़्याल मुझको आया ही नहीं''

यह शे'र सुनकर शबाना सोचने लगी कि काश! परवेज़ मेरा दामन थाम लेता और परवेज़ भी सोचने लगा कि काश! अगर यह मुमकिन होता तो वह शबाना का हाथ थाम ही लेता।

पर यह हो न सका।

गाड़ी आहिस्ता–आहिस्ता स्पीड पकड़ रही थी। दोनों गाड़ी के ओझल होने तक, बोझिल मन से एक दूसरे को हाथ हिलाते रहे।

न जाने दोनों की आंखे क्यों नम थी?

कुछ सालों बाद शबाना अपनी एक अज़ीज़ सहेली, की कब्र पर फूल चढाने जा रही थी कि अचानक कोई चीज देखकर वह ठिठक गई।

उसके पैर अनजाने में उस कब्र की तरफ उठ गये और उसकी आँखों में आँसू आ गये। सामने एक कब्र के एक किनारे पर वही पत्थर की किताब लगी हुई थी। मगर अब वह खाली न थी बल्कि उस पर कुछ 'अल्फ़ाज' उभरे हुए थे।

वह नज़दीक चली गई और फ़र्श पर बैठकर किताब को पढने लगी।

किताब पर ये अल्फ़ाज़ खुदे हुए थे– ''मेरी जिंदगी की किताब उसके नाम जिसने मुझे मिस्टर आर्टिस्ट का खिताब दिया।''

उसकी हिम्मत जवाब दे गई। इस गहरे ग़म के सदमें तले बहुत देर तक शबाना ऐसी ही हालत में बैठी रही। उसके आंसू थे कि थम ही न रहे थे।

जब शाम होने को आई तो वह वहाँ से उठी।

रियाज़ जानता था कि 'मिस्टर आर्टिस्ट' के नाम का ख़िताब परवेज़ को शबाना ने ही दिया था और अगर वह इसे पढ़ लेता तो राज़

खुल जाता। वह पहले ही काफ़ी परेशान थी। एक नई उलझन में फँसना नहीं चाहती थी।

'मिस्टर आर्टिस्ट' के हर्फ़ को खुर्च कर उखाड़ने के लिए शबाना ने अपने पर्स में से एक तेज नेल फाइल निकाली और उसे ख़ुरचने लगी। लेकिन यह क्या मिस्टर आर्टिस्ट का अल्फ़ाज जहाँ ख़ुदा हुआ था, वह टुकड़ी जरा–सा जोर लगते ही अपनी जगह से हट गई।

उसने देखा कि उसके नीचे कागज़ का एक टुकड़ा, हवा के झोंकों से फड़फड़ा रहा था। उसने झपटकर उस कागज़ के टुकड़े को पकड़ लिया।

उस कागज़ के टुकड़े पर परवेज़ ने लिख रखा था– ''शबाना! I will miss you? यह है तुम्हारे दूसरे सवाल का जवाब जो तुमने उस दिन पूछा था। जिस दिन मैंने वह पत्थर की किताब तुम्हें भेंट की थी।''

शबाना पत्थर की टुकड़ी अपने पर्स में डालकर अभी मुड़ी ही थी कि हवा का एक तेज़ झोंका आया और उसे परवेज़ की आवाज़ सुनाई दी।

''शबाना! मेरा पांच... भूलना मत'' और शबाना का चेहरा अब भी वैसे ही सुर्ख़ हो गया जैसे गुज़रे वक्तों में हुआ करता था।

उसने जल्दी से पीछे मुड़कर देखा। वहाँ कोई भी तो न था।

वह सिसक–सिसक कर रोने लग गई।

18
आसमान से ज़मीन तक

भगत राम की भक्ति और स्वर्ग में उसके रवैये से भगवान बहुत ही प्रसन्न थे। भगत राम ने एक दिन रात को भगवान के पाँव दबाते–दबाते ऐसी माँग कर डाली कि थोड़ी देर के लिए तो भगवान भी चौंक गये।

भगत राम की फ़रमाइश थी कि वह संसार जिसे छोड़े हुये उन्हें बीस साल बीत चुके थे, उसे वह एक नज़र जाकर देखना चाहते थे।

भगवान अपने इस महान भगत को, न करके उसका दिल नहीं तोड़ना चाहते थे। उन्होंने उसे समझाते हुए कहा–

"भगत राम! अब दुनिया में जाकर क्या देखना चाहते हो? दुनिया अब भी वैसी ही है, जैसी तुम आज से बीस बरस पहले छोड़कर आये थे"।

"नहीं महाराज बात दरअसल यह है कि मेरा एक ही तो लड़का था। उसे जाकर देखना चाहता हूँ" भगत राम ने ज़िद करते हुए कहा।

"लेकिन उसे ढूंढने में तुम्हें बहुत वक्त लग सकता है," भगवान बोले।

"नहीं प्रभु सीधे अपने गाँव में ही जाऊंगा। थोड़े से तो वहाँ लोग थे। झट अपने लड़के को ढूंढ लूंगा," भगत राम नम्रता से बोला।

"लेकिन उसके लिए मेरी शर्त याद रखना"

"महाराज आपका हुक्म है कि मैं ज़मीन पर पाँव न रखूँ और किसी मजबूरी की हालत में ही, किसी प्राणी से बात कर सकता हूँ को याद रखूँगा और ऐसा ही करूँगा।"

भगवान से इजाज़त लेते ही भगत राम भगवान के उड़नख़टोले को लेकर ज़मीन की तरफ़ चल दिया। ज़मीन तक पहुँचते–पहुँचते, शाम का अंधेरा हो चुका था।

जमीन के नज़दीक जब बेआवाज़ उड़नखटोला पहुँचा तो भगत

राम ने उसमें से अपनी गर्दन निकालकर, बाहर निगाह दौड़ाई। जमीन को तो वह अंधेरे की वजह से पूरी तरह न देख पाया।

मगर ऊँचे–ऊँचे दरख़्तों पर उसे कुछ हरकत–सी दिखाई दी। उसने ग़ौर से देखा कि पीपल के पेड़ पर लोग ही लोग बैठे हुए नज़र आये। उसे हँसी आ गई बिल्कुल ऐसे ही एक बार जब उसके गाँव में प्रधानमंत्री आये थे तो वह भी ऐसी ही एक रात एक बड़े पेड़ पर सारी रात बैठा रहा था ताकि नज़दीक से उनके दर्शन कर सके।

थोड़ा आगे जाने पर उसे एक बरगद का पेड़ नज़र आया। वहाँ भी लोगों का हुजूम, उसे पेड़ पर बैठा हुआ नज़र आया। उसने चालक से खटोले को दूसरी तरफ़ ले जाने के लिए कहा। वहाँ आम के पेड़ों पर भी वही नज़ारा पाया।

आख़िर भगत राम के दिल में इसके बारे में किसी से, पूछने की इच्छा पैदा हुई। उसने आख़िर एक आदमी से पूछ ही लिया–''क्यों भई! क्या कोई नेता या प्रधानमंत्री आ रहे हैं?''

वे सब लोग भगत राम की यह बात सुनकर ज़ोर–ज़ोर से हंस पड़े। भगत राम समझ गया कि उसने उनसे कुछ ग़लत बात पूछ ली थी।

थोड़ी दूर आगे जाने पर भगत राम ने एक जामुन का बहुत बड़ा पेड़ देखा और वहाँ पर बैठे हुए लोगों से कहने लगा–''क्या तुम सब यहाँ रामलीला देखने के लिए बैठे हो?'' वहाँ भी लोग हँस पड़े। लेकिन उनमें से एक बोला–''नहीं! भाई हम यहाँ रामलीला देखने के लिए नहीं आये। लगता है यहाँ तुम नये–नये आये हो।''

''हाँ! मैं बीस बरस पहले स्वर्ग गया था। आज ही थोड़ी देर के लिए आया हूँ। यह बताओ कि न तो रामलीला है और न ही प्रधानमंत्री आ रहे है, तो भला तुम लोग क्यों पेड़ों पर चढ़े बैठे हुए हो?''

इतने में भगत राम को पेड़ के एक कोने से एक जानी–पहचानी आवाज़ आई, जो उसको ही संबोधित कर रही थी। भगत राम ने बड़े

गौर से देखा–वह एक बूढा, हड्डियों का ढांचा, कमज़ोर इंसान पेड़ की एक शाख़ पर बैठा, उससे कह रहा था–

''भगते यार! तुमने नहीं पहचाना, मुझे? अरे मैं वही रामलाल, तेरा रामू... अरे तेरा रामू...।''

भगत राम ने उसे पहचानने की कोशिश की, तो वह बोल उठा– ''हाँ! भई अब क्यों पहचानोगे अपने साथी को। लेकिन हाँ तुम्हारा भी कोई कसूर नहीं। मेरा ही जिस्म अब...।'' उसके मुँह से एक आह निकल गई और वह अपनी बात को जारी रखते हुए बोला– ''यार! तुम में भी कोई रत्तीभर फ़र्क नहीं आया। पहले से भी ज़्यादा तंदुरुस्त लगते हो। ये चेहरे पर नूर...। कहाँ रहे इतने दिन?''

''बस मैं इतने दिनों से भगवान जी की दया से स्वर्ग में था। वहीं आराम से दिन काट रहा हूँ।'' फिर वह आसमान की तरफ़ देखकर कहने लगा–''वक्त थोड़ा रह गया है। अब मैं वापस जाता हूँ। फिर अगली बार आऊँगा अपने लड़के को मिलने अच्छा...।''

रामलाल उसे हसरत भरी नज़रों से देख रहा था। रामलाल को बात करने की एक अच्छी तरकीब सूझी। उसने झट पूछा–

''भगत राम याद है एक बार हॉकी खेलते–खेलते तुम्हारे टखने पर चोट आ गई थी। उस वक्त तुम बहुत चिल्लाये थे। चोट भी दरअसल काफ़ी ज़ोरदार थी। दर्द तो अब भी होता होगा?''

''नहीं! यार दर्द तो नहीं होता मगर एक बात ज़रूर है कि उसका निशान अब तक बाकी है,'' भगत राम ने जवाब दिया।

रामलाल बोला–''मैं नहीं मानता। इतनी बड़ी चोट थी और यह कैसे हो सकता है कि दर्द न हो....? भगत राम अपना पैर मेरी तरफ़ करो मैं उसे दबा कर देखता हूँ कि दर्द होता है या नहीं? हो सकता है तुम स्वर्ग में जाकर जवान हो गये हो और वह दर्द... हो गया हो।''

भगत राम ने जब अपने 'जवाँ होने का, जुमला रामलाल के मुँह से सुना, तो उसका सीना ख़ुशी से फूल गया। उसने झट से अपना वह चोट वाला पांव, रामलाल की तरफ ख़ुशी से बढ़ा दिया।

रामलाल बस इसी इंतिज़ार में था और उसने झट दोनों हाथों से भगत राम का पांव पकड़ लिया।

''अरे मेरा पाँव तो छोड़ो। रामलाल तुम क्या कर रहे हो?''

बहुत कोशिश के बावजूद भी जब रामलाल ने भगत राम का पांव नहीं छोड़ा तो भगत राम ने घबराकर चालक से उड़नखटोला को जल्दी से ऊपर आसमान की तरफ़ ले जाने के लिए कहा।

जैसे–जैसे उड़नखटोला ऊपर होना शुरू हुआ तो रामलाल का पैर किसी और आदमी ने पकड़ लिया। और उस आदमी का पैर किसी और आदमी ने पकड़ लिया और ऐसे करते–करते यह सिलसिला बढ़ता चला गया।

हाल यह था कि ज़मीन से आसमान तक, भगत राम के पांव के साथ बेशुमार लोग हवा में लटक रहे थे।

स्वर्ग में पहुंचकर, बड़ी मुश्किल से भगत राम उड़नखटोले में से उतरा और अपने आपको घसीटता–घसीटता भगवान के पास ले गया और गिड़गिड़ाकर बोला–''भगवान जी मेरी इस कष्ट से मुक्ति कराईये। ये लोग तो मेरा पैर ही तोड़ डालेंगे''।

भगवान उस वक्त यमराज से बातें करने में मसरूफ़ थे। उन्होंने भगत राम की ऐसी हालत देखकर यमराज को इशारा किया। यमराज ने रामलाल के हाथ से भगत राम का पांव आज़ाद करा दिया। यमराज ने अब रामलाल का हाथ पकड़ रखा था और बाकी सभी लोग, रामलाल के पांव के साथ हवा में, आसमान से ज़मीन तक झूल रहे थे।

भगत राम ने जल्दी से अपनी पूरी रामकथा भगवान जी को सुना डाली।

''भगत राम हमने तो तुम्हें पहले ही पृथ्वी पर जाने के लिए मना किया था। लेकिन तुमने जब बार–बार अनुरोध किया तो हमने तुम्हें रोकना ठीक नहीं समझा,'' भगवान मुस्करा कर बोले।

''लेकिन भगवान जी, न तो पृथ्वी पर रामलीला हो रही थी और न ही कोई नेता आ रहा था तो फिर ये सब लोग, क्यों पेड़ों पर चढ़े हुए थे?''

''अरे भगत राम ज़मीन पर आबादी ही इतनी बढ़ गई है कि वहाँ पर आज–कल तिल धरने की भी जगह नहीं रही। अगर जगह होती तो क्यों ये लोग, तुम्हें दरख़्तों की टहनियों पर चढ़े हुए मिलते? आदमी तो आजकल कीड़े–मकोड़ों की तरह घूमते फिर रहे हैं ज़मीन पर। आबादी जो इतनी बढ़ गई है, और इंसान इसकी तरफ़ कोई ध्यान ही नहीं दे रहा।''

यह बात सुनकर भगत राम हैरान–सा उनके मुँह को देखने लगा।

फिर यमराज ने सवालिया नज़रों से भगवान की ओर देखा और वह झट बोले–''तुम भी इन लोगों को ऐसे ही पकड़कर हवा में लटके रहो। यही तुम्हारी सज़ा है। तुम ने भी तो आबादी कम करने की अपनी ड्यूटी को ठीक से नहीं निभाया।''

भगवान के ये शब्द सुनकर यमराज के माथे पर पसीना आ गया।

19
गुमशुदा की तलाश

सब डॉक्टरों ने जवाब दे दिया था और अब राय बहादुर जगन्नाथ मौत के बिस्तर पर लेटा ज़िंदगी की आख़री सांसें ले रहा था। उसके पांव की तरफ दीवार पर उसकी पत्नी की तस्वीर लटकी हुई थी।

उसके लड़के और लड़कियाँ उसके बिस्तर को घेरे खड़े थे। सब ज़ोर–ज़ोर से पूछ रहे थे कि 'माल' कहाँ है? क्योंकि जगन्नाथ को ठीक से सुनाई नहीं दे रहा था, इसलिए लफ़्ज 'माल' को उसने 'मां' समझा और उसने नज़र घुमाकर अपनी गुमशुदा पत्नी की तस्वीर की तरफ़ देखा। उसकी आँखों में दो मोटे–मोटे आँसू आ गए।

सब बच्चे समझ गये कि उनके पिताजी को अपनी गुमशुदा पत्नी की, जिसे उन्होंने कई बरस तक ढूंढा था, शायद याद आ गई थी। माहौल जब थोड़ा हल्का हुआ तो सब ने अपनी 'माल' वाली माँग फिर दोहराई और जगन्नाथ ने मरने से पहले अपने पलंग के नीचे की तरफ इशारा कर दिया।

बस फिर क्या था, मरने की रस्म पूरी होते ही जगन्नाथ के पलंग को हटाया गया।

मज़दूर बुलाये गये और खुदाई शुरू हो गई। पत्थरों का फर्श था इसलिए खुदाई में बड़ी मुश्किल पेश आ रही थी।

सब लड़के–लड़कियां आस–पास खड़े बड़ी बेसबरी से 'माल' का इंतिज़ार कर रहे थे। अचानक 'टन्न' की आवाज से सब चौंक पड़े। पत्थर हटाया गया।

एक बड़े लोहे के बक्से के ऊपर एक छोटा–सा बक्सा दिखाई दिया। छोटा बक्सा खोला गया। उसके ऊपर एक पचास साल पुराना खस्ता अखबार का वर्क पड़ा था। ऊपर एक इश्तिहार था जिस पर

छपा हुआ था 'गुमशुदा की तलाश'। उसके नीचे एक नौजवान औरत की तस्वीर थी।

सभी बच्चे पहचान गये कि तस्वीर उनकी मां की थी।

उस तस्वीर के नीचे लिखा था–"मेरी पत्नी नीला देवी, उम्र 40 साल, कद 5 फुट 2 इंच, रंग सांवला, बीमारी की परेशानी की वजह से 14 अप्रैल 1948 को कहीं चली गई है। उसने लाल रंग का गोटे किनारी का सूट पहन रखा है। खबर देने वाले को दस हज़ार रूपये इनाम और सफ़र का खर्चा दिया जायेगा"

इस तहरीर के नीचे जगन्नाथ का नाम और पता दिया हुआ था। साथ ही बहुत से और भी इश्तिहार थे जिसमें नीला देवी की गुमशुदगी के बारे में तफ़सील लिखी हुई थी। इसके अलावा छोटे बक्से में कुछ इंश्योरेन्स कम्पनी के कागज़ात थे।

इस छोटे बक्से में और कोई भी काम की चीज़ न मिलने पर सबका ध्यान अब बड़े बक्से की तरफ़ गया। जंग लग जाने से ढक्कन जाम हो चुका था। बड़ी मुश्किल से ज़ोर लगाकर ढक्कन को ऊपर उठाया गया।

बक्से में गोटे किनारी के फटे हुए टुकडों के साथ, एक हड्डियों का पिंजर पडा था।

राय बहादुर जगन्नाथ सारी ज़िंदगी अपने आपको कोसता रहा कि आख़िर चाँदी के चंद सिक्कों के लिए, उसने अपनी पत्नी...?

20
भिखारिन

दिनेश इस नए शहर के बाज़ार से गुज़र रहा था कि पीछे से किसी जानी–पहचानी आवाज़ ने उसे चौंका दिया। उसने मुड़ कर देखा सामने वही नौजवान भिखारिन खड़ी थी।

"बाबू! तुम यहां?"

"हां! मैं यहां कल ही आया हूँ। अच्छा तो अब तुम ने अपना अड्डा यहां जमा रखा है। तभी तो बहुत दिनों से तुम्हें अपने शहर में नहीं देखा। लगता है यहां के लोग तुम्हें ज़्यादा पैसे देते हैं?," दिनेश ने हंसते हुए पूछा।

"नहीं बाबू! ऐसी बात तो नहीं", और बात जारी रखते हुए बोली, "बाबू बुरा न मानना, तुम्हारे शहर के लोग भूखे हैं–बिल्कुल भूखे"

"तो इसमें कौन–सी नई बात है? हर शहर के कुछ–न–कुछ लोग भूखे तो होते हैं," दिनेश ने मुस्कराते हुए कहा।

"नहीं बाबू, नहीं मैं उस भूख की बात नहीं कर रही। मैं तो उनकी नज़र की भूख की बात कर रही हूँ। यहाँ इस शहर के लोग कोई भी नारी, कुंआरी हो या शादी–शुदा किसी पर भी बुरी नज़र नहीं डालते लेकिन तुम्हारे शहर के लोग पैसे हथेली पर रखते हैं, मगर उनकी नज़र भिखारिन की जवानी पर होती है।"

यह बात सुनकर दिनेश ने अपनी नज़रें उस भिखारिन से हटा कर कहीं और कर लीं। बात जारी रखते हुए भिखारिन बोली–''हां! तुम्हारे शहर के लोगों की एक बात की तारीफ़ ज़रूर करूंगी और वह यह कि जहां वे किसी कुंआरी लड़की पर से नज़र नहीं हटाते थे, वहीं पर वे किसी ब्याहता औरत पर नज़र भी नहीं डालते थे।

इसीलिए तो वहां तुम्हारे शहर में मुझे बच्चा उठाए–उठाए भीख माँगनी पड़ती थी। मगर यहाँ ऐसी बात नहीं।

"अरे हां! याद आया, तुम्हारा वह बच्चा कहाँ है?, जिसे साथ लिए–लिए तुम भीख माँगा करती थी," दिनेश ने पूछा।

"बाबू! मैं अभी कुंआरी ही हूँ और वह बच्चा किराए का था।"

21
आख़री मिलन

रात के सन्नाटे में कार बड़ी तेज़ी से पहाड़ी रास्ते पर चलती जा रही थी। कार के अन्दर हल्का–हल्का–सा म्यूज़िक बज रहा था। नौजवान के पहलू में एक दुल्हन लाल जोड़े में लिपटी पड़ी थी।

गौतम की शादी की पहली रात थी और उसकी ख़्वाइश थी कि अपनी नई जिंदगी की पहली शुरूआत वह नज़दीक ही पहाड़ी मुकाम पर बने डाक बँगले में करे।

और यही हुआ। तमाम घरवालों के मना करने पर भी वह कमरे के पिछले दरवाज़े से निकला। एक हाथ से उसने अपनी नई नवेली दुल्हन को थाम रखा था और दूसरे हाथ में उसके ब्रीफ़केस में चंद जरूरी सामान था।

सूर्ख़ जोड़े में सजी दुल्हन, हैरान–सी, सहमी–सहमी–सी उसके साथ कार में जा बैठी। उसका घूंघट वैसे ही लंबा–सा लटक रहा था। वह अभी इसी इंतिज़ार में ही थी कि गौतम कब उसका घूंघट हटाये और....।

मगर गौतम तो अपनी ही धुन में मस्त कार चलाये जा रहा था और फ़ासला भी तो कोई लम्बा न था। घर से जब वह चला था तो आसमान पर तारों का जाल झिलमिला रहा था। मगर अब न जाने कहाँ से बादलों के आवारा गिरोह, पूरे आसमान पर आकर छा गये।

बिजली चमकी...! बदल गरजे...!

रिमझिम हुई...! और...

मूसलाधार में बदल गई। तूफ़ान, तेज़ बारिश, पहाड़ी रास्ता और जगह–जगह पर गिरते हुए पहाड़ी पत्थर, गौतम को ऐसे माहौल में कार चलाने में बहुत परेशानी हो रही थी। कई जगह तो उसे कार से नीचे उतरकर पत्थर हटा–हटा कर अपना रास्ता बनाना पड़ रहा था।

वही रास्ता जिसे उसने पहले कुछ ही वक्त में तय कर लिया करता था, उसको अभी तक तीन घण्टों में भी तय न कर पाया था।

च...र....चर! अगर गौतम तेज़ी से ब्रेक न लगाता तो कार बड़े पत्थर से टकरा गई होती। गाड़ी ज़ोरदार झटके से रूकी। नई नवेली दुल्हन, जो सारे दिन की थकान से चूर–चूर, आँखे मूंदे बैठी थी, घबरा कर आँखे खोल बैठी।

रास्ते के मोड़ पर बडा पत्थर सारी सड़क रोके पड़ा था और काफी आदमियों की मदद के बग़ैर पत्थर का रास्ते से हट पाना मुश्किल था। अब कोई चारा न था। तूफ़ान अपने पूरे ज़ोरों पर था। बार–बार बिजली की चमक और बादलों की गरज से दुल्हन का दिल घबरा रहा था लेकिन हया ने उसे चुप रहने पर मज़बूर कर रखा था।

कोई और रास्ता न देख गौतम ने वापस घर जाने की सोची। अभी वह गाड़ी पीछे मोड़ने की सोच ही रहा था कि कार के पीछे एक बहुत बड़ा धमाका हुआ। गौतम ने गर्दन निकालकर बाहर झांका। कार से थोड़ी दूर, पीछे पूरा पहाड़ का पहाड़ गिरा पड़ा था।

गौतम कार से बाहर निकला और टार्च की रोशनी में उसने सारे हालात का जायज़ा लिया। आगे पत्थर था और.... पीछे पहाड़। दोनों का हटाया जाना नामुमकिन था। कार में कंबल वगैरह तो उसके पास, थे नहीं, और इतनी सर्दी में कार में बैठे–बैठे रात गुज़ारना भी तो आसान न था।

दुल्हन चाहे घूंघट में थी मगर फिर भी वह सारे हालात समझ चुकी थी।

" मैं रात बिताने के लिए कोई मुनासिब जगह ढूंढकर आता हूँ। इतनी सर्दी में तो यहाँ कार में रात गुज़ारना बहुत ही मुश्किल है। घबराना मत....! यहाँ कोई ख़तरा नहीं", वह कार के चारों दरवाज़े लॉक करता हुआ बोला।

दुल्हन ने 'हाँ' में हल्का–सा सिर हिला दिया। चाहे दिल में वह

बहुत ही घबरा रही थी। क्या करती अभी तक तो बेचारी का घूंघट भी न उठ पाया था।

गौतम हाथ में टॉर्च लिए, एक तरफ पहाड़ पर चढ़ गया। बिजली की ज़ोरदार चमक में उसने कुछ दूर एक झोपड़ी देखी। वह लंबे–लंबे कदमों से उधर लपका। रास्ता पत्थरों की वजह से बहुत उबड़–खाबड़ था। लेकिन वह उन सबसे बेपरवाह, उन्हें फलांगता हुआ जल्दी से वहाँ जा पहुँचा।

झोपड़ी के पास रूककर उसने अंदर कुछ सुनने की कोशिश की। उसे अंदर किसी के खांसने की आवाज़ आई। उसने किवाड़ खटखटाया।

थोड़ी देर बाद एक बहुत ही बूढ़े आदमी ने किवाड़ खोला। उसके एक हाथ में लालटेन थी। राजपूती चेहरा, वीरान आँखे, लंबी नाक और बड़ी–बड़ी मूँछे, बिखरे–बिखरे बाल...कुछ अजीब–सी शक्ल थी उसकी। चन्द लम्हें तो गौतम उस बूढे को हैरानकुन नज़रों से देखता रहा। आख़िर बूढ़े ने चुप्पी को तोड़ा।

"कौन हो तुम...? और इतनी रात गये.... इस वक्त... क्या चाहिए तुम्हें....?" एक ही सांस में उसने इतने सारे सवाल कर डाले और.... फिर सवालिया नज़रों से उसने गौतम की तरफ देखा। अभी तक उसने गौतम के चेहरे को न देखा था। ज़रा–सा लैम्प ऊपर हुआ और उसकी रोशनी गौतम के चेहरे पर जा पड़ी।

बूढ़ा चौंका और बड़बड़ाया "त...त... तुम...! इतने सालों के बाद...! इतनी रात गये..! इस वक्त...? बूढ़ा बड़े गौर से उसको देख रहा था। गौतम बूढ़े के धीमी आवाज़ में कहे गये ये अलफ़ाज न समझ पाया और बोला "बाबा...! मैं कार में जा रहा था कि दोनों तरफ़ से, पत्थर और पहाड़ गिरने से आगे और पीछे का रास्ता बंद हो गया है। अगर आप रात गुज़ारने के लिए थोड़ी जगह दे दें तो बहुत ही मेहरबानी होगी और.... मेरे साथ मेरी बीवी भी है जो इस वक्त सड़क पर खड़ी मेरी कार में बैठी हुई है।''

बूढ़ा चौंका और फिर मुँह ही मुँह में कुछ बोलने लगा– "तो तुमने शादी कर ही ली.... यह तो होना ही था.... हां यह तो होना ही था... मैं जानता था...खैर!... अब मुझे तुम्हारा बंदोबस्त करना ही होगा।" बूढ़ा दूर कहीं बहुत दूर देखते हुए गौतम से बात कर रहा था।

"मैं आपका मतलब नहीं समझा," गौतम हैरान और परेशान–सा बूढ़े को देखते हुए कहने लगा।

"खैर.... छोड़ो... मेरी झोपड़ी में तो इतनी जगह है नहीं कि तुम दोनों को यहाँ रख सकूँ... हाँ मगर पीछे थोड़ी दूर... हाँ...! (एक लंबी आह लेकर) एक टूटा महल है। जिसमें सिवाय एक कमरे के, बाकी कुछ भी तो नहीं बचा। वक्त के बेरहम हाथों ने सब कुछ मिटा डाला और मैं अब इस इंतिज़ार में था कि वह भी गिर जाये... कि तुम आ गये...! शायद अब मेरी ड्यूटी ख़त्म हो जायेगी... हमेशा के लिए ख़त्म हो जायेगी।" उसकी अजीबो–गरीब बातें, गौतम की समझ में ज़रा भी नहीं आ रही थीं। बूढे के अधूरे–अधूरे फ़िकरे बोलने का यह अंदाज़। गौतम हैरान–सा था। मगर वह यह सब कुछ भूलकर अपने लिए कमरा लेने की फ़िक्र में था।

"बाबा कमरा दिखाओ। शायद आज रात हमारा काम चल जाये''

" काम तो चल ही जायेगा... आज" यह कहकर बूढ़ा अपनी झोपड़ी में चला गया और जब थोड़ी देर बाद वापस लौट के आया, तो उसके हाथ में चाबियों का एक बड़ा गुच्छा थमा हुआ था।

"चलो....!" और वह तिरछी निगाहों से, अजीब लहजे में बोला– "बरसों से इसी तरह ही बंद पड़ा है। किसी ने भी नहीं खोला इसे... इतने बरसों से.... "वह आगे–आगे जा रहा था। जगह–जगह पर मोड़ थे लेकिन ऐसे लगता था जैसे बरसों से इन रास्तों से वह वाकिफ़ था। थोड़ी देर तक लगातार चलने के बाद वे पत्थरों के एक बहुत बड़े ढेर के पास थे और गिरे हुए पत्थरों के बीच एक बहुत बड़ा कमरा खड़ा था। दरवाज़े पर एक पुराने ज़माने का बहुत बड़ा–सा ताला लटक रहा

था। दरवाज़े पर जगह–जगह मिट्टी चिपकी हुई थी और उसमें जंगली घास उगी हुई थी।

बूढ़े ने आगे बढ़कर ताले से मिट्टी के टुकड़े और घास को अलग किया और चाबी डालकर ताला खोला जो बिना किसी मुश्किल के खुल गया। गौतम को उम्मीद थी कि इतनी देर से बंद पड़े दरवाज़े को खोलने में काफ़ी मुश्किल होगी। मगर.... वह तो बूढ़े के हल्के से दबाव से ही खुल गया।

कमरे में अद्भुत नज़ारा था। हर चीज़ अपनी–अपनी जगह पर ठीक ढंग से सजी पड़ी थी। कमरा साफ़–सुथरा था। ऐसे लग रहा था, जैसे किसी ने अभी–अभी साफ़ किया हो। बीच में एक बहुत बड़ा आलीशान पलंग पड़ा था।

गौतम सब कुछ देखकर बहुत हैरत में था। चाहे बाहर ज़ोरों का तूफ़ान चल रहा था लेकिन इस बड़े कमरे में, उसका जरा भी असर न था। ऐसे लगता था जैसे तूफ़ानी हवाएं इस कमरे में दाख़िल होने से घबरा रही हों।

गौतम ने जल्दी से कमरे का मुआयना किया।

"बाबा तुम तो कहते थे कि बरसों से इस कमरे को किसी ने नहीं खोला। मगर इसकी सफ़ाई और सामान से तो यह नहीं....।''

बूढ़ा उसके सवाल को नज़रअंदाज़ करते हुए बोला– ''क्यों! बाबू कमरा पसंद आया?"

"हां अच्छा है।" गौतम ने अपने सवाल को फिर दोहराया–" तुम तो कहते थे कि बहुत दिनों से इसे किसी ने नहीं खोला। इसे खोले हुए अर्सा बीत गया लेकिन.... हर चीज़ से ऐसे लगता है कि....। कौन रहता था इस कमरे में?"

"अब क्या करोगे यह पूछकर।'' और गौतम के जवाब का इंतजार किये बग़ैर बात जारी रखते हुए कहने लगा–''राजकुमारी... परियों जैसी ख़ूबसूरत एक राजकुमारी यहाँ रहती थी। किसी गुलाब के फूल से कम न थी... आओ मैं तुम्हें उसकी तस्वीर दिखाऊँ।"और चलता–चलता एक तस्वीर के पास जाकर रूक गया।

दीवार पर सोने के फ्रेम में एक तस्वीर लटक रही थी। "बहुत ख़ूबसूरत है यह तस्वीर", गौतम के मुँह से अचानक निकल गया।

"वह भी इससे कम न थी। पता नहीं कौन से जन्म की उसे सज़ा मिली... ''

"क्यों! क्या हुआ था राजकुमारी को...? '' गौतम ने सवालिया नज़रों से बूढ़े की तरफ देखा।

"यह पूछो क्या नहीं हुआ....बाबू! क्या नहीं हुआ.? कैद कर दिया था राजा ने उसको...। हाँ! एक मामूली नौजवान से इश्क जो था, उसको.... और... और वह अपनी ज़िद पर अड़ी रही कि शादी करूँगी तो उसी से। रिश्तों की क्या कमी थी। हसीन थी। जवाँ थी। राजा और रंक, अमीर और गरीब का मिलन हुआ है कभी?"

गौतम बूढ़े की बातों में पूरी तरह से उलझ चुका था, बोला–''यह कैसे हुआ बाबा? ''

"होनी थी... बाबू होनी...। जिसे कोई भी न टाल सके। घुड़सवारी का शौक था राजकुमारी को। एक दिन घोड़ा काबू से बाहर हो गया और ऐसा भागा, ऐसा भागा...! घोड़े की लगाम..! अपनी जान पर खेलकर एक नौजवान ने पकड़ ली। राजकुमारी ने निगाहें ऊपर कीं और अपनी जान बचाने वाले को देखती ही रह गई।

उसकी जान बचाने वाला मामूली आदमी, शक्लो– सूरत में किसी शहज़ादे से कम न था... मैं भी किन बातों में लग गया। पुरानी यादें और बीती बातें तो दुःख ही देती है सदा..., "यह कहकर उसने गौतम पर से निगाह हटा ली।

"बोलो! आगे क्या हुआ? '' इस कहानी ने गौतम पर जैसे जादू ही कर दिया था। उसके आग्रह करने पर बूढ़ा बोला– "होना क्या था बाबू! सारी रात राजा के सिपाही, परेशान से राजकुमारी को जंगल में तलाश करते रहे, खोजते रहे और उधर वे दोनों सारी रात एक गुफ़ा में आग जलाकर एक दूसरे में खोए रहे। सवेरा होने पर नौजवान राजकुमारी को उसके घोड़े पर महल में ले आया।" और अपने बालों

में हाथ फेरता हुआ, दूर टक–टकी लगाये कहने लगा–" उसके बाद राजकुमारी हर रोज़ अपने घोड़े को भगाकर जंगल में ले जाती और उस नौजवान से मिलती। सुरक्षा के लिए साथ आए घुड़सवार को मुनासिब पैसे मिल जाते और वह अपना मुँह बंद रखता। एक दिन वह घुड़सवार बीमार पड़ गया और दूसरा घुड़सवार साथ आया तो वह सारी बात समझ गया। बात राजा के कानों में गई। राजकुमारी पर कड़ी निगरानी लगा दी गई।

लोग कहते हैं कि नौजवान को देश से निकाल दिया गया। राजकुमारी ने जब कई बार नौजवान से मिलने की कोशिश की, तो राजा ने उसे कैद कर दिया... और यही है वह कमरा... बाबू! ताले की चाबी हमेशा राजा के ही पास रहती। किसी आदमी को भी राजकुमारी से मिलने या बात करने की इजाज़त न थी। खाना और जरूरत का सारा सामान एक छोटी–सी खिड़की के रास्ते अंदर पहुँचा दिया जाता। कितने ही समय तक यह सिलसिला जारी रहा।

रानी ने राजकुमारी को बहुत समझाया मगर वह न मानी। जवानी का जोश भी तो किसी तूफ़ान से कम नहीं होता.... और ऐसी ही तूफ़ानी रात में, जब इस कमरे का दरवाज़ा खोला गया तो राजकुमारी गायब थी। सब हैरान थे कि बंद कमरे से राजकुमारी, ग़ायब कैसे हो गई?

जगह–जगह उसकी खोज की गई लेकिन वह न मिल सकी (बूढे की आंखे नम हो गई और उसकी आवाज़ में कम्पन था) तब से यह कमरा इसी तरह बंद करा दिया गया।

राजा ने रानी के कहने पर यह घोषणा करा दी कि जो भी आदमी उस नौजवान को पकड़कर ले आयेगा, उसे एक लाख सोने के सिक्के दिये जायेंगे। रानी को यह उम्मीद थी कि शायद उस नौजवान के इस कमरे में कदम रखते ही, राजकुमारी प्रकट हो जाये।

वह नौजवान न मिल सका। मिलता भी कैसे? लालची सेनापति के आदमियों ने उसे दरिया में फेंक दिया था और राजा को इसकी खबर तक न थी। सेनापति ने जब यह असलियत राजा को काफी दिनों बाद

बता ही दी। वह बहुत खुश हुआ कि चलो रास्ते का कांटा हमेशा–हमेशा के लिए निकल गया। राजा ने सेनापति को इसके लिए बहुत इनाम दिया।''

"बड़ा ज़ालिम था वह राजा जिसने... क्या राजकुमारी का कोई सुराग मिला?", गौतम ने उसे टोकते हुए पूछा।

"नहीं... कहाँ सुराग मिलना था उस परी का काश...! अरे बातों–बातों में वक्त का पता ही नहीं चला। जाओ तुम जाकर अपनी पत्नी को ले आओ। तब तक मैं कमरे में लैम्प रोशन कर देता हूँ।''

गौतम इस दास्तां में खोया–खोया, जब अपनी कार के पास पहुंचा तो उसने देखा कि उसकी पत्नी उसका इंतज़ार करते–करते सो गई थी। उसने अपनी पत्नी को जगाया और कमरे में ले आया।

कमरा रोशन था मगर बाबा जा चुका था।

उसने देखा उसकी पत्नी सर्दी से कांप रही थी। वह उसके हाथों को छूता हुआ बोला– "अरे! तुम्हारे हाथ तो बहुत ठंडे हैं। अच्छा तुम जल्दी से बिस्तर में घुस जाओ।" पलंग पर नरम–नरम कंबल पड़े थे। उसकी पत्नी कंबल ओढ़ कर बिस्तर में लेट गई। जब तक वह ब्रीफकेस वगैरह रखकर बिस्तर के पास आया तो उसने देखा कि उसकी पत्नी सो चुकी थी। उसने उसे डिस्टर्ब करना ठीक न समझा और आहिस्ता से बिस्तर में घुस गया।

शायद रात का आख़री पहर था। अचानक वह किसी लड़की के रोने की आवाज सुनकर चौंक उठा। वह जल्दी से बिस्तर से उठा और उसने टॉर्च की रोशनी चारों तरफ़ डाली। कहीं भी कोई न था।

" तो फिर यह आवाज़ कहाँ से आई?" उसने सोचा।

"शायद मेरा वहम है या कोई सपना," वह मुँह ही मुँह में आहिस्ता से बोला और दोबारा बिस्तर में घुस गया।

थोड़ी देर बाद रोने की आवाज़ जब दोबारा आई तो वह झट से उठ बैठा। उसने बड़े ध्यान से आवाज़ सुनने की कोशिश की। आवाज़

पलंग के नीचे से आ रही थी। उसने पलंग पर बैठे–बैठे टॉर्च की रोशनी पलंग के नीचे मारी मगर कोई भी न था।

"कहीं पलंग के नीचे कोई कमरा..." यह ख्याल आते ही वह कूदकर बिस्तर से उतरा।

इतना बड़ा पलंग और उसे हटाना कोई आसान काम न था। मगर ज्योंही उसने पलंग को ऊपर करने के लिए हाथ लगाया तो हल्का–सा ज़ोर लगते ही, पलंग खुद ब खुद ऊपर हो गया...।

गौतम हैरानी से सब कुछ देख रहा था। पलंग के नीचे कालीन का एक अलग ही रंग का टुकड़ा था। उसने झट से वह टुकड़ा वहाँ से हटा दिया, तो नीचे एक लकड़ी का छोटा–सा दरवाजा पाया और उसके नीचे लकड़ी की सीढ़ियां थीं।

आवाज़ उधर से ही आ रही थी।

वह आहिस्ता–आहिस्ता सीढ़ियां उतरने लगा। आगे दाईं तरफ मोड़ था। वह जैसे ही मुड़ने लगा तो उसने देखा कि सामने एक अधखुला दरवाज़ा है और वहाँ सामने, दरवाज़े की तरफ़ पीठ किये एक लड़की बैठी थी। वह वहीं रूक गया। कमरे में से निकल कर आ रही रोशनी से उसकी आंखे चौंधिया रही थी। लड़की के हाथ के इशारे से अलमारी के दरवाज़े खुद ब खुद खुल गये। लड़की ने हाथ बढ़ाया तो झट से उछलकर एक ख़ूबसूरत ड्रैस उसके हाथ में आ गई। फिर उसने इशारा किया और देखते ही देखते एक तौलिया उसके हाथ में आ गया और अब...।

गौतम को यह सब जादू के खेल से कम नहीं लग रहा था।

लड़की कपड़े लिए साथ वाले कमरे में घुस गई और दरवाज़ा बंद हो गया। अभी तक वह लड़की की सूरत न देख पाया था। वह हल्के–हल्के पाँव रखता हुआ लड़की के कमरे में दाख़िल हुआ।

साथ वाले कमरे में पानी के फव्वारे चलने की आवाज़ आ रही थी और अब वह लड़की कुछ गुनगुना रही थी।

उसने चारों तरफ़ कमरे में निगाह दौड़ाई। कमरे की दीवारों पर हीरे जड़े हुए थे। कहीं कोई लैम्प न था। उन्हीं हीरों की चमक से सारा कमरा जगमगा रहा था।

अचानक उसकी नज़र किनारे पर दीवार में जड़ी हुई तिजोरी पर पड़ी। चाबी डालने की कोई जगह नहीं थी। इसलिए उसने हैंडल पकड़ कर तिजोरी खोलने की कोशिश की। लेकिन बहुत ज़ोर लगाने के बावजूद भी वह न खुल पाई। फिर उसे ख्याल आया कि क्यों न वह दूसरा तरीका इस्तेमाल करे। हाथ से खुलने का इशारा पाते ही, तिजोरी के दरवाज़े झट से खुल गये।

दरवाज़ा खुलते ही उसकी आंखें चुंधिया गईं। अंदर हीरों और गहनों का ढेर लगा था। उसने हाथ में ले–ले कर एक–एक हीरा देखा। तिजोरी के एक खाने में से एक बहुत ही अनमोल और खूबसूरत हार निकला। उसे देखते ही वह चौंका। तस्वीर में भी तो राजकुमारी ने गले में वैसा ही हार डाल रखा था। हार में हीरे, लाल, पन्ने और क्या–क्या जड़ा हुआ था।

"कितना ख़ूबसूरत लग रहा था राजकुमारी के लंबे–लंबे गले में वह हार", वह उसकी तस्वीर को अपने ज़हन में लाकर सोचने लगा–

"कहीं यह हार राजकुमारी का तो नहीं।" वह इन्हीं ख्यालों में गुम ही था कि हार उसके हाथ से फिसलकर फर्श पर जा गिरा। जोरदार आवाज़ हुई।

गौतम को लगा जैसे साथ वाले कमरे में कोई तेज़ी से हरकत कर रहा हो। वह लपक कर दरवाज़े के पास पहुंचा। अंदर पानी की आवाज़ बंद थी। उसने दरवाज़े पर हाथ रखा और वह झटके से खुल गया।

कमरा ख़ाली था। फ़र्श पर पानी के कतरे थे। एक तरफ़ ज़मीन पर तौलिया और लड़की के कपड़े गिरे पड़े थे। ऐसे मालूम पड़ता था जैसे किसी को जल्दी में कपड़े उठाने का वक्त ही न मिला हो।

कहीं भी दीवार में कोई रास्ता न था। टब में पानी भरा हुआ था।

“लड़की कहाँ गायब हो गई?” आखिर मायूस होकर वह वापस तिजोरी के पास आया। हार वहीं ज़मीन पर पड़ा हुआ था। फिर भी यकीन करने के लिए कि तस्वीर वाला हार और तिजोरी वाला हार, एक ही हैं, उसने ज़मीन से हार उठाया और सीढ़ियों के रास्ते अपने कमरे में लौट आया। उसके बाहर निकलते ही पलंग जो अब तक हवा में लटक रहा था, ज़मीन पर अपनी जगह आकर टिक गया।

वह सीधा तस्वीर के पास गया। राजकुमारी के गले में पड़ा हार और इस हार में कोई भी फर्क न था।

एक ही सवाल उसके ज़हन में घूम रहा था कि वह लड़की कौंन थी? आखिर इस सवाल का हल पाने के लिए उसने बूढ़े बाबा के पास जाने की सोची।

जल्दी से उसने कपड़े बदले और आहिस्ता से दरवाज़ा खोल बाहर निकला।

तूफ़ान अब भी ज़ोरों पर था।

वह हाथ में हार पकड़े बाबा की झोपड़ी तक पहुँचा। दरवाज़ा बंद था। उसने बाबा को बहुत आवाज़ें दीं लेकिन अंदर से कोई जवाब न आया। तंग आकर गौतम ने दरवाज़े को धक्का दिया। दरवाज़ा झटका लगते ही, एक तरफ़ जा गिरा। झोपड़ी खाली थी।

“कहाँ जा सकता है बाबा इस वक्त?” उसने दिल ही दिल में सोचा।

टूटी चारपाई पर बैठा–बैठा वह बहुत देर तक बूढ़े बाबा का इंतज़ार करता रहा।

चरवाहों ही आवाज़ सुनकर उसकी आँख खुल गई। झोपड़ी में बैठे–बैठे न जाने किस वक्त उसकी आँख लग गई थी। बाबा अभी तक न आया था।

वह झोपड़ी से बाहर निकला। तूफ़ान थम चुका था और आसमान साफ़ था। चरवाहों से उसने बाबा के बारे में पूछा तो एक बूढ़े चरवाहे

ने जवाब दिया–"बाबू! यहाँ तो बरसों से यह झोपड़ी ख़ाली पड़ी है और इसमें तो कोई भी नहीं रहता। तुम्हें शायद धोखा हुआ है।"

"क्या कहते हो कल रात मैंने खुद उससे बातें की हैं और उसने मुझे रहने को महल का एक कमरा भी, खोलकर दिया और.... और तुम यह कहते हो कि यह सब मेरा भ्रम है," उसकी ऊंची आवाज़ सुनकर नज़दीक काम रहे मज़दूर भी, खेतों में अपना–अपना काम छोड़कर, वहाँ इकट्ठे हो गये।

उसने सब लोगों को रात का पूरा किस्सा सुनाया। गाँव का सरपंच भी उन लोगों में मौजूद था। उसने भी बूढ़े चरवाहे की बात को सही बताया। यह सुनकर गौतम की मानसिक स्थिति अजीब–सी हो गई।

"आओ मेरे साथ! मैं तुम्हें चलकर वह कमरा दिखाता हूँ जिसमें मैं रातभर रहा और.... हाँ! इस वक्त मेरी पत्नी भी वहाँ सो रही है।" वह उन लोगों को साथ लिये महल के कमरे की तरफ चल दिया।

रास्ते में उसके पाँव से कोई चीज़ टकराई। उसने देखा कि वह उसका ब्रीफ़केस था।

"यह यहाँ कैसे आ गया? इसे तो.... मैं कमरे में छोड़ कर आया था," वह अपने ज़हन पर ज़ोर डालकर याद करते हुए बड़बड़ाया।

हार को उसने ब्रीफकेस की जेब में डाल दिया और ज्योंही उसने सामने नज़र डाली, तो वहाँ कोई भी महल न था। चारों ओर खण्डर ही खण्डर थे। कुछ देर तक वह हैरान और परेशान होकर उधर देखता रहा। जैसे उसे अपनी आँखो पर यकीन ही न हो।

"कहाँ गया वह कमरा... उसी कमरे में तो थी मेरी पत्नी... और मैं उसे बड़े पलंग पर छोड़कर आया था और ...!" उसकी आवाज़ में अजीब किस्म का दर्द था। लोग उसको शक की नज़र से देख रहे थे। जैसे...! वह उन लोगों की नज़रों की भाषा समझते हुए बोला "और ... तुम अब यह भी कहोगे कि कोई कार भी नहीं है मेरे पास और ... कोई पत्थर भी नहीं लुढ़का, कोई पहाड़ भी नहीं गिरा सड़क पर ... आओ मेरे साथ.... और अपनी आंखों से...।"

उसकी कार सड़क के किनारे पर वैसे ही खड़ी थी जैसे वह रात को छोड़ कर गया था।

“अब आया आप लोगों को मेरी बात का यकीन ... हा!हा! “ उसकी हँसी बड़ी अजीब थी।

लेकिन वह हँसते–हँसते एकदम रूक गया। उसकी नज़र अब कार के आगे और पीछे पड़ चुकी थी। कहीं भी तो कोई बड़ा पत्थर और पहाड़ न गिरा पड़ा था।

“बाबू! यहाँ तो कोई भी चीज़ सड़क पर नहीं गिरी। सुबह जब मैं सड़क के रास्ते इधर आया था तो सड़क बिल्कुल साफ थी। हाँ! तुम्हारी यह कार ज़रूर खड़ी थी’’

अब वह ठहाका मार कर हँस रहा था। उसकी हालत भी बिल्कुल पागलों जैसी थी।

“हाँ!हाँ! मेरा सिर फिर गया है।” और वह भाग कर उन पत्थरों में चला गया। अपनी पत्नी को ढूंढता रहा–पुकारता रहा। लेकिन सब बेकार। सारा दिन वह पत्थरों में पड़ा रहा। शाम भी होने को आई।

गौतम जब दोपहर तक वापस घर न लौटा तो घर वालों ने पहाड़ी डाक बंगले पर फोन किया तो उन्हें पता चला कि वह रात को वहाँ पहुंचा ही न था।

घर वाले उसकी तलाश को निकल पड़े। रास्ते में उन्होंने उसकी कार देखी। पास खड़े एक पहाड़ी आदमी ने बताया– “एक सरफिरा नौजवान उधर पत्थरों में अपनी पत्नी को ढूंढता फिर रहा है।’’ और उसने वही किस्सा दोहरा दिया जो गौतम ने सबको सुनाया था।

पत्थरों के दरमियान बैठे गौतम को घर वाले बहलाकर शहर वापस ले आये। उसकी मानसिक स्थिति ठीक नहीं थी।

पुलिस को दूसरे दिन उसकी पत्नी की लाश दूर जंगलों में मिली। जिस्म पर कोई भी ज़ख्म का निशान नहीं था।

वक्त के साथ–साथ गौतम का ग़म भी कुछ कम हुआ। उसकी हालत सुधर गई थी। वह अपने ग़म को भुलाये रखने के लिए हर वक्त अपने आपको काम में जुटाए रखता।

कुछ बरस गुज़र गये।

बहू, पोते–पोतियों की चाह किसे नहीं होती। उसके घरवालों ने उसे दूसरी शादी करने के लिए उस पर बहुत ज़ोर डाला लेकिन वह नहीं मान पाया।

लेकिन एक दिन उसे अपने मां–बाप के सामने हथियार डालने ही पड़े।

"जैसे आपकी मर्ज़ी... मुझे सब मंज़ूर है।"

"लेकिन... बेटे लड़की तो पसन्द कर लो।"

"नहीं!... जो भी लड़की आप मेरे लिए पसन्द करेंगे, वह ही मुझे स्वीकार होगी।"

लड़की पसन्द कर ली गई। शादी की सब तैयारियाँ होने लगीं। दूर और नज़दीक के रिश्तेदारों से घर में बहुत चहल–पहल थी।

लड़की के पिता राय बहुादर की बहुत बड़ी हवेली थी। शादी का सारा बंदोबस्त वहीं किया गया था और बारातियों को उसी बड़ी हवेली में ही ठहराया गया था।

राय बहुादर शादी से दो दिन पहले अपने बिज़नेस के सिलसिले में अपने दीवान को बाहर भेजना चाहते थे लेकिन दीवान ने राय बहादुर साहब को सलाह दी– "राय साहब काम बहुत महत्वपूर्ण है। इसलिए आपका जाना ही ठीक रहेगा।"

"अच्छा दीवान साहब! अगर आप समझते हैं कि मेरा जाना बहुत ज़रूरी है तो मैं ही चला जाता हूँ और कल की ही फ्लाइट से वापस आ जाऊँगा। अच्छा तो शादी की सारी तैयारियां आप देख लेना। कोई कमी न रह पाये।"

"राय सहाब! आप ब्रीफ़केस होकर जाइये। सब इंतिज़ाम ठीक ढंग से हो जायेगा।"

"हां! आपके होते हुए मुझे कोई चिंता नहीं," राय बहुादर कुर्सी पर सिर टिकाते हुए कहने लगे।

अगले दो दिनों में चारों तरफ इतना ज़ोर का तूफ़ान रहा कि सारी एयर फ्लाइट्स रद्द कर दी गईं। टेलीफ़ोन और टेलीग्रम के सब सिस्टम भी बिगड़ गये।

शादी का दिन सिर पर आ पहुँचा, मगर राय बहादुर वापस न आ सके। गौतम के घर वाले और रिश्तेदार सब परेशान थे कि शादी का मुहर्त नज़दीक पहुँच रहा था और...।

उनकी परेशानी को भाँपते हुए दीवान साहब उनको दिलासा देते हुए कहने लगे–''आप क्यों फ़िक्र करते हैं? पूनम जैसे राय साहब की लड़की है, वैसे ही वह मेरी भी तो बेटी के समान है। अगर राय बहुादर न आ पाये, तो उसका कन्यादान मैं करूँगा। आप सारी तैयारियाँ जारी रखें।''

शादी के वक्त दीवान साहब बहुत ख़ुश थे। ऐसे लगता था जैसे पूनम उनकी सगी बेटी हो।

अग्नि के मंडप का सातवां फेरा ख़त्म हुआ तो एक अजीब घटना घटी।

लड़की के गले का हार खुलकर ज़मीन पर आ गिरा। गौतम उस हार को उठाते–उठाते वहीं रूक गया।

"कहाँ से आया तुम्हारे पास यह हार?'', उसके ज़हन में वही राजकुमारी का हार लहरा गया और वह बिना किसी जवाब का इंतज़ार किए, झुका और झटके से हार को उठाता हुआ, वह उस कमरे की तरफ़ गया, जहाँ उसने अपना ब्रीफ़केस रख रखा था।

उसने ब्रीफ़केस का सारा सामान उल्टाकर बाहर फेंक दिया। बिखरे सामान में वही हार जगमगा रहा था।

सभी मेहमान गौतम के इस तरह मंडप से, उठ कर चले जाने पर हैरान थे। गौतम की माँ उसके पीछे–पीछे आ गई।

दीवान साहब ने हालात की गंभीरता को समझते हुए कहा–''आप सब मेहरबानी करके अपनी–अपनी जगह पर बैठे रहिए। मैं अभी गौतम को लेकर आता हूँ।''

और वह पूनम को अपने साथ लिये गौतम के पास जा पहुँचे। गौतम के हाथों में दोनों हार थे। कभी वह इस हार को देखता, जो उसे राजकुमारी के महल के कमरे में मिला था और जिसको वह अपनी पत्नी के गुम हो जाने के, हादसे में बिल्कुल भूल ही चुका था।

पूनम को देखते ही वह बोला– "तुम्हारे पास यह हार कहाँ से आया? यह हार तो उस राजकुमारी का है। ख़ैर तुम नहीं जानती उसके बारे में ...।''

पूनम चुप थी। उसके पास गौतम के इस सवाल का कोई जवाब भी तो न था!

"हाँ बोलो... तुम बोलती क्यों नहीं?''

"मैं बताता हूँ। इसके पास यह हार कहाँ से आया?, " दीवान साहब बोले।

गौतम ने नज़रें ऊपर उठा कर देखा और चौंक कर एक कदम पीछे हट गया। सामने वही महल का चौकीदार 'बूढ़ा बाबा', जिसने उसके लिए महल का वह कमरा खोला था, खड़ा था। वही चेहरा, बड़ी–बड़ी आंखें और बड़ी–बड़ी मूंछे.... लेकिन इस वक्त वह बहुत ही कीमती वेश–भूषा में था और उसके चेहरे से रौब टपक रहा था। मगर उस तूफ़ानी रात उसके फटे–फटे पुराने से कपड़े....!

"तुम यहाँ...?", गौतम ने हैरान भरे लहजे में उससे सवाल किया। गौतम की मां जो पास ही खड़ी थी बोली– "बेटा तमीज़ से बात करो। यही तो हैं दीवान साहब! और जब राय बहादुर नहीं आये तो इन्होंने ही तो पूनम का कन्यादान किया।

"मां! तुम नहीं जानती। यह कौन है?'', मैं बताता हूँ।

बात को बिगड़ते हुए देखकर दीवान साहब बोल उठे बहन जी! आप ज़रा बाहर जायें। मैं गौतम से अकेले में कुछ बात करना चाहता हूँ।'' इशारे से उन्होंने पूनम को वहीं अपने पास ही रोक लिया। जब उसकी मां बाहर चली गई तो दीवान साहब ने आगे बढ़कर दरवाज़ा अंदर से बंद कर दिया।

"हाँ पूछो.... मुझसे। क्या पूछना है तुम्हें?", फिर रूककर बोले "लेकिन इससे पहले तुम्हें मेरी एक दास्ताँ सुननी पड़ेगी।", यह कहकर दीवान साहब ने आगे बढ़कर पूनम का घूँघट एक झटके से ऊपर उठा दिया।

गौतम चौंक कर गिरते–गिरते बचा। वह पास ही खड़ी कुर्सी पर 'धम्म' से बैठ गया। बस उसके मुँह से सिर्फ इतना ही निकल पाया– ''राजकुमारी...?''।

"हाँ! राजकुमारी! वही राजकुमारी है। उस दिन जब तुम वहाँ झोपडी में आये तो मैंने तुम्हे देखते ही पहचान लिया था लेकिन.... तुम मुझे भूल चुके थे।''

"मैं कैसे भूल चुका था... भला मैं आपको कैसे जानता था?, " गौतम दीवान साहब की बात काटता हुआ कहने लगा।

"तुम ही वह नौजवान हो जिस से राजकुमारी को इश्क हो गया था। उस जन्म में तो तुम दोनों न मिल पाये। लेकिन पिछले कई जन्मों से मैं तुम्हारा मिलन कराता आ रहा हूँ। कुदरत का खेल भी खूब है कि राजा साहब ही हर जन्म में इसके पिता बनते हैं और मैं ही उनका दीवान। आज भी... अगर वह तुम्हें देख लेते तो अवश्य ही तुम्हें पहचान लेते। मंगनी के दिन भी खुशकिस्मती से तुम न आये और मैंने तुम्हारी जगह किसी और की ही तस्वीर दिखा दी। अब भी बिज़नेस के बहाने राय बहादुर को मैंने बाहर भेज दिया क्योंकि मैं जानता था कि इन आने वाले दिनों में ज़ोर का तूफ़ान रहेगा और वह न आ सकेंगे,'' वह खिड़की से बाहर दूर क्षतिज पर दृष्टि डालते हुए बोले।

गौतम अब पूनम की तरफ़ देख रहा था और ...अब उन दोनों की याद्दाशत आहिस्ता–आहिस्ता वापस आ रही थी और... वह दौड़कर उसकी बाहों में समा गई।

दीवान साहब बात जारी रखते हुए बोले–"मुझे मालूम नहीं था कि उस दिन राजकुमारी की तिजोरी से हार तुम ही ले आये थे। मैंने हार की बहुत खोज की मगर वह न मिल सका और... बड़ी मुश्किल से मैंने

राजकुमारी यानी पूनम के लिए वैसा ही हार तैयार करवाया ताकि नकल और असल में कोई भी अन्तर न रहे। मुझे डर था कि कहीं पद्मावती को यह सब पता चल गया कि असली हार खो गया है तो...। पद्मावती की बड़ी इच्छा थी कि वह अपने ही हाथों से अपनी बेटी की शादी करे। जब राजकुमारी लापता हो गई तो वह उसके ग़म में घुट–घुट कर मरने लगी। एक दिन जब उसकी हालत बहुत ख़राब हो गई, तो उसने अपने भाई को बुलाया और कहा– "भईयां! मेरी ज़िंदगी अब बहुत ही थोड़ी रह गई है। मेरी इच्छा थी कि मैं अपनी बेटी की शादी स्वयं अपने हाथों से कंरू। लेकिन शायद भगवान मेरी यह आरज़ू कभी भी पूरी नहीं होने देगा और.... अगर तुम्हें कहीं राजकुमारी मिल जाये तो उसकी शादी में मेरी तरफ़ से यह हार उसे पहना देना", यह कहकर रानी ने अपने गले से हार उतारकर अपने भाई के हाथ में थमा दिया।

"कौन था उसका भाई?," गौतम ने सवाल किया।

"कौन होगा भला...मैं ही उस बेचारी का अभागा भाई हूँ। जो अपनी बहन की आख़री इच्छा भी न पूरी कर सका। मैंने कहाँ–कहाँ नहीं, राजकुमारी की तलाश की। मगर राजकुमारी न मिल पाई, उसका ग़म सीने में लिए रानी पदमावती, इस दुनियाँ से हमेशा–हमेशा के लिए चली गईं।''

"मैं पिछले कई जन्मों से तुम दोनों को मिलवाता आ रहा हूँ। लेकिन इस अरसे में एक बार भी पद्मावती मुझे नहीं मिल पाई। काश! वह मिल जाती तो तुम दोनों को इकट्ठे देख कर, उसकी प्यासी रूह को शांति मिल जाती। मगर नहीं ...शायद उसकी किस्मत में....। उसकी रूह आज भी बेचैन भटक रही होगी।'' दीवान साहब दुःखी आवाज में, आँखें पोंछते हुए बोले–" जानते हो उस दिन, उस रात तुम्हारी पत्नी का क्या हुआ? उस रात...। लेकिन गौतम और पूनम... पूनम और गौतम एक–दूसरे में गुम–सुम खोये हुए थे। जैसे बीते दिनों की यादों को समेट कर अपने सीने में समा रहे हों।

उन्हें दीवान साहब की कोई भी बात अब सुनाई नहीं दे रही थी।

काफ़ी बरसों के बाद ....।

एक आलीशान बिस्तर पर लेटे–लेटे गौतम ने पास बैठी हुई औरत को यह कहानी सुनाई और बोला–''जानती हो... ज़रा याद करो पूनम। यह है मेरी और तुम्हारी जन्म–जन्म की कहानी। हम पिछले कई जन्मों से मिलते आ रहे है।

कुछ दिन पहले कार की दुर्घटना में तुम अपनी स्मरण शक्ति खो चुकी हो और मैं अपना जिस्म। मेरी अब कुछ ही सांसे बाकी हैं। जब तक तुम्हें हमारे जन्म–जन्म का रिश्ता याद नहीं आ जाता और तुम अपने मुँह से यह नहीं कहती कि तुम मुझे अगले जन्म में भी मिलोगी, तब तक मैं चैन से दम भी तो नहीं तोड़ सकता और.... अगर मेरे दम तोड़ने तक तुम्हें यह याद न आया, तो हम अगले जन्म में भला कैसे मिल पायेंगे? आह!... बहुत दर्द है...राजकुमारी...पूनम ज़रा याद करने की कोशिश करो"।

ऐसे लग रहा था जैसे गौतम कहीं बहुत दूर से बात कर रहा हो।

पास बैठी पूनम बिलख–बिलख कर रोने लगी। उसकी सिसकियाँ थी कि रूक ही न रहीं थीं।

"बस करो गौतम...बस करो। मुझे सब कुछ याद है लेकिन तुम्हारी नाज़ुक हालत देखकर मुझे शक होने लगा था कि अगर मैंने यह ढोंग न किया तो कहीं तुम मुझे छोड़कर न चले जाओ... मुझे छोड़कर मत जाना,'' वह फूट–फूट कर रोने लगी।

"पगली ! हमें अगले जन्म में जब मिलना ही है तो फिर यह रोना कैसा?।''

"नहीं! गौतम मैं इस लम्बे फ़ासले को सहन नहीं कर पाऊंगी...। तुम्हारे जाने के बाद की जिंदगी से मरने तक, मरने से पैदा होने तक, पैदा होने से जवानी तक और जवानी से तुम्हें मिलने तक का इतना लंबा समय मैं नहीं सहन कर सकती...बताओ वक्त का इतना फ़ासला आख़िर कैसे तय होगा?''

गौतम को अपनी बांहों में लिए वह रोती गई। उसके आंसू गौतम के गालों पर पड़े थे।

वह जरा संभली तो उसने अपने दुपट्टे से गौतम के गालों पर टपके हुए आँसू पोंछे। गौतम के चेहरे पर हल्की–हल्की मुस्कराहट थी और आँखों के किनारों पर दो आँसू लटक रहे थे, जैसे अगले जन्म में दोबारा मिलने की खुशी के आँसू हों।

पूनम ने गौतम को आवाज़ दी लेकिन मौत के मज़बूत हाथों ने उसके होठ हमेशा के लिए बंद कर दिये थे।

बूढ़ा दीवान दरवाज़े पर खड़ा था। उसकी आँखों से आँसुओं की झड़ी बह रही थी। क्योंकि वह जानता था कि.... वो.... दोनों इस हक़ीक़त से अंजान थे कि यह उनका आख़री मिलन था।

22

आख़री फ़ैसला

''फ़ैसला! फ़ैसला! फ़ैसला! मैं तुम्हें कितनी बार बता चुका हूँ कि यह मेरा आख़री फ़ैसला है। तुम मुझे और परेशान न करो, रंजना, मैं पहले ही बहुत...'', वह अपनी बात अधूरी ही छोड़ते हुए बोला।

''यह परेशानी भी तो तुम्हारी खुद की पैदा की हुई है। इतनी–सी बात के लिए तुम अपनी बीवी को छोड़ देना चाहते हो,'' वह बोली

''तुम औरतों में यही तो बात है कि फ़ौरन एक दूसरे को सपोर्ट करने लग जाती हो। तुम इसे ज़रा–सी बात कहती हो'', वह झुंझला कर बोला।

रंजना जानती थी कि इस वक्त राजन से बहस करना फिज़ूल था।

कुछ बरस पहले की ही तो बात थी, जब वह राजन के साथ कालेज में पढ़ती थी। वह दिल ही दिल में उसे चाहती थी। लेकिन उससे अपनी इस महब्बत का राज़ होंठों पर न लाया गया। उसकी सहेली, शोभा भी राजन के लिए दीवानी थी और उसने अपने दिल की बात, किसी तरह राजन तक पहुँचा दी और दोनों की महब्बत परवान चढ़ने लगी।

रंजना ने अपनी सहेली की ख़ातिर, अपने दिल पर पत्थर रख लिया। दिल ही दिल में यह घुटन उसको खाये जा रही थी, लेकिन उसने अपने ऊपर काबू पा लिया।

वह सोचती कि वह महब्बत ही क्या, जो बेलौस न हो और प्यार, मिलन का नाम ही तो न था। दूर रहकर भी तो इंसान, चाहने वाले से मुहब्बत कर सकता है। वह राजन की खुशी की ख़ातिर हर ग़म सह सकती थी।

फिर राजन और शोभा की शादी हो गई। शादी के दूसरे ही दिन राजन बाज़ार से कुछ सामान लेने जा रहा था, पास ही रंजना का घर पड़ता था। उसने सोचा क्यों न उसे भी मिलता जाए।

रंजना वहाँ अकेली रहती थी और ट्यूशन पढ़ा कर, अपना गुज़ारा करती थी। उससे पहले भी वह उसके घर, अक्सर आया–जाया करता था। इसलिए उसे सरप्राइज़ देने के लिए, वह चुपचाप उसके कमरे में चला आया।

कमरे के अन्दर दाखिल होते ही उसने देखा कि रंजना दरवाज़े की तरफ पीठ करके कुछ कागज़ देख रही थी। वह आहिस्ता–आहिस्ता उसके करीब पहुँचा और उस कागज़ को देखकर चौंक उठा। रंजना के हाथ में उसकी तस्वीर थी। रंजना ने भी, उसी वक्त पीछे मुड़कर देखा और तस्वीर को छुपाते हुए बोली– ''ओह! राजन तुम यानी आप..।''

और वह अपनी नज़रें राजन से न मिला सकी। वह समझ गई कि बात अब खुल चुकी है।

''रंजना! तुम मुझसे ...! काश! तुमने मुझे कभी इशारा भी किया होता। मैं तो हमेशा तुम्हें दिल ही दिल में चाहता रहा, लेकिन तुम्हारे आदर्श देखकर, तुम्हारी बातों से, हमेशा यह ही समझा, कि तुम किसी और को अपना आदर्श माने हुए हो। एक बार भी तो तुमने, अपनी इस चाहत का इज़हार नहीं किया'', राजन दुःखी मन से बोला।

''मैं तुम्हें क्या इशारा देती? और फिर मैं तुम दोनों की मुहब्बत में काँटा बनना नहीं चाहती थी। अब तुम्हारी शादी हो चुकी है, और तुम्हें अपनी बीवी के सिवाय किसी और को, अपने तसव्वुर में नहीं लाना चाहिए। मुझे अब यह तुम्हारी तस्वीर भी, अपने पास रखने का कोई हक नहीं। लो! मैं यह तस्वीर तुम्हें वापस लौटाती हूँ'', यह कहकर रंजना ने अपना तस्वीर वाला हाथ राजन की तरफ़ बढ़ा दिया।

राजन ने देखा रंजना का हाथ काँप रहा था। रंजना की आँखें आँसुओं से भरी पड़ी थीं।

राजन कुछ देर चुपचाप, वहीं खड़े–खड़े उसको देखता रहा, और फिर बोला– ''नहीं! मेरी इस तस्वीर को तुम अपने ही पास रखो। मुझे कोई हक नहीं है इस तस्वीर को लेने का।''

यह सुनकर, रंजना के नैन कटोरों से, सावन की झड़ी बरसने लगी और वह सिसक–सिसक कर रोने लगी। राजन ने उसे हौसला दिया।

''अब हम एक दूसरे से इतनी दूर निकल आये हैं कि पलट कर जाना भी आसान नहीं,'' वह बोला।

''बहुत मुद्दत से मैंने अपने ऊपर काबू पाया हुआ था, लेकिन आज....! मैं खुदगर्ज़ महब्बत में विश्वास नहीं करती। महब्बत सिर्फ़, आपस में मिलने तक ही तो महदूद नहीं रहनी चाहिए। वह उससे आगे भी बहुत कुछ है। अगर महब्बत का जज़्बा सच्चा है तो दूर रहकर भी महब्बत की जा सकती है। राजन! मैं कभी–भी, अगर तुम्हारे किसी काम, आ सकूँ तो मैं अपने आपको बहुत ही खुशनसीब समझूँगी'', रंजना कहने लगी।

चार बरस बाद राजन की पोस्टिंग एक दूसरे शहर में हो गई। शोभा कॉलेज में एक अच्छी नौकरी पर थी और इसलिए, उसने राजन से इसरार किया कि वह वहीं उसी शहर में नौकरी करती रहेगी। हाँ! छुट्टियों में वे एक दूसरे के पास, आया–जाया करेंगे।

आखिर राजन मान गया। शोभा वहीं अपने इकलौते लड़के के साथ रहने लगी।

इस अरसे में राजन रंजना को भी बराबर ख़त लिखता रहा। राजन के खतों में, उसे, मियाँ बीवी के, आपसी तकरार की झलक दिखाई देती रही लेकिन वह सोचती कि यह समस्या खुद ही समय के साथ सुलझ जायेगी।

शोभा और राजन की आपसी कशमकश की वजह थी, दूसरी औलाद। राजन को बहुत सारे बच्चे पसंद थे और शोभा उसकी इस बात के ख़िलाफ़ थी। यह बात ही सारे झगड़े की जड़ बन गई और दोनों के लिए यह प्रेस्टीज इश्यू बनकर रह गया था।

एक दिन रंजना को राजन का ख़त मिला। उसमें सिर्फ़ चंद अलफ़ाज लिखे हुए थे– ''तुम्हारे इम्तिहान की घड़ी है और हो सके तो ख़त मिलते ही यहाँ चली आओ।''

इस ख़त ने उसे बड़ी उलझन में डाल दिया था। उसने सोचा कि क्या राजन के घर में उसका जाना ठीक होगा? आख़िर वह कुछ फ़ैसला करती हुई, उसके पास पहुँच गई।

''मैं जानती हूँ कि तुम्हारा प्रॉबलम क्या है? कोई भी प्रॉबलम, ऐसी भी तो नहीं होती कि जिसका समाधान न किया जा सके। लेकिन उसे सुलझाने के लिए इंसान कोशिश भी तो करे ? राजन! ज़िंदगी में इंसान को कभी–कभी कई बातों से समझौता भी करना पड़ता है।''

''रंजना! मैं तुमसे कितनी बार पहले भी कह चुका हूँ और आज आख़री बार पूछता हूँ कि क्या तुम मेरा साथ दोगी या नहीं,? "वह परेशान होकर बोला।''

''राजन! तुमने मुझे आज बहुत बड़े धर्मसंकट में डाल दिया है।''

''रंजना! मैंने तुम्हारे कहने पर ही, तो शोभा को हर तरह से समझाने की कोशिश की। परन्तु उसने मेरी ज़रा भी नहीं सुनी।'' और अपनी बात जारी रखते हुए कहने लगा–''रंजना! तुमने मुझसे, इस बात पर फ़ैसला लेने के लिए, एक बरस का समय मांगा था और वह भी अब समाप्त होने को कुछ ही दिन बाकी रह गये हैं।''

रंजना के पास अब इस बात का कोई जवाब न था और उसने आख़िर राजन को 'हाँ' कर ही दी। मगर उसने, राजन से, इल्तिजा की कि वह एक बार फिर शोभा से, इस मसले पर बात कर ले।

राजन ने उसकी यह पेशकश मान ली।

रात की गाड़ी पकड़कर, राजन और रंजना सुबह चंडीगढ़ पहुँच गये। रंजना ने राजन को काफी समझा बुझाकर उसे शोभा के घर भेजा। रंजना के दिल में अब भी उम्मीद की हल्की–सी किरण बाकी थी कि शायद दोनों में सुलह हो जाये।

''मुझे आज रात की ही ट्रेन से वापस जाना है। तुम तैयार रहना,'' वह जाने से पहले बोला।

''अच्छा! अच्छा! पहले तुम घर तो जाओ," रंजना उसे, आहिस्ता से धक्का देते हुए बोली।

इतवार का दिन था और शोभा घर पर ही थी। मुन्ना बाहर खेलने गया हुआ था। यह किस्सा राजन शोभा से कई बार दोहरा चुका था। आज भी वह समझौता करने के लिए तैयार था, अगर शोभा मान जाती तो....। बात को शुरू करते हुए वह बोला– ''शोभा! इस फ़ोटो के डबल फ़्रेम में, कई सालों से, फ़्रेम की एक तरफ हम दोनों की मुन्ने के साथ एक तस्वीर लगी हुई है और दूसरी साईड ख़ाली है। क्या यह मुमकिन नहीं...?,'' उसने बात बीच में ही अधूरी छोड़ दी।

इस तरह बातों का सिलसिला शुरू हो गया।

वह मायूस होकर कहने लगी –''राजन! मैं इसमें तुम्हारा साथ नहीं दे सकती। मैं तुम्हें आख़िर कैसे समझाऊँ। मुझे इससे डर लगता है और....''

बात को बीच में ही काटते हुए राजन ज़ोर–ज़ोर से बोल उठा– ''यह तुम्हारा बहुत ही, ख़ूबसूरत बहाना है, जो तुम हर बार दोहराती हो। क्या मैं इसको तुम्हारा आख़री फ़ैसला समझूँ?''

''हाँ! हाँ! यह मेरा आख़री फ़ैसला है, "शोभा ने परेशान होकर जवाब दिया।''

इसी समस्या पर शाम तक बहस होती रही लेकिन कोई हल न निकल पाया। आख़िर राजन ने उसे बता दिया कि आज के बाद उसका, शोभा के साथ कोई भी संबंध नहीं रहेगा और यह भी कि वह रंजना को भी अपने साथ ले जा रहा था।

''बाकी रहा मुन्ने का सवाल। उसे न तुम रखोगी और न मैं ! उसे मैं अपने साथ ही ले जा रहा हूँ। वहाँ जाकर मैं उसे किसी अच्छे से हॉस्टल में डाल दूँगा।''

गाड़ी जाने में कुछ ही वक्त बाकी रह गया। उसने जल्दी से अपने और मुन्ने के कपड़े पैक किये और अटैची में डाल लिये।

शोभा यह सब कुछ खामोशी से देखती रही।

सामान पैक करने के बाद, राजन तैयार होने के लिए बाथरूम में चला गया। इसी दौरान शोभा अपनी जगह से उठी और दूसरे कमरे

से, कोई चीज़ छुपाकर अपनी साड़ी के पल्लू में ले आई। उसने जल्दी से राजन की अटैची खोली और वह चीज़ उसके कपड़ों में लपेटकर उसमें डाल दी।

राजन बाथरूम से निकलते हुए बोला–''तुम हमारे साथ स्टेशन पर न ही चलो तो बेहतर होगा।''

शोभा ने 'हाँ' में सिर हिला दिया लेकिन मुँह से कुछ न कह पाई।

शोभा रसोई में गई। उसने जल्दी से खाना तैयार किया और नौकर से बोली–''तुम साहब और मुन्ने को खाना खिला देना। मैं बाहर जा रही हूँ और देर से लौटूँगी''

राजन मुन्ने को लेकर जब घर से निकला तो शोभा अभी तक वापस नहीं लौटी थी। वह सीधा रंजना के घर पहुंचा। वहाँ रंजना, बेचैनी से अपने कमरे में टहल रही थी। उसके मन में आशा की एक हल्की–सी किरण अब भी बाकी थी कि.....!

मुन्ने को राजन के कंधे पर देखकर, उसका हौसला टूट गया और वह मायूस होकर कुर्सी पर बैठ गई।

''शोभा! इतनी नासमझी की बात करेगी....'' उसने सोचा।

''रंजना! जल्दी से सामान पैक करो। गाड़ी जाने में, बहुत ही कम समय रह गया है'', वह कमरे में दाख़िल होते हुए बोला।

रंजना ने दुःखी मन से अपना सामान बाँधा। उसका इस संसार में, न कोई आगे था और न कोई पीछे। सो उसने अपने घर को ताला लगाया और उसके साथ चल दी।

गाड़ी जाने वाली थी। वे जल्दी से फ़र्स्ट क्लास के डिब्बे में घुस गये। गाड़ी चल दी। वे इस केबिन में अकेले ही थे और मुन्ने को राजन ने सामने वाली सीट पर सुला दिया था।

अपनी–अपनी जगह दोनों चुप–चुप थे। दोनों उदास–उदास थे। हालात ने क्या से क्या कर दिया था?

"कितना प्यारा बच्चा है," रंजना का ध्यान, अचानक सोते हुए बच्चे की तरफ़ चला गया और उसने सोचा– "क्या ख़ता है इसकी, जो किस्मत इसको इसके मां–बाप से अलग कर रही है।"

इतने में टिकट चैकर आ गया। उसने उनकी टिकट चैक की ओर बोला– "साथ वाले डिब्बे में से, एक लेडी सवारी अगले स्टेशन पर आपके केबिन में आयेगी। उसके बाद आप अपना दरवाज़ा बंद कर लीजिएगा।" यह कह कर वह अगले केबिन में चला गया।

गर्मी काफ़ी थी। रंजना बाथरूम में नहाने और कपड़े बदलने चली गई।

राजन ने अटैची खोली और जैसे ही मुन्ने का नाईट सूट निकाला तो उसमें से, कोई चीज़ 'ठक' की आवाज़ के साथ फ़र्श पर गिर गई। उसने झुककर उसे उठाया, तो क्या देखता है कि यह वही डबल फ्रैम था। जिसके एक तरफ उसकी, शोभा की, और मुन्ने की तस्वीर थी और दूसरी तरफ़ अब..... कैलेन्डर से काटकर, एक मुस्कराते हुए बच्चे की, ख़ूबसूरत तस्वीर लगी हुई थी।

उस तस्वीर को देखकर राजन खुशी से चिल्ला उठा– "तो शोभा, तुमने आख़िर मेरी बात मान ही ली।" उसने जल्दी से अटैची को बन्द किया, मुन्ने को कंधे पर उठाया ओर गाड़ी रोकने के लिए, ज़ंजीर खींचने ही वाला था कि पीछे से किसी की आवाज़ ने उसे चौंका दिया।

"मिस्टर राजन... आप," एक औरत की आवाज़ थी।

उसने मुड़कर देखा कि सामने लेडी डाक्टर मधु खड़ी थी। उसको देख कर राजन का हाथ वहीं रूक गया।

"आप को मिले हुए तकरीबन छः महीने हो गये हैं। मैंने शोभा से कहा था कि आप जब आयें तो मुझे ज़रूर सूचित करे, क्योंकि मुझे आपसे कुछ बहुत ही ज़रूरी बात करनी थी लेकिन..."

"दफ़्तर में कुछ काम ही ऐसे आन पड़े थे कि मैं पिछले छः महीनों से, चाहते हुए भी आने में असमर्थ था। इस बार भी मैं सिर्फ़ एक दिन

के लिए आया था। सुबह आया था और अभी इसी रात की गाड़ी से वापस जा रहा हूँ।'' और फिर बोला–

''मैं ज़रा जल्दी मैं हूँ। इसलिए आप ज़रा ...!''

डॉक्टर बात काटते हुए बोली – ''लेकिन मेरी बात को सुन लेना भी आपके लिए बहुत ज़रूरी है। आप तो जानते हैं कि कुछ महीने पहले शोभा सीढ़ियों से गिर गई थी। किस्मत अच्छी थी जो वह बच गई लेकिन...'' डॉक्टर मधु इस वक्त खिड़की से बाहर, दूर शहर की टिमटिमाती रोशनियों को देख रही थी। राजन कंधे पर मुन्ने को उठाये, डॉक्टर मधु के 'लेकिन' के बाद वाले शब्द का बेताबी से इंतिज़ार कर रहा था कि कब डॉक्टर अपनी बात ख़त्म करे और वह गाड़ी की चेन खींचकर, जल्दी से गाड़ी में से बाहर उतर जाए।

डॉक्टर मधु बड़ी मुश्किल में थी कि अपनी बात को किस तरह खत्म करे। आख़िर बोली– ''शोभा नहीं जानती कि वह अब दुबारा कभी मां नहीं बन सकेगी और आप कभी ... और आप कभी दुबारा बाप नहीं बन सकेंगे–आप कभी दुबारा बाप नहीं बन सकेंगे..''।

यह अल्फ़ाज बार–बार उसके कानों पर हथौड़ों की तरह पड़ने लगे। वह ज़ोर से चिल्ला उठा– ''नहीं नहीं! ऐसा नहीं हो सकता। डॉक्टर ऐसा मत कहो–प्लीज़ ऐसा मत कहो''।

उसकी हिम्मत जैसे जवाब दे गई हो। उसका ज़ंजीर की तरफ़ बढ़ा हुआ हाथ एक कटे हुए तने की तरह नीचे गिर गया और वह वहीं सीट पर धड़ाम से बैठ गया। अब वह बड़ी कशमकश में था।

रंजना का दिल धक से रह गया। उसने बाथरूम के दरवाज़े के पास, खड़े–खड़े, डॉक्टर की सारी बातें सुन ली थीं। उसने सोचा था कि वह राजन के घर जाकर उसे फिर से समझायेगी लेकिन डॉक्टर मधु ने तो सारा खेल ही चौपट कर दिया था। उसे अब शक होने लगा था कि मौजूदा हालात में राजन शोभा से ....!

थोड़ी देर बाद ट्रेन अगले स्टेशन पर रूकी। प्लेटफ़ार्म बिल्कुल सुनसान और वीरान था। फ़र्स्ट क्लास का दरवाज़ा खुला और उसने

कुछ फ़ैसला करते हुए, एक हाथ से मुन्ने को कंधे पर उठाया और दूसरे हाथ में अटैची लिए, थके हारे कदमों से डिब्बे में से उतरा।

उसने नज़र उठाई तो सामने प्लेटफ़ार्म पर शोभा को खड़ा पाया। पीछे खड़ी रंजना की आँखों में ख़ुशी के आँसू छलक रहे थे।

23

ख़ून के धब्बे

गुल की तरह नरमो–नाज़ुक और शेर की तरह बेखौफ़ और दिलेर। यह है गुलशेरखां की ज़िंदगी का एक हल्का–सा अक्स। सिक्योरिटी फ़ोर्स में एस.पी. का पद संभालते ही उसने बार्डर के टूर का प्रोग्राम बनाया।

पंजाब के सरहदी इलाके में जंगली जानवरों की कमी नहीं है और गुलशेरखां बचपन से ही शिकार का शौकीन था । इसलिए घर से चलते वक्त वह अपनी दोनाली बंदूक अपने साथ लाना न भूला। इस इलाके से वह भलीभांति परिचित था। क्योंकि आज से ठीक बीस साल पहले वह इसी इलाके में इंस्पेक्टर रह चुका था।

रात बहुत गुज़र चुकी थी। वह दुनिया से बेख़बर, जीप दौड़ाता हुआ अपनी मंज़िल की तरफ़ बढ़ रहा था। सड़क के दोनों तरफ़ घनी झाड़ियाँ थीं। कहीं दरख्तों के झुंड थे तो कहीं पानी की झील। अचानक एक हिरणी चौंकड़ियां भरती हुई न जाने कहाँ से आ गई और सड़क पार करके झाड़ियों में ग़ायब हो गई। गुलशेरखां ने तेज़ी से बन्दूक उठाई और गोली दाग दी।

झाड़ियों में सरसराहट हुई और किसी के कराहने की आवाज़ आने लगी।

गुलशेरखां एक हाथ में बन्दूक और दूसरे हाथ में टॉर्च थामे हुए झाड़ियों की तरफ़ लपका। उसके सामने एक लड़की जो सुर्ख़ लिबास पहने हुई थी, ज़ख्मी हालत में बुरी तरह तड़प रही थी। लड़की का चेहरा दुपट्टे में लिपटा हुआ था।

"त–तुम–तुम–औरत–ज़ात इस जंगली इलाके में... यहाँ क्या कर रही हो"?, गुलशेरखां ने हैरत से कहा।

"जी! मैं–मैं– मगर साहब आप फ़िक्र न करें–मेरा अब आख़री वक्त आ गया है," लड़की कराहते हुए कहने लगी।

"फ़िक्र की कोई बात नहीं। भरोसा रखो मैं तुम्हें बचा लूँगा–मैं अभी.....," और अलफ़ाज गुलशेरखां के गले में अटक कर रह गए।

अब तक लड़की का चेहरा दुपट्टे से बेनकाब हो चुका था। ख़ूबसूरत चेहरा–शर्बती आंखें, उफ़ ये आंखे और यह चेहरा.... और बीता हुआ कल गुलशेरखां की आंखों के सामने घूमने लगा। उसे याद आने लगा कि आज से कई साल पहले उसने इस लड़की को देखा था। काफ़ी समय गुज़र जाने के बावजूद उसके रंग–रूप और सौंदर्य में कोई ख़ास अन्तर नहीं आया था। वही घनी पलकें, वही स्याह लंबे बाल, वही दिलकश चेहरा और.....।

"हाँ। मैंने तुम्हें पहचान लिया है," यह गुलशेरखाँ की आवाज़ थी। साहब शुक्र है आप मुझे भूले नहीं। मैं कितने बरसों से आप को ही तलाश कर रही थी। आपको याद है...आपने वायदा किया था.... लेकिन मेरा दर्शनसिंह शादी के दिन नहीं आया...काश! आपने मुझसे वायदा ...वायदा न किया होता तो.....," वह सिसकने लगी।

गुलशेरखां की आँखों के सामने सारे लम्हें एक–एक करके गुज़रने लगे।

उन दिनों शाहपुर चौकी पर उसकी ड्यूटी थी। चौकी के सिपाही दर्शनसिंह को पास ही के गाँव की एक लड़की दिलजीत कौर से बेपनाह मुहब्बत हो गई थी। दर्शनसिंह पंजाब का गबरू जवान और दिलजीत कौर एक खिलती कली के समान थी। दोनों के माता–पिता शादी के लिए रज़ामंद हो चुके थे। शादी के कुछ दिन पहले ही जंग के आसार नज़र आने लगे थे और इसी वजह से यूनिट के सभी जवानों की छुट्टियाँ रद्द कर दी गईं थीं।

इसी दौरान वह एक रात दफ़्तर में बैठा हुआ था। उसने जैसे ही सिर ऊपर उठाया तो अपनी नज़रों के सामने एक ख़ूबसूरत और

नौजवान लड़की को खड़ा पाया। उसके बदन में झुरझुरी–सी आ गई और वह झटके से अपनी कुर्सी से उठ खड़ा हुआ।

"....कौन हो तुम?" उसने रोबदार आवाज़ में पूछा। "जी... मैं....मैं दिलजीत कौर हूँ...."

वह उसके आगे कुछ भी न सुन सका।

गुलशेरखां के ज़हन में दिलजीत शब्द के अक्षर खुद से गए।

वह अपने माहौल से बेखबर होकर कहने लगा– ''दिलजीत। तुम सचमुच ही 'दिल–जीत' हो। दिल को जीतने वाली...किस कदर सही है तुम्हारा नाम..... लंबे घने बाल, कशमीरी सेब जैसा सुर्ख़ चेहरा, और उससे फूटती हुई रोशनी की किरणें–दिल को राहत देने के लिए ...।''

"साहब!.... आप क्या–क्या कहे जा रहे हो?। मैं तो आपके पास एक ज़रूरी काम से आई थी लेकिन आप न जाने क्या उट–पटांग बोले जा रहे हैं?"

गुलशेरखां जैसे ख़्वाब से चौंका हो। वह उसे लगातार फटी–फटी नज़रों से देखे जा रहा था।

"साहब..... परसों मेरी शादी दर्शनसिंह के साथ होने वाली है। अगर आप उसे कल ही छुट्टी दे दें तो आपकी बड़ी मेहरबानी होगी।"

वह दिल ही दिल में दर्शनसिंह के भाग्य से ईश करने लगा। "साहब! ...भेज दीजिएगा न, मेरे दर्शन को कल" और वह...

"ज़रूर–ज़रूर...मैं तुमसे पक्का वायदा करता हूँ। चाहे कुछ भी हो ...मैं दर्शनसिंह को छुट्टी पर ज़रूर भेज दूँगा। मगर कल नहीं...। तुम्हारा दर्शनसिंह तुम्हारे पास परसों सुबह ही पहुँच जाएगा। सिर्फ़ एक दिन...एक दिन की ही तो बात है।''

यह अलफ़ाज सुनकर दिलजीत कौर ने अपनी मुस्कराती हुई नज़रें गुलशेरखां के चेहरे पर गाड़ दीं और आहिस्ता–आहिस्ता अपनी पलकों को झुकाकर उसका शुक्रिया अदा करती–करती चली गई।

फिर अचानक उसी रात गुलशेरखां को दिल्ली जाने का ऑर्डर आ गया। दूसरे दिन चॉर्ज देते वक्त वह नये इंस्पेक्टर से दर्शनसिंह की छुट्टी के लिए सिफ़ारिश करते हुए कहने लगा– "दर्शनसिंह को

ज़रूर भेज देना क्योंकि मैंने उसकी मंगेतर दिलजीत कौर से वायदा कर रखा है।"

इस बात को गुज़रे बीस साल हो गये थे और गुलशेरखां यह सब कुछ भूल चुका था। मगर आज के इस हादसे...उसके हाथों दिलजीत कौर घायल हो चुकी थी...। उसने देखा उसका काफी खून बह चुका था और वह लगातार रोये जा रही थी और कहे जा रही थी ''साहब जी! आप ने मेरे दर्शन को छुट्टी पर नहीं भेजा।"

"क्या कह रही हो दिलजीत...? मैंने तो नये अफ़सर को ख़ास हिदायत दी थी कि वह दर्शनसिंह को..." गुलशेरखां ने महसूस किया कि दिलजीत को सांस लेने में मुश्किल पेश आ रही थी। उसने अपने साथ आए हुए सिपाही की मदद से दिलजीत को गाड़ी की अगली सीट पर लिटाने की कोशिश की।

"साहब! मुझे पिछली सीट पर ही अपने सिपाही के पास लिटा दो," दिलजीत ने कराहते हुए कहा।

उसने उसकी बात मान ली। सिपाही की मदद से उसने दिलजीत कौर को पिछली सीट पर लिटा दिया। ऐसा करते-करते उसके हाथ ख़ून से तर हो चुके थे। उसने अपने हाथों को सफेद रूमाल से साफ़ किया और जीप स्टार्ट करके अगली चौकी शाहपुर की ओर चल पड़ा। शाहपुर चौकी में उसका पुराना साथी हवलदार मेलाराम अब इंस्पेक्टर के ओहदे पर तैनात था।

वह जल्दी से जल्दी उस चौकी पर पहुंचना चाहता था और जानना चाहता था कि किन कारणों से दर्शनसिंह को उस दिन छुट्टी पर नहीं भेजा गया था।

चौकी पर सन्नाटा छाया हुआ था। जीप रोककर गुलशेरखां ने सन्तरी को आदेश दिया कि वह जल्दी से इंस्पेक्टर मेलाराम को बुला कर लाए।

"जनाब! आप इस वक्त... और यहाँ?", यह मेलाराम की आवाज़ थी।

"हाँ मैं...," गुलशेरखां सिर्फ़ इतना ही कह पाया।

"जनाब! मैं आज शाम ही छुट्टी से लौटा हूँ और आते ही पता चला कि आप हमारे बॉस बन कर आ गए हैं।"

"ठीक है मेलाराम–मगर मैं इस वक्त बहुत बड़ी उलझन में फंसा हुआ हूँ – तुम्हें याद होगा कि आज से कोई बीस बरस पहले–दर्शनसिंह नाम का एक सिपाही इसी चौकी पर तैनात था।''

"जी! हाँ....था।"

"मैंने जाते वक्त इंस्पेक्टर शर्मा को हिदायत दी थी कि वह दर्शनसिंह को अगले दिन छुट्टी पर जरूर भेज दे। मगर उसे छुट्टी पर न भेजा गया। दरअसल मैंने दिलजीत कौर से वायदा किया था कि कुछ भी हो जाये दर्शनसिंह को छुट्टी पर अवश्य भेज दिया जायेगा। मगर मेरा वायदा पूरा न होने की वजह से मुझे आज बहुत ही शर्मिंदा होना पड़ा।"

"क्या अर्ज़ करुं जनाब...जिस दिन आप गए थे, उसी रात कुछ जवानों को पैट्रोलिंग पर भेजा गया था और दर्शनसिंह भी उन जवानों में शामिल था। पैट्रोलिंग पार्टी को दुश्मनों ने घेर लिया। फिर दोनों तरफ़ से गोलियां चलीं और दर्शनसिंह बेचारा इसमें..." और यह जुमला मेलाराम के हलक में अटक कर रह गया।

"यानी! दर्शनसिंह मारा गया...यह तुम क्या कह रहे हो? यह मैं क्या सुन रहा हूँ? उफ़ मेरे परवरदिगार", गुलशेरखां ने रुंधी हुई आवाज़ में कहा। गुलशेरखां को यूँ महसूस हुआ कि जैसे गोली दर्शनसिंह को नहीं बल्कि उसे लगी हो।

"मैं अब उस बदनसीब लड़की को कैसे मुँह दिखऊँगा? "वह बड़बड़ाया।

"जनाब! किसकी बात कर रहे हैं?" मेलाराम ने पूछा।

"दिलजीत कौर की...और किसकी, जो इस वक्त ज़ख्मी हालत में मेरी जीप में पड़ी है," और उसने मेलाराम को पूरा किस्सा सुना डाला।

"जनाब आपको धोखा हुआ है। इस वक्त आपकी जीप में कोई भी नहीं है– शायद दिलजीत कौर ने आपके साथ भी मज़ाक किया है। वह अक्सर ... ।"

"क्या बकते हो? " इतना कह कर गुलशेरखां ने जीप के अन्दर झाँका लेकिन वहाँ दिलजीत कौर का नामोनिशान तक न था ।

"कहाँ जा सकती है वह?–मैंने खुद अपने हाथों से उसे ज़ख्मी हालत में जीप में लिटाया था और फिर उसके साथ वह सिपाही भी तो पीछे बैठा था। मुमकिन है..." और वह ख़ामोश हो गया ।

"जनाब! दिलजीत कौर की आदत ही है...कभी मेरे कमरे में आ जाती है।, कभी बैरकों में जवानों के पास जाकर पूछती है कि कब आयेगा छुट्टी पर मेरा दर्शन?"

"मेलाराम तुम तो जानते हो कि मैं डिसिप्लिन का कितना पाबंद हूं। किसी औरत का यूं ऑफ़िस या बैरकों में आना–जाना कानून के खिलाफ़ ही नहीं बल्कि गैर इंसानी हरकत भी है।"

मेलाराम ने कुछ कहने के लिए लब हिलाये ही थे कि गुलशेरखां ने उसे झाड़ दिया।

"चलो जल्दी से जीप में बैठ जाओ और अभी तो उसका इलाज़ भी करवाना है।" सफ़र के दौरान भी गुलशेरखां ने मेलाराम को कुछ भी न बोलने दिया और फिर कहने लगा–

"मेलाराम, जिस यूनिट में औरत सिपाहियों की बैरकों में आने–जाने लगे... वह यूनिट भला क्या ख़ाक देश की रक्षा करेगी? ''

अब जीप वारदात की जगह पर पहुँच चुकी थी ।

"यही है वह जगह। जहाँ मैंने दिलजीत कौर को ज़ख्मी हालत में जीप में लिटाया था। मगर दिलजीत कौर और सिपाही कहाँ जा सकते हैं?"

"नज़दीक न तो कोई पनाहगाह है और न ही अस्पताल।" फिर गुलशेरखां ने जीप में लगी हुई सर्चलाइट को घुमाया मगर नतीजा..।

"जनाब! मैं पहले ही अर्ज़ कर चुका हूँ कि आपके साथ धोखा हुआ है।"

"मेलाराम, मैंने खुद उसे इस जगह ज़मींन पर से उठाया था और वहाँ–वहाँ उसका काफ़ी ख़ून भी बह गया था। अगर तुम्हें यकीन नहीं तो आओ–तुम्हें दिखाऊँ।"

मौके की जगह पहुँच कर गुलशेरखां ने गौर से ज़मीन का मुआयना किया और वहाँ ख़ून के धब्बों के निशानात तलाश करने की कोशिश करने लगा लेकिन वहाँ तो कुछ भी न था ।

"मैंने पिछली चौकी से ही तो उस सिपाही को साथ लिया था और उसकी मद्द से ही मैंने दिलजीत कौर को जीप की पिछली सीट पर लिटाया था", उसने अपनी झेंप मिटाने के लिए कहा।

"जनाब! चलिये वहाँ चल कर दरियाफ़्त कर लेते हैं।"

जैसे ही जीप चौकी में दाख़िल हुई तो चौकी इंचार्ज भागता हुआ आया और सैल्यूट करते हुए कहने लगा, "जनाब! आप शायद जल्दी में थे, इसीलिए जाते वक्त उस सिपाही को यहीं छोड़ गए।" यह सुनकर गुलशेरखां ने मेलाराम पर एक सरसरी–सी नज़र डाली ।

"सिपाही ने एक बार नहीं, दो बार लड़की को उठाया था और...।" ख़ान ने परेशानी भरे लहजे में कहा ।

"जनाब! मैं दावे से कह सकता हूं कि जो सिपाही आपके साथ था, वह दर्शनसिंह के अलावा और कोई दूसरा न था। यानी मेरा मतलब है कि वह ज़रूर ही दर्शनसिंह की रुह होगी वर्ना कोई और नहीं हो सकता। अब मुझे पूरा यकीन हो चुका है कि दिलजीत कौर...।"

"मेलाराम, यही है वह रुमाल, जिससे मैंने अपने ख़ून से लथपथ हाथ साफ़ किए थे।" गुलशेरखां ने अपने ओवरकोट की जेब से रुमाल निकालते हुए कहा ।

मेलाराम ने रुमाल को बड़े ग़ौर से देखा लेकिन उस पर ख़ून के धब्बों का कोई भी निशान मौजूद न था। मेलाराम चाहते हुए भी कुछ न बोल पाया और फटी–फटी नज़रों से रुमाल की तरफ़ देखता रहा।

गुलशेरखां ख़ुश था कि आख़िर मेलाराम को उसकी बातों पर यकीन आ ही गया । मगर, ज्योंही, गुलशेरखां वह रुमाल तह करके अपनी जेब में रखने लगा, तो उसने देखा कि उस रुमाल पर कहीं भी कोई ख़ून के धब्बे मौजूद न थे। ऐसा लग रहा था जैसे रुमाल अभी–अभी धोबी ने धोकर दिया हो।

बावजूद सर्दी के गुलशेरखां का माथा पसीने से तर हो गया। उसने लाचार नज़रों से मेलाराम की तरफ़ देखा।

जनाब यही तो मैं कब से आपको समझाने की कोशिश कर रहा था कि उस दिन जब दर्शनसिंह अपनी शादी पर न पहुंच पाया.... उसके मरने की ख़बर सुनते ही दिलजीत कौर ने कुंए में छलांग लगा कर आत्महत्या कर ली थी। अब तो बस उसकी रूह है जो जगह–जगह भटकती फिरती है और हर आने–जाने वाले से अपने दर्शनसिंह के बारे में पूछती रहती है.... कितनी बेचैन है वह उससे मिलने के लिए! मगर कितनी बेबस।

मेलाराम की बातें सुनकर गुलशेरखां कांप गया और उसकी आंखें नम हो गई। उफ... मेरे परवरदिगार! काश मैंने दर्शनसिंह को उसी वक्त छुट्‌टी पर भेज दिया होता। उसको यूँ महसूस हुआ कि जैसे एक बार फिर उसके हाथ ख़ून से तर हो गए हों।

एक लंबी आह भरकर सुल्ताना ने यह दास्तान पूरी करते हुए विनोद और टोनी से कहा ।

इस घटना के बाद ख़ान साहब एक अजीब–सी हालत में उलझ कर रह गए हैं। उन्हें वहम–सा हो गया है और वह जब भी अपने हाथ धोने जाते हैं, काफ़ी देर तक बार–बार साबुन लगा–लगा कर हाथ मलते रहते हैं। जैसे ख़ून के धब्बों को मिटाने की कोशिश कर रहे हों।

मैंने लाख बार उनको समझाने की कोशिश भी की, मगर... इसीलिए तो मैं उन्हें हाथ धोने से मना कर रही थी।

विनोद ने घड़ी देखी, ख़ान साहब पूरे पच्चीस मिनट बाद हाथ धोकर लौटे थे।

आते ही कहने लगे– “माफ़ करना दोस्तों! मुझे हाथ धोने में कुछ ज़्यादा ही देर लग गई। मैं दरअसल एक उलझन..... ।”

विनोद और टोनी ने सुल्ताना से अगर यह किस्सा न सुना होता तो वे शायद पूछ ही लेते कि ख़ान साहब, कैसी उलझन...? मगर वह ख़ामोश ही रहे और उठते हुए कहने लगे– “अच्छा अब हमें इज़ाज़त दीजिए। देर काफ़ी हो गई है।”

सुल्ताना और ख़ान उन्हें दरवाज़े तक छोड़ने आए। आज विनोद और टोनी, ख़ान से हाथ मिलाने में संकोच कर रहे थे और जब वह जाने के लिए मुड़े तो ख़ान ने उन्हें रोकते हुए कहा, “ज़ालिमों! क्या आज हाथ भी मिला कर न जाओगे?।”

अगले ही क्षण उन दोनों के हाथ गुलशेरखां के हाथों में थे और उन्हें यूँ महसूस हो रहा था कि जैसे गुलशेरखां के हाथों को लगे हुए, ख़ून के धब्बे, उन दोनों के हाथों को भी लग गये हों।

24
कच्चा मकान

डियर....,

तेरे मेरे बीच, मगर
इक कच्चा–सा मकान है,
वही मकान जिसमें हम तुम मिलते थे,
जिसके गुलशन में फूल खिलते थे,
हम खो जाते थे मस्त लम्हों में,
भूल जाते थे ग़म जुदाई के।

परवतों के आंचल में,
पहाड़ी के दामन में,
गांव में खड़ा ये मकान,
तूफ़ानी हवाओं से लड़ जाता था,
आज ज़रा–सी हवाओं की आहट से,
डर जाता है, घबरा जाता है, कांप जाता है,
कई मौसम आए और चल दिए।

आज तीस बरस बीत गए,
गाँव के सभी मकान ढह गए,
बस यही आख़री मकान बचा है,
आज वही मकान बोसीदा पड़ा है,
लड़खडाती दीवारों में खड़ा है,
मेरे तुम्हारे रिश्ते की तरह।
आख़िर कब आओगे?
कच्चा मकान मरम्मत कब कराओगे?
मुझे यहाँ से कब ले जाओगे?

तुम्हारी... (?)

(आख़िरी खत)
अब तुम्हारे आने की भी ज़रूरत नहीं,
मकान मरम्मत कराने की भी ज़रूरत नहीं,
मुझे लग गया है तुम्हारी शादी का पता।

पठानकोट की ऊंची पहाड़ियों में,
पठानकोट की सख़्त बर्फ़बारी में,
मेरा कच्चा मकान अब ढह गया है।

तुम्हारी (अब कोई भी नहीं)

25
दिले-नादान

शाम को जब डाक्टर शर्मा घर लौटे तो सीमा घर पर न थी। घर खुला पड़ा था इसलिए वह समझ गये कि सीमा कहीं आस–पास ही है। थोड़ी देर बाद सीमा आई तो उन्होंने पूछा – "कहाँ गई थीं "तो उसने बताया कि सामने वाले मकान में नये पड़ोसी आये हैं। ''मियाँ–बीवी दोनों बहुत ही अच्छे हैं। अभी दो साल ही हुए हैं उन दोनों की शादी को... '' ।

इससे पहले कि वह कुछ और कह पाती शर्मा बीच में ही हँसते हुए बोला – "लेकिन तुम तो कहती थी कि अच्छा है सामने वाला घर जो एक साल से ख़ाली है ख़ाली ही रहे। किसी के आ जाने से सारी प्राइवेसी (privacy) ही ख़त्म हो जाती है और अब ...'' ।

"बस तुम तो किसी बात को पकड़कर पीछे ही पड़ जाते हो। यह दुरूस्त है कि मैंने ऐसा ज़रूर कहा था, लेकिन अगर कोई अच्छा पड़ोसी आ जाये तो इसमें हर्ज ही क्या है?" और फिर कुछ याद आने पर कहने लगी– "हाँ! बातों–बातों में तो तुमने मुझे भुला ही दिया कि मैंने उन दोनों को चाय पर बुला रखा है। तुम जल्दी से हाथ मुँह धो लो। वे दोनों आने वाले ही होंगे।''

"डाक्टर शर्मा उसे छेड़ते हुए बोला–आज नये पड़ोसी क्या आ गये कि तुम्हें मेरा चेहरा भी साफ़ नहीं लग रहा"। सीमा समझ गई कि आज वह उसे तंग करने के मूँड में था।

"अच्छा जैसी तुम्हारी मर्जी'' यह कहकर वह रसोई में चली गई।

"अरी! सीमा तुम भी कैसी भुलक्कड़ हो," वह बोला। "क्यों मैं क्या भूल गई?" वह रसोई में से ही बोली।

"तुम ने तो हमारे अच्छे पड़ोसियों का नाम बताया ही नहीं। उसने बैठक में से ज़ोर से कहा।

"क्यों! क्या तुम आहिस्ता नहीं बोल सकते, सारी आवाज़ बैठक में से उनके घर तक जा रही है। हाँ! मिस्टर एण्ड मिसिज़ माथुर उनका नाम है", वह ज़रा नाराज़गी से बोली। डाक्टर शर्मा समझ गया कि अगर उसने और कोई फ़ालतू बात की तो सीमा उस पर बरस पड़ेगी। वह चुपचाप वहाँ से उठा। उसने मुँह हाथ धोये, बाल सँवारे और वापिस बैठक में आ गया। सीमा अंदर किचन में सामान तैयार करने में लगी हुई थी। शर्मा को कोई काम तो सुझाई दे रहा नहीं था, इसलिए उसने जेब से सिगार निकाला और उसे सुलगा कर लंबे–लंबे कश लेने लगा।

थोड़ी ही देर में मिस्टर एण्ड मिसिज़ माथुर भी वहाँ आ पहुँचे। सीमा तो उन दोनों से मिल ही चुकी थी। डाक्टर शर्मा से उनका परिचय हुआ। डाक्टर शर्मा झट बोल पड़े– "भई! सीमा ने आप दोनों की इतनी तारीफ़ की थी कि अगर आप कुछ देर और यहाँ न आते तो मैं ही आपके घर आ दुबकता और ...।'' और यह सुनकर मिस्टर और मिसिज़ माथुर दोनों ही ख़ूब ज़ोर–ज़ोर से हँसने लग गये। मिस्टर माथुर बोला– "तो और..... क्या?''

"तो यह चाय जो आप यहाँ इस वक्त पी रहे हैं, वह मिसिज़ माथुर को वहाँ पिलानी पड़ती, "और सब हँसने लग गये।

मिस्टर और मिसिज़ माथुर को बातों–बातों में एक दिन पता चल गया कि डाक्टर शर्मा कोई और नहीं बल्कि मशहूर कहानीकार 'केवल शर्मा ही थे और वे दोनों ही उसकी कहानियों के शुरू से ही दीवाने थे। अब तो वे दोनों जब भी डाक्टर शर्मा से मिलते उनकी कहानियों पर चर्चा करने लग जाते और पूछते कि इस 'फ़लाँ' कहानी का मैटीरियल कहाँ से लिया था और फ़लाँ कहानी का अगर यह सीन और बढ़ा देते तो कहानी और भी अच्छी हो जाती। इस तरह धीरे–धीरे उनकी नज़दीकियाँ आपस में और भी बढ़ गईं और वे सब आपस में काफ़ी हद तक बेतकल्लुफ़ हो गये।

"डॉक्टर शर्मा आप हम पर भी कोई कहानी लिखिये''

"लिखूँगा पहले इसके लिए कुछ मसाला ढूँढना पड़ेगा''

"मसाला क्या चाहिए? कुछ भी झूठ–मूठ कोई फ़र्ज़ी बात लिख दीजिए।''

"नहीं ऐसी बात नहीं। कहानी लिखने के लिए कुछ–न–कुछ तो असली बात का होना ज़रूरी है,'' डॉक्टर शर्मा बोला।

इतने में मिसिज़ शर्मा आ गई और पूछने लगी–"इनसे क्या बातें हो रही हैं?"

"बड़ी ख़ास बात हो रही थी लेकिन ...।''

"अच्छा मुझे भी तो कुछ बताइए ऐसी क्या बात थी'', वह बोली।

इस पर मिसिज माथुर बोल पड़ी– "हमने डॉक्टर शर्मा से कई बार कहा है कि वह हम पर भी कोई कहानी लिखें लेकिन यह हैं कि मसाले की रट लगाये जा रहे हैं।''

"क्या कहानी किसी मुर्ग–मुसल्लम पर लिखनी है जो मसाले की ज़रूरत पड़ गई," बोली मिसिज़ शर्मा। इस पर सभी खिल–खिलाकर हँस पड़े और फिर कहने लगी–"हमारी शादी को सात बरस हो गये। मैंने इन्हें कितनी बार कहा कि आप इतनी सारी कहानियाँ लिख–लिखकर कागज़ काले करते रहते हैं। क्या मुझ पर एक भी कहानी नहीं लिख सकते? लेकिन यह हैं कि हर बार टाल जाते हैं। आप ही कोशिश करके देखिये शायद आप ही ख़ुशकिस्मत निकल आयें।

"प्रॉबलम! तो मिसिज़ शर्मा मसाले की कमी की है। आइए क्यों न मिलकर हम सब मसाला ढूंढने में इनकी मदद करें," मिसिज़ माथुर मुस्कराते हुए बोली। एक बार फिर सबका हँसी का फव्वारा छूट पड़ा।

"यह बताइये आपने कहानी लिखना कैसे शुरू किया था? पहले जरूर यह आपकी हॉबी रही होगी और उसके बाद आपकी हॉबी...'' मिस्टर माथुर बोला।

"इनकी हॉबीज़ की बात मत पूछिये। इनकी हॉबीज़ तो कश्मीर से कन्या–कुमारी तक फैली हुई हैं,'' उसने बड़ी मासूमियत से कहा।

माथुर बोला– "इनकी हॉबीज़ न हुई या यूँ कहिये जी.टी. रोड हो गई।'' फिर सब के कहकहे छूट पड़े।

"हाँ! बात तो कुछ ऐसी ही है कि मेरी एक नहीं कई हॉबीज़ हैं। जैसे कश्मीर की वादी में जंगली जानवरों का शिकार करना, ट्राउट (मछली) पकड़ना, फिर पंजाब में ब्यास पर मछली का शिकार करना और तीतर, बटेर का शिकार करना और हरियाणा में .... "माथुर ने डॉक्टर शर्मा की बात को बीच में ही काटते हुए कहा– "हाँ! हाँ! अब हम समझ गये। यही शिकार खेलते–खेलते आप हमें कन्या–कुमारी तक ले जायेंगे। जहाँ फिर आप समुद्री मछली का शिकार करेंगे।'' सब ही ठहाका मारकर हँस पड़े।

मिस्टर माथुर कुछ दिन के लिए दिल्ली दौरे पर गये हुए थे। सरोज अभी–अभी बाज़ार से लौटी ही थी कि इतने में फ़ोन की घण्टी बज उठी।

"हैलो!–मिसिज़ माथुर स्पीकिंग," वह रिसीवर उठाते हुए बोली। दूसरी तरफ़ माथुर की आवाज़ थी–" देखो सरोज मुझे दिल्ली में कुछ दिन और लग सकते हैं...।''

"लेकिन कल शाम को तो हमें वर्मा जी के घर शादी में शामिल होना है।''

"मुझे याद है। इसलिए तो तुम्हें फ़ोन किया है। तुम कल अकेली ही शादी अटैंड कर लेना और मेरी तरफ़ से वर्मा जी से माफ़ी माँग लेना।''

"मैं अकेली तो चली जाऊँ। लेकिन रास्ता बड़ा सुनसान है और दूरी भी ज़्यादा...।''

"ऐसा करो– तुम शर्मा से कहो। वह कोई न कोई बंदोबस्त कर देगा। अच्छा बॉय–बॉय "टेलीफ़ोन का सिलसिला कट गया और उसने रिसीवर को क्रैडल पर रख दिया।

सरोज डाक्टर शर्मा के घर गई। डॉक्टर शर्मा ने दरवाज़ा खोला। "आइये–आइये मिसिज़ माथुर–बैठिए।''

"दरअसल! बात यह है कि अभी–अभी.....।'' वह खड़े–खड़े बोली।

"कमाल है ऐसी भी क्या बात है जो आप बैठ कर नहीं बताना चाहतीं," डॉक्टर शर्मा ने हँसते हुए कहा। सरोज भी हँस पड़ी। फिर उसने डॉक्टर शर्मा को अपनी मुश्किल बता दी और कहा–''तो कल मैं मिसिज शर्मा को अपने साथ ले जाऊँगी।''

"लेकिन वह तो आज ही जालंधर गई है।''

"बड़ी हैरानी की बात है कि मिसिज़ शर्मा मुझ से मिले बग़ैर ही चली गईं,'' सरोज ने कहा।

"नहीं कोई ऐसी बात नहीं। दरअसल जाने से पहले वह आपको मिलना तो चाहती थी लेकिन आप बाज़ार गई हुई थीं और हमारे साले साहब की मंगनी कल है। उसका तार भी आपकी ग़ैर–हाज़िरी में आया और सीमा को बड़ी जल्दी में जाना पड़ा''

"तब तो आपको ही मेरे साथ चलना होगा,'' सरोज ने कहा।

"अच्छा अब अगर आपकी इजाज़त हो तो मैं आपको एक कप कॉफ़ी पेश कर दूँ और साथ ही ख़ुद भी पी लूँ,'' उसने हँसते हुए कहा।

"कहाँ है कॉफ़ी?'' सरोज बोली।

"पानी गैस पर रखा है। अब तक उबल भी गया होगा''

"मुझे बाज़ार से वर्मा जी के लिए कुछ.... भी लेना है। क्यों न वहीं चलकर कॉफी पी लें।''

"लेकिन ...। पानी तो अब उबल ही चुका है। क्यों न...?''

"इससे क्या फ़र्क पड़ता है? आप तैयार हो जाईये। मैं अभी जाकर अपना मकान बंद कर के आती हूँ," इतना कहकर वह चली गई।

घर जाकर सरोज ने वार्डरोब से एक ख़ूबसूरत–सी साड़ी और ब्लाउज़ निकाल कर पहना–बाल संवारे और सैंट का स्प्रे अपने ऊपर मारा।

डॉक्टर शर्मा जब तैयार होकर निकला तो वह वहाँ पहले से ही मौजूद थी। उसने अपना स्कूटर स्टार्ट करने के लिए चाबी जेब से निकाली।

"इसे रहने दीजिए। हम कार में ही चलते हैं। इतनी सर्दी है, क्या कुल्फ़ी बनने का इरादा है ?'' उसने कार स्टार्ट की। साथ वाली सीट पर वह बैठ गया।

म्यूज़िक पैनल की हल्की–हल्की रोशनी सरोज पर पड़ रही थी। डाक्टर शर्मा ने देखा कि वह इस साड़ी में बहुत ही ख़ूबसूरत लग रही थी और उसके सैंट की भीनी–भीनी ख़ुशबू सारी कार में महक रही थी।

"किस सोच में पड़ गये आप...।" डॉक्टर शर्मा जैसे चौंक पड़ा और बोला– "कुछ नहीं बस यूँ ही....।''

"बस यूँ ही क्या....?" यह कहकर सरोज ने कार की लाइट ऑन कर दी।

डॉक्टर शर्मा ने देखा कि सरोज के चेहरे पर बड़ी मोहक हँसी खिल रही थी। उसकी आँखों के किनारों से काजल की लंबी–लंबी लकीरें बाहर की तरफ़ जा रही थी। उसने बात को बदलते हुए कहा– "यह आप हमेशा काजल क्यों लगाती हैं?''

"इसलिए कि किसी की नज़र न लग जाये।'' वह हँसते हुए कहने लगी। डॉक्टर शर्मा ने भी हँसी में उसका साथ दिया।

और फिर बोली– "लेकिन... मुझे यकिन है कि आपकी नजरों से मुझे कोई ख़तरा नहीं...मैं बहुत ही महफ़ूज़ हूँ।''

"लंबी!–लंबी! कितनी ख़ूबसूरत हैं आपकी आंखें," बार–बार वह अपने दिमाग़ में इस फिक्रे को दोहरा रहा था।

इससे पहले कि और बात–चीत होती, कनाल रोड का क्रासिंग आ गया। वह भीड़ में से गाड़ी निकालने में मशगूल हो गई और थोड़ी ही देर में वे रघुनाथ बाज़ार पहुँच गये।

"पहले चलकर प्रेज़ेंट ख़रीद लेते हैं, नहीं तो दुकानें बंद हो जायेंगी। फिर इसके बाद किसी अच्छे से रेस्टोरेन्ट में चलकर गर्म–गर्म कॉफ़ी पीते हैं," वह बोली।

दोनों ने मोनालीज़ा से एक अच्छी–सी सिल्क की साड़ी ख़रीदी।

"यह नीली सिल्क की साड़ी आप पर ख़ूब फबेगी," डॉक्टर शर्मा ने एक साड़ी की तरफ़ इशारा करते हुए कहा।

"यह कैसे कह सकते हैं आप...।'' वह बोली।

"आपका सफ़ेद रंग–यह नीली साड़ी और उस पर ये फूलों का डिज़ाइन...। आप नहीं जानती! कभी किसी ज़माने में मुझे रंगों से तस्वीरें बनाने का जुनून था।''

"अच्छा! आपने पहले कभी इस बात का जिक्र ही नहीं किया कि आप पेंटिंग भी करते हैं।''

"मैं भी कभी–कभी कैन्वस पर लकीरें मारा करती थी– कॉलेज के दिनों में''।

"तो आपने छोड़ क्यों दी अपनी यह हॉबी। रंगों में तो आदमी अपनी सारी जिंदगी गुज़ार सकता है।''

"कई बार ये रंग ज़िंदगी को बेरंग भी कर देते हैं। मिस्टर माथुर को पेंटिंग में कोई दिलचस्पी न थी। सो मैंने छोड़ दी।''

इसी बीच दुकानदार पूछने लगा– "क्यों साहब कोई और साड़ी भी पैक कर दूँ''

"नहीं! एक ही साड़ी लेनी थी,'' वह बोली।

दोनों दुकान से बाहर निकले। सरोज ने कार स्टार्ट की और थोड़ी देर बाद उसे 'कास्मो' होटल के सामने पार्क कर दिया। दोनों होटल के रेस्टोरेन्ट के अन्दर गये और कोने की एक टेबल पर जा बैठे। इतने में वेटर आ गया।

"क्या लेंगी आप कॉफ़ी के साथ? रात होने को है। मेरे ख़्याल में खाना भी यहीं खा लेते हैं,'' वह बोला।

"नहीं! मैं तो यहाँ सिर्फ़ कॉफ़ी ही पीऊँगी। अगर कुछ खाना ही है तो पहले कॉफ़ी पीकर बाहर खुले ढाबे पर चलकर चांटस, टिक्के नॉन के साथ खाते हैं। मुझे तो यह बहुत ही पसन्द हैं,'' सरोज बोली।

"अच्छा ठीक है," डॉक्टर बोला। डॉक्टर शर्मा ने अपना सिगार सुलगाया और लंबे–लंबे कश लेने लगा। थोड़ी देर में कॉफ़ी आ गई। दोनों ने आहिस्ता–आहिस्ता कॉफ़ी पीनी शुरू कर दी। इतने में एक अनाउंसमेंट हुई– "लेडिज़ एण्ड जेन्टलमेन आपको यह सुनकर ख़ुशी होगी कि परसों रात को यहाँ अंग्रेज़ी डांस का मुकाबला होगा। आप सबको इसके लिए इन्वाइट किया जाता है– थैंक्यू।''

"आप की इतनी सारी हॉबीज़ थीं, क्या डांस में भी आपकी कभी रूचि रही है ?'' सरोज ने पूछा।

"हाँ! कभी–कभी पांव पटक लिया करता हूँ।'' और डाक्टर शर्मा के 'पटक' लफ़्ज पर सरोज हँसे बिना न रह सकी और कहने लगी– "चलो फिर परसों पैर पटकने की ही प्रैक्टिस हो जाये।'' दोनों हँस पड़े।

कॉफ़ी पीने के बाद दोनों ने चॉपें, टिक्के और नॉन खाये। मिर्च कुछ ज्यादा ही थी। डाक्टर शर्मा ने जेब से एक पैकैट निकालकर सरोज के आगे बढ़ा दिया और बोला– "लीजिए! अब आप स्वीट डिश भी खा लीजिए।''

सरोज ने हाथ बढ़ाकर एक बड़ा टुकड़ा तोड़ते हुए बोली–" आप जानते नहीं, मुझे चॉकलेट बहुत ही पसंद है। ख़ासतौर पर सफ़र पर, जब भी मैं जाती थी तो चार–पांच पैकैट जरूर साथ ले लेती थी।''

"लेकिन मैंने तो आपको इस दो साल के अर्से में कभी भी चॉकलेट खाते नहीं देखा।''

"बात दरअसल यह है कि मिस्टर माथुर को चॉकलेट अच्छे नहीं लगते,'' वह कहने लगी।

इतने में बारिश की बूंदे ज़ोर–ज़ोर से पड़ने लगीं। दोनों कार की तरफ़ भागे। कार काफ़ी दूरी पर थी। इसलिए उस तक पहुँचते–पहुँचते दोनों काफ़ी भीग गये।

सरोज ने कार स्टार्ट की और वे चल पड़े। बारिश की बूंदे इतनी तेज़ थीं कि वाईपर चलाने के बावजूद भी सरोज को कार चलाने में काफ़ी मुश्किल पेश आ रही थी। रास्ता सामने साफ़ से दिखाई नहीं दे रहा था। एक–दो बार तो कार का एक्सीटेंड होते–होते बचा।

कनाल रोड पहुँचकर कार को रोकना पड़ गया। आगे ट्रैफ़िक जाम था। उनकी हिम्मत ही नहीं हो रही थी कि बाहर निकलकर देख सकें कि क्या हुआ था?

“लगता है आपको सर्दी बहुत लग रही है। लाइए कार मैं चलाता हूँ। आप मेरी सीट पर आ जाइये।” दोनों ने बगैर बाहर निकले ही आपस में सीटें अदल–बदल कर लीं। डॉक्टर शर्मा ने अपना कोट उतारकर सरोज के कंधों पर डाल दिया और कहने लगा– “इसे पहन लीजिए, आपको सर्दी काफ़ी लग रही है।''

“शुक्रिया”, सरोज बस इतना ही कह पाई। उसे सचमुच ही सर्दी बहुत लग रही थी। कोट डालने के बाद, अब उसे अच्छा–अच्छा–सा लग रहा था।

डॉक्टर शर्मा कार आहिस्ता–आहिस्ता चला रहा था। अब दोनों का बातों का सिलसिला फिर जारी हो चुका था। बातें करती–करती सरोज कई बार अंजानें में उसके इतने करीब हो जाती कि डॉक्टर शर्मा को हिलना तक मुश्किल हो जाता। कई बार तो वह अपना हाथ उसके कंधे पर रख देती।

घर आ गया। डॉक्टर शर्मा ने कार को पार्क किया और शर्मा ने पैकेट उठाकर उसके कमरे में रखने के बाद, उससे कहा–“अच्छा मैं अब चलता हूँ''

“थोड़ी देर तो बैठिये,” सरोज बोली। वह आज बहुत ख़ुश नज़र आ रही थी। थोड़ी देर बातें करने के बाद शर्मा कहने लगा– “कल कुछ बहुत ज़रूरी पेपर्स पेश करने हैं। अब मैं जरा घर जाकर उनको ठीक कर लेता हूँ। अच्छा गुड नाईट।''

दूसरे दिन सरोज डॉक्टर शर्मा को साथ लेकर वर्मा जी के घर पहुँची। रास्ते में उसने डाक्टर शर्मा को बताया कि मिसिज़ वर्मा उसके कॉलेज की सहेली थी।

"मिसिज़ माथुर आपने तो बताया ही नहीं कि शादी किसकी है?''

"ओ आई एम सॉरी! मैं आपको बताना तो भूल ही गई कि शादी मिस्टर वर्मा की बहन की है।''

वहाँ पहुँच कर सरोज ने डॉक्टर शर्मा का सबसे परिचय कराया और कहने लगी– "आज इनकी वजह से ही मैं शादी में आ सकी हूँ। अगर यह न मुझे एस्कार्ट (escort) करते तो...''

"अरे! तुम जैसी ख़ुबसूरत औरत को एस्कार्ट (escort) करना कौन ना पसंद करेगा?,'' मिसिज़ वर्मा सरोज को चुटकी मारते हुए बोली।

सरोज के चेहरे पर हया की लाली छा गई। "क्या बकती हो? आ गई न अपनी असलियत पर। कम–से–कम किसी का तो लिहाज़ कर लिया करो।" और फिर डॉक्टर शर्मा से मुख़ातिब होकर बोली-- ''बक!–बक! करना तो इसकी पुरानी आदत है। जब तक यह कुछ ऐसी–वैसी बातें न कर ले, तब तक इसको चैन नहीं मिलता।"

"कहीं आपने बुरा तो नहीं मान लिया, डॉक्टर शर्मा,'' मिसिज़ वर्मा ने पूछा।

''नहीं बुरा मानने की क्या बात है?'' आप जैसी स्मार्ट औरत के यह रिमार्क सुनकर मुझे बहुत अच्छा लगा," अब डाक्टर शर्मा ने बेतकल्लुफ होकर जवाब दिया।

इस पर नज़दीक खड़े सभी लोग हँस पड़े।

शादी की दावत के बाद सरोज और डाक्टर शर्मा ने विदा ली और कोठी से बाहर निकल पड़े।

"अब एक–एक कप कॉफ़ी हो जाये,'' दोनों के मुँह से एकदम इकट्ठे निकल पड़ा और दोनों हँस पड़े।

आज कार क्योंकि स्टार्ट न हो पाई थी, इसलिए आज डॉक्टर शर्मा सरोज को अपने स्कूटर पर ही लाया था। रात काफी हो गई थी और सर्दी भी बढ़ गई थी। डॉक्टर शर्मा ने अपने स्कूटर को स्टार्ट किया। बालों को तेज़ हवा से बचाने के लिए सरोज ने सिर पर स्कार्फ बांधा और स्कूटर पर पीछे बैठ गई। ठंडी हवा से बचने के लिए वह डॉक्टर शर्मा की ओट में हो गई। रास्ता बहुत ऊबड़–खाबड़ था और इस कारण स्कूटर को झटके बहुत लग रहे थे। गिरने के डर से वह सीट को ज़ोर से थामें हुए थी। एक बार ज़ोर का झटका लगा और गिरने से बचने के लिए, उसने झट से डॉक्टर शर्मा की कमर में दोनों बाहें डाल दीं।

"मुझे स्कूटर पर बैठे बहुत मुद्दत हो गई है। या तो आप मुझे टैक्सी में ले चलिये या फिर...", वह बोली।

"अच्छा–अच्छा आपको जिस तरह बैठने में आसान लगे, वैसे ही बैठिये।"

जैसे–जैसे फ़ासला कम होता गया, सरोज के बाज़ुओं के घेरे तंग होते गये। अब वह बिल्कुल सिमट कर डॉक्टर शर्मा की पीठ के साथ लगी हुई थी।

सरोज कहने लगी–''कभी–कभी मुझे रात को ऐसे घूमना बहुत ही अच्छा लगता है।" "तो आइए दरिया के किनारे घूम कर आते हैं।"

"नहीं! नहीं! आज सर्दी बहुत है। फिर कभी सही। डाक्टर और दवाई तो मुफ़्त है लेकिन सेहत तो अपनी है।"

घर पहुँचकर डॉक्टर शर्मा ने दरवाज़ा खोला और बोला–''कॉफ़ी यहीं बना लेते हैं।" सरोज ने अंदर जाकर कॉफ़ी बनाई और दोनों ने मिलकर पी।

"अच्छा! अब आप जाकर सो जाइए। अब रात हो गई है,'' डॉक्टर बोला।

"क्या आपको मेरा यहाँ बैठना अच्छा नहीं लग रहा है? जो आप मुझे..."

"नहीं! नहीं! मिसिज़ माथुर आप ग़लत समझ रहीं हैं। मैं तो इसलिए कह रहा था कि रात भी काफ़ी हो गई है और आप भी थक गई होंगी।"

थोड़ी देर के बाद वह उठकर अपने घर चली गई।

अगले दिन जब डॉक्टर शर्मा शाम को वापस लौटा तो उसने देखा कि सरोज पहले से ही उसका इंतिजार कर रही थी।

"क्या आप भूल गये? आज तो 'कास्मो' होटल में डांस का प्रोग्राम है," वह बोली।

डॉक्टर शर्मा ने अंजान बनते हुए कहा–''मैं तो सचमुच ही भूल गया था। यह लीजिए मैं आपके लिए एक तोहफ़ा लाया हूँ।"

सरोज पैकेट खोलते हुए बोली, "कहीं आप यह सब ड्रामा तो नहीं कर रहे हैं।" और फिर पैकेट में साड़ी देखकर कहने लगी, "ओह! यह तो वही साड़ी है। इसकी क्या ज़रूरत थी?''

डॉक्टर शर्मा ने अब महसूस किया कि उसने किस रिश्ते से उसे यह साड़ी लाकर दी थी?

"अगर मिस्टर माथुर पूछेंगे कि यह साड़ी मैंने कहाँ से ली तो मैं क्या जवाब दूँगी?," वह नज़रें नीचे किये हुए बोली।

डॉक्टर शर्मा भी उसकी यह बात सुनकर, उलझन में पड़ गया और कहने लगा–''अब आप ही सोचिये। जल्दी से रैडी होकर आइये।" सरोज तैयार होने के लिए अपने घर चली गई और डॉक्टर शर्मा अपने घर...।

घर जाकर उसने सिगार सुलगाया और किसी गहरी सोच में डूब गया। सरोज से मेरा क्या रिश्ता है? जो मैंने....। आख़िर उसने सिर को झटकाकर यह ख़्याल अपने ज़ेहन से निकाल दिया और तैयार होने में मसरूफ़ हो गया।

सरोज तैयार होकर डॉक्टर शर्मा के घर पहुँची।

डॉक्टर शर्मा उठते हुए बोला–''बहुत अच्छी लग रही हैं आप इस साड़ी में .....।"

“थैंक्यू! पर आप भी तो इस नीले सूट में कम नहीं लग रहे हैं,” वह बोली।

वह हँसते–हँसते कहने लगा–‘‘मैं सोच रहा हूँ कि आप को न्यू पिंच कैसे करूँ?”

“जिस तरह आपको पसंद हो वैसे ही...”, सरोज ने हँसते हुए जवाब दिया।

“ख़ैर! रहने दीजिए! फिर कभी सही,’’ डॉक्टर शर्मा ने कहा।

“दोनों ‘होटल कास्मों के हॉल में पहुँचे और कुर्सियों पर जाकर बैठ गये। भीड़ काफ़ी थी। डांस शुरू हो गया।

इतने में अनाउंसर माइक लेकर बोला–“मैं डॉक्टर शर्मा और मिसिज़ शर्मा से दरख़ास्त करूँगा कि वे भी डांसिंग फ़्लोर पर आकर सब को अपनी कंपनी दें।”

इस पर दोनों चौंक पड़े और डॉक्टर शर्मा सरोज से कहने लगा–‘‘माफ़ कीजिए! ज़रूर कोई मेरी जान–पहचान का आदमी है, जो मुझे तो जानता है, लेकिन आपको...। आई एम वैरी सॉरी”।

सरोज का चेहरा सुर्ख़ हो गया और वह नज़रें नीचे किये हुये बोली– “कोई बात नहीं।’’

इतने में अनाउंसमैंट करने वाला आदमी भीड़ को चीरता हुआ उनके पास आ पहुँचा। शर्मा उसे हैरत से देखता हुआ बोल पड़ा– “अरे! गांधी तुम हो। मैं भी हैरान था कि मेरा यहाँ कौन जान–पहचान वाला निकल आया जो...। दोनों आपस में ज़ोर से गले मिले। अब डाक्टर शर्मा की पीठ सरोज की तरफ़ थी और गांधी का मुँह सरोज की तरफ़। गांधी मुँह फट तो था ही, बोल उठा– “शर्मा यार। बीवी तो बड़ी जबरदस्त उड़ाई है तुमने....। हां! तो मिसिज़ शर्मा मैं ही इसका नालायक दोस्त हूँ। जो आपसे... के बजाय इससे गले मिलने लग गया।’’

“क्या बकते हो? कम–से–कम कुछ तो सोच समझकर बात किया करो। यह मिसिज़ माथुर है और तुम्हारी भाभी तो ......।’’

वह शर्मा से अलग होते हुए बोला–"मिसिज़ माथुर! मुझे माफ़ कर दीजिए। मैंने इसकी शादी तो अटैंड की नहीं थी जो .....।'' फिर मुस्कराते हुए कहने लगा– "ख़ैर! आपकी डांस की जोड़ी ख़ूब रहेगी। आप दोनों तो सबकी छुट्टी कर देंगे। ईनाम ज़रूर आप दोनों को ही मिलेगा। मैं तो ऐसे ही ....।'' और यह कहते हुए सरोज के पास वाली कुर्सी पर बैठ गया।

"कुछ मुझे भी बोलने दोगे कि खुद ही बकते जाओगे। मिसिज़ माथुर यह है मेरा कॉलेज का दोस्त, गांधी। इसकी आदतें बिल्कुल आपकी सहेली मिसिज़ वर्मा से मिलती हैं और .... ''

"भई! हमें मिसिज़ वर्मा से ही मिला दो। यार हम उससे ही काम चला लेंगे।'' गांधी हँसते हुए बोला।

"क्यों! देख लिया ना आपने ...'' डाक्टर शर्मा सरोज को संबोधित करते हुए बोला।

"बातों में लगे रहेंगे तो डांस ख़त्म हो जायेगा,'' गांधी ने उठते हुए कहा।

डॉक्टर शर्मा और सरोज उठे डांस में शामिल हो गये। ऑरकैस्ट्रा पर कोई अंग्रेज़ी धुन बज रहीं थीं और दोनों एक दूसरे में गुम–सुम म्यूज़िक की लय पर नाच रहे थे।

"आप तो मुझे दूर इस तरह रखे हुए हैं जैसे हम अंग्रेज़ी नृत्य नहीं बल्कि कीकली कर रहे हों।," सरोज हँसते हुए बोली। शर्मा भी मुस्करा दिया और न चाहते हुए भी....।

"अब डाँस का आख़री दौर था,'' किसी ने माइक पर कहा। इतने में हाल की रोशनी गुल हो गई। सरोज डाक्टर शर्मा के और भी करीब हो गई। नाच जारी ही था। कोई दो मिनट बाद बत्ती जली और उसके बाद डांस खत्म हो गया।

"जजों के फैसले के मुताबिक आज का बेहतरीन जोड़ा है 'मिस्टर एण्ड मिसिज़ शर्मा' का,'' अनाउंसर बोल उठा।

इस पर हॉल तालियों से गूंज उठा। दरअसल गँधी ने अंजाने में उनका नाम मिस्टर एण्ड मिसिज़ शर्मा लिखवा दिया था और गाँधी को इस ग़लती का एहसास अब हुआ।

दोनों झिझकते हुए उठे और उन्होंने जाकर अपना इनाम लिया। डांसिंग फ़्लोर से जब वे वापस ही आ रहे थे कि दोनों चौंक उठे। सामने मिस्टर माथुर और मिसिज़ शर्मा बैठे हुए थे। डॉक्टर शर्मा और सरोज संभलते–संभलते उनके पास पहुँचे।

मिस्टर माथुर इतना ही कह पाये थे– "मुबारक हो'' कि पीछे से गांधी आकर बोला–''माफ़! करना शर्मा मैं तो मिसिज़ माथुर को जानता न था। इसलिए मैंने ही ग़लती से ...।''

डॉक्टर ने जल्दी से उसकी बात काटते हुए कहा– "इनसे मिलो। यह है मिस्टर माथुर और यह है मिसिज़ शर्मा। गाँधी ने मिसिज़ शर्मा को हाथ जोड़कर नमस्ते की और माथुर से हाथ मिलाया।

"आप लोग यहाँ कैसे पहुँचे?,'' शर्मा ने माथुर से पूछा।

"सुबह दिल्ली की बस से चला था। रास्ते में जालन्धर बस स्टैंण्ड पर ही मिसिज़ शर्मा मिल गई थी और हम इकट्ठे ही यहाँ पहुँचे। घर पहुंचने पर देखा तो आप दोनों ग़ायब थे। जैसे ही फ़ोन करने लगा तो वहाँ होटल कास्मो की दो सीटों की बुकिंग की चिट नज़र आई और मैं मिसिज़ शर्मा को ले यहां आ दुबका।''

मिसिज़ शर्मा, माथुर की इस क्लेरिफिकेशन (clarification) पर मुस्करा दी।

"हम जब यहाँ पहुँचे तो आप उस वक्त अपनी कुर्सियों से उठकर फ़्लौर की तरफ़ जा ही रहे थे और हमने रंग में भंग डालना मुनासिब नहीं समझा। माथुर हँस–हँस कर कहने लगा–''भई! आज तो आप दोनों ने डांस में कमाल ही कर दिया।"

गाँधी उठते हुए बोला–''मुझे होटल पहुँचना है। अच्छा अब मैं चलता हूँ।''

"गुड नाईट।" इसके बाद सभी उठ गये। गाड़ी में बैठते–बैठते माथुर की नज़रें मिसिज़ शर्मा से मिलीं और दोनों मुस्करा दिये।

कार अब माथुर चला रहा था। साथ वाली सीट पर शर्मा और पिछली सीट पर मिसिज़ शर्मा और मिसिज़ माथुर बैठी थी।

गाड़ी में सब के सब चुप थे।

घर पहुँचकर जब मिस्टर और मिसिज़ माथुर अपने घर जाने लगे तो सीमा बोल उठी– "आइए? एक–एक कप गर्म–गर्म कॉफ़ी हो जाये।"

जवाब मिस्टर माथुर ने दिया–''चलिये हो जाये।" मैं अभी आई, यह कहकर सरोज अपने कमरे में चली गई। थोड़ी देर बाद जब वह वापिस आई तो उसने दूसरी ही साड़ी पहन रखी थी।

"सरोज तुमने वह साड़ी क्यों बदल डाली? तुम को बहुत ही सूट कर रही थी। लेकिन वह तुमने कब ख़रीदी थी?" माथुर ने पूछा। सरोज ने बात बनाते हुए कहा –''काफ़ी दिन पहले ख़रीदी थी। शायद तुम्हें बताना भूल गई।"

इतने में सीमा कॉफ़ी लेकर आ गई और सब ने अपने–अपने प्याले हाथ में ले लिये।

"मिसिज़ शर्मा आप कॉफ़ी तो बहुत मज़ेदार बनाती हैं, "माथुर तारीफ़ करते हुए कहने लगा।

कॉफ़ी ख़त्म होने पर मिस्टर और मिसिज़ माथुर अपने घर चले गये।

एक शाम मिस्टर माथुर घबराये हुए आये और बोले– "शर्मा! सरोज की तबियत ख़राब है। प्लीज़ उसे चलकर ज़रा देख लो।" शर्मा ने अपना थैला उठाया और चल पड़ा। उसके पीछे–पीछे माथुर था। माथुर ने पीछे मुड़कर देखा मिसिज़ शर्मा भी उधर ही देख रही थीं। दोनों मुस्करा दिये।

"आप बेडरूम में चलिये। मैं जरा थर्मामीटर लेकर आता हूँ,'' यह कहकर माथुर दूसरे कमरे में चला गया।

कमरे में बिस्तर पर सरोज बेसुध पड़ी थी और कुछ बड़बड़ा रही थी। डॉक्टर शर्मा ने अपना बैग टेबल पर रख दिया। वह उसकी नब्ज़ देखने ही लगा था कि सरोज ने उसका हाथ अपने हाथ में ज़ोर से पकड़ लिया और बड़बड़ाने लगी– "केवल मैं तुम्हें बहुत..." और उसने मुँह में ही कुछ ऐसे लफ़्ज़ कहे जो डॉक्टर शर्मा न समझ सका। लेकिन सरोज की इस हरकत से वह घबरा उठा था।

थोड़ी दूर माथुर थर्मामीटर लिये खड़ा था। शर्मा ने ज़ोर से झटका देकर अपना हाथ सरोज से छुड़ाया और अपने बैग में से दो गोलियाँ निकालते हुए बोला–'' एक गिलास पानी का ले आइए और मिसिज़ माथुर को ये गोलियाँ खिला देते हैं। फिर सब ठीक हो जायेगा।"

माथुर बोला–''गोलियाँ मुझे ही दे दीजिए। मैं ही इसे खिला दूँगा।" शर्मा ने गोलियाँ माथुर को दे दीं और चला गया।

शर्मा के जाते ही माथुर ने वे गोलियाँ डस्टबिन में फेंक दीं और आहिस्ता से बोला–''यह ही इस का इलाज है।"

डाक्टर के जाते ही सरोज बिस्तर से उठी और काम–काज में लग गई।

"अभी तो सब ठीक है," माथुर सरोज से बोला और उसने हँस कर 'हाँ' में अपना सिर हिला दिया।

कुछ दिन बीत गये....।

दरवाज़े पर खट–खट की आवाज़ हुई। डाक्टर शर्मा ने दरवाज़ा खोला। माथुर अंदर आते हुए बोला–"मैं सिनेमा की दो टिकटें लाया था लेकिन मुझे दफ़्तर का कोई जरूरी काम पड़ गया है, इसलिए मैं तो सरोज के साथ पिक्चर देखने नहीं जा सकता।" मिसिज़ शर्मा जो पास ही बैठी थी, माथुर उसको कहने लगा–''प्लीज़ आप ही सरोज के साथ चले जाइये"

वह बीच में ही बोल उठी–''सॉरी! मैं नहीं जा पाऊँगी। कल ही मेरे लड़के का इम्तिहान है और मुझे उसे अभी तैयारी करानी है।"

''तो शर्मा तुम ही चले जाओ उसके साथ। मैं तुम्हें कभी तकलीफ़ न देता, अगर सरोज ने यह फ़िल्म पहले देखी होती....। और यह फ़िल्म है भी बहुत अच्छी।" माथुर के इसरार पर शर्मा, सरोज के साथ जाने के लिए राज़ी हो गया। मिसिज़ शर्मा मुस्करा उठी।

क्योंकि कार माथुर ले जा रहा था इसलिए डॉक्टर शर्मा, सरोज को अपने स्कूटर पर लेकर चल दिया।

"याद है आपने एक बार मुझे दरिया के किनारे सैर कराने का वायदा किया था। क्यों न आज उधर ही घूमने चलें ?'' वह बोली।

"लेकिन माथुर ने तो मुझे ख़ास आपको पिक्चर दिखाने के लिए भेजा है और...।"

सरोज के बार बार कहने पर वह उसे दरिया की सैर कराने ले गया। सारा रास्ता सरोज ने डॉक्टर की कमर को ज़ोर से पकड़े रखा था।

दरिया के नज़दीक पहुँचकर डॉक्टर शर्मा ने स्कूटर को एक तरफ़ पार्क किया। दोनों किनारे पर जाकर बैठ गये। हल्की-हल्की ठण्डी हवा चल रही थी । चारों तरफ़ सन्नाटा था।

"यह तो तुम्हारे साथ घूमने के लिए एक बहाना था वर्ना मैंने पिक्चर पहले भी देख रखी है,'' सरोज ने मुस्कराते हुए कहा।

"लेकिन .....।'' वह बोला।

"पहले मेरी बात ख़त्म हो जाने दो। फिर तुम अपनी बात कहना। बात बहुत पुरानी है। उन दिनों तुम मेडिकल कॉलेज में थे और मैं पास वाले ही कॉलेज में फ़र्स्ट ईयर में थी।

तुम कहानीकार थे और मैं तुम्हारी कहानियों की दीवानी। मैं तुम्हारी हर कहानी पढ़ती। मेरे दिल में कई बार आता कि मैं तुमसे मिलूँ...। और जब तक मैंने तुमसे मिलने की हिम्मत इकट्ठी, की तब तक तुम डॉक्टरी पास करके जा चुके थे। मेरी तुमसे मिलने की यह हसरत मेरे दिल में ही रह गई।''

"वो पुरानी बात थी। अब तो तुम मि्सिज़ माथुर....।"

"यह क्या तुम हर समय मुझे मिसिज़ माथुर कहकर पुकारते रहते हो। 'केवल'! क्या तुम मुझे सरोज नहीं पुकार सकते?"

डॉक्टर शर्मा ने महसूस किया कि सरोज इस वक्त बेहद भावुक हो रही थी और उस वक्त उससे बहस करना फ़िज़ूल था। उसने सिगार सुलगाया और अपने ख्यालों में लीन हो गया। सरोज उसके साथ पीठ लगाकर अपनी बीती यादों में डूब गई।

"चलो चलें। यहाँ सर्दी में इतनी देर तक बैठना ठीक नहीं," वह बोला।

सरोज ने घड़ी देखते हुए कहा–''अभी तो पिक्चर ख़त्म होने में बहुत वक्त है। चलो चलकर कॉफ़ी हाउस में कुछ खा लेते हैं।"

"और अगर बाज़ार में मिस्टर माथुर मिल गये तो ....।"

"उन को भला इस वक्त फुर्सत कहां? वह तो इस वक्त दफ़्तर की फ़ाइलों में मसरूफ़ होंगे", सरोज ने जवाब दिया।

कॉफ़ी हाउस के पास ही टेलर मास्टर की दुकान थी। सरोज स्कूटर से उतरते ही उस में चली गई।''

"यह कॉफ़ी हाउस तो नहीं...," शर्मा बोला।

"मैं जानती हूँ'' वह उसकी बात को काटते हुए कहने लगी।

अन्दर पहुँच कर उसने टेलर मास्टर से कुछ बात की और वह जल्दी से एक हल्के सफ़ेद रंग का सूट ले आया। शर्मा की तरफ़ देखते हुए कहने लगा– "आइए जनाब! अंदर कमरें मे चलकर ट्राई ले लीजिए।'' और सूट ले कर ट्रायल रूम में चला गया।

शर्मा उसकी बात सुनकर हैरान था। सरोज उसकी हैरानी दूर करते हुए कहने लगी– "यह सूट का कपड़ा मैं मास्टर को तुम्हारा सूट बनाने के लिए दे गई थी।''

"लेकिन मेरा नाप तुमने कहाँ से लिया?" शर्मा ने पूछा।

"उस दिन मुझे मिसिज़ शर्मा ने अपनी साड़ी और तुम्हारा सूट ड्राई क्लीन की दुकान से लाने के लिए कहा था। बस उसी सूट का मैंने नाप दे दिया।"

"लेकिन इसकी क्या जरूरत थी, ?'' शर्मा बोला ।

सरोज उसे धकेलते हए बोली–''जल्दी से अंदर जाओ। मास्टर इंतजार कर रहा है। कहीं गुस्से में आकर खुद ही न सूट डाल ले," और इस पर दोनो हंस पड़े।

"अच्छा! जैसे तुम्हारी मर्ज़ी," वह बोला।

थोड़ी देर बाद मास्टर ने आवाज़ दी–"मैडम आप भी आकर देख लीजिए कि सूट की फ़िटिंग कैसी है?" और फिर खुद बाहर निकल आया। सरोज अन्दर गई और बोली–

"बड़ा जचता है यह सूट तुम पर" और फिर अपना पर्स खोलकर उसने अन्दर से एक मैचिंग टाई निकालकर शर्मा के गले मे बांधते हुए कहने लगी–''अब देखो यह सूट तुम्हारी प्रेज़ेन्ट की हुई साड़ी से कितना मैच कर रहा है?''

और तब शर्मा ने देखा कि सरोज ने आज वही उसकी प्रेज़ेन्ट की हुई साड़ी डाल रखी थी।

"अच्छा तुम बाहर चलो मैं इस सूट को उतार लूँ," शर्मा बोला।

"नहीं इसे पहने ही रखो । बहुत अच्छा लगता है, " सरोज बोली।

"अगर घर जाकर किसी ने पूछा तो...,'' शर्मा बोला।

"कह देंगे कि सिनेमा शुरू होने में कुछ वक्त बाकी था इसलिए सोचा कि सूट पहने ही चले,'' वह बोली।

"अगर सीमा पूछेगी कि कब बनने दिया था। तो क्या जवाब दूँगा?''

"कह देना जब तुम जालंधर गई थी, तब ही सूट का कपड़ा ख़रीदा था और बनने दे दिया था।''

"अच्छा जैसी तुम्हारी.... ।"

फिर कहने लगा–''चलो चलें''।

"क्या मुझे न्यू पिन्च नहीं करने दोगे ?," वह शरारत भरे अंदाज़ में बोली।

"हाँ! हाँ! कर लो न्यू पिन्च...।"

"पहले तुम आखें बंद करो । फिर करूँगी...।''

शर्मा ने आखें बंद की और सरोज ने आगे बढ़कर अपने होंठ...।

"क्यों मेम साहब अन्दर आ जाऊँ।'' सरोज को उस कमबख़्त के इस बे–मौका आने पर गुस्सा आ रहा था।

कोट को पीछे से खींचते हुए मास्टर बोला–''बहुत अच्छी फ़िटिंग आई है। मैडम, साहब का सूट बड़ा मैच कर रहा है आपकी साड़ी के साथ।'' और कहने लगा– ''क्या सूट को पैक कराना चाहेंगे? या....।"

"नहीं! इसे घर डालकर ही जायेंगे'', वह झट से बोल पड़ी।

"अब आप को बाहर पिछले दरवाज़े से जाना पड़ेगा क्योंकि दुकान बंद होने का वक्त हो चुका था। इसलिए सामने का दरवाज़ा बंद कर दिया है।''

वो दुकान से बाहर निकले और कॉफ़ी हाउस में चले गये।

"ज़ल्दी–जल्दी से कॉफ़ी पी लें। पिक्चर ख़त्म होने का वक्त हो गया है,'' शर्मा ने कहा।

कॉफ़ी पीने के बाद वे स्कूटर पर वापस चल दिये। रास्ते भर दोनों सोचते रहे कि घर जाकर क्या–क्या कहना है या यूँ कहिये कि क्या–क्या बहाने...?

घर पहुँचने पर उन्होंने देखा कि माथुर, मिसिज़ शर्मा के साथ बातें कर रहा था और उन दोनों को देखकर झट बोला–''क्या सिनेमा हॉल में शर्मा तुम्हारा इनाम निकला है?''

"मैं समझा नहीं,'' डॉ. शर्मा ने पूछा।

"मैं यह इसलिए कह रहा हूँ कि तुम गये तो थे पुराने सूट में और अब आ रहे हो नये सूट में''

"वैसे बहुत जंच रहे हो,'' माथुर बोला।

"दरअसल पिक्चर शुरू होने में अभी कुछ वक्त बाकी था तो मैंने सोचा अपना सूट टेलर मास्टर से लेता चलूँ। कुछ दिन हो गये थे बनने को दिया था। वक्त ही न मिला था इसे लाने का।

सीमा जो अब तक चुप बैठी थीं कहने लगी–"तुम्हें बड़ा जच रहा है", और फिर टाई की तरफ़ ध्यान जाते हुए बोली– "क्या यह भी सूट के साथ ख़रीदी थी? ''

शर्मा इस बार–बार के झूठ बोलने से कतरा रहा था।

"हाँ! हाँ! तभी ख़रीदी थी" बीच में सरोज़ बोल पड़ी।

"मेरा तो मूँड बड़ा ऑफ़ था। सोचा चलकर मिसिज़ शर्मा से गप्पे मारता हूँ,'' माथुर कहने लगा।

"क्यों क्या हो गया? '' शर्मा ने सिगार सुलगाते हुए कहा।

"थोड़ी देर पहले ही, ब्रिगेड मेजर का फ़ोन आया था कि मेरी पोस्टिंग पूना हो गई है।''

"अब तुम ही बताओ। मूड ऑफ़ होने की ही तो बात है। वैसे हमें अभी यहाँ दो साल भी नहीं हुए और उन्होंने इतनी जल्दी हमारी पोस्टिंग ...।''

यह सुनकर सरोज की आँखों में से तो आँसू ही निकल पड़े। उसने बड़ी मुश्किल से अपने आपको रोने से रोका।

एक हफ़्ते के अन्दर ही उन्हें पूना के लिए रवाना होना था।

आज उनका पूना जाने का दिन भी आ गया।

ट्रेन जाने में अभी काफ़ी वक्त बाकी था। सीमा उन तीनों को डिब्बे में ही छोड़कर अपने लिए किताब की दुकान से कोई पत्रिका ख़रीदने चली गई।

वे तीनों भी बातों में मशगूल हो गये। माथुर अपनी जेब में कुछ टटोलते हुए कहने लगा–''मेरे सफ़र का राशन तो ख़त्म ही होने वाला है। उसका मतलब सिगरेट से था और वह जल्दी से सिगरेट ख़रीदने के लिए स्टाल की तरफ़ चल दिया।''

अब डिब्बे में सरोज और केवल शर्मा के सिवाय कोई न था। डिब्बे का दरवाज़ा बंद था।

सरोज बोली–''मुझे दो साल से भी ज़्यादा हो गये हैं तुम्हारे साथ। लेकिन तुमने इस अरसे में मुझे एक बार भी ...। हर वक्त मिसिज़

माथुर! मिसिज़ माथुर ही पुकारते रहे। क्या सरोज कहकर नहीं बुला सकते? कम–से–कम आज जाने से पहले तो मुझे प्यार से एक बार सरोज बुलाओ। क्या तुम आज भी मेरी यह तमन्ना पूरी नहीं करोगे, केवल?

यह कहते–कहते वह काफ़ी भावुक हो गई और उसने अपना सिर केवल के कंधे से लगा दिया। केवल उसकी इस हरकत पर परेशान हो उठा।

"अगर इस वक्त माथुर या सीमा आ गई–तो! तो!–। जानती हो इसका नतीजा क्या हो सकता है?" लेकिन केवल के बार–बार कहने पर भी वह नहीं मानी और उसके साथ लगी ही रही और कहने लगी–''मुझे नतीजे की कुछ फ़िक्र नहीं। आज मैं हर नतीजे के लिए तैयार हूँ।''

सरोज की आवाज़ में इतना प्यार था कि वह घबरा उठा।

"देखो मिसिज़ माथुर आप माथुर के साथ ख़ुशी से रह रही हैं और आराम से ज़िंदगी गुज़ार रही हैं। मैं अपनी बीवी सीमा के साथ बहुत खुश हूँ और किसी चीज़ की कोई कमी नहीं है। तो फिर हमें क्या ज़रूरत है ऐसी ज़िल्लत में पड़ने की? और इस उलझन में फँसने की, "और फिर शर्मा बोला–''जानती हो। तुम्हारे और मेरे लिए ऐसा सोचना भी पाप है। हमारे लिए यह एक गुनाह है! गुनाह है!''

"हाँ! गुनाह है। बल्कि हसीन गुनाह है। जिसमें दफ़न होने को जी चाहता है,'' सरोज कहने लगी।

शर्मा एक उलझन में था। अनजाने में उसके हाथ सरोज की तरफ़ बढ़ गये। वह इतना ही कह पाया 'सरोज' और उनकी बाँहों का घेरा कम होता गया। वो दोनों काफ़ी देर तक इसी हालत में ही थे, कि गाड़ी को इंजन का झटका लगा और वो चौंक पड़े।

"तुम कहती थीं न कि तुम्हें सफ़र में चॉकलेट खाना बड़ा पसंद है। मैं अभी जाकर तुम्हारे लिए चॉकलेट लेकर आता हूँ,"। केवल ने कहा– "तुम इतनी देर में अपना सामान सैट कर लो।"

माथुर और मिसिज़ शर्मा दोनों प्लेटफ़ार्म के बेंच पर बैठे हुए थे। मिसिज़ शर्मा किताब खोल कर कोई आर्टिकल पढ़ रही थीं और माथुर सिगरेट के लंबे–लंबे कश लेने में मसरूफ़ था।

मिसिज़ शर्मा और माथुर कभी–कभी आपस में बातें कर लेते। इतने में उन्होंने देखा कि शर्मा बड़ी तेज़ी से डिब्बे से बाहर निकला।

"कहाँ जा रहे हो शर्मा?" माथुर ने उसे पुकार कर पूछा। "अभी आ रहा हूँ,'' यह कहकर शर्मा तेज़ी से रेलवे स्टेशन की भीड़ में चला गया और देखते ही देखते नज़रों से ओझल हो गया।

उसके जाने के कुछ देर बाद माथुर ने कहा –"मिसिज़ शर्मा आइये अंदर सरोज के पास चलें। वहाँ चलकर मैं आपको एक मज़ेदार बात बताता हूँ।" दोनों डिब्बे के अंदर पहुँचे और माथुर ने डिब्बे का दरवाज़ा बंद कर दिया।

सरोज डिब्बे में अपना सामान सेट करने में ही लगी हुई थी कि इतने में ही शर्मा चॉकलेट लेकर आ गया। शर्मा ने गाड़ी के डिब्बे का दरवाज़ा थोड़ा–सा खोला और अभी अंदर जाने ही वाला था कि रोशनी चली गई।

"सरोज, आओ मिसिज़ शर्मा को अपनी साज़िश बताते हैं," माथुर के ये शब्द सुनते ही शर्मा जहाँ था वहीं रूक गया। यह सुनने के लिए कि माथुर कौन–सी साज़िश की बात कर रहा है। डिब्बे में अंधेरा होने के कारण वे इस बात से अंजान थे कि शर्मा उनकी बातें सुन रहा था।

इससे पहले की सरोज कुछ बोल पाती, माथुर ने खुद ही सारा क़िस्सा बयान करना शुरू कर दिया।

उन दिनों की बात है जब हम आपके पड़ोस में नये–नये आये थे। जब हमें पता चला कि 'केवल शर्मा' ही कहानी लिखने वाले कहानीकार हैं तो हमने इनसे कई बार इसरार किया कि वह हम पर कोई कहानी लिखें।

लेकिन वह हर बार यही फिक्रा दोहराते–''कोई मसाला तो मिले। आप पर कहानी लिख़ने का।''

हम हर बार उनसे पूछते–''क्या कोई मसाला मिला हम पर कहानी लिखने का?'' और वह हर बार जवाब देते–''अभी नहीं मिला और एक दिन शर्मा को मसाला देने की साज़िश में आपके साथ–साथ

मैंने अपनी बीवी सरोज को भी इस साज़िश में शामिल कर लिया था। मगर मैंने आपको नहीं बताया। पहले तो सरोज नहीं मानी। लेकिन बाद में सरोज ने मेरे इसरार पर ऐसा करने के लिए 'हां' कर ही दी। आप नहीं जानती कि सरोज अपने कॉलेज की जानी–मानी अदाकारा थी।''

अभी तक सरोज जो चुपचाप सबकुछ सुन रही थी आख़िर बोल पड़ी–''तुमने यह अच्छा नहीं किया? यह सब कुछ मुझसे करवा कर...!''

"लेकिन यह सब तो शर्मा को कहानी का मसाला देने के लिए, तुम्हारी एक अदाकारी ही तो थी,'' माथुर कहने लगा।

"यह तुम सोचते हो।" और फिर कहने लगी–''क्या मैंने तुम्हें बताया कि मैं केवल शर्मा को कॉलेज के समय से जानती थी? और उसकी कहानियों की दीवानी थी–उससे मिलने के लिए बेताब थी।

पहले ही दिन जब सीमा ने हम दोनों की मुलाकात डॉक्टर शर्मा से करवाई तो मैंने उसी वक्त पहचान लिया था कि वह केवल शर्मा ही था। मगर मैं चुप रही और मैंने वह राज़ अपने तक ही सीमित रखा।

मैं अपने पुराने जज़्बातों को ताज़ा नहीं करना चाहती थी, लेकिन तुम ने मुझे अपने प्लान में, शर्मा से कहानी लिख़वाने के चक्कर में फँसा लिया।

''क्या तुम जानते हो कि यह नीली साड़ी मुझे डाक्टर शर्मा ने दी थी? क्या तुम्हें मैंने बताया कि यह सूट जो आज केवल शर्मा ने पहना हुआ है, उसे मैंने ही दिया था?" सरोज कांपती हुई आवाज़ में बोलती गई।

यह सारी बात–चीत अंधेरे में ही हो रही थी और केवल शर्मा सब सुन रहा था।

सरोज की आँखों से आँसू बरस रहे थे। इतने में डिब्बे की रोशनी जल उठी और सब की नज़रें दरवाज़े की तरफ़ चली गईं।

केवल शर्मा सिर झुकाये–नजरें नीचे किये खड़ा था।

26
इम्तिहान

बहुत दूर–दूर से विद्यार्थी इस छोटे से पहाड़ी कस्बे में इम्तिहान देने के लिए हर साल आते थे। कुछ लोग तो यहाँ इसलिए सेंटर बनवाते क्योंकि यह जगह एकांत में थी और पढ़ाई करने में अच्छा मन लगता था।

लेकिन ज़्यादातर उम्मीदवार ऐसे होते जो सिर्फ़ नकल करके इम्तिहान पास करने के मकसद से आते। हाँ! इनमें कुछ वे लोग भी शामिल होते जिनको इम्तिहान किसी शर्त/प्रमोशन के तहत, पास करना होता।

कोई भी आदमी शहर से इतनी दूर जंगल में आने को तैयार न होता और इसलिए यूनिवर्सिटी (University) को हर साल मास्टर गंगा दास को ही इस सेंटर का सुपरिंटेंडेंट अपॉन्इट (Superintendent appoint) करना पड़ता।

पिछले चार सालों में मास्टर गंगा दास ने एक बडा मकान और काफ़ी ज़मीन ख़रीद ली थी और यह सेंटर बदनाम हो गया।

बात वाइस चांसलर (Vice Chancellor) तक पहुँची और प्रोफ़ेसर बलराज को इस सेंटर का सुपरिंटेंडेंट (Superintendent) बनाकर भेजा गया। बलराज का रिकार्ड बिल्कुल बेदाग़ था। उस जैसा इमानदार शख़्स पूरी यूनिवर्सिटी (University) में कोई न था। उसमें काम करने की लगन, मेहनत का जज़्बा और जोश भरा पड़ा था।

इसके लिए वह हमेशा अपने मास्टर चौहान का आभारी था, क्योंकि उन्होंने उसे अपनी निगरानी में ऐसी अच्छी तालीम दी थी कि वह जिंदगी की कठिन–से–कठिन मुश्किलों को हँसी–ख़ुशी चीरता हुआ आगे बढ़ता रहा था।

हाँ! इस थोड़े ही समय में उसकी आँखों पर नज़र का चश्मा चढ़ चुका था और बाल भी उसने लंबे–लंबे बढ़ा रखे थे।

इम्तिहान शुरू होने से पहले वह उम्मीदवारों को संबोधित करके बोला– ''मेरी आप सब लोगों से एक गुज़ारिश है कि आप अपनी जेबों को ध्यान से चैक कर लें और जेब में पड़ी पर्चियां बराये मेहरबानी बाहर छोड़ आयें। ऐसा न हो कि आपकी एक छोटी–सी ग़लती आपको यूनिवर्सिटी (University) के इम्तिहान से तीन साल के लिए बेदख़ल कर दे।

मेरे एक पूज्य मास्टर जी कहा करते थे कि लड़को नकल करके तुम अपने आपको ही धोखा दे रहे हो। तुम जिस चीज़ के काबिल नहीं, उस चीज़ को गलत तरीके से हासिल करके कभी भी ज़िंदगी की दौड़ में कामयाब नहीं हो सकते।''

और बात जारी रखते हुए बोला– ''पता नहीं मेरे बाकी साथियों ने उनकी बातों पर कितना अमल किया? हाँ! मैंने तो उस पर पूरी तरह अमल किया है और मैं हमेशा ही कामयाब रहा हूं।''

लेकिन उसकी यह बात साथ वाले कमरों में बैठे उम्मीदवार नहीं सुन सके।

इम्तिहान शुरू हो गया।

जब इम्तिहान का समय ख़त्म हुआ तो पर्चे इकट्ठे किये जाने लगे। एक सुपरवाइज़र जब कोने में बैठे हुए एक आदमी से उसका पर्चा ले ही रहा था कि उस आदमी के हाथ से कुछ कागज की पर्चियाँ नीचे जमीन पर गिर गई। उन पर्चियों पर नकल की गरज़ से छोटे–छोटे अलफ़ाज़ों में कुछ नुक्ते लिखे हुये थे।

सुपरवाईज़र ने ज़मीन पर बिखरी पर्चियों को इकट्ठा किया और कहने लगा– ''भाई साहब! आपके बाल सफ़ेद होने को आये हैं और आपने यह हरकत की है।''

बलराज उस वक्त उसी कमरे के सामने से गुज़र रहा था। यह बात सुनकर वह भी वहीं आ गया।

सुपरवाइज़र ने पर्चियाँ दिखाते हुए बलराज से कहा –''सर! देखिये इस आदमी की उम्र और इसकी काली करतूत''

बलराज ने उस आदमी को बड़े ग़ौर से देखा। वह झट पहचान गया कि वह तो उसके वही मास्टर चौहान थे और उनके चरणों में झुकता हुआ बोला–''मास्टर जी! आपने यह हरकत...! मैं अब कैसे...! मैं तो आपको अपना...!''

उसकी समझ में कुछ नहीं आ रहा था। बलराज को लगा कि जैसे किसी ने उसका गला ही दबा दिया हो।

वह इससे आगे कुछ नहीं बोल पाया। उसकी आँखो में दो मोटे–मोटे आँसू थे।

उसे ऐसे महसूस हुआ कि जैसे भगवान ने आज उसको एक बहुत बड़े इम्तिहान में डाल दिया हो।

27
इंतज़ार-तेरा अब भी है।

राष्ट्रपति भवन फ़ौजी बहादुरों से भरा पड़ा था। आज उन वीरों को जिन्होंने रण भूमि में बहादुरी के, करिश्में दिखाकर, एक मिसाल कायम की थी, मैडल मिलने थे। उनमें से जो ज़िन्दा बचे थे, वे खुद आये थे और जो नहीं, उनके नज़दीकी रिश्तेदार।

बारी–बारी से सबका नाम पुकारा जा रहा था।

''कर्नल भीशम नाथ बाली जिन्होंने अपनी जान की परवाह न करते हुए दुश्मन के अड्डे पर...'' कोई माइक पर बोल रहा था।

जनरल मेहता, उनकी बहू और ब्रिगेडियर बक्शी और उनकी बेटी भी, इस हॉल में मौजूद थे। माइक की आवाज़ के साथ सभी बीती हुई यादों में खो गये।

उन दिनों जनरल मेहता ब्रिगेडियर के रैन्क पर, जम्मू में पोस्टेड थे। उनका लड़का नरेन्द्र मेहता भी फ़ौज में कैप्टन था और कुछ दिन की छुट्टी पर आया हुआ था।

एक दिन ब्रिगेडियर मेहता शाम को जब दफ़्तर से वापस लौटे, तो उन्होंने अपने अर्दली प्रभू से पूछा कि नरेन्द्र कहां था? उसने बताया कि वह सिनेमा देखने गया हुआ था।

वह मुँह ही मुँह में बड़बड़ाये ''यह लड़का यहाँ छुट्टियाँ बिताने आया है कि सिनेमा देखने?''

वह कई दिन से उसकी यह हरकत नोट कर रहे थे।

''अच्छा आज वापस आने दो। उसकी ख़बर लेता हूँ।'' वह बोले

रात को जब नरेन्द्र अपने स्कूटर पर कोठी में दाखिल हुआ तो प्रभू उसके पास भागा–भागा हुआ गया और उसने जाकर उसे बताया कि बिग्रेडियर साहब बहुत ख़तरनाक मूड में हैं उन्होंने अभी तक, कुछ भी खाया–पीया नहीं है और उसका इंतिज़ार खाने के कमरे में कर रहे हैं''

नरेन्द्र के तो जैसे होश ही गुम हो गये। वह समझ गया कि आज हमले से बचना मुश्किल था। इसलिए वह एक अच्छे फ़ौजी की तरह हालात का मुकाबला करने के लिए कमरे में दाखिल हुआ। उसके डैडी सिगार के लंबे–लंबे कश लगा रहे थे और साथ ही साथ अपनी बड़ी–बड़ी मूंछों पर ताव दे रहे थे।

''गुड ईवनिंग डैडी'' वह खड़े–खड़े बोला

''गुड मॉर्निंग कहो बेटे। अब तो दिन चढ़ने वाला है,'' वह उसी तरह कुर्सी पर बैठे–बैठे बोले।

''डैडी... दरअसल मेरा स्कूटर... खराब...,'' वह बहाना लगाते हुए बोला। लेकिन उन्होंने उसकी इस बात को बिल्कुल नज़रअंदाज कर दिया।

''मैं हर वक्त जानता हूँ कि मेरे ब्रिगेड का कौन–कौन–सा ऑफ़िसर, किस–किस वक्त, कौन–सा और क्या–क्या काम कर रहा है? तो क्या मैं तुम अकेले के बारे में जानकारी नहीं रख सकता?,'' वह गंभीर लहजे में बोले।

नरेन्द्र समझ नहीं पा रहा था कि उसके डैडी का क्या मतलब था और वह क्या जवाब दे? इसलिए उसने चुप रहने में ही बेहतरी समझी। बात जारी रखते हुए उसके डैडी ने कहा ''बेटे जंग में दुश्मन की ख़बर देने वाले, जानते हो, सबसे ज़रूरी आदमी कौन होते हैं?''

''जी हाँ! स्काउटस'' वह आहिस्ता से बोला। वह हैरान था कि उसके लेट आने से जंग और स्काउटस का, क्या ताल्लुक था? उसने सोचा कि शायद उसके डैडी ने कोई बड़ा ही पैग चढ़ा रखा है। लेकिन फिर उसे प्रभू की बात याद आई कि दफ़्तर से आने के बाद से, अब तक उन्होंने कुछ भी न खाया था न पीया था।

''बेटे तुमने दुरूस्त कहा'' और फिर बोले "यह स्काउट्स ही जंग की हर ख़बर पीछे तक पहुँचाते हैं। लेकिन ये दो क्यों होते हैं?'' और उन्होंने एक और सवाल फेंका ''इसलिए कि जब उन में से एक हरकत करे तो दूसरा उसकी हिफ़ाज़त कर सके और इसी तरह...।''

''दुरूस्त'' उसकी बात काटते हुए वह बोले–''इसी तरह बेटे ज़िंदगी भी एक बहुत बड़ी जंग है। जिसके लिए अगर एक के बजाय दो आदमी हो जायें, तो बेहतर होता है। कुछ मेरी बात समझ में आई?''

उनकी इस बात से नरेन्द्र बिल्कुल परेशान–सा हो गया था। उसको समझ में कुछ भी न आया और बोला–''डैडी! मैं आपकी बात समझ नहीं पाया?''

''तो सुनो! मैं तुम्हें साफ़–साफ़ बताता हूँ। जिसके साथ–साथ, इतनी–इतनी रात गये तक, पिक्चर देखते हो, बेहतर है कि अब उससे तुम शादी कर लो।'' वह ठहाका मारकर हंसने लग गये और वह शरमा गया।

उनकी इस सीरियस एक्टिंग ने नरेन्द्र और प्रभू दोनों को चक्कर में डाल दिया था।

''बेटे! हमको उसका पता बता दो। हम कल ही जाकर उससे बात करते हैं''

''डैडी! बात उससे नहीं, आपको उसके पिता से करनी है,'' उसने उनके फ़िकरे को, झट दुरूस्त करते हुए कहा।

वह हँसते हुए बोले– ''हाँ! हाँ! भई उससे तो तुम ही बात कर लोगे, मुझे दे दो उसके पिता का पता। हाँ! पहले उस लड़की का नाम तो बताओ।''

''कामिनी'' वह आहिस्ता से बोला।

''हूँ'' और फिर प्रभू की तरफ़ देखते हुए बोले– ''बताओ उसकी शक्ल देखने में कैसी है?''

प्रभू जो उनके सवाल के लिए बिल्कुल तैयार न था। इस अचानक सवाल पर बौखला–सा गया, ''जी! साहब, मैं यानी, मैं क्या... जानूँ?'', वह हकलाते हुए बोला।

''ठीक–ठीक बताते हो कि....!'' वह बोले।

"जी! सुन्दर है। लेकिन.... लेकिन मैंने तो उसे दूर से ही देखा था," वह घबरा कर बोला ।

अगले दिन जब नरेन्द्र ने जाकर यह सारा किस्सा कामिनी को सुनाया तो वह हँसी से लोट–पोट हो गई।

"बड़े बने फिरते थे कैप्टन। अब आये न होश ठिकाने," वह उससे मज़ाक करते हुए बोली।

"भई! हँसी बाद में होगी पहले यह तो बताओ कि तुम्हारे डैडी यहाँ कब आ रहे हैं, दौरे से? ताकि मैं जल्दी ही अपने डैडी को तुम्हारे घर भेजूँ" वह बड़ी बेसबरी से बोला।

"तुम इतने बेसबर क्यों होते हो ...?" कामिनी मज़ा लेते हुए बोली।

"तुम नहीं जानती मेरे डैडी के मूड को? अगर मूड बदल गया तो चाल उल्टी भी पड़ सकती है। बड़े गुस्से वाले हैं।"

"मेरी एक बात ध्यान से सुन लो। अपने डैडी को हमारे घर भेजने से पहले, उनको बता देना कि मेरे डैडी ठहरे बिज़नेस–मैन। उनको ये टक–टक करते बूट डालकर चलना, मुँह में सिगार डालकर, मूँछों को बार–बार ताव देना..."

"तुम आ गई हो ना अपनी झिक–झिक पर...! बात कहाँ से कहाँ तक पहुँचा दी तुमने," उसने कामिनी की बात काटकर नाराज़गी से कहा।

इस पर कामिनी सीरियस हो गई और बोली–"वह आज ही दौरे से वापस आ रहे हैं।"

दूसरे ही रोज ब्रिगेडियर मेहता गोल्फ़ कैप पहने, कामिनी के पिता के घर जा धमके। उन्होंने जाकर कॉल बैल दबाई, अंदर से आवाज आई, "आइए! महाशय जी।"

ब्रिगेडियर मेहता कमरे में दाख़िल होते ही बोले–"माफ़ कीजिए! मेरा नाम महाशय जी नहीं है।" वह मुँह में सिगार रखे हुए थे और उनका दायां हाथ बार–बार उनकी बड़ी–बड़ी मूँछों पर घूम रहा था।

''महाशय! आपने ग़लत समझा मैं तो...।'' कमरे में खड़े शेरवानी डाले, सिर पर टोपी पहने, एक नाज़ुक से, दुबले–पतले आदमी ने कहा।

ब्रिगेडियर मेहता ने उस नाज़ुक से आदमी को, सिर से पांव तक नज़र मारी और फिर गुस्से से बोले–''मिस्टर मैं पहले भी कह चुका हूँ कि मेरा नाम महाशय जी नहीं, बल्कि...!''

''अजी आप समझे नहीं। मैं ठहरा 'गुरूकुल' का पढ़ा और आप...।'' और वह मायूसी में अपनी बात को अधूरी ही छोड़ते हुए बोला।

कामिनी बड़ी बेसबरी से नरेन्द्र के डैडी का इंतिज़ार कर रही थी लेकिन यहाँ आकर तो बात ही कुछ और बन गई थी। वह हैरान थी कि आज उसके डैडी को क्या हो गया था? जो ऐसी अजीब–सी पोशाक डाल रखी थी और बातें भी कैसी बेहूदा तरीके से कर रहे थे।

ब्रिगेडियर मेहता, कामिनी के डैडी के लफ़्ज 'गुरूकुल' को 'रघुकुल' समझकर बोले–''मैं यहाँ कोई कथा नहीं सुनने आया, बल्कि...''

मामला बिगड़ता देखकर कामिनी कमरे में दाख़िल हुई और उसने सारी बात को संभालने की कोशिश करते हुए कहा–''अंकल! आपने दरअसल मेरे डैडी की बात को नहीं समझा। वह कह रहे थे, कि...।''

वह हैरानी से बोले ''तो यह तुम्हारे डैडी हैं यानी कृष्ण कांत शर्मा'', और हँसते हुए कहने लगे–''बेटी अच्छा किया जो तुम ने मुझे वक्त पर बता दिया। वर्ना मैं तो इन्हें कुछ और ही समझ बैठा था।''

''क!क!क! क्या .... क्या मतलब है जी आपका?...'' इस बार कृष्ण कांत गुस्से से कांपते हुआ बोला।

कामिनी तो उन दोनों की बातों से पागल हो रही थी। तंग आकर बोल उठी– ''आप दोनों की जैसी मर्ज़ी। मैं तो अन्दर जा रही हूँ।''

उसका इतना बोलना था कि बिग्रेडियर मेहता और कृष्ण कांत शर्मा, दोनों ज़ोर–ज़ोर से हँसने लगे।

कामिनी की समझ में यह बात, बिल्कुल नहीं आई।

"बेटी! मेहता! मेरे कालेज का साथी है। मुझे क्या पता था कि तुम इसके लड़के के साथ ही...?"

"तो आप दोनों मिलकर मुझे बुद्धू बना रहे थे।" वह शर्माते हुए बोली।

उन दोनों की शादी हो गई। वह अब मेजर बन चुका था और इस अर्से में उसने विदेशों में जाकर ख़ास ट्रेनिंग ली। वहाँ उसने दिन–रात मेहनत की, जिससे उसका शुमार, फ़ौज के अच्छे माने हुए अफ़सरों में होने लगा।

उसके डैडी अब जनरल बन चुके थे।

जंग शुरू हो गई। नरेन्द्र की बटालियन भी जनरल मेहता के कमांड के अंदर चली गई। उसकी काबलीयत को ध्यान में रखते हुए, उसे बहुत ही अहम और ख़ास मिशन दिये जाने लगे। जिसे उसने हर बार बड़ी कामयाबी से निभाया।

दुश्मन के जिस–जिस इलाके में भी वह जाकर ऐम्बुश (घात) लगाता, वही दुश्मन के लिये बड़ा घातक साबित होता। अब हालात ये थे कि दुश्मन की फ़ौज के आदमी, उसके नाम, से थर–थर काँपते थे और ख़बर यह भी थी कि दुश्मन ने उसे ज़िन्दा कैदी बना लेने पर, एक लाख का इनाम भी रखा था।

एक ख़ास काम था जिसके लिए उसे डिवीज़नल हेड क्वार्टर्स में बुलाया गया और सब कुछ बता देने के बाद जनरल मेहता बोले–"नरेन्द्र मुझे तुम पर गर्व है। यह काम जो तुम्हें आज दिया जा रहा है, अगर तुम इसमें कामयाब हो गये तो यह एक फ़ौजी ढंग का अजूबा माना जायेगा और तुम्हारा नाम सुनहरे अक्षरों में लिखा जायेगा।" फिर हिदायत देते हुए कहने लगे "वायरलेस सेट पर मुझे अपने बारे में एक–एक मिनट की ख़बर देते रहना। ध्यान रहे कि तुम्हारा वायरलेस सेट कभी भी बंद न होने पाये। मिलाप के लिए कोड वर्ड होगा 'ब्लैक बर्ड' (black bird)। अच्छा विश यू दि बेस्ट ऑफ़ लक (wish you the best of luck)।"

उनसे हाथ मिलाने के बाद मेजर नरेन्द्र वापस चला गया।

हैडक्वार्टर से हुक्म मिलते ही वह अपने मिशन पर रवाना हो गया। काम काफ़ी ख़तरनाक था। दुश्मन के इलाके में घुसकर, उसके सभी मज़बूत ठिकानों को ...! अपनी फ़ौजी टुकड़ी को लिए वह बचता–बचाता ठिकाने पर पहुँच गया और उसको अच्छी तरह बर्बाद करने के बाद, वह जल्दी ही वापस लौट पड़ा। सारा रास्ता वह जनरल से मिलाप करता रहा।

''ऑपरेटर क्या बात है? सेट पर आवाज़ क्यों कमज़ोर है?'' वह सरगोशी में बोला।

''सर! लगता है, कि बैटरी कमज़ोर पड़ गई है। मैं जल्दी से बैटरी बदल देता हूँ,'' आपरेटर ने कहा।

उसकी यह स्पेशल टुकड़ी, दरअसल दुश्मन की ऐम्बुश (घात) में फँस चुकी थी। बस इसी दौरान चारों तरफ़ से गोलियों की बौछार होने लगी।

''हैलो! हैलो!......हैलो! हैलो! ब्लैक बर्ड,'' जनरल ने बहुत मिलाप करने की कोशिश की लेकिन दूसरी तरफ़ से कोई जवाब नहीं मिला।

उसकी कमांडो टुकड़ी को बचाने के लिए, कई तरफ़ से पेट्रोलिंग पार्टियाँ भेजी गईं लेकिन सब बेकार। पूरे इलाके में दुश्मन इतनी सख़्त गोला बारी कर रहा था, कि किसी का बचकर वहां पहुंच पाना या निकलकर वहाँ से आ जाना नामुमकिन था ...!

लड़ाई ख़त्म हुये काफ़ी वक्त बीत गया। मेजर नरेन्द्र वापस लौट कर नहीं आया। उसकी बहादुरी के लिए उसे परमवीर चक्र दिया गया। जिसे लेने के लिए आज कामिनी गई थी और साथ में जनरल मेहता भी थे।

पलक झपकते ही काफ़ी वर्ष गुज़र गया। अब कामिनी का लड़का जवान हो चुका था और वह भी अपने पिता नरेन्द्र की तरह ही स्मार्ट था।

एक दिन कामिनी बाग़ में बैठी कोई किताब पढ़ रही थी कि ब्रिगेडियर बक्शी वहाँ आ पहुँचा।

"कामिनी! क्या हो रहा है? भई कोई ख़ास किताब तो नहीं पढ़ रही और अगर ऐसा है तो मेरा नाम भी वेटिंग लिस्ट में लिख लो," वह मुस्कराते हुए बोला।

"बक्शी! तुम्हारा, कॉलेज का वह ख़ास किताब पढ़ने का चस्का अब तक नहीं गया।"

फिर कहने लगी–"अब तो तुम अपने ब्रिगेड को कमांड करने में ध्यान दो"

"तुम क्या जानो कामिनी? ऐसी बुक्स पढने से मोराल अप (Morale up) रहता है। और काम भी चौगुनी स्पीड से होता है।" वह हँसते हुए कहने लगा।

"तुम्हारी कॉलेज की, बातें बनाने की आदत अब भी वही है। हाँ! तुम्हारे बाल थोड़े–थोड़े सफ़ेद ज़रूर हो गये हैं लेकिन तुम्हारा जीने का अंदाज ज़रा भी नहीं बदला। तुम्हारा जिंदगी की तरफ़, एटीच्यूड (attitude) अब भी बिल्कुल वही है," उसने मुस्कराते हुए कहा।

"लेकिन तुम्हारे तो बाल अब भी पूरी तरह वैसे ही हैं जैसे कॉलेज में थे और न ही तुम्हारी फ़िगर (figure) में कोई चेन्ज आया है," बक्शी गुज़री हुए यादों के ख़्यालों में, खोता हुआ बोला। "याद है! तुम्हें कॉलेज के सारे स्टूडेंट 'हिरणी' कहा करते थे। क्या चाल थी ..?"

कामिनी ने जोर से चुटकी बजाकर कहा "बक्शी साहब! वापस लौट आइए ख़्यालों की दुनियाँ में से। रात गुज़रे हुए काफ़ी वक्त बीत चुका है," और वह ज़ोर–ज़ोर से हँसने लग गई।

बक्शी ने बात को जारी रखते हुए कहा–"यह तो मैं ज़रा देर से पहुँचा और नरेन्द्र ने पहल कर दी। वर्ना उसकी जगह मैंने तुम से शादी की ऑफ़र, पहले कर दी होती और...।"

"तुम ने सूरत भी देखी थी अपनी ..." कामिनी मुस्कराते हुए बोली।

''कामिनी ज़रा बताओ क्या कमी है मुझमें? हसीन हूँ, जवान हूँ और ... ।''

कामिनी कहकहा लगाते हुए बोली–''यूँ कहो! हसीन थे, जवान थे... ।''

बक्शी बात को बिगड़ते देख कर कहने लगा–''अच्छा शादी के बारे में 'हाँ' करती हो कि जाँऊ जनरल मेहता के पास।

कामिनी पर इस उम्र में भी, हया की लाली छा गई और वह खुद को संभालते हुए कहने लगी–''क्या बकते हो? कुछ तो शर्म करो। कम–से–कम अपनी जवान बेटी का ही लिहाज़ करो जो पास बैठी है। और तुम हो कि...'' इससे आगे कहने को वह अल्फ़ाज़ नहीं ढूंढ पा रही थी।

''आ गई न तुम भी चक्कर में भई! मैं भी तो अपनी बेटी निम्मी की शादी तुम्हारे लड़के रविन्द्र से करने की ही, बात कर रहा हूँ ,'' बक्शी हँसते हुए बोला।

निम्मी को अपने डैडी की आदत का पता था और इसलिए कामिनी के साथ होने वाली गुफ़्तगु के दौरान वह भी वहीं बैठी रही।

लेकिन, यह लफ़्ज़ सुनकर वह शर्माकर अंदर कमरे में भाग गई। रास्ते में वह कैप्टन रविन्द्र से टकराते–टकराते बची।

''क्या बात है? आज बड़ी खुश नज़र आ रही हो ,'' रविन्द्र ने उससे पूछा।

निम्मी ने सारी बातें उसे खुलकर बता दीं।

''तुम भी तो मेरी 'मोरनी' हो,'' वह उसे अपनी बाँहों के घेरे में लेता हुआ बोला।

जंग दोबारा छिड़ गई। कैप्टन रविन्द्र की बैटालियन ब्रिगेड़ियर बक्शी के ब्रिगेड में थी। अब की बार कैप्टन रविन्द्र को दुश्मन के इलाके में, स्पेशल टास्क के लिए भेजा गया। रविन्द्र भी अपने पिता नरेन्द्र मेहता से, काबलियत में कम न था।

''बेटे यह काम तुम्हारी काबलियत को देखकर ही तुम्हें दिया गया है। इसे किस्मत का खेल ही समझो कि जिस जगह तुम्हें आज भेजा जा रहा है, यह वही इलाका है, जहाँ काफ़ी साल पहले, तुम्हारे डैडी ने बड़ी बहादुरी का जौहर दिखाया था। लेकिन अफ़सोस कि वह लौट कर नहीं आ सके, ब्रिगेडियर बक्शी ने कहा।

''सर! यू डोन्ट वरी... आप फ़िक्र न करें। मैं ज़रूर वापस आ जाऊँगा,'' कैप्टन रविन्द्र ने बड़े यकीन के साथ कहा।

ब्रिगेडियर बक्शी के दिल में फिर भी एक वहम–सा था और वह ठीक ही निकला।

कैप्टन रविन्द्र ने दिया हुआ टास्क तो पूरा कर दिया मगर वापस न आ सका।

''सर! क्या कामिनी के साथ रविन्द्र का मैडल लेने, आप जायेंगे?'' ब्रिगेडियर बक्शी ने जर्नल मेहता को संबोधित करते हुए पूछा।

''मैं अपने किये की सज़ा पहले ही झेल चुका हूँ। अब की बार कामिनी के साथ तुम ही जाओ। कैप्टन रविन्द्र को तो तुम ने ही, टास्क पर भेजा था,'' जनरल मेहता मुस्करा कर बोले।

ब्रिगेडियर बक्शी सोच रहा था कि, क्या फ़ौलाद का दिल पाया है इस आदमी ने, जो इन हालात में भी मुस्करा रहा है।

राष्ट्रपति भवन....

सभी अपने–अपने ख़्यालों में खोए हुए थे कि पास बैठे लोगों की आवाज़ ने उन्हें चौंका दिया। कोई कह रहा था ''मिसीज कामिनी मेहता आपका नाम पुकारा जा रहा है।''

कोई माइक पर बोल रहा था...

''मिसिज़ कामिनी मेहता वह महान औरत हैं, जिन्होंने काफ़ी साल पहले इसी हॉल में अपने पति मेजर नरेन्द्र की बहादुरी का परमवीर चक्र यहाँ प्राप्त किया था और आज वह उसी हॉल में दोबारा काफ़ी सालों बाद अपने बेटे कैप्टन रविन्द्र मेहता का महावीर चक्र प्राप्त करने आई हैं।''

फंक्शन के बाद जनरल मेहता के अनुरोध पर, ब्रिगेडियर बक्शी और उनकी बेटी निम्मी, रात के खाने के लिए उनके साथ चल दिये।

कोठी के अंदर दाख़िल होते ही, जनरल मेहता ने नोट किया कि चारों तरफ़ अंधेरा ही अंधेरा था। कहीं भी रोशनी नज़र नहीं आ रही थी। उन्होंने सब नौकरों को आवाजें दीं लेकिन कहीं से कोई जवाब न आया। ''कहाँ मर गये, आज यह सब...'', वह बड़बड़ाकर बोले।

बरामदे में पहुँचकर ज्योंही उन्होंने बिजली का स्विच आन करने के लिए हाथ बढ़ाया ही था कि किसी ने बढ़कर, एक पिस्तौल की नली, जनरल मेहता की कनपटी पर, और दूसरी पिस्तौल की नली ब्रिगेडियर बक्शी की कनपटी पर रख दी।

''ख़बरदार! अगर तुम में से, किसी ने भी कोई गड़बड़ करने की कोशिश की तो...,'' एक भारी आवाज़ बोली।

कामिनी और निम्मी दोनों ही इस अचानक हादसे से घबरा उठीं।

भारी आवाज़ के हुक्म के मुताबिक सभी कमरे में दाख़िल हुए और तभी एक फ़ायर की आवाज़ सुनाई दी। सभी फिक्रमंद थे कि पता नहीं गोली किसको लगी थी। फ़ायर के साथ ही, कमरे में बत्तियां जल उठीं। सामने कोई आदमी खड़ा ज़ोर–ज़ोर से हंस रहा था।

उसको देखकर सभी लोग हैरानी और ख़ुशी से पागल हो उठे।

सामने कैप्टन रविन्द्र मेहता खड़ा मुस्करा रहा था। ''क्यों कर दिया न मैंने आप सबको, हैरान ?''

कैप्टन रविन्द्र ने उन्हें बताया कि उसे दुश्मन ने कैदी बनाकर, अपने साथ मिल जाने की सलाह दी और यह भी लालच दिया कि वह उसकी जान भी बख्श देंगे– उसे मालामाल कर देंगे। जब वह न माना तो उसे दुश्मनों ने ले जाकर एक गंदे तहख़ाने में बंद कर दिया। उस तहखाने के साथ वाले कमरे में भी एक जंगी फ़ौजी कैद था।

एक दिन दुश्मनों के ऑफ़िसर ने उसे बताया, ''यह फ़ौजी भी हमारी बात नहीं माना इसलिए इतने सालों से पड़ा कारागार में सड़ रहा है। तुम्हारा भी यही हाल हो जायेगा। कम–से–कम अपनी

जवानी पर ही तरस खाओ। तुम्हारी बेहतरी इसी में है कि तुम हमारी सलाह मान जाओ।

कुछ दिन बाद मैंने उनकी बात मान ली। लेकिन मैंने उन्हें सलाह दी कि अगर वह मुझे मौका दें तो मैं उस दूसरे हिन्दुस्तानी जंगी कैदी को भी अपने साथ मिलाने की कोशिश करूँगा। दुश्मन के अफ़सर इस बात के लिए राज़ी हो गये और मैंने उस दूसरे कैदी को राज़ी कर लिया। अब हम दोनों को एक कमरे में इकट्ठा कर दिया गया। अच्छे से अच्छा खाना मिलने लगा लेकिन बाहर कड़ा पहरा, लगातार वैसे ही रहा।

हम दोनों, कैदियों का प्लान कामयाब हुआ। हम दोनों बड़ी प्लानिंग और सूझ–बूझ के बाद, वहाँ से भाग निकलनें में कामयाब हो गये और यहाँ हिन्दुस्तान पहुँच गये।"

"लेकिन वह दूसरा फ़ौजी कौन था और कहाँ हैं?, " सब लोगों के मुंह से निकल पड़ा।

"वह मैं था," सब लोगो कीं नज़रें उस आवाज़ की तरफ़ मुड़ गईं।

सामने मेजर नरेन्द्र मेहता खड़ा था।

कामिनी को सारी दुनियाँ घूमती हुई नज़र आने लगी और...!

अगर मेजर नरेन्द्र मेहता आगे बढ़कर, उसे अपनी बाँहों में न थाम लेता तो वह ज़रूर फ़र्श पर गिर ही पड़ती।

28
शराफत

तितलियां पकड़ते–पकड़ते वह काफ़ी दूर खेतों में निकल गई। जब चंदा ने निगाह ऊपर की तो अपने चारों तरफ़ चमन, बदलू, काशी और मक्खन को पाया। उसको उन सबका इरादा फ़ौरन समझ आ गया। उसने भागने की लाख कोशिश की लेकिन वह उनके मज़बूत हाथों से न बच सकी। आख़िर उसने मज़बूर होकर चिल्लाना और शोर मचाना शुरू कर दिया।

हाथ में बंदूक लिए इत्तिफ़ाक से उसी वक्त एक बाबू, उधर से गुजर रहा था। वह लड़की की चीख़–पुकार सुनकर भागा हुआ आया। इससे पहले कि वो सब उसकी इज़्ज़त से खेल पाते, वह उनके बीच में आ कूदा। आते ही उसने एक–दो की अपनी बंदूक की बट से पिटाई कर डाली और बाकी दो बंदूक की नली को अपनी तरफ़ मुड़ता देख कर, सिर पर पाँव रख कर भाग खड़े हुए।

"आओ! मैं तुम्हें तुम्हारे घर तक छोड़ आता हूँ," वह बोला।

थोड़ी ही देर में चंदा ने अपनी घबराहट पर काबू पा लिया और कहने लगी– "बाबू! यह तुम्हारी शराफ़त है जो मैं आज बच गई। अगर तुम्हारी जगह कोई और भेड़िया आ जाता तो वह भी इन चारों के साथ मिल कर मुझे खा जाता।

बाबू! मैं तुम्हारी शराफ़त का एहसान कभी नहीं चुका सकती। अगर कहीं ऐसा हो जाता, तो मैं अपनी जान दे डालती।" चंदा की आँखों में आँसू थे।

"खैर! अब घबराने की कोई बात नहीं। बताओ तुम्हारा घर किधर है?"

"वह गांव के सिरे पर जो अकेला मकान है, मैं वहीं रहती हूँ," उसने इशारे से उसे बताया।

थोड़ी ही देर में दोनों बातें करते–करते उसी मकान के पास जा पहुँचे। लड़की ने आग्रह किया कि वह उसे चाय पिये बिना न जाने देगी और बाबू को उसकी बात माननी ही पड़ी। लड़की ने घर का दरवाज़ा खोला और कमरे में जाकर जल्दी–जल्दी चाय और पकौड़े बनाने लगी ।

बाबू धीरे–धीरे घूमता–घूमता उसके कमरे में आ गया और इस से पहले कि चंदा कुछ समझ पाती, बाबू ने लपक कर दरवाज़े की अंदर से कुंडी चढ़ा ली।

29
रेशमा

कैप्टन असलम अपने बन्कर के पास कुर्सी पर बैठा गर्म–गर्म धूप के मजे ले रहा था। आज बहुत दिनों बाद धूप निकली थी। चारों तरफ़ ज़मीन पर मख़मली घास की हरी चादर बिछी पड़ी थी। सामने वुल्लर लेक का सुहाना और दिलकश नज़ारा और उस में धीरे–धीरे चल रही छोटी–छोटी किश्तियाँ और दूर कभी–कभार बादलों में उड़ने वाली मुरग़ाबियों के झुण्ड और ज़रा दायें वाटलब के रेस्ट हाउस के पास छोटी–सी पहाड़ी, जो नीले आसमान के बैकग्राउण्ड में दिल की नाज़ुक रगों में, एक सनसनी–सी पैदा कर देती।

बाईं तरफ़ ऊपर घने जंगलों का एक सिलसिला और उससे बहुत दूर दिखाई देने वाली हरमुख की बर्फ़ीली चोटी जो सिर से पाँव तक बर्फ़ से सजी हुई थी। और संगमरमर की एक तराशी हुई ख़ूबसूरत लड़की की तरह लगती थी। पहाड़ के निचले हिस्से में दूर–दूर तक, नीचे ढलानों की तरफ बर्फ़ की बढ़ती हुई पतली–पतली लकीरें, किसी बूढ़े बड़ के दरख़्तों की जड़ों की तरह लगती जो कि मिट्टी के नीचे से निकलने से बाहर दिखाई देने लग जाती हैं।

पहाड़ों के दामन में चरागाहों में चर रहे भेंड़, बकरियों, के सफ़ेद काले झुण्ड और कभी–कभी नज़दीक पहाड़ी पर लकड़ियाँ इकट्ठी कर रहे लोग जब किसी भी बात पर शोर करते तो उसका ध्यान उधर चला जाता। लेकिन उसे उनके शोर में भी एक दिलकश तराने का मज़ा आ रहा था। वह इस नज़ारे में मस्त था, कि न जाने कहाँ से बादलों के झुण्ड, आसमानी समुद्र पर तैरते–तैरते उधर आ गये और देखते ही देखते उस प्यारी–सी धूप पर छा गये। नज़ारा तो यह भी बहुत दिल लुभाने वाला था और उसका दिल था कि वह इसी हसीन नज़ारे को देखता रहे मगर उसने महसूस किया कि सर्दी कुछ ज़्यादा

ही बढ़ रही थी। वह न चाहते हुए भी बन्कर में अपना कोट लेने चला गया। जब थोड़ी देर बाद निकला तो उसने देखा कि उपर पहाड़ी पर बर्फ़बारी होने लगी थी और उसका रूख़ ढलानों की तरफ़ था।

ऐसी हालत देखते ही जंगलों में लकड़ियां लेने गये बच्चे और लड़कियां अपनी अपनी गठरियां लादे, ढलानों की तरफ़ दौड़ने लगे। पगडण्डी उसके बंकर के पास ही गुज़र कर जाती थी।

लेकिन बर्फ़बारी के डर से सभी लोग छोटे रास्ते से अपने अपने घरों को भागने लगे। दूर से वे सब एक चींटियों के कॉफ़िले की तरह लग रहे थे। देखते ही देखते मिनटों में उन्होंने यह लम्बा फ़ासला जल्दी तय कर लिया। मौसम ख़राब होता देख असलम भी अन्दर बन्कर में जाने की सोच ही रहा था कि उसकी नज़र ऊपर जंगल की तरफ़ चली गयी। उसने देखा कि कॉफ़िले के बहुत पीछे एक अकेली लड़की सिर पर भारी बोझ लिए आहिस्ता–आहिस्ता चल रही थी। एक जगह आकर लड़की ने गर्दन घुमाकर लम्बे रास्ते की तरफ़ नज़र डाली और फिर कुछ फ़ैसला करते हुए छोटे रास्ते से ढलान की तरफ़ जाने लगी। चलते–चलते एक जगह पर लड़की डगमगा गई और वहीं लड़खड़ा कर गिर गई। उसके सिर से लकड़ियों का बोझ गिरा और नीचे गहरी खाई की तरफ़ लुढ़कने लगा। लड़की बेबस और मायूस नज़रों से यह सब देखती रही। असलम बड़ी बेताबी से लड़की के उठ खड़े होने का इंतिजार करने लगा। मगर काफ़ी देर गुज़र जाने पर भी जब वह लड़की न उठी तो असलम को बहुत फ़िक्र हुई। वह जल्दी ही फ़ैसला करके उस लड़की की तरफ़ चल दिया। उसने सिर पर हैट डाल रखी थी। नज़दीक पहुँचकर उसने लड़की को आधी बेहोशी की हालत में पाया। वह दर्द से कराह रही थी। लड़की ने बेबस नज़रों से उसकी तरफ़ देखा।

उसने जल्दी पूछा कि चोट कहाँ लगी है? शायद मैं तुम्हारी कुछ मदद कर सकूँ।

लड़की कुछ न बोली और उसने बस अपने पाँव की तरफ इशारा कर दिया। असलम ने लड़की के पांव की तरफ़ नज़र डाली और उसको यह समझते देर न लगी कि लड़की के पाँव में काफ़ी चोट आई थी। उसका पाँव भी कुछ सूज चुका था।

''क्या दर्द बहुत हो रहा है?,'' उसने लड़की से पूछा

लड़की ने हाँ में सिर हिला दिया लेकिन मुँह से कुछ न बोल सकी। लड़की की आंखों से टप–टप आँसू गिरने लगे और वह सिसकियाँ ले–ले कर रोने लगी। असलम ने उसे तसल्ली देते हुए कहा–''तुम फ़िक्र मत करो, बस ज़रा हौसला रखो। मैं अभी ....'' उसने बात को अधूरी ही छोड़कर चारों तरफ़ निगाह दौड़ाई लेकिन उसे कोई भी ऐसी जगह न दिखाई दी, जहाँ वह लड़की को सर्दी से बचाने के लिए ले जा पाता...।

बर्फ़बारी भी अब बहुत ज़ोर से होने लगी थी। उसने बड़े ध्यान से लड़की को सहारा देकर उठाया।

लड़की का बायाँ हाथ, उसने अपने कन्धे पर डाल रखा था और अपना दायाँ हाथ लड़की की कमर में। लड़की दर्द के बावजूद असलम के साथ इस तरह लगने से झिझक रही थी। लड़की ने परेशान नज़रों से असलम की तरफ़ सिर घुमाकर देखा। वह उसकी मज़बूरी समझकर बोला–''क्या करूँ! इसके अलावा कोई चारा भी तो नहीं है?'' मैं समझता हूँ लेकिन ....। तुम्हें अपने बन्कर में ले जा रहा हूँ। एक तो यहाँ बर्फ़बारी और सर्दी है। दूसरा इलाज भी यहाँ मुमकिन नहीं। वहाँ चलकर तुम्हारा इलाज डॉक्टर से करवाता हूँ।''

यह सुनकर लड़की काँप–सी गई और वह पूरा ज़ोर लगाकर असलम से खुद को आज़ाद करने के लिए हाथ–पाँव मारने लगी। वह लड़की की घबराहट की वजह समझकर बोला–''तुम बेफ़िक्र रहो वहाँ कोई ख़तरा नहीं। तुम बिल्कुल सुरक्षित रहोगी। तुम्हें दिल में किसी किस्म का भय रखने की ज़रूरत नहीं। हमारी फ़ौज इतने दिनों से तुम्हारे इलाके में तैनात है और फिर सब एक से तो नहीं होते''

लड़की ने लाचार नज़रों से उसकी तरफ़ देखा। ''यकीन रखो तुम्हारी पवित्रता पर ज़रा भी धब्बा नहीं आयेगा। तुम बिल्कुल ऐसे ही अपने घर जाओगी जैसे...।'' लड़की की आँखों में फिर आँसुओं की बूँदे झिलमिलाने लगीं। उसके पास कोई चारा भी तो न था, सिवाय इसके के वह असलम की बातों पर यकीन करे। उसे असलम की बातों पर एतबार तो आ गया था मगर फिर भी वह धड़कते दिल से असलम के साथ चल दी।

बन्कर में जाकर उसने लड़की को अपनी चारपाई पर लिटा दिया और उसके ऊपर कम्बल डाल दिया। उसने माचिस जलाकर बुख़ारी सुलगाई। बुख़ारी की गर्मी से लड़की को काफ़ी राहत मिली। बर्फ़बारी में चलने से उसका जिस्म काफ़ी सर्द हो गया था। इतना सब कुछ होने पर भी लड़की का दिल धक–धक कर रहा था और उसकी नजरें दरवाजे पर लगी हुईं थीं। तेज हवा से बन्कर का दरवाज़ा बार–बार खुल रहा था और बन्द हो रहा था। असलम ने आगे बढ़कर दरवाज़ा अन्दर से बन्द कर दिया। पीछे एक ज़ोरदार खटका हुआ। असलम ने देखा कि लड़की कम्बल एक तरफ फेंक कर, दर्द को भूलकर उठ बैठी थी।

''नादान लड़की! क्यों अपनी तकलीफ़ बढ़ा रही है? जैसे लेटे हुई थी वैसे ही अब लेट जाओ,'' वह डाँट कर बोला। रोबदार आवाज़ सुनकर लड़की सहम कर चारपाई पर दुबारा लेट गयी। उसने आगे बढ़कर लड़की के ऊपर कम्बल दुबारा डाल दिया। डाक्टर वहाँ मौजूद न था इसलिए उसने नर्सिंग असिस्टैंट को सारी बात समझा दी। थोड़ी ही देर बाद दरवाज़े पर दस्तक हुई तो असलम ने दरवाज़ा खोला।

नर्सिंग असिस्टैंट ने बड़ी तसल्ली से लड़की के पैर का मुआयना किया और दवा वगैरह लगाने के बाद कहने लगा–''सर! इसे कुछ दिन के लिए चलना–फिरना बन्द करना होगा।'' यह कहकर उसने पहाड़ी लड़की की तरफ़ देखा। लड़की ने आहिस्ता से सिर हिला

दिया। जैसे कह रही हो कि वह बात समझ गयी है। ''क्या इसे मदद से चलाकर घर भेजा जा सकता है?''

''नहीं सर! इस हालत में इसका पैदल चलकर जाना बहुत नुकसानदे हो सकता है।'' दोनों ने लैम्प की रोशनी में देखा कि यह बात सुनकर लड़की बहुत परेशान नज़र आ रही थी।

''अच्छा जाकर, एक स्ट्रैचर और कुछ आदमियों का बन्दोबस्त करो।''

''ओ.के.सर! मैं अभी बन्दोबस्त करके आता हूँ,'' और दरबाज़े के बाहर निकलकर दबे शब्दों में कहने लगा– ''सर! लगता है यह लड़की गूंगी है। मेरी चैकिंग के दौरान इसने ज़रा भी आवाज़ नहीं निकाली। कोई और होता तो दर्द से... ख़ैर सर मैं चलता हूँ।''

असलम उसकी इस बात पर चौंक पड़ा। उसे ध्यान आया कि नर्सिंग असिस्टैंट जोशी ने ठीक ही कहा था। उसने ख़ुद पूरे दो घण्टे के समय में लड़की को कुछ भी बोलते नहीं सुना था और उसे न जाने क्यों उसे लड़की पर तरस आने लगा।

उसने पहली बार पहाड़ी लड़की को ग़ौर से देखा । वह काफ़ी ख़ूबसूरत थी। गोरा रंग, घनी पलकें और लम्बे–लम्बे कमर को छूते हुए बाल...। उसको देखते देखते असलम के मुँह से अपने आप ही निकल गया–''तुम्हारा नाम क्या है ?'' और फिर जल्दी ही अपनी ग़लती का एहसास होने पर, अपने आप से बोलने लगा–''मैं भी कैसा बुद्धू हूँ? एक गूँगी लड़की से यह सवाल कर रहा हूँ।''

यह आख़री फ़िकरा उसने बहुत ही धीरे से कहा ताकि वह लड़की न सुन सके लेकिन उसकी एहतियात के बावजूद भी लड़की ने उसका वह जुमला सुन लिया था और उसके चेहरे पर उदासी छा गई ।

वह सोच रही थी कि काश! वह उसका शुक्रिया अदा कर सकती लेकिन...।

''सर! मैंने सब बन्दोबस्त कर दिया है लेकिन...।'' असलम चौंका।

''लेकिन क्या?'' असलम ने सवालिया नज़रों से जोशी की तरफ़ देखते हुए पूछा

''सर! बोर्डर पोस्ट से डाक्टर साहब ने फ़ोन पर कुछ दवाईयाँ लाने के लिए कहा है। इस लिए मुझे वहाँ जाना पड़ेगा।''

''अच्छा! मैं ख़ुद ही कुछ आदमियों को लेकर गाँव तक हो आता हूँ'' असलम कुछ सोचते हुए बोला। बड़ी सावधानी से लड़की को स्ट्रैचर पर डाला गया। जहाँ–जहाँ उतराई ज़्यादा होती तो वह बोल पड़ता–''जरा संभाल कर'' ढ़लान पर पहुँचकर असलम ने ल़डकी से कहा कि वह अपने घर का रास्ता इशारे से बतलाती जाये। थोड़ी ही देर में वो उसके घर पर थे। कश्मीरी ज़ुबान में मज़दूरों ने सारी दास्तान लड़की के मां– बाप को सुना डाली। वह सब असलम के ऐहसानमन्द थे कि उसने लड़की का इलाज कराया और घर तक भी पहुँचवाने आया।

असलम रात को ही कुछ दिनों की छुट्टी से वापस लौटा था। हवाई जहाज़ में दिल्ली से चण्डीगढ़ की सीट मिल गयी और इसलिए वह एक दिन पहले ही अपनी यूनिट में पहुँच गया। रात को सोने से पहले उसने अपने अर्दली को हिदायत कर दी थी कि वह उसे सुबह जल्दी न उठाये। वह देर तक सोना चाहता था।

''सर...सर'' जब बार–बार पुकारने पर भी असलम न उठा तो अर्दली ने उसे झिन्झोड़ा। ''कम्बख़्त सोने भी नहीं दे रहा। वह ही मुँह में बुड़बड़ाया और उस पर बरसते हुए कहने लगा –क्या बात है? मैंने तुमसे ख़ास ताकीद की थी कि मुझे सुबह जल्दी मत उठाना। मेरा जब दिल करेगा, उठ जाऊँगा''

''साहब! मुझ पर क्यों बिगड़ते हो? मैंने तो उससे कहा भी था कि अगर मैंने साहब को उठाया तो वह मुझसे नाराज़ होंगे। मगर ...।''

''वैरीगुड! उसे कह दो साहब सो रहे हैं। बाद में आ जाये'', यह कहकर वह अपना मुँह फिर कम्बल में लपेट कर सो गया। अर्दली

सिर खुजाता हुआ फिर बोला– ''सर! मैंने उसे बहुत समझाया लेकिन क्या करूँ? बहुत ही जिद्दी है...वह लड़की।'' लड़की का लफ़्ज़ उसने काफ़ी लम्बा करके बोला था ताकि असलम को सोचने का मौका मिल जाये। असलम, 'वह लड़की' के लफ़्ज़ पर चौंक गया और झट कम्बल में से सिर निकालकर बोला–''कौन–सी लड़की की बात कर रहे हो''? और फिर सोचते हुए बोला–''कहीं वह कश्मीरी लड़की तो नहीं? अगर वही हो तो उसे रोको। मैं जल्दी ही हाथ–मुँह धोकर बाहर आता हूँ।''

थोड़ी देर के बाद जब वह बाहर आया तो धूप ज़ोरों पर थी। वही लड़की बन्कर से थोड़ी दूर पीठ किये खड़ी थी। असलम के पाँव की आवाज़ सुनकर लड़की ने गर्दन घुमाई, असलम उधर ही देख रहा था। लड़की ने नज़रें नीचे कर लीं। उसके गालों पर हया से गुलाबी रंग छाया हुआ था। ज़ुल्फें उसके रूख़सारों से छेड़छाड़ कर रहीं थी। उसने बड़े रंग–बिरंगे कपड़े डाल रखे थे। लड़की जिस ढंग से अपने दोनों पांव पर बोझ डालकर खड़ी थी, उससे वह समझ गया कि लड़की के पैर की मोच ठीक हो चुकी है।

असलम के मुँह से एक लम्बी आह निकल गयी। उसने सोचा– ''काश! यह लड़की गूंगी न होती– काश! यह लड़की बोल पाती–'' वह अंजाने में टकटकी लगाये उसे देखे ही जा रहा था। थोड़ी देर बाद उसे अपनी इस बात का एहसास हुआ और वह अपने चेहरे पर मुस्कराहट लाकर अपने होंठ खोलने ही वाला था कि एक मीठी–मधुर आवाज़ ने उसे हैरान कर दिया। उसका मुँह खुला का खुला रह गया। लड़की के फूल जैसे गुलाबी होंठ हरकत कर रहे थे। ''साहब! आप का बहुत–बहुत शुक्रिया जो आप उस दिन मेरे लिए ज़िंदगी का फ़रिश्ता बन कर आ गये, वर्ना मैं तो बर्फ़ में ही दफ़्न हो गयी होती। आपका ऐहसान...। मैं इस ऐहसान के लिए आप की हमेशा शुक्रगुज़ार रहूँगी और...। ''वह अपना फ़िकरा यहीं अधूरा छोड़कर, निगाहें झुकाकर, अपनी जूती की नोंक से ज़मीन को खुरचने लगी। असलम हैरत भरी नज़रों से उसे ताकता जा रहा था। असलम को ऐसे लगा

जैसे लड़की के लब हिलने से उसकी अपनी बोलने की ताकत खो गई हो।

''साहब! क्या देख रहे हो? कुछ बोलोगे भी, या इसी तरह बुत बने खड़े रहोगे।'' लड़की के चेहरे पर ताज़े कमल के फूलों की, मुस्कराहट थी। असलम चौंका ''तुम... यानी तुम...बोल भी सकती हो। मैं तो समझा था कि तुम गूँगी हो।'' उसे जैसे लड़की की आवाज़ पर अब भी यकीन न हो। ''उस दिन तो तुमने मुँह से एक लफ़्ज भी न बोला था।'' लड़की मुस्कुराकर बोली– ''साहब! उस दिन आप ने मुझे बोलने का मौका ही कब दिया था? बल्कि आप तो खुद ही... ।''

''हाँ! यह तो तुम ठीक ही कह रही हो।'' थोड़ी ही देर में वो ऐसे बातें कर रहे थे जैसे दोनों एक दूसरे को काफ़ी समय से जानते हों।

''क्या आज तुम जंगल में लकड़ी लेने नहीं गई? क्या छुट्टी मना रही हो...?''

वह हँसी...असलम को लगा जैसे घण्टियां बज रही हों।

''हाँ मैं यानी कोई भी जंगल नहीं गया। आज यहां गांव में मेला जो है ।''

''क्या होता है इस मेले में''?

''सर्कस वाले यहाँ भालू, शेर, हाथी, लेकर आये हैं।'' वह हाथों से इशारे करते हुए कहने लगी। वह बड़े मासूम अंदाज़ में जानवरों के नाम ले रही थी।

''क्या तुम्हें जंगली जानवरों से डर नहीं लगता?'', वह उसे छेड़ता हुआ बोला।

''डर तो लगता है लेकिन सर्कस वाले तमाशा देखने वालों को पहले पिंजरे में बन्द कर देते हैं और फिर जानवरों को बाहर निकालते हैं'' लड़की की बात सुनकर असलम ज़ोर–ज़ोर से हँसने लगा।

लड़की हैरान थी कि वह क्यों हँसता जा रहा है? उसकी आंखें हैरानी से उसे देख रही थीं।

''क्यों क्या हुआ साहब जो इतनी ज़ोर–ज़ोर से हँस रहे हो?।'' थोड़ी देर बाद जब असलम की हँसी रूकी तो वह बोला–''सर्कस वाले तमाशा देखने वालों को नहीं बल्कि जानवरों को बड़े से पिंजरे के अंदर डालकर उनके करतब दिखाते हैं।''

लड़की कुछ देर सोचती रही और फिर मुस्कराते हुए कहने लगी– ''बात तो तुम ठीक कहते हो। यह तो मैंने पहले कभी सोचा ही नहीं।'' अब लड़की अपनी बेवकूफ़ी पर ज़ोर–ज़ोर से हँसती जा रही थी।

''तुम्हारा नाम क्या है?'' असलम के इस अचानक सवाल पर, लड़की की हँसी इस तरह रूक गयी जैसे किसी ने बिजली का बटन दबा दिया हो। उसे अब ऐहसास हुआ कि वह पहली ही मुलाकात में न जाने एक अजनबी से बे–झिझक क्या–क्या बातें कर गई? उसकी नजरें झुकी–झुकी थीं।

वह आहिस्ता से बोली ''रेशम.... रेशमा!''

''बड़ा ख़ूबसूरत नाम है लेकिन यह रेशम...रेशमा! ... इतना लम्बा–सा नाम। ''लड़की ने आंखें ऊपर की और मुस्करा कर बोली– ''नाम तो दरअसल मेरा रेशमा है। लेकिन घर में मुझे सब रेशम के नाम से पुकारते हैं।''

असलम ने शरारत भरे अंदाज़ में क़हा–''भई मैं तो तुम्हें रेशमा के नाम से ही पुकारूंगा'', और हंसने लग गया।''

रेशमा कुछ शर्माई, कुछ मुस्कराई और कहने लगी–''ठीक है। जैसे तुम्हें अच्छा लगे, पुकार लेना।''

फिर आसमान की तरफ़ देखते हुए बोली ''अरे! मुझे इतनी देर हो गई। अच्छा अब मैं चलती हूँ।'' इतना कहकर उसने अपने दुपट्टे के अन्दर से एक डिब्बा निकाल कर बड़े पत्थर पर रख दिया और तेज़ी से भागकर ढलान की तरफ़ दौड़कर चली गयी। ''अरे यह पैकेट यहाँ क्यों ...?'' असलम यही बोलता रह गया। उसने आगे बढ़कर डिब्बा खोला। अन्दर मिठाई थी।

''उसने नज़र ऊपर की ओर देखा लड़की अपने रंग–बिरंगे कपड़ों में दुपट्टा लहराती हुई बुलन्दियों से ढलान की तरफ़ हवा की तरह भागी जा रही थी और जब वह नज़रों से ओझल हो गयी तो उसने मिठाई का एक टुकड़ा निकालकर मुँह में डाल लिया और बोला– ''कमबख़्त! ज़ालिम की तरह ही मीठा है।''

अब रोज़ ही जंगल की तरफ़ आते–जाते रेशमा की मुलाकात असलम से हो जाती। बोझ को असलम के बन्कर के नज़दीक उतार कर, वह थोड़ी देर के लिए सुस्ता लेती। इस दौरान वह असलम के घर वालों के बारे में, नौकरी के बारे में और न जाने किन किन विषयों पर बातें करती रहती।

जल्दी ही वे एक दूसरे के बारे में बहुत कुछ जान गये और वह उसकी जान बन गई। ख़ुशबू को कौन रोक सकता है? जल्दी ही उनकी प्यार की ख़ुशबू गांव के लड़के और लड़कियों तक पहुँच गयी।

जावेद जो रेशमा के हुस्न का दीवाना था, यह ख़बर सुनकर जल उठा। एक दिन तो उसने रेशमा को जंगल में घेर ही लिया और बोला–''रेशमा तू अपने ये ढंग छोड़ दे। कितनी देर तक तुम मेरे पंजों से अपना दामन बचाती रहोगी''। यह कहकर उसने रेशमा को अपनी बाहों में जकड़ लिया।

''हट जा! मेरे रास्ते से हरामी''**A** उसने अपने तेज़ दाँतों से उसके बाजू को काट खाया और बिफ़री हुई शेरनी की तरह उसकी बाहों से ख़ुद को आजाद कराते हुए बोली। जावेद के बाजू पर दांतों के निशानों की जगह पर ख़ून के कतरे उभर आये लेकिन उस पर तो एक भूत सवार था।

''मेरी जान नाराज़ क्यों होती हो? क्या वह फ़ौजी बाबू इतना ही मन को भा गया है?'' फिर दाँत पीसता हुआ कहने लगा ''मैं भी अपना हक लेकर रहूँगा'' हाँ! मैं अपना हक भी छोड़ने के लिए तैयार हूँ और तुम्हें ख़ुद ही फ़ौजी के पास छोड़ आऊँगा। अगर तुम आज मेरी तमन्ना पूरी कर दो। आख़िर मैंने भी तो तुम्हारे जवान होने तक का

इंतज़ार किया है''। उसके चेहरे पर शैतानी हंसी थी। वह चील की तरह रेशमा पर झपटा और वह एक बेबस पक्षी की तरह उसके नीचे थी। रेशमा के लिए यह ज़िंदगी और मौत का लम्हा था। वह छटपटा कर बेहोश–सी हो चुकी थी।

तभी असलम आ पहुँचा। उसने दूर से जावेद को रेशमा के पीछे जंगल में घुसते देख लिया था। कुछ दिन पहले रेशमा ने बातों ही बातों में असलम से ज़िक्र किया था कि गाँव के एक लड़के की उस पर बुरी नज़र है और एक–दो बार तो उसने जावेद को रेशमा के पीछे जाते भी देखा था।

इस लिए वह जावेद का इरादा भाँप गया था। पहले तो उसने रेशमा को आज़ाद कराया और फिर जावेद की ख़ूब जमकर पिटाई की। असलम पर ख़ून सवार था। रेशमा डर गयी और उसने असलम को जावेद की पिटाई करने से रोका। रेशमा के कहने पर उसने जावेद को छोड़ दिया और उसको अपने साथ लेकर चला गया। थोड़ी देर बाद जावेद अपनी जगह से उठा और लड़खड़ाता हुआ गाँव की तरफ़ चल दिया।

उधर दोनों का इश्क परवान चढ़ता गया और दूसरी तरफ़ जावेद के दिल में इन्तकाम की आग बढ़ती गयी। वह एक सही मौके की तलाश में था। अब रेश्मा जब भी पहाड़ पर या कहीं बाहर जाती तो बाकी लड़कियों के साथ। वह कभी भी अकेली न जाती। यहाँ तक कि वह असलम को भी मिलने जब जाती तो अपनी सहेली जमीला को साथ ले जाती। जमीला उसकी बचपन की सहेली थी और उसने जमीला से कुछ भी न छुपा रखा था।

जावेद अक्सर गाँव से काफ़ी दिन के लिए बाहर जाया करता था। जमीला बड़ी तरकीब से जावेद की बहन से उसका प्रोग्राम पूछ लेती और उन दिनों रेश्मा एक आज़ाद हिरनी की तरह असलम के साथ जंगलों में बेधड़क घूमती–फिरती। जमीला की मौजूदगी में उन दोनों में कुछ–न–कुछ झिझक तो ज़रूर रहती।

दोनों अक्सर बड़े झरने के पास मिलते। दोनों का इश्क़ जोबन पे था।

लड़ाई छिड़ गयी। ''मुझे कल ही बंगलादेश बोर्डर के लिए रवाना होना है।'' उसने उदास दिल से रेशमा को बताया।

''क्या कहते हो? इतनी जल्दी...'', रेशमा बोली। उसकी शर्बती आँखों से मोटे–मोटे आँसू बहने लगे।

''हमें आज ही हुक्म मिला है। अभी जाकर सभी तैयारी करवानी हैं।''

''तुम्हारी इस ख़बर ने तो मेरी जान ही निकाल कर रख दी। अब मेरा क्या होगा असलम?'' वह उसके कंधे से लगी रो रही थी।

''तुम हौसला रखो। रेशमा मैं तो ख़ुद जल्दी ही तुम्हारे माँ–बाप से तुम्हारे बारे में बात करने की सोच रहा था लेकिन... इस जंग ने तो सारा प्रोग्राम ही चौपट कर दिया।''

''असलम! तुम जाने से पहले मेरे मां–बाप से मिलकर मेरा फ़ैसला करके जाओ। मुझे तो बहुत डर लग रहा है। कहीं हमारी महब्बत रास्ते में ही दम न तोड़ दे...?''

''कैसी बातें करती हो? ऐसी मायूसी की बातें न करो। मैं छुट्टी खुलते ही चला आऊँगा और इसी झरने के पास तुम्हें अपनी बाहों में समाकर कहूँगा। मैं कहता था न कि रेशमा और असलम को कोई भी जुदा नहीं कर सकता। हम एक जान और दो जिस्म हैं। हमको खुदा ने एक दूसरे के लिए बनाया है। अगर ऐसा न होता तो सोचो कि कहाँ मैं अलीगढ़ का रहने वाला यहाँ आता और तुमसे मुलाकात होती। मेरी जान यही तो खुदाई जादू है।'' उसने रेशमा के आंसूओं को अपने रूमाल से पोंछा और थोड़ी देर बाद उसे अपनी बाहों में लेकर और उसके पाक और पवित्र पैशानी (माथे) का चुम्बन लेकर अलविदा कहकर चला गया।

रेशमा को असलम के ख़त बराबर मिलते रहे और वह उनका जवाब भी देती रही। अब वह एक उदास हिरनी की तरह घूमती थी। न उसकी बातों में वह चहक थी और न ही पहली–सी रौनक।

जावेद को पहलगाम में जंगलात के महकमें में नौकरी मिल गयी थी और उसका डर भी अब खत्म हो चुका था। असलम ख़त में यह ख़बर पढ़कर बहुत ख़ुश हुआ क्योंकि जावेद ही रेशमा के लिए सबसे बड़ा ख़तरा था। ख़त आते रहे, ख़त जाते रहे। जमीला ही सिर्फ़ रेशमा की राज़दां थी। एक दिन रेशमा जमीला को बाँहों में भरकर चूमती हुई बोली ''जमीला! आज मैं बहुत ख़ुश हूँ। असलम आ रहा है।'' बड़े दिनों के बाद आज रेशमा के चेहरे पर रौनक आई थी।

''अरी रेशमा! कब आ रहा है तुम्हारा दीवाना?''

''हट बेशर्म! दीवाना कहती है उसे, फिर हँसते हुए कहने लगी दस दिन बाद आ रहा है और उसी झरने के पास आकर दोपहर को मिलने के लिए कहा है।'' थोड़ी देर के लिए वह ख़्यालों में खो गयी। जैसे दस दिन बीत ही गये हों और वह असलम की बाहों में हो। उसने आँखें बन्द कर ली और मुँह ही मुँह में बोली– ''असलम! तुम्हें क्या मालूम, कैसे गुज़ारे हैं मैंने ये दिन। कैसे काटी हैं ये रातें?''

''पगली जाग यह रात नहीं दिन है''

''तुम मुझे पगली कहते हो असलम। मैं ही जानती हूँ मुझपे क्या–क्या बीती...?''

''मैं असलम नहीं जमीला हूँ... भई हद ही हो गई। तुम तो सचमुच दिन में ही सपने देखने लग गई हो।'' रेशमा ने चौंक कर आँखें खोल दीं। उसका सपना सुहाना टूट गया और वह हिचकियाँ ले–लेकर रोने लगी। ''काश! तुमने मेरे सपनों का शीश महल थोड़ी देर और न तोड़ा होता''। और वह रोये जा रही थी।

''रेशमा हौसला रखो। थोड़े दिनों की ही तो बात है और उसके बाद ख़ुशियाँ तुम्हारी झोली में होंगी।'' फिर छेड़तें हुए बोली– ''उस वक्त तो तुम्हें मेरा कहाँ ख़्याल होगा?''

रेशमा ने बड़ी बेताबी और बेचैनी से इंतज़ार के ये दिन काटे और निश्चित किये हुए दिन पर ख़ूबसूरत लिबास डाले हुए, धड़कते दिल से झरने की तरफ चल दी।

''क्या मैं भी साथ चलूँ तुम्हारे?'', जमीला ने उसे तंग करते हुए कहा। चाहे उसका दिल बुरी तरह घबरा रहा था लेकिन वह ऐसे मौके पर किसी को भी अपने साथ ले जाना नहीं चाहती थी। वह जमीला की बात सुनकर चुप रही। उसने नज़रें झुका लीं।

''मैं समझती हूँ पगली। कोई ऐसे लम्हों में भी किसी दूसरे को अपने साथ भला ले जाता है। जा खुदा! आज तेरी हर आरज़ू पूरी करे।''

असलम ने उसे झरने पर दो बजे आने के लिए लिखा था लेकिन वह तैयार होकर एक बजे ही वहाँ जा पहुंची। वह बड़ी बेकरारी से उसका इंतिज़ार कर रही थी... और वक़्त गुज़रता गया। यहाँ तक कि सूरज डूबने को आ गया, मगर असलम नहीं आया। उसका दिल बुरी तरह टूट गया और वह रोती–रोती मायूस अपने घर को लौट पडी..।

असलम की छुट्टी अचानक कैन्सिल हो गयी और वह तीन महीने और न आ सका। वक्त इतना कम था कि वह इस बारे में रेशमा को वक्त पर इत्तला न दे सका। इन तीन महीनों में उसने रेशमा को ढेर सारे ख़त लिखे लेकिन रेशमा से उसे अपने एक भी ख़त का जवाब न मिला।

वह जानता था कि उस दिन उसके न पहुँचने पर रेशमा को बहुत दुःख हुआ होगा और वह भी अगर रेशमा की जगह होता तो ऐसा ही करता। लेकिन यह समझते हुए भी वह रेशमा का जवाब न आने पर परेशान हो उठा।

हालात ठीक होते ही वह छुट्टी लेकर कश्मीर की वादियों में पहुँचा। वह अपनी अचानक आमद से रेशमा को हैरान कर देना चाहता था और इसलिए उसने अपने आने की ख़बर रेशमा को न दी।

जिस वक्त वह श्रीनगर से चला तो बारिश जोरों पर थी । सडकें और पुल जगह–जगह पर टूट गये और बसें रास्ते में ही रूक गईं। वह पैदल ही रेशमा के गाँव की तरफ़ चल पड़ा। रास्ता लम्बा था और

रेशमा का गाँव ऊंचे पहाड़ के पास। बरसाती नालों में बारिश का पानी ठाठें मारकर पत्थरों को फलांगता हुआ गुज़र रहा था।

असलम रेशमा को मिलने की धुन में इन सबकी परवाह किये बगैर अपना रास्ता बनाता–बनाता, भींगता–भींगता, आगे बढ़ता जा रहा था। दिन छिपने से थोड़ी ही देर पहले वह उस पहाड़ पर पहुँच पाया।

ज्योंही उसने पहाड़ की चोटी पर कदम रखकर, दूसरी तरफ़ निगाह डाली तो वहां उस गांव का नामो निशान तक न था। वह तेज़–तेज़ कदमों से वहाँ पहुँचा। जगह–जगह गिरे हुए मकानों के ढेर पड़े थे। उसने एक–एक ढेर छान मारा। ज़ोर–ज़ोर से चिल्लाया ''रेशमा...रेशमा'' लेकिन हर बार उसकी अपनी ही आवाज़ पहाड़ों से टकराकर वापस आ जाती। रेशमा का कहीं भी नामोनिशान न था। उसे सारे उजड़े गाँव में एक भी इंसानी सूरत न दिखाई दी। दूर–दूर तक कोई गाँव नज़र नहीं आ रहा था। सारी रात वह उस उजड़े गांव में अपने बिखरे हुए सपनों को लिए घूमता रहा। पूरी रात उसने एक दरख़्त के नीचे ही बिताई। सर्दी की वजह से उसे बुख़ार हो गया।

अगले दिन वह हिम्मत करके उस बड़े झरने के पास जा पहुँचा लेकिन वहाँ भी....। दो दिन... तीन दिन... कई दिन बीत गये। भूखा–प्यासा वह लाचार उस झरने के पास ही चिनार के पेड़ के साये में पड़ा रहा। उसकी हालत बहुत ही ख़राब हो गई और वह अब अपनी ज़िंदगी से मायूस हो चुका था कि... अचानक किसी आहट को सुनकर, वह इस बेहोशी के आलम में भी चौकन्ना हो गया।

पायलों की आवाज़, अब आहिस्ता–आहिस्ता, नज़दीक आ रही थी। उसने अपनी पूरी ताकत समेटी और उठकर बैठ गया। कमज़ोरी इतनी थी कि चाहते हुए भी उसके हलक में से आवाज़ न निकल रही थी। लड़की की पीठ उसकी तरफ़ थी। मगर वह उसे सुर्ख़ जोड़े और पाँव में पड़ी पायल से ही पहचान गया। दोनों ही चीज़ें, वही थीं जो उसने रेशमा को तोहफ़े के तौर पर दीं थी।

''रे... रे... रे... रेश... रेशमा'', आवाज़ इतनी धीमी थी कि जैसे कोई

हल्के से कान में कुछ कह रहा हो। लड़की ने आवाज़ सुन ली थी और वह तेज़ी से पलटी। उसके देखते ही वह चिल्ला उठा ''तक... तुम..'', उसने उसे हैरानी से देखते हुए पूछा। लड़की भागकर उसके पास आ गई। ''जमीला... तुम ... रेशमा...। मैं पूँछता हूँ कि रेशमा क्यों नहीं आई? कहाँ है वह ...?''। न जाने उसमें इतने ज़ोर से बोलने की ताकत कहाँ से आ गई? जमीला को उसकी हालत समझने में देर न लगी। वह उसके पास आते ही ज़ोर–ज़ोर से रोने लगी। असलम हैरान और परेशान नज़रों से उसे देखे जा रहा था।

''मेरी बात का जवाब दो रेशमा क्यों नहीं आई?'' और फिर बड़बड़ाने लगा– ''मगर तुमने ये कपड़े! .... ये कपड़े!... तुम मुझसे शायद कोई मज़ाक ...।''

वह बोली–''असलम! उस दिन रेशमा दिन ढलने तक तुम्हारा इंतिजार यहां इस झरने पर करती रही लेकिन जब तुम नहीं आये तो वह मायूस होकर अपने घर की तरफ़ लौट पड़ी। उसके नसीब ख़राब थे जो रास्ते में उसे जावेद मिल गया। सुनसान जंगल और अकेला रास्ता। उसने जावेद की बहुत मिन्नत की लेकिन...।'' बात अधूरी ही छोड़कर वह रोने लगी और रोते–रोते बोली– ''और ... और ... उसका दामन दाग़दार हो गया ...।''

''उफ़! मेरे ख़ुदा ... तूने यह क्या कर दिया ...?'', असलम अपने सिर को अपने हाथों में थामता हुआ बोला। काफ़ी देर तक वह इसी हालत में चुपचाप बैठा रहा और फिर थोड़ा संभलते ही कुछ फ़ैसला करते हुए कहने लगा– ''कोई बात नहीं। मुझे रेशमा हर हाल में कबूल है। जावेद को तो मैं ज़िंदा ही ज़मीन में गाड़ दूंगा । मगर वह तो बाद में होगा। पहले तुम मुझे जल्दी से रेशमा से मिलाओ ...'' जमीला ने जैसे असलम की तमाम बात ही न सुनी हो। मगर बोलती गई– ''उस रात रेशमा के तार–तार कपड़े देखकर और उसकी गम़ की दास्तान सुनकर सारे गाँव के लोगों के सिर शर्म से झुक गये।

सारी रात वह रोती रही और कहती रही कि जमीला मैं असलम के आने पर उसे क्या मुँह दिखाऊँगी।?'' गाँव वालों ने उसी वक्त पंचायत को इकट्ठा किया। दिन चढ़ते चढ़ते गाँव के पंचों ने अपना फैसला सुना डाला। ''जावेद को रेशमा से ही शादी करनी होगी।'' इतना बोलकर वह थोड़ी देर के लिए चुप हो गई।

''तो रेशमा ने... उस ज़ालिम से शादी कर ली। कम...से...कम...। मगर तुम रूक क्यों गई। आगे बोलो। मेरा दिमाग़ परेशानी से फटा जा रहा है...जल्दी आगे कहो फिर क्या हुआ... क्या सच मुच रेशमा ने ...?'' वह ग़म के बोझ तले दबकर रोने लगा।

''असलम! उस मासूम लड़की ने दो दिन तक न कुछ खाया और न ही कुछ पीया। बस रोती ही रही। तीसरे दिन जब गाँव के लोग सूरज निकलने पर सवेरे उठे तो उनके कलेजे दर्द से फट गये। लकड़ियाँ इकट्ठी करने वाले लोगों ने जंगल में देखा... देखा।'' सिसकियाँ लेते हुए जमीला ने बताया–''इसी चिनार के दरख़्त के साथ ही रेशमा की लाश रस्सी से लटक रही थी और...।''

असलम ज़ोर से चीख़ पड़ा–''रेशमा! तुमने यह क्या कर डाला? तुम मुझे छोडकर...अकेला इस दुनिया में छोड़कर चली गई ... रेशमा ... मेरी रेशमा...।''

फिर जमीला कहने लगी–''मरने से पहले रेशमा मेरे नाम एक ख़त छोड़ गई। उसने लिखा था जमीला तुम मेरी अज़ीज़ सहेली हो। मैं अपने असलम को अपना दाग़दार दामन नहीं दिखा सकती। काश! .... वह उस दिन आ जाता और...मेरी ज़िंदगी की यह मनहूस घड़ी... ..टल जाती। मैं अपने असलम को तुम्हारे हवाले करके जा रही हूँ। उसका ख़्याल रखना।'' जमीला रोते–रोते कह रही थी– ''तुम फ़िक्र मत करो। मैं तुम्हारा हमेशा ध्यान रखूँगी।''

असलम बेसुध पड़ा था। कोई हरकत न थी। उसको उठाने के लिए जमीला ने कोशिश की मगर...सब बेकार... उसकी सांस बंद हो चुकी थी।

काफ़ी सालों बाद .... एक पहाड़ी लड़की यह कहानी सुनाकर, थोड़ी देर के लिए ख़ामोश हो गई। माहौल उदासीन हो चुका था।

''बाबू! यह बहुत पुराना किस्सा है। गांव वालों ने रेशमा और असलम की याद में इसी चिनार के नीचे, झरने के पास, दोनों की कब्रें बनवा दीं। वह जो जिंदगी में न मिल सके, कम–से–कम मरने के बाद तो इकट्ठे रहें।

हर साल इस चिनार के दरख़्त के नीचे बहुत बड़ा मेला लगता है। लोग दूर–दूर से आकर प्यार की मन्नत मांगते हैं। इसी झरने से पानी अपनी–अपनी बोतलों में भरकर साथ ले जाते हैं। रेशमा और असलम की कब्रों पर लोग श्रद्धा के फूल चढाते हैं। मगर उस दिन रेशमा के गांव के लोग न ही कुछ खाते हैं और न ही नये कपड़े पहनते हैं। जैसे वह उस पर होने वाले ज़ुल्म का प्रायश्चित कर रहे हों।''

''मगर जमीला का क्या हुआ?'' नौजवान ने अचानक सवाल किया।

''वह बूढ़ी औरत जो सारा–सारा दिन, इन कब्रों को साफ़ करती रहती है और उन पर दीये रोशन करती हैं...वह ही तो जमीला है।'' इतना कहकर लड़की चुप हो गई।

नौजवान ने नजरें उठाकर देखा, बूढी जमीला दीये जलाने में मग्न थी।

पहाड़ी लड़की भी चुप थी...।

वह नौजवान भी चुप था...।

आख़िर ख़ामोशी को तोड़ते हुए उस मासूम लड़की ने नौजवान से पूछा, ''कहीं तुम भी तो मुझे असलम की तरह छोड़कर, नहीं चले जाओगे?''

30

सुलगती आग

गाड़ी हवा को चीरती, तेज़ी से आगे बढ़ रही थी। गोरे गाँव आने में अभी एक घंटे का वक्त बाकी था। सुधीर ए.सी. डिब्बे में अकेला था। गोरे गाँव उसके लिए नई जगह नहीं थी। आज से काफ़ी बरस पहले वह इसी जगह रह चुका था। उस वक्त यह शहर, शहर कम और गाँव ज़्यादा था।

इस वक्त वह कम्पनी का चीफ बनकर आया था।

उन दिनों वह इसी कम्पनी का एक मामूली–सा अफ़सर था। एक दफ़ा वह कम्पनी के किसी काम के लिए दूसरे शहर में एक महीने के लिए गया हुआ था। लेकिन दफ़्तर में अचानक चार छुट्टियाँ हो जाने से, उस ने सोचा कि क्यों न अपने घर का चक्कर लगा आये।

आज सुधीर इसी वक्त उन्हीं बीते हुए अंधेरों में खो गया जिसके हर नक्श उसके ज़हन में अब तक ताज़ा थे। वह आग की रात उसकी ज़िंदगी का ऐसा नासूर थी, जिसने उसका जीना और मरना दोनों मुश्किल कर दिया था । उस दिन के हादसे ने उसकी ज़िंदगी के रूख़ को ऐसा पलटा दिया था कि वह आज तक न सुलझ सकी थी।

उस दिन उतरते ही उसने स्टेशन मास्टर के दफ़्तर का रूख़ किया। वहाँ से उसने अपने घर के टेलीफ़ोन का नम्बर घुमाया। घंटी लगातार बज रही थी लेकिन काफ़ी देर तक फ़ोन किसी ने नहीं उठाया। वह हैरान था कि रात के ग्यारह बजे लता कहाँ चली गई थी? काफ़ी इंतिज़ार के बाद उसने रिसीवर वापस रख दिया।

वह स्टेशन से बाहर आया। कहीं भी किसी तांगे वाले का कोई निशान न था। आमतौर पर तांगे वाले इस रात की गाड़ी का इंतिज़ार करके ही जाया करते थे। लेकिन आज वे लोग तूफ़ान और बारिश की वजह से पहले ही जा चुके थे। बाहर काफ़ी तूफान था। बारिश

अभी–अभी ही थमी थी। उसने अपने कोट के कॉलर को ऊपर उठाया, हैट को थोड़ा नीचे किया और थैले में से टॉर्च निकालकर अपने घर की तरफ़ चल दिया। उसने सोचा कि यह पहला मौका था जब उसने अपने आने का टेलीग्राम देर से भेजा था और लता उसको स्टेशन पर लेने न आई थी। नहीं तो हमेशा वह रामू को साथ लेकर उसे लेने के लिए पहुंचा करती थी।

उसने देखा सड़क से थोड़ी दूर कुछ मज़दूर चट्टान के नीचे आग जलाकर हाथ सेक रहे थे। उनमें से एक मज़दूर अपनी सुरीली आवाज़ में एक देहाती गाना गा रहा था और उसके साथ–साथ सबके सिर झूम रहे थे। वह चंद लम्हों के लिए वहाँ रूका और उन ऊँचे ऊँचे उठते हुए आग के शोलों को देखता हुआ आगे चल दिया।

एक दिन ऐसी ही रात को जाते–जाते उसकी नज़र एक मकान पर पड़ी थी जो जल रहा था। चारों तरफ़ घर वाले शोर कर रहे थे। नज़दीक जाकर उसे पता चला कि उनकी लड़की सबसे ऊपर वाले कमरे में सो रही थी। उसने बड़ी हिम्मत करके अंदर जाकर मकान का जायज़ा लिया। सीढ़ियों से ऊपर जाना मुश्किल था क्योंकि आग नीचे से ही शुरू हुई थी। चंद मिनट तक उसने कुछ सोचा और जल्दी से मकान के चारों तरफ़ एक चक्कर लगाया। उसने देखा एक पाइप छत की तरफ़ ऊपर जा रही थी। जवान था इसलिए वह लपक कर, उस पाइप के सहारे देखते ही देखते ऊपर चढ़ गया। उसने जल्दी से लड़की को सहारा दिया और आहिस्ता आहिस्ता आग में से बचाकर नीचे ले आया।

उस लड़की के घरवालों ने उसका बार–बार शुक्रिया अदा किया। वह लड़की और कोई नहीं बल्कि लता ही थी।

उस दिन के बाद सुधीर का लता के घर आना–जाना शुरू हो गया और...! फिर उन दोनों की शादी हो गई।

लेकिन आज... इन ख़्यालात की गर्मी में न तो उसे ठंड का एहसास रहा और न ही वक्त का ख़्याल। ख़्यालात का सिलसिला

टूटते ही उसने देखा कि वह अपने छोटे से बंगले के दरवाज़े पर खड़ा था।

वह दरवाज़ा खटखटाने ही वाला था कि उसकी नज़र साथ वाले बंगले पर पड़ी। उसने देखा कि दिवाकर के कमरे से तेज़ रोशनी बाहर आ रही थी। उसने आग की रोशनी को बड़ी ग़ौर से देखा और उसके दिल में तेज़ी से कोई बात खटकी।

वह वहाँ से भागा और उसने ज़ोर–ज़ोर से दिवाकर के मकान का दरवाज़ा खटखटाना शुरू किया लेकिन दरवाज़ा अंदर से बंद था। उसने दिवाकर को ज़ोर–ज़ोर से आवाज़ें भी लगाई मगर कोई जवाब न मिला। उसने नज़दीक से एक पत्थर उठाया और दरवाज़े का शीशा तोड डाला। अंदर हाथ डालकर उसने दरवाज़े की चिटकनी को खोला और दिवाकर के कमरे की तरफ़ बढ़ गया।

दिवाकर के कमरे के किवाड़ बंद थे। सुधीर ने एक धक्का दिया और किवाड़ खुल गये। अंदर धुंआ ही धुंआ था उसने टॉर्च की रोशनी चारों तरफ़ डाली और दिवाकर को आवाज़ दी लेकिन कोई जवाब न मिला। उसने अपने मुँह पर रूमाल बांधा और कमरे के अंदर जल्दी से घुस गया। दिवाकर के पलंग के पास पहुँचकर उसने अपनी टॉर्च की रोशनी डाली। रोशनी डालते ही उसने जो नजारा देखा, उससे उसका खून जम गया। लता दिवाकर की बांहों में थी और दोनों धुंए से बेहोश पड़े थे। उसकी आँखों में अँगारे बरसने लगे और वह वहीं से उल्टे पांव वापस लौट पड़ा। दरवाज़े के पास पहुँचकर वह एक लम्हें के लिए रूका। आग बड़ी तेज़ी से बढ़ रही थी।

किसी ने ठीक ही कहा था, ''औरत तेरा नाम बेवफाई है।'' उसने सोचा। कितने प्यार से उसने लता को रखा हुआ था और उसने उसे यह सिला दिया।

''अच्छा है कि दर्द का अफ़साना आज ही जलकर ख़त्म हो जाये'' वह उन दोनों के जलने का नज़ारा अपनी आँखों के सामने ही देखना चाहता था।

''मैं कई बार बाहर दौरे पर जाता था तो इसका मतलब यह है कि वे दोनों हर बार मेरी ग़ैर हाज़िरी में....! पिछले छः साल से मैं यहाँ हूँ और दिवाकर भी तब से मेरे साथ है।'' उसने सोचा।

जब वह अपने इन्हीं ख़्यालों में से वापस आया, तब आग उन दोनों को अपनी लपेट में लेने ही वाली थी। वह लपका और देखते ही देखते उन दोनों को बाहर वाले कमरे में ले गया । पहले उसने लता को उठाया और अपने कमरे के बैडरूम में ले गया और फिर दिवाकर को उठाकर अपने ड्राईंगरूम के सोफ़े पर लिटा दिया। उसने जल्दी से दोनों को फ़र्स्ट ऐड दी। दिवाकर के माथे की चोट पर, जहाँ से ख़ून बह रहा था। उस पर उसने पट्टी बाँधी।

जब तक बस्ती के लोग आग बुझाने के लिए पहुँचे, सुधीर स्टेशन की तरफ़ वापस जा चुका था।

इतने में ट्रेन की ब्रेक ने उसे चौंका दिया। उसने जल्दी से जेब में से रूमाल निकाला और अपनी आँखों पर लरज़ते आँसू पोंछे। उसने देखा गोरे गाँव के स्टेशन जिस पर कभी दो कमरे होते थे। अब इतना बड़ा बन चुका था कि पहचानना भी मुश्किल था। सब तरफ़ रोशनी जगमगा रही थी। इस तीस बरस के अर्से में उसने कितनी ही कम्पनियां बदली थीं और कितने ही देशों में घूमा था।

आज वह सुधीर नहीं बल्कि 'मिस्टर रॉय' की पहचान से गोरे गांव आया था। असल में उसका नाम था सुधीर रॉय और उस वक्त लोग उसे सुधीर के नाम से ही जानते थे। लेकिन इस हादसे के बाद उसने अपने आपको सुधीर के बजाय, रॉय बुलवाना शुरू कर दिया था।

गाड़ी रूकी उसे रिसीव करने के लिए कम्पनी का असिस्टैंट मैंनेजर कुछ आदमियों के साथ स्टेशन पर मौजूद था। ट्रेन से उतरते ही सब लोगों ने उसका स्वागत किया।

''सर! मेरा नाम रवि है,'' असिस्टैंट मैंनेजर ने उसे अपना परिचय कराते हुए कहा और फिर कहने लगा ''सर आप अकेले आए हैं। क्या मिसिज़ रॉय और बाकी फ़ैमिली मैम्बर्स नहीं लाए?''

''नहीं, मेरी कोई बीवी नहीं, कोई बच्चे नहीं। उन्हें आज से तीस साल पहले मैं यहीं खो गया था,'' वह बहुत ही आहिस्ता से बोला और फिर जल्दी ही अपने पर काबू पाते हुए उसने बात को बदल दिया।

''कम्पनी का काम कैसा चल रहा है?'' रॉय ने पूछा।

''सर! सब कुछ बिल्कुल ठीक चल रहा है। मैं कम्पनी को पिछले एक साल से चला रहा हूँ। इस अर्से में तीस लाख का फ़ायदा हुआ है। अब आप आ गये हैं तो काम और भी ठीक हो जायेगा।''

रॉय, रवि से काफ़ी प्रभावित हुआ। वह सोचने लगा कि जब वह यहाँ नौकरी पर था तो उस वक्त वह भी रवि की तरह जवान था और उसमें भी इसी तरह का जोश था।

इतने में कम्पनी के बाकी लोग भी उनके पास आ गये और रवि ने उन सबकी रॉय से पहचान कराई।

थोड़ी देर बाद वे दोनों एक बड़ी कार में बैठकर दफ़्तर की तरफ़ चल दिये। रवि बातें किये जा रहा था लेकिन रॉय का ध्यान कहीं और ही था। इस रास्ते में, इस सड़क में बिल्कुल कोई तब्दीली नहीं आई थी। उसने सोचा कि यहाँ सब कुछ वैसा ही था। मगर उसकी ज़िंदगी, आज वह न थी।

कार जैसे–जैसे, उसी पुराने इलाके के पास होती गई, वैसे–वैसे उसके दिल की धड़कनें तेज़ होती गईं।

रास्ते में वही छोटे–छोटे घर और उनके पास आवाज़ घरड़–घरड़ करता हुआ ही घराट, जो एक छोटे नाले के ऊपर बना हुआ था। उन सब में कोई भी तब्दीली न आई थी।

फिर उसने देखा तो उसका दिल धक् से रह गया । सामने उसका वही पुराना बंगला खड़ा था। उसको देखकर उसका दिल चाहा कि ड्राइवर को कह दे कि कार उधर ही बंगले में ले चले, लेकिन उसने अपने ऊपर काबू पा लिया और रवि से पूछ ही बैठा– ''इस सामने वाले बंगले में कौन रहता है ?''

''सर! इसमें मैं रहता हूँ। पहले तो यह छोटा–सा था। अब इसके पिछले हिस्से में कुछ कमरे बढ़ाकर इसे बड़ा कर दिया गया है।''

''तुम्हारे साथ इसमें कौन–कौन रहता है'', रॉय ने पूछा।

''मेरे बीवी बच्चे और बूढी मां मेरे साथ रहती है,'' रवि ने कहा। फिर कहने लगा ''सर! वह जो आप सामने बड़ा बंगला देख रहे हैं, वह आपके रहने की जगह है। अभी पिछले ही साल इस इमारत को चीफ़ के लिए बनाया गया था।

इतनी देर में कार बंगले के अहाते में दाख़िल हुई। एक नौकर ने आगे बढ़कर कार का दरवाज़ा खोला और दोनों को सलाम किया। रवि रॉय को रास्ता दिखाते हुए अंदर बड़े हॉल में ले गया। वहाँ दोनों जाकर सोफ़े पर बैठ गये और दफ़्तर की बातों में मग्न हो गये। थोड़ी देर में चाय आ गई। दोनों ने चाय पी।

कुछ देर बाद रवि सोफ़े से उठता हुआ बोला "सर! आप थोड़ा आराम कर लें। रात का खाना आप मेरे ही यहां खा रहे हैं। मैं आपको लेने आ जाऊँगा।''

''इसकी क्या ज़रूरत थी? मैं खाना यहीं खा लेता हूँ।''

''नहीं! सर इसमें कोई तकल्लुफ़ नहीं'', यह कहकर रवि वहाँ से चला गया।

रवि के जाते ही, रॉय का दिल बेचैन हो उठा। वह घूमकर उस इलाके को देखना चाहता था। जहाँ उसने अपनी ज़िंदगी के कुछ हसीन लम्हें गुज़ारे थे। वो लम्हें जो उसकी ज़िंदगी का सबसे अनमोल खज़ाना थे।

वह जल्दी से तैयार होकर बाहर निकला। बाहर हल्का–हल्का अंधेरा हो चुका था। वह बंगले से बाहर निकला और उसके कदम खुद–ब–खुद उस पुराने बंगले की तरफ़ चल दिये, जहाँ वह पहले रह चुका था। वह उस बंगले का फाटक खोलकर अंदर जाने ही वाला था कि अंदर से किसी छोटे कुत्ते की भौंकने की आवाज़ सुनकर, वह वहीं

रूक गया। उसने सोचा कि इस घर में अब कोई और रहता है और इस तरह उस घर के अंदर जाने का उसे कोई हक नहीं और फिर रात को उसे खाने पर इसी घर में आना ही था। क्यों न वह थोड़ी देर और सब्र कर ले? दिल पर पत्थर रखकर वह वहाँ से वापस लौट पड़ा और उस जंगल की तरफ़ चल दिया, जिधर वह अपनी लता के साथ पिकनिक पर जाया करता था। उन्हीं यादों में खोया–खोया वह काफ़ी आगे निकल गया।

जंगल के उस पार वही झोपड़ियां, वैसे ही बनी हुई थी जैसे उसके ज़माने में थी। एक ख़्याल उसके ज़हन में एकाएक आया। उसका नौकर बाबू लाल भी तो इन्हीं झोपड़ियों में कहीं रहा करता था। क्यों न वह उसका पता लगाये और वह पूछता–पूछता बाबू लाल की झोपड़ी के दरवाज़े तक जा पहुँचा। उसने दरवाज़ा खटखटाया लेकिन अंदर से किसी ने जवाब नहीं दिया। वह वापस लौटने ही वाला था कि अंदर से किसी के खाँसने की आवाज़ आई। उसने कोई परवाह किये बग़ैर, दरवाज़ा खोला और झोपड़ी के अंदर चला गया। अंदर एक धीमी लौ का दीया जल रहा था। इतनी मद्धिम रोशनी में वह बड़ी मुश्किल से देख पाया कि चारपाई पर एक बूढ़ा लेटा हुआ था। वह आदमी कम और हड्डियों का पिंजर ज़्यादा था और ज़ोर–ज़ोर से खाँस रहा था। उसने आगे बढ़कर, उसे नज़दीक पड़े घड़े में से, पानी पिलाया। उसकी खाँसी थोड़ी देर के लिए बंद हो गई। तो उस ने पूछा–''बाबा! यहाँ काफ़ी समय पहले मेरा नौकर बाबूलाल रहा करता था। वह आजकल कहाँ है।'' बूढ़ा बोला–

''मैं ही तो बाबू लाल हूँ। पर तुम कौन हो?''

''मुझे नहीं पहचाना? बाबू लाल मैं सुधीर हूँ... सुधीर''

''साहब....! अब आप इतने बरस बाद आये हो कि मैं आपको पहचान ही न सका।'' बाबू लाल की आँखों में आँसू आ गये और वह ज़ोर–ज़ोर से रोने लगा और उस पर खाँसी का दौरा पड़ गया।

सुधीर भी अपने आँसुओं को रोक न पाया।

सुधीर ने जल्दी से घड़े में से थोड़ा पानी गिलास में डाला और बाबूलाल को बिठाकर, गिलास उसके मुँह के साथ लगा दिया। खाँसी बंद होने पर बाबूलाल कहने लगा–

''साहब! जल्दी से मेरा वह सामने वाला बक्सा मुझे ला दो।'' और फिर बड़बड़ाया–

''शायद मुझे भगवान ने इसीलिये ही अब तक ज़िंदा रखा हुआ था।'' सुधीर ने वह बक्सा ला कर उसकी चारपाई पर रख दिया। बाबू लाल जल्दी–जल्दी उसमें से कोई चीज़ तलाश करने लगा। लेकिन वह चीज़ जिसकी उसको तलाश थी, वह शायद उसे नहीं मिल रही थी। उसने इशारे से सुधीर को लैंप नज़दीक लाने के लिए कहा और काफ़ी तलाश के बाद उसे वह चीज़ कपड़े के एक छोटे से टुकड़े में लिपटी हुई मिल ही गई और उसे उसने सुधीर के हाथ पर रख दिया। वह एक फटा पुराना कागज़ था। सुधीर ने कहा–''यह क्या है बाबू लाल ?''

''साहब! इसे पढ़ो मैंने तीस बरस से इसे अपनी जान से भी ज़्यादा संभाल कर रखा हुआ है।''

सुधीर ने लैंप की रोशनी को जितना मुमकिन हो सकता था, तेज़ किया। उस कागज़ पर लिखे सभी शब्द उसे अब अच्छी तरह दिखाई दे रहे थे।

''यह तो लता की लिखावट है,'' वह बोल उठा और जल्दी–जल्दी उसको पढ़ने लगा।

जैसे–जैसे वह ख़त पढ़ता गया, रोता गया। उसे रोता देख बाबूलाल भी रोये जा रहा था।

ख़त में लिखा था...

''मेरे सुधीर,

इतने बरस हो गये हैं लेकिन तुम लौट कर नहीं आये। तुम न जाने कहाँ खो कर रह गये हो... न जाने, ज़माना तुम्हें कहाँ निगल गया है?

जाने मिलते भी हो या नहीं। उस दिन तुम्हारा टेलीग्रम बहुत ही लेट मिला। बाबूलाल अपने घर जा चुका था। मैंने सोचा कि दिवाकर के नौकर को लेकर, तुम्हें रेलवे स्टेशन पर लेने चली जाती हूँ। दिवाकर के घर पहुंची तो पता चला उसने शाम को ही अपने नौकर को छुट्टी दे दी थी।

दिवाकर ने कहा– ''आप बैठिये, मैं अभी कुछ–न–कुछ इंतज़ाम कर देता हूँ।'' दिवाकर ने शराब पी रखी थी। मैं डर गई और जल्दी से बाहर जाने लगी लेकिन उसने आगे बढ़कर दरवाज़ा बंद कर दिया और मुझसे छेड़छाड़ करने लगा।

मैं बहुत चिल्लाई और बहुत रोई लेकिन उससे कुछ न हुआ। दिवाकर मुझे घसीटता हुआ अपने बेडरूम में ले गया।

मैंने उसके चंगुल से निकलने के लिए बहुत कोशिश की और उस छीना–झपटी में मेज पर रखा, मिटटी के तेल का लैंप दरी पर जा गिरा और कमरे की दरी को आग लग गई । मगर दिवाकर ने उसकी कोई परवाह न की और मेरी तरफ़ बढ़ने लगा। मैं घबराहट और थकावट के मारे जैसे बेहोश हो रही थी। उसी वक्त न जाने बिस्तर पर पड़ी, टॉर्च कैसे मेरे हाथ में आ गई और उसे मैंने ज़ोर से दिवाकर के सिर पर दे मारा। वह एक चीख़ के साथ, वही बिस्तर पर गिर गया और फिर मैं बेहोश हो गई।

जब तक जंगल पार के लोग, आग बुझाने के लिए पहुँचे तब तक सारा बंगला जल चुका था।

होश आने पर मैंने देखा कि मैं अपने घर के बैडरूम में थी और दिवाकर हमारे घर के ड्रॉइंगरूम में।

लेकिन अब तक यह किसी को भी पता नहीं चल सका कि मुझे और दिवाकर को आग में से कौन निकाल कर लाया था?

तुम्हारे बिना यह ज़िंदगी अब एक बोझ बन कर रह गई है।

मैं यह ख़त बाबू लाल को देकर जा रही हूँ। हो सकता है कि ज़िंदगी कभी तुम्हें वापस गोरे गांव ले आये और मेरा यह ख़त तुम्हारे

हाथों में पहुंच जाये। भगवान जाने तब तक मैं ज़िन्दा भी रहूंगी या नहीं।

हाँ! तुम्हारे जाने के कुछ महीनों के बाद एक लड़का पैदा हुआ था।

"उसका नाम रखा है, रवि"

तुम्हारी अपनी,

लता

31
दिल्लगी

ज्योंहि नदीम अपने घर के अंदर दाख़िल हुआ, तो रज़िया की सिसकियाँ सुनकर चौंक गया।

"क्यों क्या बात है, रो क्यों रही हो, कैसी हालत बना रखी है?"

वह यह सब एक ही साँस में कह गया।

उसके जवाब में रज़िया ने एक ख़त उसकी तरफ बढ़ा दिया। लिफ़ाफ़े पर रजिया का नाम लिखा था।

ख़त पढ़कर वह काँप–सा गया। ख़त नसरीन के नाम था।

उसने जल्दी ही अपने ऊपर काबू पा लिया और कहने लगा–"तुम भी कैसी वुद्धू हो। यह तो मेरी किसी कहानी का पन्ना है। जिसमें कहानी का हीरो अपनी महबूबा को ख़त लिखता है। न जाने यह पन्ना कहानी के बाकी पन्नो से कैसे अलग हो गया? ऐसा लगता है कि मेरे ही किसी दोस्त ने, इसे निकाल कर हम दोनों से यह मज़ाक किया है।"

लेकिन! ख़त के नीचे तो तुम्हारा ही नाम लिखा है," वह बोली।

"मुझे लगता है कि अपना नाम, शायद मैं गलती से, इस कहानी के ख़त के नीचे लिख गया हूँगा," उसने हँसते हुए जवाब दिया।

नदीम को यह जानकर तसल्ली हुई कि रज़िया ने आख़िर उसकी बात का यकीन कर ही लिया।

लेकिन उसे रह–रह कर अपने ऊपर गुस्सा आ रहा था कि आख़िर उसने क्यों अपनी अनपढ़ बीवी को लिखना–पढ़ना सिखाया और अपनी गर्लफ़्रैंड, नसरीन पर भी जिसने अपनी चिट्ठी रज़िया को भेजकर ऐसी हरकत–ऐसी दिल्लगी की थी।

32
बे-ज़ुबान

चम्पा को जैसे जवानी का ख़मीर लग गया था। उसके अंग–अंग सारे जग में सूरज की किरणों की तरह रोशनी करने लगे।

उसके सारे कपड़े दिन–ब–दिन तंग पड़ने लगे। वह खुद भी हैरान थी कि आख़िर ऐसे क्यों था? लेकिन इसकी वजह वह न समझ पाई।

पैरों में पायल डाले जब भी वह अपने गाँव के बाजार से गुज़रती तो उसकी पायलों की आवाज़, दूर–दूर तक किसी सायरन की तरह, सबको अपने–अपने काम वहीं बीच में ही छोड़ने को मजबूर कर देती। सड़क के किनारे हज़ामत बना रहा नाई, ग्राहक की हज़ामत बीच में छोड़ कर गुनगुनाते हुए अपने बालों में कंघी करने लग जाता, और फिर बालों वाला कपड़ा बाहर झाड़ने के बहाने, उसका नज़ारा देखने में मग्न हो जाता। धोबी कपड़ों की प्रेस वहीं छोड़, इस्तरी से राख झाड़ने के बहाने अपनी खोली से बाहर निकल आता। मगर उसका ध्यान...! गाँव का हलवाई अपनी अंगीठी की आग को ठीक करने के लिए, लोहे के तार लिये, उसे नीचे से मारने लग जाता, मगर उसकी नज़रें कहीं और ही लगी होती। सुनार अपने ग्राहकों को, सूरज की रोशनी में गहने दिखाने के बहाने, अपनी दुकान से बाहर आ जाता। किराने वाला अपनी दुकान के शोरूम के शीशों को झाड़ने के लिए बाहर आ कर उन पर कपड़ा मारने लग जाता। कपड़े वाला कपड़े के थान को बाहर लटकाने के बहाने बाहर आ जाता। यानि कि चम्पा के आते ही सारी गली के दुकानदारों के दिलों में बैचैनी करवटे लेने लग जाती। गली के नुक्कड पर जहाँ, बड़ी सड़क पड़ती थी, वहाँ बंतासिंह दूर से आ रही चम्पा को देखकर अपना ट्रक रोक लेता और इस तरह का गीत,

ऊंची आवाज़ में गाने लग जाता ''नी तेरे वरगी गौरी चिट्टी नार नू लय्या देयागां, लहंगा अम्बसर दा'' (अमृतसर का लहँगा)।

ऐसे ही एक दिन चम्पा जब बाज़ार की उस गली से गुज़र कर जा रही थी, तो उसे अपनी सहेली शान्ता की किसी बात को सोचकर, ख़ूब हँसी आ गई। उसकी हँसी ने, गली में, उसका इंतिजार कर रहे, सब लोगों के दिलों में एक खलबली, मचा कर रख दी।

नाई ने हसरत भरी नज़रों से, अपनी मेज़ के खाने में पड़ी, विलायती पाउडर की डिबिया को देखा, धोबी ने अपने तकिये के नीचे पड़ी साड़ी को, हलवाई ने डिब्बे में पड़े बादाम के हलवे को, कपड़े वाले ने पास पड़े शनील के सूट को, सुनार ने अपनी तिजोरी में पड़े झुमकों की जोड़ी को और.... बंतासिंह ने अपनी बड़ी–बड़ी मूँछों पर हाथ फेरते हुए वही गीत गुनगुनाना शुरू कर दिया।

अगली सुबह जब चम्पा ने उठकर किवाड़ खोला, तो अपने कुत्ते मोती को देखते हुए, हैरानी से बोली– ''अरे मोती! तू आज इतना सारा सामान कहाँ से उठा लाया?'।

उसने देखा, सामने चबूतरे पर, पाउडर की डिब्बी, साड़ी, लिपस्टिक, सूट, झुमकों की जोड़ी और.... उनके साथ ही अमृतसर का लहंगा जिसका जिक्र अक्सर बंतासिंह अपने गाने में किया करता था, पड़े थे।

चम्पा हैरानी से, सारे सामान को, देर तक टूक नज़रों से, देखती रही। धीरे–धीरे, पिछली दोपहर के समय, गली में से हँसते–हँसते जाते हुए, उन सब लोगों के चेहरों के ख़ाके, उसके दिमाग़ के पर्दे पर, आहिस्ता–अहिस्ता उभरने लगे और वो....।

अब उसको, अपने शरीर पर पहने, कपडों के तंग होने का राज़ और गली के दुकानदारों की, ललचाई नज़रों का मतलब, शायद समझ में आने लग गया था।

वह वहाँ से धीरे–धीरे, आहिस्ता–आहिस्ता, चलती–चलती, अपने घर की दीवार के पास जाकर खड़ी हो गई। पिछले कई दिनों से, उसका दुपट्टा, खूँटी पर टँगा पड़ा था। धूप की गर्मी और वर्षा

के कारण उसके दुपट्टे का रंग जगह–जगह से, फ़ीका पड़ गया था।

और उसने लपककर, अपने दुपट्टे को खूँटी से उतारा और झट से अपने कंधों पर डाल लिया।

सब लोगों की, बे–ज़ुबानी, ज़ुबान हो चुकी थी।

33
आख़री फ्लाइट

एयरपोर्ट पर एक बहुत ही सुन्दर लड़की बैठी बेताबी से किसी का इंतज़ार कर रही थी। सब लोगों की नज़रें उसका पीछा कर रही थीं। हवाई जहाज़ दिखाई देते ही सब लोग जहाज़ नीचे उतरने का इंतिज़ार करने लगे। सब लोगों का ध्यान उस पर था।

हवाई जहाज़ हवाई पट्टी पर उतरा और लोग अपने–अपने हाथों में अपना हल्का–हल्का सामान लिए सीढ़ी से नीचे उतरने लगे। दोस्त और रिश्तेदार दूर से हाथ हिला–हिला कर उनका स्वागत कर रहे थे।

आख़िर में एक ख़ूबसूरत लिबास डाले हुए एक बूढी औरत उतरी। लड़की भाग कर उससे जाकर लिपट गई। लगता था बूढ़ी भी जवानी में काफ़ी हसीन रही होगी।

"कैसी हो डेजी?", बूढ़ी ने लड़की के सिर पर हाथ फेरते हुए कहा ।

"बिल्कुल ठीक हूँ आंटी! पूरे एक साल आपके आने का इंतजार करना पड़ा। पिछले साल भी तो आप इसी दिन ही आईं थीं।"

बातें करती–करती दोनों एयरपोर्ट से बाहर आ गईं। "डेज़ी! अब तुम जाओ और शाम को इसी जगह समय पर आ जाना। मैं रात की फ्लाइट से ही वापस चली जाऊँगी।"

डेज़ी चाहती थी कि बहुत कुछ कहे लेकिन वह अपनी आंटी की आदत से अच्छी तरह वाकिफ़ थी। उनसे बहस करना फ़िज़ूल था और वह चुपचाप सिर हिलाकर चली गई।

काफ़ी वर्ष पुरानी बात है....

मिस डिसूज़ा अभी बाथरूम में नहा ही रही थी कि उसके फ़ोन की घण्टी बज उठी। उसने बाथिंग टब में बैठे–बैठे ही रिसीवर उठाया। वह हैरान थी कि आज यहाँ, उसके घर किसने फ़ोन किया था? क्योंकि यहाँ तो उसे इस शहर में कोई भी न जानता था।

"हैलो! ज्यूली स्पीकिंग!"

"मिस डिसूज़ा! क्या कर रही हो?" दूसरी तरफ़ से आवाज़ प्रोफ़ेसर दत्त की थी। "जी!...जी!.. मैं..." प्रोफ़ेसर दत्त उसका बॉस था और उसे यह कहते हुए शर्म महसूस हो रही थी कि वह बाथरूम में... बाथिंग टब में नहा रही है।

"जी! मैं अपने किचेन से बोल रही हूँ सर! बताइये क्या काम है?"

"दफ़्तर का तो कोई काम नहीं है। बस क्लब जा रहा था तो सोचा तुम्हें भी पूछ लूं। क्या तुम मेरे साथ चलना पसन्द करोगी?"

ज्यूली को ऐसी बात की बिल्कुल उम्मीद न थी। वह पिछले दो सालों से प्रोफ़ेसर दत्त के साथ काम कर रही थी लेकिन ऐसी बात तो पहले प्रोफ़ेसर ने कभी पूछी न थी।

"मैं ज़रूर चलूँगी,"

"अच्छा कितनी देर में आ जाओगी?"

"सर! जस्ट इन फ़ाइव मिनट्स...!" वह बात अधूरी ही रखते हुए बोली।

"ठीक है ठीक है... यू टेक योअर टाईम। तैयार होकर आ जाओ। मैं इंतज़ार कर रहा हूँ।"

शायद प्रोफ़ेसर समझ चुका था कि ज्यूली बाथरूम में है। क्योंकि वह नल की रफ़्तार कम करना भूल गई थी और पानी गिरने की ज़ोरदार आवाज़ फ़ोन में से सुनाई दे रही थी।

"ओ...के...सर!..." ज्यूली ने रिसीवर रख दिया।

"यूँ तो ज्यूली प्रोफ़ेसर के साथ टूर पर कई बार बाहर के देशों में घूम चुकी थी लेकिन प्रोफ़ेसर दत्त की डायरेक्टर के तौर पर, और उसकी पर्सनल सेक्रेटरी के तौर पर, उन दोनों की पहली पोस्टिंग थी।

उनको अमरीका में आये दो महीने का समय होने को आया था लेकिन वे दोनों पूरा समय ऑफ़िस का काम समझने में लगे रहे। वो अभी तक एक शाम भी क्लब न जा सके। उन दोनों के सिवाय कम्पनी के इस ऑफ़िस में कोई भी हिन्दुस्तानी न था।

प्रोफ़ेसर दत्त इस कम्पनी को जॉइन करने से पहले कॉलेज का प्रोफ़ेसर था। उसने तीस साल की उम्र में बहुत नाम कमाया था। लोग इज़्ज़त से अब भी उसे प्रोफ़ेसर दत्त ही कहकर बुलाते थे। प्रोफ़ेसर दत्त ने काम के क्षेत्र में अपने से उम्र में ज्यादा बहुत से अनुभवी साथियों को बहुत ही पीछे छोड़ दिया था। इन्हीं ख़ूबियों की वजह से वह अपनी कम्पनी में बहुत ही विख्यात थे।

मुस्कराहट उनके चेहरे का एक हिस्सा थी ।

ज्यूली भी काम में किसी लिहाज़ से कम न थी। कम्पनी में उसकी भी बहुत इज़्ज़त थी। वह उम्र में प्रोफ़ेसर दत्त से कोई तीन–चार साल ही कम थी। वह बहुत ही ख़ूबसूरत और ठहरे हुए मिज़ाज़ की मालिक थी।

प्रोफ़ेसर ने रिसीवर रखा और ज्यूली का इंतज़ार करने लगा। उसने वक्त बिताने के लिए सिगार सुलगाया और अपने ख़्यालों में खो गया।

कॉल बैल बजी और प्रोफ़ेसर अपने ख़्यालों से चौंक उठा।

''प्लीज़ कम इन'', वह कुर्सी पर बैठे–बैठे बोला।

दरवाज़ा खुला सामने ज्यूली खड़ी थी ख़ूबसूरत लिबास में। एक लम्हा के लिए तो प्रोफ़ेसर भी उसे देखकर दंग रह गया।

प्रोफ़ेसर दत्त ने अपने कमरे को लॉक किया और कार में ज्यूली के साथ चल दिया।

प्रोफ़ेसर दत्त बड़े इत्मीनान से कार चलाता जा रहा था। देखते ही देखते एक कार ने उनकी कार को ओवर टेक किया। उस गाड़ी का आगे वाला टायर अचानक फटा और वह कार वहीं उलट गई। कार बुरी तरह पिचक गई थी।

कार के इंजन के हिस्से में आग की लपटें उठ रही थीं और अंदर दबे लोग ''बचाओ बचाओ'' पुकार रहे थे। प्रोफ़ेसर दत्त ने अपनी कार को फ़ौरन रोका। ज्यूली को साथ लिए वे दोनों भाग कर अगली कार

के पास पहुंचे। कार में सफ़र करने वाले दोनों मियाँ–बीवी बुरी तरह ज़ख्मीं थे। उन दोनों ने मिलकर ज़ख्मियों को बड़ी मुश्किल से पिचकी हुई कार से बाहर निकाला।

तब तक एम्बुलेंस आ चुकी थी।

दोनों ज़ख्मियों को अस्पताल ले जाया गया।

कार में जख़्मी होने वाला एक अमरीकन जोड़ा था। हादसे के वक्त दोनों मियाँ बीवी ही कार में थे। ख़ुशकिस्मती से अपने दोनों बच्चों को वे घर पर ही छोड़कर घूमने जा रहे थे।

आदमी का नाम रॉबर्ट था और औरत का मारग्रेट था। दोनों ही अच्छे ख़ानदान से संबंध रखते थे और रॉबर्ट का तो अपना भी अच्छा बडा बिज़नेस था। अस्पताल में काफ़ी दिन तक उनका इलाज चलता रहा। प्रोफ़ेसर दत्त हर रोज़ कुछ वक्त निकाल कर उनका हाल पूछने चला जाता।

आहिस्ता–आहिस्ता वे आपस में काफ़ी घुल–मिल गये और उनका एक–दूसरे के यहाँ आना–जाना शुरू हो गया। कोई भी पार्टी ऐसी न होती जिसमें वो एक दूसरे को आमंत्रित न करते।

वह उस अमरीकन फ़ैमिली के बहुत ही करीब आ गया और एक तरह से उनके घर का सदस्य ही बन गया।

सात साल का समय देखते ही देखते बीत गया। इस अर्से में रॉबर्ट की एक लड़की से संबंध हो गये। यह एक घरेलू मामला था। इसलिए प्रोफ़ेसर दत्त ने रॉबर्ट और मारग्रेट के बीच में हस्तक्षेप करना ठीक नहीं समझा।

एक दिन जब वह उनके घर पहुँचा तो उसने देखा कि दोनों मियाँ बीवी पर इस विषय पर बड़ी गर्मा–गर्मी से तू... तू... मैं... मैं.... हो रही थी और प्रोफ़ेसर को मज़बूरन उसमें हस्तक्षेप करना पड़ा क्योंकि स्थिति अलग–अलग होने की हो रही थी।

“रॉबर्ट यूँ तो यह तुम दोनों का निज़ी मामला है और मुझे इसमें हस्तक्षेप नहीं करना चाहिए लेकिन तुम्हारा फ़ैमिली फ्रैन्ड होने के

कारण, मैं बोलने पर मज़बूर हूँ। तुम्हारी ख़ूबसूरत बीवी है। दो प्यारे–प्यारे बच्चे है। तुम क्यों अपनी बनी–बनाई दुनिया को उजाड़ना चाहते हो। बस सिर्फ़ उस लड़की के लिए जो तुम्हें आज केवल इसलिए चाहती है कि तुम अमीर हो, तुम्हारा लम्बा बिज़नेस है। कल अगर भगवान न करे, तुम्हारी दौलत कम हुई, तो वह तुम्हें छोड़कर, किसी दूसरे के साथ संबंध बनाने में संकोच नहीं करेगी। तुम्हारी बीवी सुन्दर है और समझदार भी। रॉबर्ट तुम क्यों अपनी जिंदगी की, हँसती–गाती दुनियाँ को तबाह करने पर तुले हुए हो।''

रॉबर्ट दरअसल मारग्रेट से अलग होने का फ़ैसला कर ही चुका था, बोला–''प्रोफ़ेसर! गाड़ी तब तक ही चलती है जब तक कि दोनों पहिये एक ही साईज़ के हों। अगर एक पहिया कार का हो और दूसका ट्रक का, तो अंदाज़ा लगाओ गाड़ी की क्या हालत होगी? हाँ! तुम हिन्दुस्तानी लोग ही ज़िंदगी की गाड़ी को अलग–अलग पहियों से चला सकते हो, हम अमरीकन नहीं''

मारग्रेट चुप बैठी आँसू बहा रही थी। लेकिन रॉबर्ट जोश में था। उसने मारग्रेट को ज़ोर से धक्का दिया और अगर प्रोफ़ेसर दत्त बाज़ू पकड़कर, उसे थाम न लेता तो वह बुरी तरह दीवार से टकरा गई होती।

रॉबर्ट गुस्से में बोला–''प्रोफ़ेसर अगर तुम्हें मारग्रेट से इतनी ही हमदर्दी हैं तो ले जाओ इसे अपने साथ। हाँ! हाँ! हाँ! '' वह एक लंबी हँसी हँसा।

प्रोफ़ेसर बोला–

''तुम नहीं जानते रॉबर्ट कि तुम इस वक्त क्या कह रहे हो?। इसके लिए तुम एक दिन बहुत पछताओगे लेकिन हालात तुम्हें दोबारा इसी हालत में नहीं मिलेंगे।''

"मैं उनमें से नहीं हूँ प्रोफ़ेसर कि मैं अपनी बात पर पछतावा करूँ। मैंने जो कह दिया सो कह दिया। क्या अब इसे अपने साथ ले जाते

हुए शर्म आती है? बस इतनी ही हिम्मत है तुम में?'' वह ज़ोर से हंसते हुए कहने लगा।

हालांकि प्रोफ़ेसर बड़े शांत स्वभाव वाला आदमी था लेकिन यह बात सुनकर वह गुस्से में लाल हो गया। उसने मारग्रेट का हाथ अपने हाथ में लिया और बोला–

''अगर तुम्हारी ऐसी ही मर्ज़ी हैं तो यह लो मैं इसे साथ लिए जा रहा हूँ।'' यह सब कुछ इतना अचानक हो गया कि मारग्रेट कुछ भी न समझ पाई और प्रोफ़ेसर दत्त के साथ चल दी। मारग्रेट मिसिज़ दत्त बन गई।

कुछ अर्से बाद प्रोफ़ेसर दत्त का ट्रांस्फर किसी दूसरे देश में हो गया। ज्यूली को भी प्रोफेसर दत्त के साथ ही जाना था।

वहाँ प्रोफ़ेसर दत्त को एक बहुत बड़ा बंगला दिया गया और साथ ही उसी चारदीवारी में कुछ फ़ासले पर मेहमानों के लिए एक अलग छोटा–सा बंगला भी था। ऑफ़िस बंगले से काफ़ी दूर था और ज्यूली का फ़्लैट ऑफ़िस की बिल्डिंग में ही था।

वहाँ मारग्रेट बहुत ही ख़ुश थी। बंगला समुद्र के किनारे था। जहाँ वह देर रात तक घूमती रहती। ख़ूब ऐशो–आराम था।

प्रोफ़ेसर की आदत थी कि टूर से वापस आने का प्रोग्राम नहीं बताया करता था। उसका कहना था कि फ्लाइट अक्सर रात के वक्त आया करती है, और वह नहीं चाहता था कि किसी को बेवजह रात भर जागने की तकलीफ़ दी जाये। एयरपोर्ट से वह टैक्सी लेकर सीधे ज्यूली के फ्लैट में आता, क्योंकि उसका ऑफ़िस रास्ते में पहले पड़ता था और घर बाद में। आते ही वह ज्यूली डिसूज़ा से दफ़्तर के काम–काज के बारे में पूछताछ करता। ज्यूली उसके लिए चाय बनाती। वह अक्सर हँसते हुए कहता–

''मिस डिसूज़ा! अब तुम शादी क्यों नहीं कर लेती?''

''सर! यहाँ मैं....भला इस देश में किससे शादी करूँ?''

वह फ़ीकी हँसी मुँह पर लाकर कहती और फिर कोई प्लेट रखने

के बहाने अपनी पीठ प्रोफ़ेसर की तरफ़ कर लेती ताकि उसकी आँखों के मोटे–मोटे आँसू प्रोफ़ेसर न देख सके।

दफ़्तर के सभी लोग उसे ज्यूली के नाम से बुलाते थे लेकिन इतने साल एक साथ गुज़ारने के बाद भी प्रोफ़ेसर उसे मिस डिसूज़ा ही पुकारता था। ज्यूली के दिल में एक ही हसरत रह गई थी कि काश! प्रोफेसर भी उसे कभी ज्यूली कह कर पुकारे। मगर ऐसा कभी न हुआ।

दस बरस का वक्त यूँही पलक झपकते ही बीत गया।

ज्यूली एक दिन बाज़ार में शॉपिंग करके दुकान से बाहर निकली ही थी कि उसकी नज़र दूर से आ रही मारग्रेट पर पड़ गई। मारग्रेट ने भी उसे देख लिया था। मारग्रेट के साथ उस वक्त कोई आदमी था जिसे ज्यूली दूर से न पहचान सकी। मारग्रेट ने उस आदमी से कुछ कहा और वह जल्दी से एक दुकान में घुस गया।

इस बार प्रोफ़ेसर जब सफ़र से वापस लौटा तो बातों–बातों में ज्यूली ने उस नज़ारे की बात उससे कर डाली।

प्रोफ़ेसर चुप–चाप सब कुछ सुनता रहा। कुछ भी कहने से पहले वह हर बात की पुष्टि अच्छी तरह कर लेना चाहता था... हालांकि उसको ज्यूली की बात पर पूरा भरोसा था।

वह सीधा अपने घर गया। मारग्रेट घर पर न थी। घर में उसे ऐसी कोई चीज़ न मिली जिससे किसी ग़ैर की मौजूदगी का पता चलता। उसके पाँव अब गेस्ट हाउस की तरफ़ बढ़ गये। वहाँ एक अलमारी में उसे मारग्रेट के और किसी मर्द के कपड़े बिखरे हुए मिले। उसने सारा बंगला घूम कर देखा, बंगला खाली था।

शायद मारग्रेट उस गैर मर्द के साथ समन्दर के किनारे...! प्रोफ़ेसर ने अपने दिल ही दिल में सोचा।

प्रोफ़ेसर वहाँ खड़ा–खड़ा ...कुछ देर तक डूबते हुए सूरज को देखता रहा। फिर वह कुछ फ़ैसला करके ज्यूली के फ़्लैट में चला आया। ज्यूली समझ गई कि आज प्रोफ़ेसर परेशान–सा है लेकिन वह

चुप रही। उसने प्रोफ़ेसर के लिए चाय बनाई। प्रोफ़ेसर चाय पीता हुआ बोला–

''ज्यूली! तुमने ठीक ही कहा था। मारग्रेट आजकल...! ख़ैर.... ऐसा करो.....तुम न्यूयार्क संपर्क करो। मैं इसी वक्त रॉबर्ट से बात करना चाहता हूँ।''

ज्यूली परेशान–सी रॉबर्ट को लाईन पर लेने लगी। उसका दिल बैठा जा रहा था कि न जाने इतने बरस बाद आज वह रॉबर्ट से क्या बातचीत करना चाहता था। आख़िर रॉबर्ट के घर का फ़ोन मिल ही गया। नौकर ने बताया कि रॉबर्ट घर पर नहीं था। प्रोफ़ेसर ने ज्यूली को कहा कि वह उसका टेलीफ़ोन नम्बर नौकर को दे दे और उसे हिदायत कर दे कि रॉबर्ट घर आते ही प्रोफ़ेसर से फ़ोन पर बात करे लेकिन फ़ोन नहीं आया।

छः–सात दिन लगातार फ़ोन करने के उपरांत भी प्रोफ़ेसर की रॉबर्ट से बात न हो सकी।

एक दिन शाम को दफ़्तर में मीटिंग चल रही थी। ज्यूली के फ़ोन की घण्टी बज उठी। ज्यूली ने रिसीवर उठाया तो दूसरी तरफ़ मारग्रेट लाईन पर थी।

''ज्यूली! प्लीज़ कोई कार हो तो यहाँ भिजवा दो। मेरी कार स्टार्ट ही नहीं हो रही और मुझे ज़रा जल्दी जाना है।''

''ओ के.... मैं अभी कार भिजवा देती हूँ।'' ज्यूली ने आहिस्ता से जवाब दिया क्योंकि पास ही में मीटिंग हो रही थी।

पास ही बैठे प्रोफ़ेसर ने सारी बातें सुन ही ली थीं। ''तुम रहने दो। मैं ही बन्दोबस्त किये देता हूँ,'' वह बोला

आज प्रोफ़ेसर बात की तह तक पहुँचना चाहता था। वह उठकर लिफ़्ट से नीचे ग्ग्रउंड फ़्लोर पर आया। उसने कम्पनी की नई कार गैरिज में से निकाली ताकि मारग्रेट को ज़रा भी शक न हो।

उसने बाजार से एक नकली दाढ़ी ख़रीदी। अपने बंगले से ज़रा दूर उसने कार रोक दी। दाढ़ी लगाई। कोट का कॉलर ऊपर किया

और कैप को आगे की तरफ़ झुका लिया। कार के दरवाज़े खुलने से जो ऑटोमैटिक लाईट जल उठती थी, उसके स्विच को ऑफ़ कर दिया ताकि गाड़ी में चढ़ते वक्त वह रोशनी में पहचाना न जाये। सब कुछ इत्मीनान करने के बाद, वह कार लेकर बंगले में दाखि़ल हुआ।

मारग्रेट बाहर ही खड़ी थी। जल्दी से दरवाज़ा खोलकर वह कार में बैठ गई।

''जल्दी से एयरपोर्ट ले चलो.....,'' वह घबराहट में बोली।

उसे डर था कि प्रोफ़ेसर दत्त की कान्फ्रेंस कहीं वक्त से पहले ही न ख़त्म हो जाये और उसका यह प्लान फ़ेल हो जाये।

थोड़ी दूर जाने पर उसने ड्राईवर को एक मोड़ पर कार रोकने के लिए कहा। एक मिनट तक कार वहीं खड़ी रही। तभी पीछे से कोई आदमी दरवाज़ा खोलकर अंदर बैठ गया।

''ओह! तुम आ गये। मैं तो समझी कि कहीं तुम रास्ता ही न भूल गये हो,'' मारग्रेट ने धीरे से कहा।

''नहीं'', उस आदमी ने भी आहिस्ता से एक छोटा–सा जवाब दिया और चुप हो गया।

पहले तो प्रोफ़ेसर के दिल में आया कि वह गाड़ी रोककर वहीं उस बात का पर्दाफ़ाश कर दे लेकिन फिर उसने सोचा कि चलो देखूँ आगे उनका क्या प्रोग्राम है?

वह सोच रहा था कि मारग्रेट ने उसकी सारी तपस्या को भंग कर दिया था।

प्रोफ़ेसर ने अभी तक कभी भी अपनी कान्फ्रेंस को अधूरा न छोड़ा था। इसलिए जब वह आज मीटिंग के बीच में से उठ गया तो ज्यूली के दिल में कुछ शक पैदा हो गया और उसने प्रोफ़ेसर का पीछा करना शुरू कर दिया।

उसने प्रोफ़ेसर को नकली दाढ़ी ख़रीदते हुए देख लिया था और तब से वह अपनी कार से प्रोफ़ेसर की कार का पीछा कर रही थी। एयरपोर्ट नज़दीक आने पर उसने अपनी कार आगे वाली कार से

काफ़ी पीछे कर ली क्योंकि वह दूर से ही सारा नज़ारा देखना चाहती थी।

मारग्रेट ने घड़ी देखते हुए कहा–

''फ़्लाइट जाने में वक्त बहुत ही कम रह गया है।''

कार रूकी। मारग्रेट जल्दी से उस आदमी के साथ कार में से उतर गई। अभी प्रोफ़ेसर अपनी कार को पार्क करने जा ही रहा था कि एक ट्रक तेज़ी से आया और उसकी कार से टकराता हुआ आगे निकल गया।

प्रोफेसर की कार सामने वाली दीवार से जा टकराई। वह इस एक्सीडेंट में बुरी तरह से जख़्मी हो चुका था।

मारग्रेट और उसका साथी जाते–जाते रूक गये। वां वापस आये। उन्होंने काफ़ी ज़ोर लगाकर ड्राइवर को कार से बाहर निकाला और ज्योंही मारग्रेट की नज़र उस पर पड़ी वह चिल्ला उठी–

''ओह! यह तुम...तुम हो?''

प्रोफ़ेसर की दाढ़ी अब उतर चुकी थी। उसने करवट लेकर आँखें खोलीं। मारग्रेट के साथी को उसने पहचान लिया था। वह रॉबर्ट ही था।

प्रोफ़ेसर कराहता हुआ बोला–

''रॉबर्ट ! तुम और यहाँ... मैं कई दिनों से तुम्हारी ही तलाश कर रहा था। कई बार तुम्हारे घर पर फ़ोन भी किया लेकिन हर बार पता चला कि तुम दौरे पर थे। काश! तुम... मुझे पहले मिल गये होते।''

''प्रोफ़ेसर! मैं किस मुँह से तुम्हारे पास आता? उस दिन मैंने जो तुम्हारे साथ व्यवहार किया...तुम्हें बुरा–भला कहा था... मुझे माफ़ कर दो प्रोफ़ेसर.... प्लीज़ प्रोफ़ेसर...!''

वह गिड़गिड़ा कर बोला।

अब तक ज्यूली भी नज़दीक आ चुकी थी।

''यह तुम्हें क्या हो गया प्रोफेसर...?,'' वह सिसकियाँ लेते हुए बोली। उसने प्रोफेसर का सिर अपनी गोद में रख लिया और अपने

रूमाल से प्रोफ़ेसर के ख़ून से लथपथ चेहरे को पोंछने लगी। वह लगातार रोये जा रही थी।

एयरपोर्ट की अनाउंसर बोल रही थी।

''एक जरूरी सूचना सुनिए। आख़री फ्लाइट तैयार है। अमरीका जाने वाले मुसाफ़िरों से अनुरोध है कि जल्द ही पहुँच जायें।''

यह सुनकर मारग्रेट ने रॉबर्ट की तरफ़ देखा।

''रॉबर्ट! तुम... तुम जाओ...मैं तुम्हारे साथ नहीं चल सकती।''

प्रोफ़ेसर दत्त बड़ी मुश्किल से बोला–''मारग्रेट! क्या कह रही हो? अब इतने बरसो के बाद भी तुम चाहती हो कि रॉबर्ट अकेला ही जाये। प्लीज... मारग्रेट गो... विद... हिम (go with him) ... ।''

साथ मारग्रेट चीख़ कर बोली– ''नहीं! मैं ऐसा नहीं कर सकती। ऐसी हालत में...'', वह रोते हुए बोली।

''तुम्हें मेरी कसम मारग्रेट....जाओ तुम्हारे बच्चे वहाँ तुम्हारा इंतजार कर रहे होंगे... रॉबर्ट इसे साथ ले जाओ। हाँ! रॉबर्ट! मैंने हमेशा ही इसे तुम्हारी अमानत की तरह आपने पास रखा था। शादी तो मैंने सिर्फ़..! ख़ैर वक्त बहुत कम है। रॉबर्ट इसे जल्दी ले जाओ।'' अल्फ़ाज बड़े मुश्किल से उसके हलक से निकल रहे थे।

मारग्रेट और रॉबर्ट, दोनों ने दुःखी दिल से प्रोफ़ेसर दत्त से हाथ मिलाया और आँखों में आँसू लिये चल दिये।

''ज्यूली! मैं जानता हूँ कि तुम क्या चाहती थी? लेकिन हालात ने मुझे बिल्कुल मज़बूर कर दिया था। मैं मज़बूर था। लाचार था। मैं सच कहता हूँ... सच कहता हूँ ...ज्यूली... ।''

आज पहली बार प्रोफ़ेसर दत्त ने उसे ज्यूली कहकर संबोधित किया था। वह भी उस वक्त जबकि वह मौत के दरवाज़े पर खड़ा था।

''ज्यूली! तुम अपना ख़्याल रखना...,'' प्रोफ़ेसर का सिर एक तरफ़ लुढ़क गया। उसकी रूह आख़री फ्लाइट ले चुकी थी।

15 वर्ष बाद... आज उसी जगह एक बूढ़ी औरत बैठी हुई थी। उसके हाथ में श्रद्धा के फूल थे।

''मैं नहीं जानती कि पिछले 15 सालों से आप हिन्दुस्तान से इसी तारीख़ को यहाँ किसको श्रद्धा के फूल अर्पित करने आती हैं। ख़ैर! जल्दी कीजिए,'' पास खड़ी डेज़ी कहने लगी। शायद बूढ़ी औरत अपने ही ख़्यालों में मग्न थी। उसने डेज़ी को कोई जवाब नहीं दिया।

''आंटी डिसूज़ा! प्लीज़ जल्दी उठिये। अब तो आख़री फ़्लाइट ही बाकी है और उसके जाने में भी थोड़ा ही समय रह गया है,'' डेज़ी अपनी आंटी डिसूज़ा को झिंझोडते हुए कहने लगी।

लेकिन यह क्या...? उनका जिस्म एक तरफ़ लुढ़क गया।

और... उनकी रूह आख़री फ़्लाइट ले चुकी थी।

34
शोक-सभा वरसिज़ शौख़-सभा
(हास्य कथा)

वही हुआ जिसका मुझे डर था। मैंने उसे ख़ास ताकीद की थी कि मैं शोक सभा में बिल्कुल यकीन नहीं करता लेकिन मेरी बीवी ने मेरी बात नहीं मानी। सारी रस्में पूरी होने के बाद, उसने दूसरे ही दिन हमारे पड़ोसी शर्मा जी को (*हमारे नहीं बल्कि उसके क्योंकि मैं तो ऊपर जा चुका था*) फ़ोन किया। शर्मा जी बड़े ही सज्जन पुरूष, हर किसी की मदद करने को हमेशा ही तैयार रहते। टेलीफ़ोन पर मेरी पत्नी की बात सुनते ही, वह दौड़े–दौड़े चले आये।

"शर्मा जी! आप तो जानते हैं कि मोहन साहब कैसे विचारों के आदमी थे। वो इस शोक–सभा के तो बिल्कुल ही खिलाफ़ थे। मगर क्या किया जाये? कुछ–न–कुछ तो दुनियादारी निभानी ही पड़ती है और इसे मजबूरन करवा रही हूँ। भगवान उनकी रूह को शांति दे। मुझे पूरा विश्वास है कि वह मुझे इसके लिए अवश्य ही क्षमा कर देंगे।"

"बहन जी! आप कहिये, मुझे क्या करवाना है?, मैं सब कुछ ठीक से करवा दूँगा।"

"शर्मा जी! शुरू से आख़िर तक सारा का सारा काम और इंतिज़ाम आप ही ने करवाना है। उसका जो भी ख़र्चा होगा, आप मुझसे लेते जाइयेगा।"

"बहन जी आप फ़िक्र न करें। मुझे मोहन साहब के बारे में सब पता है। वह कचौरी, मट्ठी, जलेबी, मिल्क केक, ढोकला ... चाय और कॉफ़ी के बहुत शौकीन थे।

इन सबके अलावा जिन लोगों को शुगर की बीमारी है, उनके लिए 'शुगर फ़्री' भी रख़वा दूँगा।"

यह कहकर शर्मा जी अपनी ड्यूटी और ज़िम्मेवारी निभाने चले गये। सैक्टर की मार्केट में उन्होंने जाकर पहले तो 'गजय' सुपर बेकरी वाले से मिलाप किया। वह कई सालों से शोक–सभाओं में होने वाली, ऐसी कई शोक–सभाओं के लिए, बहुत ही उचित दामों पर, अच्छी क्वालिटी की चाय, कॉफ़ी, और बिस्कुट वग़ैरह सप्लाई करता रहा था।

लेकिन इस बार जो शर्मा जी ने सामान की लिस्ट दिखाई और बताई, तो उसको देखकर वह चकित रह गया। लिस्ट पढ़कर उसे बड़ी हैरानी हुई क्योंकि पिछले तीस सालों में इस तरह का खान–पान, शोक–सभा में पहली बार हो रहा था।

वह इस बारे में मुंह खोलने ही वाला था कि उसका बड़ा भाई 'पल्लू' उसकी मन की बात समझकर झट आहिस्ता से बोला–''गजय! हमें अपना बिज़नेस देखना है। तू इन बातों में मत पड़ कि ऐसा खान–पान पहले तो...। शर्मा जी जो लिस्ट दे रहें हैं, तुम बस उस लिस्ट को लो और सारे सामान का बंदोबस्त कर दो।"

फिर कुछ याद आते हुए, शर्मा जी कहने लगे–''गजय! कुर्सियों और टेबलों वगैरा का बंदोबस्त भी तुमने ही करवाना हैं। वैसे हॉल में गद्दे–चटाइयाँ तो हैं ही।''

फिर शर्मा जी वहाँ से सीधे मन्दिर गये। मन्दिर के पीछे, थोड़ी ही दूरी पर चांदगीराम जी ने दो बडे हॉल बनवा रखे थे और वह किराये पर लोगों को फ़ंक्शन करने के लिए दिया करते थे। मन्दिर के साथ वाला पहला हॉल तो ज़्यादातर मन्दिर की कमेटी वाले किसी–न–किसी शोक सभा के लिए चांदगीराम जी से ले ही लिया करते थे। भक्त आदमी थे। बहुत ही कम किराये पर हॉल को दे देते थे।

दूसरा हॉल वह शादी की पार्टी वगैरह के लिए दिया करते थे या यूं कहिये लोग लिया करते थे। वैसे दोनों हॉलों की दीवारें कॉमन थी। उसी दीवार में दरवाज़े के ज़रिये एक हाल से दूसरे हॉल में जाया जा सकता था। दूसरे शब्दों में दोनों हॉल इन्टर–कनैक्टिड थे।

पहला हॉल क्योंकि मन्दिर के काम के लिए इस्तेमाल होता था, इसलिए उसकी देख–रेख, चांदगीराम जी ने मन्दिर के पंडित जी को ही सौंप रखी थी और दूसरे हॉल की देख–रेख वह खुद ही करते थे।

दोनों हॉलों में लाईटें और माइक फ़िट थे। लेकिन पहले हॉल में क्योंकि मन्दिर के ही प्रोग्राम का आयोजन होता था, इसलिए माइक और लाईटों की ज़िम्मेवारी पंडित जी की ही होती थी। वैसे अफ़वाह यह भी थी कि पहला हॉल पंडित जी ने चांदगीराम जी से पूरे साल के लिए कान्ट्रैक्ट पर ले रखा था। यह बात सिर्फ़ चांदगीराम और पंडित जी के बीच में ही थी। इसलिए पंडित जी लोगों से मनमर्जी का किराया चार्ज करते थे।

हाँ! तो शर्मा जी ने मन्दिर पहुँचकर पंडित जी से सम्पर्क किया। उन्होंने पंडित जी को सारी बात समझा दी। पंडित जी बड़े सुलझे हुए व्यक्ति थे। पहले तो उन्होंने खान–पान के बारे में पूछताछ की। शर्मा जी की लिस्ट पढ़कर तो उनके मुँह में पानी आ गया। वह सोचने लगे–"काश! सारे मरने वाले लोग, ऐसे ही अच्छे–अच्छे खान–पान लोगों को ख़िलायें तो कितना अच्छा होता।''

दरअसल खाने वाली चीज़ों के सामान का 20 प्रतिशत हिस्सा तो उनके घर चला जाता था। इसलिए पिछले काफ़ी सालों में उनका वज़न 50 किलो से 250 किलो तक हो गया था। जहां पहले वह काफ़ी फुर्तीले हुआ करते थे, अब ज़रा–सा चलने पर भी उनकी सांस फूलने लग जाती थी।

डॉक्टर ने तो उन्हें काफ़ी समझाया था कि पंडित जी अपना वज़न कम कर लो लेकिन उनका पापी पेट डॉक्टर की सलाह मानने को राज़ी न हुआ। शिवरात्रि में कम–से–कम 50 किलो दूध, मन्दिर के पिछले दरवाज़े से उनके घर चला जाता, और जिसे वह आधे दामों पर दूसरी दूध की डेयरी वालों को बेच देते। इतना ज़्यादा दूध भी तो पिया नहीं जा सकता था। घर के वो आठ सदस्य थे। वह भी दूध पीते तो

कितना पी लेते? उनका फ़िज तो हर वक्त फल और फ्रूट से भरा रहता।

उनके गाँव के जिस किसी व्यक्ति ने अपनी सेहत बनानी होती, वह किसी–न–किसी बहाने उनके पास आ जाता और कुछ ही दिनों में उसका.... ।

फिर उन्होंने जन्मपत्री बनाने का साफ़्टवेयर लगवा लिया और लोगों की जन्म पत्रियां भी बनानी शुरू कर दीं।

कोई भी आदमी अगर इन्हें हाथ पढने के लिए कहता तो वह दो बातें झट उसे बता देते। 'बच्चा'! तुम्हारे घर में किसी–न–किसी औरत का लेकर क्लेश रहता है और दूसरा तुम्हारे 45 वर्ष के होने पर धन का योग है। वैसे भी हर घर में किसी–न–किसी औरत को लेकर क्लेश तो होता ही है। लोग इस बात पर बड़े प्रभावित होते और दूसरा 45 साल एक ऐसी उम्र है जब आदमी कम–से–कम 20 साल की नौकरी कर चुका होता है और रूपया पैसा आ ही जाता है।

उसके अतिरिक्त उन्होंने कारों के ख़रीदने–बेचने का धंधा भी शुरू कर रखा था। अपने ही किसी भक्त से कार लेकर, किसी भोले–भाले अपने दूसरे ही भगत को कार टिका देते। दूसरे शब्दों में वह एक अच्छे बिज़नेसमैन भी बन चुके थे।

और मन्दिर की चँदा पेटी के बारे में ...खैर! मैं अपना मुँह बंद ही रखूं तो अच्छा है (*मगर मैं भूल गया कि मेरा न तो मुँह है न जिस्म। बस ऊपर से सारा दृश्य ही देख सकता हूं, मगर मुझे न ही कोई देख सकता है और न ही कोई सुन सकता है।*)

शर्मा जी ने पंडित शत्रुपाल जी से हॉल का मुआयना कराने के लिए कहा। मगर उनका नाम शुत्रुपाल कैसे पड़ा, यह कोई भी नहीं जानता। कोई कहता कि उनके स्व. पिताजी शत्रुघन सिन्हा के बहुत बड़े फ़ैन थे। इसीलिए उनके पिताजी ने उनका नाम शत्रुपाल रख दिया। कोई कहता कि उनके पिताजी के बहुत ही शत्रु थे और इसलिए

उन्होंने 'शत्रु' शब्द एक टोटके के तौर पर, अपने शत्रुओं को पराजित करने के लिए किया था।

खैर! जितने मुँह उतनी ही बातें। हाँ! यह ज़रूर था कि पंडित जी ने अपनी मन्दिर की चंदे की पेटी से रूपया पैसा खा–खा कर काफ़ी शत्रु बना लिये थे।

मैं ऊपर से सब कुछ देख सकता था और एक दिन मन्दिर के पिछले कमरे से बड़ी–बड़ी ऊँची आवाज़ें आने लगीं। दरअसल आवाज़ें तो धीमी–धीमी थीं, मगर मेरी रूह को ऊँची सुनाई दे रहीं थीं। मैंने इधर–उधर देखा (*सॉरी! मैं फिर भूल गया– मेरी तो गर्दन थी ही नहीं*)।

मुझे सब कुछ ऊपर से नज़र आ रहा था। पंडित जी की कोठरी में दो औरतें थीं। वे कह रहीं थीं– "पंडित शत्रुपाल जी! हमें भी तो अपनी बेटियों की शादी करनी है और दान–पेटी का सारा–का–सारा रूपया–पैसा आप अकेले ही हड़प कर जाते हैं। चढ़ावे पर चढ़ने वाले फल–फ्रूट, दूध, बर्फ़ी, पेड़े... आप यह सब पूरा का पूरा सामान मिठाईयाँ और फल, दुकानों में आधे दाम पर बेच देते हैं।"

"मैडम! आपको अवश्य ही कोई ग़लतफ़हमी हुई है। आपको धोखा हुआ है। मुझे भी तो ऊपर जाकर भगवान को अपना मुंह दिखाना है। मैं ऐसे कुकर्म नहीं करता। नरक में नहीं जाना मुझको।''

वह कहने लगी–''पंडित शत्रुपाल जी! हमारे पास इन सारी बातों के पक्के सबूत हैं।" और दोनों औरतों ने जो–जो सबूत पंडित जी को दिये, उनको सुनकर पंडित जी की तो हवा ही सरक गई। पंडित जी काँप उठे।

उनको अपनी पंडिताई ख़तरे में नज़र आने लगी। गिड़गिड़ा कर कहने लगे– "आप दोनों तो मेरी बहनों के समान हैं। क्या आप अपने भाई को इस गलती के लिए माफ़ नहीं करेंगी?" पंडित जी की यह बात सुनकर दोनों औरतें एक तरफ़ चलीं गई और फिर कुछ सलाह मशविरा

करके, वापस आ कर कहने लगीं–''पंडित जी! आप अच्छी तरह सोच–विचार कर लें।''

''कल हम अपने–अपने पति को आपके पास भेजेंगी। उनसे सारी बातें खुलकर तय कर लेना और यह न भूलना कि आपको आपके दुश्मनों से बचाने में, केवल हम ही आपकी मदद कर सकते हैं।''

"ठीक है मेरी बहनों! आपके पति जो भी शर्त रखेंगे, मुझे वह हर शर्त मंज़ूर होगी।'' फिर दोनों बोलीं– "पंडित जी! पब्लिक है सब जानती है।''

अगले ही दिन पंडित जी ने अपने शत्रुओं को पराजय देने के लिए, मन्दिर के प्रधान और सेक्रेटरी से दोस्ती कर ली। अब लोगों के चढ़ावे में से, उनको भी हिस्सा मिलने लगा और लोगों ने पंडित जी का नाम अब 'शत्रुपाल' के बजाय 'मित्रुपाल' रख दिया। लोग मज़ाक में उन्हें पंडित 'मित्रुपाल' कहने लग गये।

ये सब बातें मुझको तब मालूम हुई और पता चलीं, जब मैंने दुनियावी वस्त्र छोड़ दिये थे। तब मुझे हवा की सरसराहट में वो सभी बातें सुनाई देने लगीं, जो जीवित व्यक्ति नहीं सुन सकते।

हाँ! तो खान–पान की लिस्ट में खोये हुए, पंडित जी का थोड़ी देर बाद ध्यान शर्मा जी की ओर लौटा। पंडित जी ने हॉल में जाकर शर्मा जी को, वहाँ की सारी चैकिंग कराई। शर्मा जी वायरलैस डिपार्टमेंट में रह चुके थे। इसलिए उन्होंने वहाँ का सारा–का–सारा सिस्टम अच्छी तरह चैक किया। बैटरी के टर्मिनल तक चैक किये। वो कोई भी कमी नहीं छोड़ना चाहते थे।

माइक को हाथ में लेते ही उन्होंने नोट किया कि माइक पर जगह–जगह घी के गंदे निशान थे। यह देखकर पंडित जी समझ गये कि अगर उन्होंने माइक साफ़ नहीं करवाया तो हो सकता है शर्मा जी यह शोक सभा किसी दूसरी जगह पर ही न शिफ़्ट कर दें। पंडित जी ने झट अपने कंधे पर रखा हुआ वस्त्र उतारा और जल्दी–जल्दी से माइक को पकड़कर रगड़–रगड़ कर साफ़ करने लगे। इतने सालों की गंदगी से माइक भला कैसे मुक्त हो जाता।

पंडित जी की लाचारी देखकर शर्मा जी ने सख़्त लहजे में कहा– "इसे अच्छी तरह साफ़ करा लेना, नहीं तो...।" पंडित शत्रुपाल, शर्मा जी की बात बीच में ही काटते हुए कहने लगे– "आप फ़िक्र न करें। मैं सारे–के–सारे सामान की सफ़ाई खुद अपने हाथों से करूंगा"

पंडित सोचने लगा कि ऐसे अच्छे पकवान खाने का मौका भला वो अपने हाथों से कैसे जाने दे सकता है? फिर शर्मा जी ने माइक हाथ में ले लिया और "हैलो... वन...टू...थ्री" माइक पर बोलने लगे। फिर तसल्ली होने पर वह वापस अपने घर चले गये।

शोक सभा का दिन भी आ पहुंचा। ऐसी सभाओं में लोग बहुत ज़्यादा नहीं आते बल्कि कम ही आते हैं और शर्मा जी ने सोचा कि पिछली सभा में तो तकरीबन 100–150 लोग ही आये थे। लेकिन इस शोक सभा में तो बहुत ही कम लोगों के आने की संभावना थी। क्योंकि वह जानते थे कि मोहन साहब, शोक सभाओं में कम ही जाया करते थे और लोग टिट–फ़ोर–टैट (जैसे को तैसा) की पॉलिसी में विश्वास रखते हैं।

इसलिए शर्मा जी ने अपने गणित की विद्या से अनुमान लगाया कि गनीमत है जो 50 लोग ही, इस शोक सभा में आ जायें–पधारें।

लेकिन यह क्या पहले हॉल के पास तो ऐसी भीड़ लग गई कि जैसे आम आदमी पार्टी को ज्वाइन करने के लिए...।

शर्मा जी ने जल्दी से अनुमान लगाया कि उस भीड़ में तकरीबन 400 लोग थे। मन्दिर के सामने वाली सड़क पर तो ट्रैफिक जाम ही हो गया। पुलिस कंट्रोल रूम ने जब इसकी खबर ट्रैफिक के बॉस को दी तो वह भी अपनी मोटर साइकिल पर हालात का जायजा लेने के लिए वहां आ गई। उसने नोट किया कि बात तो कोई सीरियस नहीं थी और इसलिए अपने ट्रैफिक इंस्पेक्टर को कुछ हिदायतें देकर चली गई।

शर्मा जी ने झट गजय को खान–पान का सारा सामान चार गुना करने के लिए कह दिया। मगर 'गजय' का भाई 'पल्लू' बड़ा गुरू था।

दरअसल इस खान–पान की लिस्ट को उसने ही चारों ओर फैला दिया था और अपने सारे दोस्तों को उसकी ख़बर कर दी थी।

हाल यह हुआ कि उसके कई दोस्त जैकबपुरा, अर्जुन नगर कालोनी और रोशनपुरा से दौड़े–दौड़े अपने–अपने स्कूटर–मोटर साइकिलों पर वहाँ....।

क्योंकि लोगों को खाने–पीने के आइटमों का पता लग चुका था इसलिए लोग दौड़े–दौड़े मोहन साहब की यानी मेरी शोक सभा में पधारने लग गये। भीड़ इतनी थी कि जितने लोग हॉल के अन्दर थे, उतने ही बाहर भी थे।

खैर! हाल से कुर्सियाँ बाहर निकालकर लोगों को हॉल में ऐडजस्ट कराया गया। शर्मा जी पुलिस अफ़सर रह चुके थे और फिर उन्होंने मेरी पत्नी से वायदा भी तो किया था कि सारा इंतिज़ाम भली–भांति करा देंगे। इसलिए उन्होंने लोगों को अंदर बैठाने के बाद, खान–पान का पूरा सामान, हॉल के आख़िर में बने, डायनिंग रूम में रखवा दिया।

जब शर्मा जी को यकीन हो गया कि सभी लोग अंदर आ गये हैं और बाहर कोई भी नहीं बचा है, तो उन्होंने मेरे दोस्त आहूजा को चाबी देते हुए कहा– "अब आप यह ताला बाहर से लगा देना और चाबी अपने पास ही रखना। जब शोक सभा ख़त्म होगी तो मैं आपको मोबाइल पर बता दूँगा और तब आप दरवाज़ा बाहर से खोल देना" और फिर ताक़ीद करते हुए कहने लगे–"यह चाबी आप अपने पास ही रखना। किसी और को मत देना।"

शर्मा जी की हिदायत के मुताबिक आहूजा ने बाहर से ताला लगाया और चाबी उसने अपनी जेब में डाल ली। ताला भी क्या था? बड़ा फ़ैक्ट्री लॉक था।

आहूजा जानता था कि शोक सभा शाम 6:00 से 8:00 बजे तक है और वक्त काफ़ी है। इसलिए उसने सोचा कि क्यों न वह इन 2 घंटो में अपना बाकी काम ही निपटा ले।

प्रोग्राम शुरू होने में कुछ ही मिनट बाकी थे कि पंडित शत्रुपाल, पास पड़े सामान और माइक को ठीक करने में लग गये। शर्मा जी को देखकर उन्होंने झट अपने कपड़े से माइक को साफ़ करना शुरू कर दिया। मगर एक बात तो ज़रूर थी कि आज उनका मन और ध्यान शोक सभा का प्रोग्राम कराने में बिल्कुल ही नहीं लग रहा था।

दरअसल उनका पापी पेट ही उन्हें परेशान कर रहा था। वहाँ स्टेज पर बैठे–बैठे बार–बार उनका ध्यान डायनिंग रूम में पड़े या यूँ कहिये कि कचौड़ियों, मिल्क केक, मट्ठी, समोसे, बिस्कुट...से भरे टेबलों की तरफ़ था। आख़िर कुछ फ़ैसला करते हुए उन्होंने अपने नये चेले को अपने पास बुलाया क्योंकि उन्होंने सोचा कि वही सबसे कम लालची चेला था।

वह चेला उनके पास आया तो वह आहिस्ता से उसके कान में कहने लगे– "चन्द्रभान! तुम्हारी बड़े दिनों से यह इच्छा थी कि तुम्हें भी कभी शोक सभा कराने का मौका मिले। लो आज मैं तुमको यह मौका दे रहा हूँ। मगर ध्यान रहे प्रोग्राम में कोई ग़लती न होने पाये। वैसे मैं पीछे ही डायनिंग रूम में रहूँगा और हाँ जो भी चढ़ावा चढ़ेगा, उसमें से तुम्हें केवल एक ही प्रतिशत दूँगा। अगर मंजूर हो तो बोलो...।" चन्द्रभान ने झट से 'हाँ' में अपना सिर एक बार नहीं बल्कि बार–बार हिला दिया।

इस पर पंडित शत्रुपाल का चेहरा खिल उठा। उन्होंने अपनी मोटी तोंद पर हाथ फेरा और अपने ऊपर कंट्रोल करते हुए कहने लगे– "भाइयों और बहनों! आज मेरी तबीयत ज़रा ठीक नहीं है, इसलिए आज की शोक सभा मेरे छोटे चेले पंडित चन्द्रभान करेंगे। वैसे मैं पीछे ही मिठाईयों... मेरा मतलब है डायनिंग रूम में ही रहूँगा।" और फिर वह अपने आपको कोसने लगे कि आज उन मिठाईयों के चक्कर में वह क्या–क्या बोलने लगे थे?

यह कहकर वह सीधे वहाँ से उठे और जाकर डायनिंग रूम में बैठ गये। वहाँ उनके सिवाय किसी को भी प्रवेश करने की इजाज़त नहीं

थी। वहाँ जाते ही उन्होंने आव देखा ना ताव, झट से 2–3 कचौड़ियां और 3–4 मिल्क केक के पीस निगल गये।

हॉल का सीन इस प्रकार था। स्टेज पर पंडित चन्द्रभान और आख़िर में पंडित शत्रुपाल जी। सामने सेंटर में लोग दरियों और गद्दों पर थे और कुछ लोग दायें और बायें दीवारों के साथ टेक लगाये हुए थे। आख़िर में कुर्सियों पर कुछ ख़ास मेहमान यानी शहर के जाने–माने डाक्टर विराजमान थे।

शर्मा जी इस बात से काफ़ी परेशान थे कि मोहन साहब ने बातों–बातों में अपनी बीवी पर यह कैसी शर्त रख दी थी कि अगर कभी भगवान न करे, उसका शोक सभा करवाने का प्लान बन जाये, तो वह उसे 6:00 से 8:00 बजे तक के समय में ही रखे।

वैसे भी 6:00 से 8:00 बजे तक शोक सभा का समय सुनकर सभी हैरान थे कि आज तक हमेशा ही शोक सभा या तो 3:00 से 4:00 या फिर 4:00 से 5:00 तक लोग करवाते हैं लेकिन....। मगर वे यह नहीं जानते थे कि यह समय मैंनें बड़ी सोच–विचार के बाद ही तो अपनी पत्नी को बताया था। मैंने अपनी ज़िंदगी में जो भी थोड़ी–बहुत शोक सभाओं में भाग लिया था, उनमें मैंने नोट किया था कि 3:00 से 4:00 और 4:00 से 5:00 बजे का वक्त तो बिल्कुल ही ग़लत था। क्योंकि 2:00 बजे के करीब लोग दोपहर का भोजन करते है और 3:00 से 4:00 या 4:00 से 5:00 का समय उनके आराम का होता है। इसलिए यह समय शोक सभा के लिए नियुक्त करना तो सरासर लोगों पर ना इंसाफ़ी है। लोगों के लिए सज़ा है।

लोग आ तो जाते हैं लेकिन शोक सभा में बैठे लोगों की तरफ़ कभी आपने ध्यान से देखा है? हाँ! आपने देखा क्यों नहीं?, ज़रूर देखा है। आप भी तो उनका हिस्सा हैं। अधिकतर लोगों की आंखों में नींद चढ़ी होती हैं। लोग बड़ी मुश्किल से, अपनी आँखों को बंद होने से रोके हुए होते हैं। 95 प्रतिशत लोग तो सो रहे होते हैं। उनकी आँखे केवल दिखावे के लिए खुली होती हैं। ऐसी एक्टिंग करते हैं जैसे वो जाग रहे हों।

मैं आपको यह बात अब कैसे खोल कर बताऊँ–समझाऊँ?

मैंने सोचा क्योंकि यह समय ज़्यादातर लोगों के घूमने–फिरने का होता है और हुड्डा पार्क में घूमने के बजाय, लोग इस शोक सभा में आ जायेंगे और फिर उनको खाने–पीने को भी तो बहुत...। (*और यह सोचते–सोचते मेरे मुँह में पानी आ गया.... अरे हाँ! याद आया। मेरा मुँह तो है ही नहीं तो फिर पानी कहाँ से आयेगा।*)

शर्मा जी खाने के सामान की क्वालिटी और स्टैंडर्ड को देखकर काफ़ी प्रभावित थे। यह शोक सभा का भी अजीब वक्त था। क्योंकि ख़ाने क़ी लिस्ट लोगों तक पहुँच चुकी थी, इसलिए लोगों ने सोचा कि 6:00 से 8:00 का समय है तो लेट, लेकिन कोई बात नहीं खाने को भी तो बहुत कुछ मिलेगा।

पंडित शत्रुपाल जी का इशारा मिलते ही, पंडित चन्द्रभान ने अपना व्याख्यान शुरू कर दिया। मेरे बारे में उन्होंने कुछ ऐसे–ऐसे शब्द कहे कि मैं भी नहीं जानता था कि मैं इतना महान पुरूष था (*मुझे अपने बारे में ऐसे झूठे शब्द सुनकर बड़ी शर्मिंदगी होने लगी।*)

पंडित चन्द्रभान की ज़्यादातर बातें लोगों को समझ ही नहीं आ रही थीं या यूँ कहना सही होगा कि पंडित चन्द्रभान की अपनी भी समझ से बाहर थीं। उनका सारा का सारा ध्यान अपने गुरू पंडित शत्रुपाल की ओर था। माफ़ कीजिए मैं कुछ ग़लत कह गया। दरअसल उनका ध्यान भी उन मिठाईयों की तरफ़ था। क्योंकि उस ने दूर से पंडित शत्रुपाल को कचौड़ी और मिल्क केक खाते देख लिया था।

दीवार के साथ टेक लगाये बड़े शांत मन से बैठे, मास्टर पूरन चन्द्र जी का देखने में तो ध्यान, पंडित जी की तरफ़ था, मगर वह इस समय सोच रहे थे कि घर जाकर उन्होंने अपने विद्यार्थियों को क्या–क्या पढ़ाना है?

सामने की दीवार का आसरा लिये गोपी बैठा था। उसकी किरयाने की दुकान थी। वह सोच रहा था कि पता नहीं उसकी ग़ैर–हाज़री में

उसका छोटा भाई दुकान को संभाल भी पाया है कि नहीं। क्योंकि शाम को रश का वक्त होता है। लोग दफ़्तर से आते हैं।

हा! मैंने नज़र घुमाकर देखा– (*सॉरी मैंने फिर गलती कर दी– मेरी नज़र तो अब है ही नहीं*) सामने मेरा स्टूडेंट कमलेश अग्रवाल बैठा था। वह सबसे ज्यादा दुःखी नज़र आ रहा था। उसे मेरे साथ बहुत ही लगाव था। कई बार मैंने उसको कहा था कि अपने ऑफ़िस की गंदी दीवार पर टाईलें लगवा ले। पता नहीं उसने ऐसा किया भी है कि नहीं। हाँ यह ज़रूर कह रहा था कि मैं वहाँ, वो टाईलें जिन पर घोड़ों की तस्वीर बनी हुई है, लगवा लूँगा। बेचारा बड़ा ही मेहनती है। चाहे उसके बड़े भाई उसका मज़ाक उड़ाते हैं। कहते हैं बस सड़क नापता रहता है। चलो मैं क्या कह सकता हूँ? खैर! ये उनके विचार हैं।

मेरे दोस्त महेन्द्रपाल ने शोक सभा में आने से पहले अपने माइक्रो वेव में मछली और मीट के टिक्के रखकर 2 घंटे का टाइमर सैट कर दिया था ताकि वापस जाते ही...। बार–बार उसका ध्यान उसी तरफ़ ही जा रहा था। उसे डर था कि कहीं देरी की वजह से उसके मछली और मीट के टिक्के ही न जल जायें। वह यहाँ आते समय सोडे की बोतल फ्रीजर में लगाकर आया था और उसे डर था कि कहीं वह जम कर फट ही न जाये। फिर सोचने लगा सर्दी बहुत है, जाते ही 2 बड़े–बड़े पैग व्हिस्की के .... और मछली–मीट के टिक्के खाकर इस शोक सभा की बोरियत को दूर करेगा।

ऐसे ही वहाँ मौजूद सभी लोग अपनी–अपनी सोच में डूबे हुए थे।

हॉल के आख़िर में बैठे हुए लोगों का ध्यान, डायनिंग हॉल में पड़ी कचौड़ियों, मिल्क केक, मट्ठियों, समोसों.....की ख़ुशबू ने अपनी ओर खींच रखा था।

जब प्रोग्राम ख़त्म होने में कोई 45 मिनट ही रह गये तो पंडित चन्द्रभान ने लोगों से प्रार्थना की कि जो भी सज्जन मोहन साहब के बारे में कुछ कहना चाहें, वो स्टेज पर आकर अपने विचार रख सकते हैं।

उन सब लोगों के विचार सुन–सुन कर मुझे ऐसा लगा कि जैसे वो मेरे बारे में नहीं, बल्कि किसी बहुत बड़े महान पुरूष में बारे में अपने–अपने विचार प्रकट कर रहे थे।

ये बातें सुनकर मेरी पत्नी ने महसूस किया कि वो तो अपने पति यानी मेरे बारे में कुछ भी न जानती थी। अगर ये सब बातें उसको पहले पता होती तो वह मेरा ज़रूर ही, आम आदमी पार्टी ज्वाइन करने का फ़ार्म भरवा देती।

सबसे पहले तो शर्मा जी ने माइक पकड़ा और कहने लगे– "भाइयों और बहनों! मेरे साथ मोहन जी का बहुत प्यार था और वह यह कहते–कहते सोचने लगे। क्या ख़ाक प्यार था? हर महीने बिजली, पानी का बिल भरने के लिए मुझे दे देते थे और हर वक्त मुझे देखते ही अपने पास बुलाकर कोई–न–कोई कविता सुनाने लग जाते। मैंने अपनी सारी उम्र वायरलैस के महकमे में नौकरी की थी और मुझे रेडियो फ्रीक्वेंसी के अतिरिक्त किसी और चीज़ में दिलचस्पी न थी।

मोहन साहब की फ्रीक्वेंसी और मेरी फ्रीक्वेंसी की वेव–लेंगथ में बड़ा अन्तर था। मैं बस उनको खुश करने के लिए, झूठ–मूठ ही उनकी कविता की तारीफ कर देता। फिर सारी रात इन्टरनेट लगाकर, उसका मतलब समझने की कोशिश करता। मिसिज़ शर्मा ने तो उनको कई बार कहा कि मोहन साहब को आप बता क्यों नहीं देते कि आपका कविताओं/शायरी से दूर–दूर तक कोई रिश्ता नहीं। वह हँस कर हंस कर कहने लगते–''क्या करूं! बड़े बोर किस्म के व्यक्ति हैं? वह इस बात को समझ नहीं पायेंगे।''

(ये सब बातें भी मुझे तब पता चलीं जब मैंने शरीर रूपी वस्त्र छोड़े। काश! मुझे पहले पता लग जाता तो मैं उनको ... I) फिर शर्मा जी अपने ख़्यालों से वापस आते हुए कहने लगे– "हाँ! भगवान उनकी आत्मा को शांति दे।'' और शर्मा जी से माइक डाक्टर भल्ला ने ले लिया और कहने लगे– "भाइयों और बहनों! मोहन साहब का मैं पर्सनल डॉक्टर ही नहीं बल्कि एक अच्छा दोस्त भी था। वह मुझसे

अपने दिल की सारी बातें खोलकर बता दिया करते थे। मुझे उन्होंने अपनी पर्सनल ज़िंदगी की सभी बातें बता रखी थीं। यहाँ तक कि उनके किस–किस के साथ ...खैर जाने दीजिए।

आप नहीं जानते उन्होंने मेडिकल लाईन की क्या–क्या मदद की थी? सबसे बड़ी बात यह थी कि वह ऑपरेशन कराने से नहीं घबराते थे। ये बात मुझे तब पता लगी। जब वह मेरे पास...।

आगे का किस्सा मैं आपको बताता हूँ....!

एक दिन उनकी भांजी डाक्टर नमिता सिंह ने उन्हें अपनी प्रयोगशाला में बुलाया और उनका एक्सरे, एम. आर. आई., अल्ट्रासाउंड, सी.टी. स्कैन और पता नहीं क्या–क्या करके? उनके जिस्म की जन्मपत्री बना दी और उसे उनके हाथ में देते हुए कहने लगी–''अंकल! इसमें आपकी आँख, नाक, गला, दिल, फेफड़े, लिवर, पैनक्रियास वग़ैरह सबकी हिस्ट्री है। अब आपके पास वक़्त बहुत कम है। जल्दी से ही किसी सर्जन को मिलकर अपनी गाड़ी को यानी बॉडी को ठीक करा लीजिए, वर्ना कहीं भी इसका ब्रेक डाउन हो सकता है।''

पहले तो उन्होंने इस बात पर ध्यान ही न दिया। लेकिन जब बहुत दिन गुज़रने पर भी उनका रवैया न बदला तो उसके पति कर्नल गिरिराज ने कहा– "अंकल! अगर नमिता कह रही है, तो आप किसी सर्जन को अपनी जन्मपत्री, मेरा मतलब है मैडिकल रिपोर्ट दिखा क्यों नहीं देते?''

बस फिर क्या था वह डाक्टरों की राय लेने, अपने घर के सबसे नज़दीक हास्पिटल 'ज्ञानी हास्पिटल' पहुँचे। वहाँ उनकी मुलाकात डाक्टर भल्ला से हुई। वह पतले लंबे कद वाले ही नहीं, बल्कि बड़े हंसमुख और ज़िंदादिल इंसान थे। बस फिर क्या था डाक्टर भल्ला की ज़िंदादिली उनको मरवा गई....। डॉक्टर साहब को बातों ही बातों में पता चल गया कि मोहन साहब कविताओं/शायरी के शौकीन हैं। डाक्टर भल्ला ने उनकी हर कविता पर ऐसी वाह! वाह की कि वह डाक्टर साहब के दीवाने हो गये और ख़ुश होकर बोले–''डॉक्टर

भल्ला! आप मेरी मैडिकल हिस्ट्री देखकर जो भी आपॅरेशन होना है, जल्दी से कर डालिए।''

उन्होंने पूछा कि क्या आपने मेडिकल इंश्योरेंस पॉलिसी ले रखी है। जैसे ही उन्होंने मेरे मुँह से हाँ सुनी, वैसे ही वह अपने कैबिन में गये। वहाँ से उन्होंने अपनी पत्नी को फ़ोन लगाया और कहने लगे–''रूपाली! तुम काफ़ी दिनों से नाराज़ थीं कि मैंने तुम्हें न ही कोई अच्छी–सी साड़ी और न ही कोई सोने का सैट दिया है, ख़ुश हो जाओ, आज एक मेडिकल क्लेम वाला मुर्गा फँसा है। साड़ी और सैट तो दूँगा ही लेकिन शाम को एक अच्छे होटल में जाकर रोस्टिड मुर्गा भी खिलाऊँगा।''

उसके बाद उन्होंने मोहन साहब का हरनिया का ऑपरेशन कर दिया। एक दिन शहर के सारे सर्जन उनके पास आये और कहने लगे कि डाक्टर भल्ला हम सब बहुत ही बडी मुश्किल में हैं और वह यह कि हमें अपने मेडिकल परीक्षणों के लिए कोई डेड बॉडी ही उपलब्ध नहीं हो रही है।

डॉक्टर भल्ला ने उन सबसे 2 दिन का समय माँगा। 2 दिन बाद उन्होंने सबको बताया कि उनके पास एक ज़िंदा इंसान है, जिस पर वह मनचाहे परीक्षण दिल खोलकर कर सकते हैं। उन लोगों को तो डॉक्टर भल्ला की इस बात पर यकीन ही नहीं हुआ। फिर उन्होंने सभी डॉक्टरों को बताया कि उनके एक मित्र मोहन साहब हैं जो ऑपरेशन से बिल्कुल नहीं डरते।

कुछ दिन बाद सब डॉक्टरों को उन्होंने मोहन साहब से मिला दिया और ताकीद कर दी कि वो मोहन साहब की हर कविता/शायरी पर बड़ी खुलकर वाह! वाह करेंगे।

वह सब वाह! वाह करते गये और इस वाह! वाह में उन्होंने मोहन साहब के हर ऑरगन की चीर–फाड़ करके रख दी।

हाँ! तो भाइयों और बहनों मोहन साहब ने जो मेडिकल साइंस की मदद की, उसके लिए मेडिकल बोर्ड ने उनका 'झंडुराम पार्क' में पुतला

लगाने की योजना को स्वीकृति दे दी है। हमने उस योजना के लिए 51 लाख की माँग की है और डॉक्टर भल्ला सोचने लगे कि पुतला तो तकरीबन 31 लाख में बन जायेगा और बाकी पैसे हम सब मिल–जुल कर...। और हैल्थ मिनिस्टर को उद्घाटन के लिए बुलाएंगे।

इस पर लोगों में से एक आदमी खड़ा होकर पूछने लगा–''डॉक्टर साहब! क्या हेल्थ मिनिस्टर, AAP का होगा? ''

इस पर वह झुंझला कर बोले–''नहीं! मेरे **BAAP** का होगा....'' जल्दी ही उन्हें अपनी ग़लती का एहसास हुआ और वे अपने ऊपर कंट्रोल करते हुए, बड़ी मीठी ज़ुबान में कहने लगे–''भाई मेरे! जब हम हरियाणा के हैं तो भला हम किसी और प्रदेश के हैल्थ मिनिस्टर को क्यों बुलायेंगे?''

डॉक्टर भल्ला बोले कि मैं आपका ज़्यादा समय न लेते हुए केवल इतना ही बताना चाहता हूँ कि मोहन जी बड़ी दूर की सोच वाले व्यक्ति थे और जनता की भलाई में विश्वास रखते थे। एक दिन वह मुझे कहने लगे कि जैसे कोई स्त्री मरने के बाद अपने गहने साथ नहीं ले जाती, वैसे ही मैं अपने सभी आर्गन यहीं छोड़कर जाना चाहता हूँ। इसलिए आप मेरे सारे आरगन निकाल कर अपनी प्रयोगशाला में सुरक्षित रख लेना।

सबसे पहले मैं चाहूँगा कि जिन–जिन मेरे दोस्तों को इनकी ज़रूरत है, पहले उनको ही लेने की यह ऑफ़र दी जाये।

डाक्टर भल्ला कहने लगे कि उनकी इच्छा के मुताबिक, उनकी आँखें उनके मित्र राधेश्याम जी को दी जायें। इस पर राधेश्याम जी ख़ुशी से खड़े हो गये। अंधे को क्या चाहिए भला दो आँखे। फिर सोचने लगे कि मोहन साहब को तो आँख मारने की बीमारी थी। कहीं उनकी आँखें लगाते ही मुझे भी वैसी ही... और लोगों से जूते खाने पड़े। यह ख़्याल आते ही उन्होंने झट से आँखें लेने से इन्कार कर दिया।

फिर बारी आई उनके दिल की। डॉक्टर भल्ला ने उसके लिए उनके मित्र देवपाल का नाम पुकारा। देवपाल ख़ुशी से खड़े हो गये

क्योंकि उनके दिल की कंडीशन काफ़ी ख़राब थी परन्तु सोचने लगे कि मोहन साहब, बड़े ही दिलफेंक किस्म के व्यक्ति थे। कहीं उनको भी यह आदत न पड़ जाये इसलिए उन्होंने भी दिल लेने से इन्कार कर दिया।

फिर फेफड़ों की बारी आई। डॉक्टर भल्ला ने उनके मित्र उप्पल का नाम पुकारा। यह सुनते ही उप्पल का चेहरा खिल उठा। वैसे तो वह योगा इंस्ट्रक्टर था लेकिन एक दिन बड़ी सर्दी के कारण उसको ब्रांकाइटिस हो गया और काफ़ी हद तक उसके फेफड़े बेकार हो गये। फिर उसको ख्याल आया कि मोहन को तो सिगरेट पीने की बहुत ही बुरी लत थी। हर रोज 10–10 पैकेट, चारमीनार सिगरेट के पी जाता था। अब उसके फेफड़ों में बचा ही क्या होगा? उनमें निकोटिन ही निकोटिन होगा... और उसने भी फेफड़ों की आफ़र ठुकरा दी।

अब आख़िर में वेद शर्मा का नाम पुकारा गया। वह एक वीडियो चैनल का मालिक है और शोक सभा की ख़बर मिलने पर अपना काम बीच में ही छोड़कर भागा–भागा यहाँ चला आया। वह सभी दोस्त जानते थे कि मोहन कुछ लेगा नहीं, बल्कि हम सबको कुछ देकर ही जायेगा।

मोहन उनके लिए किडनी छोड़कर गया था। अपना नाम सुनते ही वह बड़े हर्शित हुए। उनकी किडनी की हालत काफ़ी ख़राब थी। हाँ! करने से पहले वह सोचने लगा कि मोहन तो हर महीने अपने आर्मी कोटे की 10 की 10 बोतलें खुद ही पी जाता था और अब उसकी किडनी में बचा ही क्या होगा। कोई कबाड़ी भी उसके 5 रूपये तक नहीं देगा।

जब उनके सभी दोस्तों ने मोहन साहब के ऑर्गन लेने से इन्कार कर दिया तो डॉक्टर भल्ला कहने लगे–''जैसी आप लोगों की मर्ज़ी। हम ये सभी आर्गन गरीबों को दे देंगे या इनको नीलाम करके सारा पैसा मोहन साहब के पुतले, के पैसों में मिला देंगे ताकि वह पुतला और भी अच्छा बन सके।

हाँ! आख़री बात मोहन साहब के कानों की हालत तो ऐसी थी कि दायें कान से तो बिल्कुल ही कुछ न सुनाई देता था। इसलिए जब भी कोई रूपया–पैसा मांगने आ जाता तो वह झट से अपना दायां कान आगे कर देते ताकि पैसे देने ही न पडें।

क्योंकि सुनाई ठीक से न देता था इसलिए वह हर वक्त अपने घरवालों से झगड़ते रहते और कहते कि तुम सभी मिलकर मेरे खिलाफ़ षडयंत्र...। इसी कम सुनाई देने की वजह से ही वह अपनी वसीयत 6 बार बदल चुके थे।

इतने में भीड़ में से कर्नल ऊषा बजाज ने उठकर पूछा– "डॉक्टर भल्ला! उनके पेस मेकर का क्या हुआ और वह कहाँ गया?''

''डाक्टर भल्ला ने आहिस्ता से कहा–''वह मैंने उनकी इजाज़त से, उनके जीते–जी ही अपने दिल के साथ फिट कर लिया था।''

अभी वह इतना ही कह पाये थे कि उनके हाथ से माइक अरूण ने छीन लिया और माइक हाथ में लेते ही ज़ोर–ज़ोर से रोने लगा (*मुझे भी उसकी ये मुहब्बत देखकर रोना आ गया। इतने ज़ोर–ज़ोर से तो मेरे घरवाले भी नहीं रोये थे और मेरी आँखों में आँसू छलकने लगे। लेकिन मुझे याद आया कि जब मेरा शरीर ही नहीं, तो भला मेरे आँसू कहाँ से टपकेंगे।*)

अरूण कहने लगा कि भाईयों और बहनों! मेरे ये आंसू ज़ाहिर करते हैं कि मुझे उनसे कितना प्रेम था? मुझे ही नहीं, मेरे 12 और दोस्तों को भी और हम सबने मिलकर उनकी याद में एक फ़ैन क्लब बनाई है। आपसे विनती हैं कि आप सब दिल खोलकर चंदा दे ताकि आपके दिये हुए धन से हम कुछ भलाई के ज़रूरी काम करा सकें, जैसे...? यह कहते–कहते अरूण अपने ही ख़्यालों में खो गया। सोचने लगा कि भलाई के क्या ख़ाक काम करने हैं? बल्कि जिन–जिन व्यक्तियों से मोहन साहब ने उधार ले रखा था, इकट्ठे किये गये धन से उनका उधार चुकाना है।

फिर अरूण ने माइक उनके पड़ोसी कर्नल हंस को दे दिया। हंस कहने लगा– "दोस्तों! वह बड़े नर्म दिल इंसान थे। उनको आदमियों के साथ इतना प्यार नहीं था, जितना कि...। 5 कुत्ते पाल रखे थे और वह उन सबकी देख–रेख, अपने बच्चों की तरह करते थे। अभी उन्होंने ये शब्द ही बोले थे कि कोने में बैठे, बनर्जी ने अपनी पैंट को ऊपर करके अपने पैर का टखना देखा, जिसको मोहन साहब के पाँच कुत्तों ने काट खाया था। 5 साल हो गये, मगर उसका निशान और दाग़ अब भी बाकी था। उसने एक मोटी–सी गाली दी। (*वह गाली सुनकर मुझे बहुत बड़ा झटका लगा। सोचने लगा कि मैंने तो अपनी जिंदगी में गालियों पर बड़ी रीसर्च कर रखी थी लेकिन इतनी बड़ी और भयानक पंजाबी गाली अभी तक तो मेरी नज़र से न गुज़री थी। ख़ैर! अगर मुझे कभी दोबारा ज़िंदगी मिली तो मैं यह गाली अपनी डिक्शनरी में ज़रूर डाल दूँगा।*)

कर्नल हँस के मुँह से कुत्तों से लगाव की बात सुनकर साथ ही बैठे, प्रेमवीर सिंह को याद आया कि मोहन साहब ने 5 कुत्ते तो अपने घर की रखवाली के लिए रखे हुए थे लेकिन उनको पोटी (शौच) कराने के लिए उनके घर के सामने ले आते थे।

और कर्नल हंस ने झट माइक उनके हाथ में दे दिया। वह इसके लिए बिल्कुल तैयार न थे और उनके मुँह से फ़ौरन निकल गया– "मेरे साथ तो बहुत प्यार था उनका! सुबह–सवेरे उठते ही अपने पाँचों कुत्तों को मुझे मिलाने चले आते थे।"

दरअसल कुत्तों के आते ही प्रेमवीर सिंह जी अपने मोबाइल पर अपनी डाक्टर बेटी को सावधान कर देते– "पायल! कुत्तों का इन्जेक्शन तैयार रखना। हो सकता है कि मोहन साहब के कुत्ते...(मेरा चुंबन लेने आ जायें) और मुझे तुम्हारे इन्जैक्शन की ज़रूरत पड़ जाये।"

(*हाँ! मुझे याद है कई बार मेरे प्यारे कुत्तों ने उनका ...लेकिन बेचारे उसमें कामयाब नहीं हो सके और मेरा दोस्त प्रेमवीर सिंह इस पीड़ा से बच गया।*)

क्योंकि सब लोगों का ध्यान कचौड़ी, बर्फ़ी, मिल्क केक.... की तरफ़ था, इसलिए ज़्यादातर लोग कुछ न समझ पाये, कि लोग मेरे बारे क्या–क्या बके जा रहे थे?

मैंने जब ऊपर हवा में बैठे–बैठे, लोगों के दिमाग़ की, अपने बारे में, अनकही बातें सुनीं, तो मुझे बहुत दुःख हुआ। मैं तो उन्हें अपना प्रिय मित्र समझता था। लेकिन उन्होंने तो मेरे साथ विश्वासघात किया था।

हर महीने मेरा 10–10 व्हिस्की की बोतलों का पूरा का पूरा कोटा ख़त्म कर देते थे और आज मेरे बारे में ऐसे–ऐसे विचार....तौबा–तौबा, मेरी पीठ पर छुरा...! (*फिर मुझे याद आया कि मेरी तो पीठ ही नहीं है तो फिर ये लोग छुरा कहाँ...! अच्छा हुआ जो डाक्टर मुझे बचा नहीं पाये। मैं ऐसे लोगों के साथ रहना भी नहीं चाहता...। हाँ! अगर दोबारा अगले जन्म में मौका मिला तो इन सबको अपने 5 कुत्तों से एक बार नहीं बल्कि 5–5 बार कटवाऊँगा। ताकि 7 जन्मों तक उनको याद रहे।*)

इतने में पंडित जी ने माइक लेकर कहा – "सज्जनों! कुछ वक्त अभी बाकी है। अगर कोई और व्यक्ति उनके बारे में कहना चाहे तो अवश्य ही यहाँ आकर कह डाले।"

लेकिन यह क्या? पंडित जी के इतना बोलते ही, 10–12 औरतें खड़ी हो गई। (*मैं घबरा गया। मेरे माथे पर पसीना आ गया। मुझे याद आया मेरा माथा तो था ही नहीं तो भला मुझे पसीना कैसे आता?*)

मगर मैं तो उन औरतों को जानता नहीं था। मुझे चिंता होने लगी, कि पता नहीं मेरे बारे में वो सब क्या–क्या कहेंगी? मैं प्रार्थना करने लगा कि जल्दी ही मेरी शोक सभा का समय खत्म हो जाये और लोग खान–पान की ओर..।

इतने में एक औरत ने झट से माइक पंडित जी के हाथ से छीन लिया। *(मैं चौंक गया कि पता नहीं वह औरत मेरे बारे में क्या–क्या बक दे? फिर मुझे अपने पर हँसी आई कि मैं जब हूँ ही नहीं तो घबराहट कैसी?)*

वह कहने लगी–''भाइयों और बहनों! वह बहुत ही अच्छे व्यक्ति थे,'' पर वह यह नहीं कह पाई कि मैं उसे लाइन मारा करता था। वह हार जो उसने पहन रखा था, वह मैंने ही उसे दिया था और मैंने उसे झुमके देने का भी वायदा किया था।

बस उसने अपने दोनों कानों को हाथ लगाकर ऊपर की तरफ़ देखा और मन ही मन में कहने लगी– "तुम बड़े झूठे निकले। कम–से–कम जाने से पहले झुमके तो देकर जाते।''

वह ज़ोर–ज़ोर से, चीख़–चीख़ कर रोने लग गई। मेरी बीवी हैरान थी कि मेरे मरने पर, वह भी इतने ज़ोर से नहीं रोई थी, जितनी यह औरत... रो रही थी और फिर यह मोहन साहब को कैसे जानती है? और कह रही है कि वह बड़े सज्जन पुरूष थे, जबकि मैं पिछले 40 सालों में यह न जान पाई कि वह सज्जन पुरूष थे या..?

इतने में लोगों की भीड़ में से 'रूबी' निकली और झट से माइक, उसने अपने दायें हाथ में ले लिया। उसने अपने पूरे जिस्म को सर से पांव तक सफ़ेद शाल में ढक रखा था। ग़म का पुतला लग रही थी वह। जैसे किसी ने उसे सफ़ेद मार्बल में गढ़ा हो।

मैंने सोचा कि शायद मेरे जाने से बहुत दुःखी है वह, तभी तो उसने ऐसे वस्त्र...। वरना वह तो हर वक्त रंग–बिरंगे कपड़ों में सजी होती थी। अभी मैं इसी सोच में डूबा हुआ था कि उसने झट अपने बायें हाथ से अपनी सफ़ेद शॉल को उतार कर पंडित जी की, तरफ़ फेंक दिया और पंडित जी उसमें लिपट गये।

शॉल के उतरते ही, हॉल के चारों तरफ़ इत्र की ख़ुशबू फैल गई। हॉल महक उठा। शाल हटते ही लोगों की आँखें खुली की खुली रह गईं। मेरा मतलब है जिनकी आँखें बंद थी, वो भी खुल गई और जिनकी खुली थीं, फैल गईं।

रूबी ने लाल टॉप और नीला बैलबॉटम डाल रखा था और उसका तराशा हुआ 36–26–36 जिस्म देखकर तो सब आदमियों की धड़कनें रूक गईं। सभी नौजवान यह नज़ारा देखते ही खड़े हो गये और बाकी

बड़े–बूढे, अपने–अपने दिलों को थाम कर बैठ गये। कई आदमियों को तो इतनी सर्दी में भी पसीना आ गया।

सभी औरतें उसकी 'फ़िगर' को देखकर ईर्ष्या से जल उठीं। लेकिन मेरी पत्नी को इससे कोई फ़र्क नहीं पड़ा। वह रूबी को देखकर बस मुस्करा दी। मैंने सोचा कि वह ख़ुद भी तो अपने वक्त में ब्यूटी क्वीन रह चुकी थी और मैं कोई बेवकूफ़ तो नहीं था, जो उससे शादी की थी।

मेरे दिल की यह बात न जाने मेरी बीवी ने कैसे सुन ली? शायद उसकी 6th **sense** काम कर गई थी। मेरी पत्नी ने ऊपर की तरफ़ देखा और अपना दायाँ हाथ ऊपर करके हिला दिया कि जैसे मेरा शुक्रिया अदा कर रही हो।

हाँ! मैं रूबी के हाथ में माइक देखकर घबरा गया। सोचा मुँहफट औरत है और न जाने मेरे बारे में क्या–क्या बक दे? वह जो भी कहती, लोग उसका यकीन ज़रूर ही कर लेते। रूबी ने अपने दायें हाथ से माइक को पकड़ा हुआ था। बायें हाथ से अपनी टॉप का कॉलर पकड़ कर उसने ऊपर देखा, जैसे कह रही हो, यह तो शॉपिंग मॉल से, आपने ही लेकर दिया था।

फिर उसका हाथ अपनी बैल–बॉटम पर चला गया मगर वह तो पसंद मैंने नहीं की थी। वह ऊपर देखते हुए, शायद मेरी बात समझ गई और दिल ही दिल में कहने लगी कि उस दिन अगर आपकी पत्नी न आ जाती, तो शायद यह भी आपकी पसंद की ही...! ख़ैर! इसके ख़रीदने के लिए भी तो पैसे आपने ही दिये थे।

उस 36–26–36 के नज़ारे में **NCR** के जाने–माने हार्ट स्पेशलिस्ट डॉक्टर.... भी उस समय वहीं मौजूद थे। उन्होंने सोचा और महसूस किया कि अगर रूबी ने कुछ देर और अपनी सफ़ेद शाल अपने ऊपर वापस नहीं डाली, तो हो सकता है कि वहाँ जितने भी हॉर्ट के मरीज़ मौजूद थे, उन सबके ऊपर सफ़ेद चद्दर ज़रूर डालनी पड़ जायेगी।

डॉक्टर... ने झट रूबी को इशारा किया। रूबी डॉक्टर के इशारों की भाषा जल्दी समझ गई। उसने गूंगों के स्कूल में नौकरी कर रखी थी। उसने जल्दी से ही पंडित के ऊपर पड़ी हुई शाल को, झटके से अपने ऊपर ओढ़ लिया और इस तरह एक बहुत बड़ी कयामत होते–होते बच गई।

हां! मैं यह तो बताना भूल ही गया कि मेरी पहली मुलाकात रूबी से सैक्टर के पार्क में हुई थी। उस दिन उसने झट से अपना हाथ मिलाने के लिए मेरे आगे बढ़ा दिया। मैं इतना अच्छा मौका भला अपने हाथ से कैसे जाने देता? मैंने झट से उसका हाथ थाम लिया।

उसका हाथ अपने हाथ में लेते ही मुझे ऐसे लगा कि जैसे मेरे अन्दर 44000 वोल्ट का करंट दाख़िल हो गया हो। अगर मैंने रबड़–सोल के जूते न डाले होते तो शायद बिजली के करंट से भस्म ही हो गया होता।

वह लगातार बातें करती रही और मैंने उसका हाथ थामे रखा। बड़े नर्म–नर्म और गुदाज़ थे उसके हाथ। आख़िर बेचारी कितनी देर तक बर्दाश्त करती। जब उसका हाथ दर्द से दुःखने लगा, तो उसने मेरी तरफ़... नज़रों से देखा।

मैं उसका मतलब समझ गया–''हाँ! हाँ सॉरी...सॉरी... आई. एम. वैरी सॉरी! मैं दरअसल बातों–बातों में भूल ही गया कि तुम्हारा हाथ....,'' मैंने कहा। और झट से मैंने उसका हाथ छोड़ दिया। मगर सच बात तो यह है कि मैंने जान–बूझकर उसका हाथ पकड़ रखा था।

मगर हफ़्ते में 3–4 बार तो हम एक दूसरे से हाथ मिला ही लेते और मेरा यह हाथ न छोड़ने का नाटक जारी रहा। मुझे तो मज़ा आता ही था शायद उसे भी मज़ा आने लग गया था।

उसने ऊपर की तरफ़ देखा, जैसे कह रही थी–''अब मेरा हाथ कौन थामेगा? वह और भी बहुत कुछ कहना चाहती थी, मगर कह न पाई।''

और न चाहते हुए भी, उसने माइक दूसरी औरत के हाथ में दे दिया।

पहले तो मैंने उस औरत को नहीं पहचाना। फिर मुझे याद आया कि वह तो मेरे ऑफ़िस की डायरेक्टर थी। उसको मेरे पर क्रश थी यानी वह मुझ पर ...!

मैं जब भी उसकी कार में जाता, वे अपना हाथ मेरे हाथ पर रख देती। ऐसे ज़ाहिर करती कि जैसे उसने ऐसा अनजाने में कर दिया हो। लेकिन मैं उसकी सारी चाल समझता था और वैसे भी मैं उसकी किसी भी ऐसी चाल में फसना नहीं चाहता था।

इस बात का जिक्र मैं विक्रम और जयवीर से अक्सर करता था। विक्रम कहता– "यार मेरे! बोल्ड बन। जब वह खुद ही तुम्हें दावत दे रही है तो तू ...!" मैं हमेशा उसे कहता–''नहीं! मेरे यार मैं ऐसा नहीं कर सकता। मुझे कम्पनी से 70,000/–रू0 सैलरी मिलती है। जिसमें से 50,000/–रू0 की मुझे ई. एम. आई. देनी पड़ती है। अगर पासा उल्टा पड़ गया तो मेरे दोस्त, क्या ई.एम.आई. तुम दोगे?''

मेरी इस वक्त शोक सभा की यह सोच न जाने मेरी डायरेक्टर ने कैसे सुन ली और मेरी तरफ ऊपर इशारा करके आहिस्ता से बोली– "आज शायद मेरी **6th sense** काम कर रही है और मुझे तुम्हारी सारी बातें समझ आ रही हैं। काश! तुमने मुझे इस बात का एक बार भी जिक्र किया होता, तो मैं तुम्हारी सैलरी डबल कर देती। मैं तो हैरान हूँ कि तुम कैसे 'फ़ौजी' हो। हाँ! अगले जन्म में ऐसी ग़लती न करना।

पंडित जी ने माइक मेरी डायरेक्टर से ले लिया बल्कि छीन लिया और अनाउंस किया कि शोक सभा का समय ख़त्म हो गया है और सभी लोग डायनिंग रूम में जाकर जल–पान ग्रहण कर लें।

लोगों का ध्यान तो उधर था ही। लोग शिकारी कुत्तों की तरह कचौड़ी, समोसे, बर्फ़ी, पेड़े.......पर टूट पड़े।

इस भागा–दौड़ी में 11 आदमी ज़ख़्मी हो गये, 2 के हाथ टूट गये,

4 आदमियों के सिर पर चोटें आईं और 3 आदमियों के पैरों में मोच आ गई। बस यह शुक्र था कि कोई हता–हत नहीं हुआ।

यह देखकर शर्मा जी ने सोचा कि अगर आगे आने वाले समय में कभी कोई शोक सभा हुई तो उसमें फ़र्स्ट ऐड का सामान ज़रूर ही रखेंगे।

और आज 400 आदमियों का खान–पान, 200 आदमियों ने ही चट कर डाला और 200 लोग भूखे ही रह गये। अगली बार लोगों की भीड़ को कंट्रोल करने के लिए, उनकी लाइन बनाकर, हर एक के हाथ में एक–एक पैकेट ख़ान–पान का पकड़ा देंगे।

शोक सभा खत्म हुई। दरवाज़े को बाहर से ताला लगा दिया गया था। शर्मा जी ने सोचा कि आहूजा को फ़ोन करके कह देते हैं कि वह बाहर से दरवाज़ा खोल दे मगर यह क्या? उनके तो मोबाइल की बैटरी ही डाउन थी। आहूजा से सम्पर्क करना मुश्किल था।

अब सभी लोग हॉल के अन्दर कैदी होकर रह गये। लोगों के पास फ़ोन भी थे मगर उनको आहूजा का नम्बर मालूम न था। शोक सभा के सभी लोग जल्दी–जल्दी अपने घरों को जाना चाहते थे। इसलिए अफ़रा–तफ़री का माहौल था।

हॉल नम्बर 1 के साथ ही हॉल नम्बर 2 था। इस हॉल से बाहर निकलने का अब एक ही रास्ता बचा था और वह था कि हॉल नं. 2 से बाहर निकला जाये लेकिन हॉल न. 2 का दरवाज़ा दूसरी तरफ़ से बंद था।

काफ़ी शोर सुनकर हॉल नं. 2 का दरवाज़ा खुला लेकिन यह क्या? वहाँ तो मोटे–मोटे 4 सिक्योरिटी के जवान खड़े थे। लोगों की भीड़ उनको देखकर सहम गई। उन सबके हाथों में पिस्तौल थे। लोग समझ गये कि उनको अपने ऊपर काबू रखना होगा। दूसरे नम्बर हॉल में कुर्सियाँ लगी हुई थीं। सिक्योरिटी वालों ने लोगों को चेतावनी दी कि सभी लोग कुर्सियों पर शांत होकर बैठ जायें। उनकी बात मानने के सिवाय उनके पास कोई दूसरा चारा नहीं था।

सभी लोग कुर्सियों पर बैठ गये। उन्होंने देखा कि हॉल नं. 2 के स्टेज पर एक बहुत बड़ा बैनर लगा हुआ था। जिस पर लिखा हुआ था 'वैलकम टू शौख सभा' **(welcome to shokh sabha)**। आपका शौख़ सभा में स्वागत है।

शौख़ सभा कराने के पीछे, क्या वजह थी, वह मैं आपको बताता हूँ।

ऊपर जाने से कुछ दिन पहले...

कुछ दिन पहले ही मैंने प्रवीन और ऋषि को शाम के वक्त अपने पास ड्रिंक्स के लिए बुलाया। व्हिस्की पीते–पीते मैंने उनको बताया कि जो बात मैं उनको बता रहा हूँ, वह उसको अपने तक ही सीमित रखें और उसे मज़ाक न समझें।

मैंने कहा कि मुझे आप दोनों पर भरोसा है, इसलिए मैं यह ड्यूटी आपको सौंप रहा हूँ। मेरी यह बात सुनकर दोनों हैरान थे कि मैं कौन–सी ड्यूटी की बात कर रहा था।

प्रवीन से मेरी मुलाकात कुछ साल पहले एक फ़िल्म की शूटिंग के दौरान हुई थी। हम अक्सर इकट्ठे ही फ़िल्मों की ऑडिशन के लिए जाया करते थे। क्योंकि मैं अपनी कार में जाता था, इसलिए उसको भी अपने साथ लेता जाता। कई फ़िल्मों में हमने काम भी इकट्ठे किया। और उससे मेरी दोस्ती इतनी बढ़ गई कि जब मैंने 'पेसमेकर' लगवाने का प्रोग्राम बनाया, तब भी मैं उसको अस्पताल में अपने साथ मदद के लिए ले गया। वह हमेशा हर ज़रूरी काम में मेरी मदद के लिए आगे आ जाता।

पेसमेकर लगवाने से पहले मुझे प्रवीन ने बहुत समझाया कि आपको इसकी अभी कोई भी जरूरत नहीं। आपकी पेस वैसे ही बहुत तेज़ है। मिल्खा सिंह जी से भी ज़्यादा। अगर आपने पेसमेकर लगवा लिया तो आप तो महान मिल्खा सिंह जी को भी पीछे छोड़ जायेंगे। फिर हंसकर कहने लगा– "सर! मैं तो मज़ाक कर रहा था। लेकिन सच तो यह है कि कोई भी डॉक्टर इतवार को ऑपरेशन नहीं करता।"

आप अकेले ही कार चलाकर अस्पताल आ गये हैं। ज़ाहिर है आपको ऐसी कोई भी एमरजेन्सी नहीं। डॉक्टर तो आपको यूँही पेसमेकर लगा रहे हैं। मैं मैडिकल एजेंट रह चुका हूँ। इन डॉक्टरों के सब पैंतरे जानता हूँ। बस आपका डॉक्टर अपने 40 प्रतिशत कमीशन के लिए ये सबकुछ कर रहा है। आपको बलि का बकरा बना रहा है।"

और वही हुआ। पेसमेकर लगाने के अगले दिन जब डाक्टर ज़ालिम सिंह नहीं आया, तो मैं समझ गया कि मैं उस डाक्टर के ज़ुल्म का शिकार हो चुका था।

नर्स ने बताया कि कल डॉक्टर साहब आपका ऑपरेशन करने के बाद, नौकरी छोड़कर चले गये हैं क्योंकि उनको डर था कि आप पर किया गया तजुरबा... कभी भी फ़ेल हो सकता है और अगर ऐसा हुआ.... तो तिहाड़ जेल कोई ज़्यादा ...। मगर नर्स ये सबकुछ न कह पाई।

परेशान हो गया। मैंने झट प्रवीन से कहा– "प्लीज़ चैक करो कि डॉक्टर ने पेसमेकर लगाया भी है या नहीं। और कहीं चाइना का बना हुआ पेसमेकर ही न लगा दिया हो। चाइनीज़ माल की तो बिल्कुल कोई गारंटी नहीं। पता नहीं कितनी देर चले।

तुम्हें याद है हमारे एक्टर दोस्त तेजपाल सिंह की चाइनीज़ पत्नी तो केवल 5 साल ही चल पाई थी।

फिर प्रवीन मेरे माथे पर से पसीना पोंछते हुए कहने लगा– "सर! अगर डॉक्टर ने पेसमेकर नहीं लगाया तो आप अवश्य ही सौ साल से 'ज़्यादा' जीयेंगे।''

प्रवीन की इस बात से मुझे बड़ा हौसला हुआ। पेसमेकर को लगवाये भी छः महीने गुज़र, चुके हैं। डॉक्टर ज़ालिम सिंह ने पेसमेकर लगाया भी, कि नहीं। मायापुरी का था या चाइना का। अभी तक यह फैसला नहीं हो पाया।

ऋषि से मेरी मुलाकात गज़लों के, गीतों के और ड्रामों के प्रोग्राम के दौरान हुई। वह भी ड्रामों का शौकीन था और मैं भी। इसलिए हर

ऐसे प्रोग्राम को देखने के लिए हम इकट्ठे ही जाते। उसके नाना जी को शायरी का शौक था और वह 'ग़ालिब' के बहुत बड़े फ़ैन थे। उनसे ऋषि को भी ग़ालिब की शायरी में बड़ी दिलचस्पी हो गई। वह बात–बात पर ग़ालिब का शे'र सुना डालता।

हम तीनों के शौक बहुत ही मिलते–जुलते थे, इसलिए हम सब में खूब पटती थी।

और फिर मैंने उनकी हैरानी दूर करने के लिए कहा कि देखो दोस्तों! तुम तो जानते हो कि मैं शोक सभा कराने के बहुत ही खिलाफ़ हूँ। इसलिए ख़ुदा न करे कभी, मेरी पत्नी ऐसी सभा कराने का प्रोग्राम बनाये, तो तुम्हें उसको काउंटर करने के लिए मेरी एक शौख़ सभा का आयोजन करना होगा। और सबसे पहला काम जो तुम्हें करना होगा, वो होगा हॉल नम्बर 2 को बुक कराना ताकि वहाँ पर शौख़ सभा कराई जा सके और लोगों को, शोक सभा की बोरियत से बाहर निकाला जा सके। आना–जाना तो ज़िंदगी का एक हिस्सा है। जो आया है उसे जाना तो होगा। यह कोई नई बात तो नहीं, ख़ैर...! शौख़ सभा कराने के बारे में तुम्हारे जो–जो भी सवाल हैं, वो तुम मुझसे, आख़िर में पूछ सकते हो।

तुम दोनों को अच्छी तरह मालूम है कि मुझे क्या–क्या शौक हैं? या यूँ कहिये कि मुझे दो ही तो शौक हैं। पहला शे'रो–शायरी, नज़्मों और गीत सुनने, आइटम सांग देखने का और दूसरा पीने–पिलाने का। प्रवीन तुम गज़लों, संगीत और आइटम सॉंग के प्रोग्राम का काम संभालोगे। इसलिए तुम्हें अच्छे–अच्छे कलाकारों को बुलाने का इंतिजाम करना होगा। महान शायर जैसे गालिब, साहिर, जिगर, जावेद और गुलज़ार...इत्यादि और गानों के लिए रूना–लैला, रेशमा, लता, आशा... और आइटम सॉग के लिए ... पर तीन आइटम सांग्स मुन्नी बदनाम हुई, शीला की जवानी, जलेबीबाई और हां मल्लिका शेरावत का रेन डांस ज़रूर करवाना। क्योंकि मेरी इज्ज़त का सवाल है, इसलिए ध्यान रखना कि मल्लिका शेरावत ने कपड़े पूरे डाल रखे हों।

ऋषि तुम इस सारे काम में प्रवीन की मदद करोगे और साथ ही तुम स्नैक्स और ड्रिंक्स की जिम्मेवारी भी संभालोगे। तुम्हें स्नैक्स और ड्रिंक्स के बारे में काफ़ी ज्ञान हैं। तुम आँख बंद करके, व्हिस्की को सूंघ कर बता देते हो कि यह कौन–सी व्हिस्की है।

हाँ! अब तुम दोनों बताओ तुम्हारे क्या–क्या सवाल हैं?

प्रवीन पहले बोला–"सर! सबसे बड़ा प्रॉबलम तो यह है कि ऐसी छोटी–सी जगह में इतने बड़े–बड़े शायर, गीत गाने वाले और आइटम करने वाले भला क्यों आयेंगे?"

"प्रवीन! जब तुम उनको उनकी मुँह माँगी कीमत अदा करोगे तो भला वे क्यों नहीं आयेंगे? पैसों के लिए ही तो वो फ़िल्मों में काम करते हैं। और फिर उनको हमारी इस जगह पर, छोटे से गाँव में आने पर एतिराज़ कैसा?

"फिर उनको स्पेशल जहाज में बैठाकर यहाँ ले आना। जहाज़ जनता पार्क में उतरने के बाद, तुम उन्हें हैलीकाप्टर से यहाँ हॉल नम्बर 2 के पास ले आना।''

प्रवीन कहने लगा– "सर! अगर इस पर भी वो सब लोग आने को राज़ी न हुए....! और इनमें से कुछ लोगों को गुज़रे हुए भी तो बरसों बीत गये हैं।''

"उसका भी मेरे पास तोड़ है। तो उस हालत में मेरा एक बहुत ही पुराना दोस्त 'चमत्कारी बाबा' कालका जी मन्दिर के नज़दीक ही रहता है। वह हर वक्त ही अफ़ीम और चरस के नशे में धुत रहता है। अगर मूड आ जाये तो ऐसे–ऐसे चमत्कार कर देता है कि जिसे देखकर लोग दंग रह जाते हैं। अपनी तांत्रिक विद्या से किसी को भी जिगर, ग़ालिब ....। और सामने बकरी हो उसे अपने जादू से रूना–लैला, मुन्नी और शीला तक भी बना सकता है। गधे को ....? और ध्यान रहे कि तुम उसके सामने न चले जाना, कहीं तुमको भी वह गधा...।''

यह सुनकर प्रवीन और ऋषि मुस्कराने लग गये।

"सर! लगता है आप 'हातिम–ताई' और 'चन्द्रकांता' के ज़माने की बातें कर रहे हैं। आजकल के वक्त में यह मुमकिन नहीं, "ऋषि कहने लगा।''

मैंने कहा–''वक्त आने पर तुम दोनों ही देख लेना कि मेरी बातों में कितनी सच्चाई है?''

ऋषि बोला–''सर! यह तो सही है कि मुझे व्हिस्की के बारे में काफ़ी ज्ञान है। लेकिन स्नैक्स और ड्रिंक्स की पार्टी कराना मेरे बस की बात नहीं।''

"ऋषि! तुम इसकी फ़िक्र न करो। इसके लिए तुम मेरे दोस्त कैप्टन नटखट सिंह से मिल लेना...।'' और फिर रूककर मैंने कहा कि प्रवीन तुम्हें सवाल पूछने की बहुत बुरी भी और अच्छी भी आदत है। तुम अब पूछोगे कि सर उनका नाम नटखट सिंह क्यों है? तो उसका जवाब यह है कि वह पैदा होते ही शरारतें करने लग गये। तो झट से उनके नौकर ने उनके पिताजी से कहा कि वह अपने बेटे का नाम नटखट क्यों नहीं रख देते? पहले तो उनके पिताजी ने सोचा कि ये उल्लू का... ऐसा भद्दा मज़ाक कर रहा है। फिर उन्होंने सोचा कि मक्खन सिंह कहता तो ठीक है। ये 'निक नेम' मेरे बेटे पर फ़िट बैठता है और मेरे दोस्त का नाम नटखट रख दिया गया। लेकिन बाद में उनकी माता जी के इसरार पर, उनका नाम बदलकर शेर सिंह कर दिया गया। उनकी माताजी हँसकर कहने लगीं कि अगर यह नटखट हैं, तो शेर की तरह दहाड़ता भी तो है। इस सच्चाई से केवल मैं ही परिचित हूँ, इसी कारण मैं उसे प्यार से नटखट पुकारता हूँ।

फिर मैंने ऋषि को बताया कि वह कैप्टन सिंह की जाकर मद्द ले सकता है। वह 'आरमड कोर' के बड़े सुलझे हुए अफ़सर थे और उन्होंने अपनी ज़िंदगी में बड़ी–बड़ी पार्टियों का आयोजन करा रखा था। उनका तजुरबा देखकर तो फ़ौज के बड़े–बड़े जनरल, उनसे सलाह–मशवरा करते हैं।

उनका शराब के बारे में इतना तजुरबा है, कि वह आँख बंद करके बोतल को सूंघ कर बता देते हैं कि यह कौन–सी शराब है?

मेरे प्रस्थान करते ही, मेरे दोनों दोस्त या यूँ कहिये, मेरे दोनों चेले अपने–अपने काम में लग गये। प्रवीन ने ऋषि से कहा– "मैं गज़लों, गीतों.... आइटम के लिए, लोगों का बन्दोबस्त करने जा रहा हूँ। तुम तब तक कैप्टन सिंह के घर जाओ और उनसे पार्टी कराने के सारे गुर सीख लो। मोहन साहब के प्रोग्राम में कोई भी कमीं नहीं रहनी चाहिए।''

ख़ैर! ऋषि जब कैप्टन सिंह के घर पहुँचा तो उसने सुना कि वह अपनी पत्नी से किसी ई. एम. आई. पर बहस कर रहे थे और वह कह रही थी– "मैं तो आपकी ई.एम.आई. दे देकर थक गई हूँ। आपकी ई. एम.आई तो मेरी ज़िंदगी के साथ ही ख़त्म होगी।'' इतने में उनकी पत्नी की नज़र ऋषि पर पड़ी तो उसने कैप्टन साहब को इशारा करके बताया कि कोई आदमी उनको मिलने के लिए दरवाजे पर खड़ा है।

उन्होंने झट ऋषि को अन्दर बुलाया और उसकी सारी बात सुनने के बाद कहने लगे– "ऋषि तुम चिन्ता न करो। मैं सब काम संभाल लूंगा। सिक्योरिटी, स्नैक्स और व्हिस्की की सर्विस तुम मुझ पर छोड़ दो।

"तुम्हारी मदद के लिए फ़ौज का बार–मैन रणजीत और मेरा सेवादार छोटू भी आ जायेगा। बस एक बात का ध्यान रखना कि चाहे, बार–मैन रणजीत पीता नहीं लेकिन सर्व करते–करते शराब की महक (fumes) से उसे नशा हो जाता है। ऐसी हालत में यह यकीन कर लेना कि उसने अपनी नाक पर मज़बूती से कपड़ा बाँध रखा हो। और फिर कहने लगे कि साथ में यह भी यकीन कर लेना कि मेरे सेवादार छोटू के मुँह पर मज़बूती से कपड़ा बंधा हो।"

"कैप्टन सिंह! किस लिए?"

"इसलिए कि छोटू शराब सर्व करने में तो बहुत माहिर है। मगर शराब सर्व करते–करते, गिलास को मुँह लगाकर शराब पी जाता है

और पता भी नहीं लगने देता। कपड़ा बंधा होगा तो शराब पी नहीं पायेगा। उस पर यह रोक बहुत ज़रूरी है।

"हाँ! ऋषि इस शौख़ सभा में उनके कुछ जान–पहचान भी आयेंगे। उनमें उनके तीन दोस्त भी होंगे। उनकी ख़ातिर में कोई कमी न होने पाये। लेकिन तीनों दोस्तों, मोहन बक्शी, नीटू वालिया और तारा सिंह को दूर किसी कोने वाली टेबल पर ही बैठाना। ध्यान रहे कि उनके पास पानी और सोडा बिल्कुल नहीं जाने चाहिए। इन दोनों आइटमों को देखते ही उनका ख़ून ख़ौल जाता है।"

"मगर वो क्यों?", ऋषि ने पूछा।

"वो इसलिए कि वे व्हिस्की नीट ही पीते है। ऑन दी रॉकस। मोहन बक्शी जिसे मैंने ही पीना सिखाया था, अब मेरा गुरू है। दस मिनट में वे इतनी बोतलें पी जाता है कि 12–12 आदमियों से भी कंट्रोल नहीं हो पाता। 6 फुट 2 इंच कद है उसका। जब सब्जी वाले से उनकी पत्नी ने 5 किलो आलू ख़रीदने होते हैं, तो वह तराजू के दूसरे पलड़े में उनके दोनों हाथ रख देती है। उनका भी एक–एक हाथ 'सन्नी देओल' के हाथों की तरह ढाई–ढाई किलो का है।

और परगट सिंह तो शराब पीने के 15 मिनट बाद ही 'कुत्ते–बिल्लियाँ' करने लग जाते हैं।"

"सर! मैं समझा नहीं। इसका क्या मतलब है?" ऋषि ने पूछा।

"उसका तो मतलब उनकी पत्नी समिता भी, अपनी 25 साल की शादीशुदा ज़िंदगी में नहीं समझ पाई। उनकी इस पीने की हरकत से तंग आकर... तंग आकर...आख़िर उसने भी पीनी शुरू कर दी। अब दोनों ही एक–दूसरे की 'कुत्ते–बिल्लियाँ' करते हैं। उनका लड़का सन्नी अपना सिर पकड़कर बैठ जाता है और उसकी पत्नी मन्नू यह सारा दृश्य देखकर हँसती जाती है।

"नीटू वालिया को नशा चढ़ने में तकरीबन 20 मिनट का ही समय लगता है और ऐसी हालत में वह नेहरू स्टेडियम के फ़्लैग पोल के ऊपर चढ़ जाते हैं। जब बार–बार कहने पर भी वह नीचे नहीं उतरते,

तो उनकी पत्नी अपने पालतू बंदर को चॉकलेट खिलाने का लालच देकर, उनको नीचे उतारने के लिए इशारा करती। उनका बंदर बड़ा ही समझदार है। ऊपर चढ़कर जब वह उनकी निक्कर को नीचे खींचता है, तो उनका सारा नशा हरण हो जाता है और वह चुपचाप डरकर नीचे आ जाते है।"

ऋषि ये सब सुनकर बोला–"सर! सब ही बड़े दिलचस्प करैक्टर हैं"

"अभी वक्त कम है। नहीं तो मैं और भी बहुत कुछ बताता।"

जब लोग पूरी तरह हॉल में बैठ चुके तो स्टेज के पीछे बैठे हुए कैप्टन सिंह के साथ चमत्कारी बाबा भी बैठे हुए थे। कैप्टन साहब ने उनको बता दिया था कि जब भी उनके चमत्कार की आवश्यकता होगी तो वो उनको बता देंगे। अभी तो वह बैठ कर 'ओल्ड मौन्क' रम पीयें और सीख–कबाब का मज़ा लें।

कैप्टन सिंह ने सोचा कि पहले स्नैक्स और ड्रिंक्स का प्रोग्राम कराया जाये। क्योंकि शोक सभा से लोग काफ़ी परेशान होकर यहाँ आये थे।

कैप्टन सिंह ने माइक पकड़कर कहना शुरू किया–"आप लोगों का शौख़ सभा में स्वागत हैं। शोक सभा में होने वाली घटना का हमें सब पता लग चुका है। हमें उसके लिए बहुत ही अफ़सोस है। वहाँ आधे से ज़्यादा लोग तो भूखे...उनको खाने को कुछ नहीं मिला, सिवाय चोटों के।

मगर यहाँ पर आपको खाने की अच्छी–अच्छी चीज़ें, जैसे सीख–कबाब, मटन टिक्के, मुर्गा टिक्के, टंगड़ी कबाब, इंग्लिश व्हिस्की, जिन और देसी ठर्रा मिलेगा...। और शाकाहारी लोगों के लिए पनीर टिक्के, मशरूम, स्प्रिंग रोल...फ्रूट जूस, लिम्का, पैप्सी और लेडीज के लिए रेड वाइन...।

कैप्टन सिंह की ये बातें सुनकर लोगों का दिल ख़ुश हो गया।

फिर कैप्टन साहब की ज़ोरदार आवाज़ आई और वह कहने लगे–"मगर इससे पहले जिन–जिन लोगों को चोटें लगी हैं, हम उन सब लोगों का इलाज करायेंगे।

आपको यह जानकर खुशी होगी कि डॉक्टर नमिता सिंह ने आप सबका इलाज करने की ज़िम्मेवारी ले ली है। आपको अब किसी प्रकार की चिंता करने की जरूरत नहीं।"

(मैंने तो इस शौख़ सभा में केवल इंगलिश व्हिस्की ही सर्व करने के लिए ऋषि को आदेश दिये थे तो फिर ये बीच में देसी ठर्रा कहाँ से आ गया?) मैंने ऊपर से कैप्टन साहब की तरफ़ देखा। शायद उनकी 6th sense काम करने लगी थी। मेरी ठर्रे वाली बात समझ कर, उन्होंने मुझे इशारों से बताया कि गाँव के लोग इंगलिश व्हिस्की को नहीं बल्कि देसी ठर्रे को ज्यादा पसंद करते हैं। जब तक ठर्रा ना मिले, उनको तसल्ली नहीं होती। इसलिए तुम्हारी शौख़ सभा का आनन्द तो वे तब ही ले पायेंगे, जब उनको, उनकी मनपसंद शराब पिलाई जायेगी।

दरअसल ये इशारों की भाषा हमने तब सीखी, जब हम आई.एम. ए. देहरादून में फ़ौज की ट्रेनिंग कर रहे थे। वहां हम दोनों को 2 गूंगी बहनों से इश्क हो गया और उन दोनों ने हम दोनों को इशारों की भाषा सिखा दी।

स्नैक्स और ड्रिंक्स के दौर शुरू हो चुके थे। जिन लोगों ने कभी शराब को छुआ भी न था, वो भी पी–पी कर झूमने लगे और शराब पीने वाले, पी–पी कर बहकने लगे। इस चक्कर में रणजीत के मुँह की पट्टी खुलकर गिर गई और शराब की महक से नशे में वो एक कोने में गिरा पड़ा था।

आदत के मुताबिक छोटू ने अपने मुँह की पट्टी हटा दी थी। व्हिस्की की 5 से ज़्यादा बोतलें गट कर गया और अब कैप्टन साहब के चरणों में अपनी इस ग़लती के लिए नाक रगड़ रहा था।

प्रवीन ने लोगों को पहले ही बता दिया था कि पहले रूना–लैला का गाना 'दमादम मस्त कलंदर'... और बाद में 'मुन्नी बदनाम हुई', 'चिकनी चमेली', 'जलेबी बाई' जैसे आइटम सांग्स होंगे और फिर मल्लिका शेरावत का रेन डांस यानी इतनी कड़कड़ाती सर्दी में वह पूरे कपड़े डालकर बारिश में डांस करेगी। (ये *बातें सुनकर तो मुझे कंपकपी होने लगी और फिर मुझे याद आया कि जब मैं हूँ ही नहीं तो भला मुझे कंपकपी कैसे लगेगी?*)

गांव के एक आदमी ने जिसने पहली बार पी और बहुत पी रखी थी, होश कहां था उसको और ज़ोर–ज़ोर से चिल्लाने लगा–"भाइयों! मल्लिका शेरावत ने इतने कपड़े क्यों डाल रखे है?" उसकी इस बात पर सभी लोग ज़ोर–ज़ोर से हँसने लग गये।

दरअसल सच्चाई तो यह है कि लोगों को चोटें आने के बारे में सुनकर, सारे के सारे शायर और गजलें गाने वाले लोग वहां से भाग गये।

प्रवीन ने ये सारी बातें कैप्टन साहब को बताईं। फिर चमत्कारी बाबा ने अपनी तांत्रिक विद्या से स्टेज पर रूना–लैला, रेशमा... और मल्लिका शेरावत जैसी महान हस्तियों को बनाकर, लोगों को पता ही नहीं लगने दिया कि वो सब नज़र का धोखा था। उनमें से कोई भी कलाकार असली नहीं था। वैसे भी लोगों ने इतनी पी रखी थी कि किसी का भी गाना गाने वाले या गज़लें पढ़ने वाले लोगों की तरफ़ ध्यान ही ना था। हाँ! वो सब मल्लिका शेरावत के डांस का अवश्य ही आनन्द ले रहे थे।

स्नैक्स और ड्रिंक्स का प्रोग्राम चलता रहा। शराब के जाम–पे–जाम लोग पीते गये और किसने कितनी शराब पी, इसका तो कोई हिसाब ही न था।

पर यह बात ज़रूर थी कि झुमके वाली औरत मास्टर पूर्णचन्द की बाहों में बाहें डालकर डांस कर रही थी।

मेरी डायरेक्टर और डॉक्टर भल्ला रूना–लैला के साथ नाच रहे थे और दमादम मस्त कलंदर गा रहे थे।

पंडित शत्रुपाल को जब ज़्यादा ही चढ़ गई तो वह भी मल्लिका शेरावत के साथ रेन डांस करने लग गया। एक मन्दिर की घण्टी बजाने वाला और दूसरी लोगों की घंटियाँ बजाने वाली। क्या दिलकश नज़ारा था?

मेरे दोस्त सुदर्शन ने रूबी का हाथ पकड़ रखा था, जिसे उसे नशे में मेरा हाथ समझकर खुश हो रही थी। सुदर्शन को कनाडा से आये हुए काफ़ी दिन हो गये थे और उसको ऐसी हसीना के गले लगने का चांस बड़ी मुद्दत के बाद मिला था और वह सोच रहा था कि अगले साल की शौख सभा में भी जरूर आयेगा। ऊपर आसमान की तरफ़ देखकर बोला – "long live mohan।"

हमारा दोस्त पॉल तो साधू आदमी है।

वह वहाँ व्हिस्की पीकर जो कर रहा था, मैं उसके बारे में कुछ न ही कहूं तो अच्छा है। हाँ! मेरे शे'र नोट करने के लिए अपने हाथ में डायरी लिये हुए घूम रहा था।

हमारा दोस्त वेद कर तो कुछ नहीं रहा था और कर भी क्या सकता था? सिवाये अपने मूवी कैमरा से फ़िल्म बनाने के। उसको वह अपने टी.वी. चैनल के लिए बहुत ही अच्छा मसाला जो मिल गया था।

हमारे दोस्त उप्पल को और तो कुछ सूझा नहीं, बस शराब के नशे में सुन्दर–सुन्दर औरतों को योगा के आसन ही सिखाने लग गया। उसके ये आसन देखकर तो मुझे ख़जुराहो की मूर्तियों की याद आ गई। काश! मैं भी वहाँ होता। पर मेरी ऐसी अच्छी किस्मत कहाँ? अगर होता भी तो मेरी पत्नी मेरी ऐसी हरकत देखकर, मुझे वाशरूम में ही बंद कर देती।

हमारे दोस्त सोडी ने भी अच्छी–ख़ासी पी रखी थी। अभी थोड़े दिन पहले ही इंग्लैंड से आया था। सोच रहा था कि काश! इंग्लैंड में भी लोग ऐसी ही शौख़ सभायें मनाते, तो कितना ही अच्छा होता!

मल्लिका शेरावत का रेन डांस देखकर तो इतनी सर्दी में भी लोगों को पसीना आ गया।

रात के 2:00 बज चुके थे और लोगों को ऐसे दिलचस्प प्रोग्राम में वक्त का पता ही न चला। जहाँ सारे लोग शोक सभा के नुक्स निकाल रहे थे, वहीं लोग शौख़ सभा के गुण गा रहे थे।

आख़िर एक आदमी पूछ ही बैठा– "अगले साल यह शौख़ सभा कब होगी?" उसकी यह बात सुनकर कैप्टन सिंह को समझ नहीं आया कि वह उसकी इस बात का क्या जवाब दें?

प्रोग्राम ख़त्म हो गया। कैप्टन साहब जानते थे कि मोहन की इच्छा थी कि वह 7 मार्च को अपना 75वां जन्मदिन ख़ूब धूम–धाम से मनायें। यह और बात है कि वह अपनी यह इच्छा पूरी नहीं कर पाये, मगर हमने आज 7 मार्च को शौख़ सभा करके, उनकी यह इच्छा पूरी कर ही दी। उनका दस साल का व्हिस्की का कोटा जो उन्होंने इस प्रोग्राम के लिए फ़िक्स कर रखा था, ख़त्म कर ही दिया।

सब लोग चले गये और वहाँ केवल ऋषि, मेरी पत्नी और कैप्टन सिंह ही रह गये। ऋषि ने व्हिस्की की बची हुई सारी बोतलें अपने बैग में डालीं और जाने लगा।

मेरी पत्नी ने पूछा कि बैग में क्या है? तो वह कहने लगा–''मैडम! कुछ नहीं, बस व्हिस्की की बची हुई चंद बोतलें हैं।"

मेरी पत्नी और कैप्टन सिंह, दोनों के मुँह से ही निकल गया कि हमारा हिस्सा तो देते जाओ।

ऋषि चकित था कहने लगा– "कैप्टन सिंह आप तो...।"

कैप्टन सिंह बोले–''हाँ! यह ज़रूर है कि मैंने पीनी छोड़ रखी है, पर लोगों को पिलाता...।"

और फिर वह मेरी बीवी से कहने लगा–''मैडम! आप भी पीती...!"

कौन कहता है कि मैं नहीं पीती। मोहन साहब को हर महीने जो 10 बोतलें मिलती थीं...। लोग कहते थे कि मोहन साहब एक बोतल पी

लें तो उनको नशा नहीं होता। दरअसल आज मैं आपको असलियत बता ही दूं। मैं उनकी हर बोतल में से आधी शराब पीकर, उसमें पानी मिला दिया करती थी। भला उनको नशा कैसे हो जाता?

कैप्टन सिंह और ऋषि, दोनों यह सुनकर हैरत में थे और फिर अपना–अपना व्हिस्की का हिस्सा लेने के लिए उन तीनों में छीना–झपटी शुरू हो गई। मेरी पत्नी ने तो एक शेरनी की तरह ऐसा झपट्टा मारा कि पूरा का पूरा बैग ही छीन लिया।

हालात नाजुक देखकर कैप्टन सिंह ने भाग जाना ही अच्छा समझा। बाकी ऋषि को भी ख़तरा होने लगा। क्योंकि उसको लगा कि मेरी पत्नी ने बहुत चढ़ा रखी थी।

मेरी बीवी ने थैले में से एक बोतल निकाली और मुँह लगाकर पूरी–की–पूरी बोतल ख़ाली कर दी। वह नशे में धुत थी और जब गिरने लगी तो मैंने उसे झट पकड़ने की कोशिश की और मुझे एक बहुत ज़ोर का झटका लगा।

मैंने देखा मेरे साथ लेटी, मेरी बीवी ने मेरा हाथ ज़ोर से पकड़ रखा था और नींद में बड़बड़ा रही थी–

"मैं आपको नहीं जाने दूँगी!
नहीं जाने दूंगी।"

मुझे हँसी आ गई, मैंने कहा– "तुम्हें छोड़ कर भला कौन जा रहा है?"

उसको शायद मेरी बात सुनाई नहीं दी।

वह गहरी नींद में जो थी।

समाप्त

आखरी बात

1. मैं अपने पब्लिशर का बहुत ही आभारी हूँ कि उन्होंने मेरी कहानियों के अन्दर झांककर उनकी रूह को समझा और किताब छापने की ज़िम्मेवारी ली।
2. मैं सारे स्टाफ़ का तह दिल से शुक्रगुज़ार हूँ उन सबकी सहायता के बग़ैर तो इस किताब का वक्त पर छपा पाना नामुमकिन था।
3. हिमान्शु तंवर (जाटौली) ने कहानियों के अनुवाद और टाईपिंग में मेरी बहुत ही सहायता की। जो मेरे लिए बहुत कारगर साबित हुई।
4. प्रवीन सम्याल ने मेरे साथ बैठकर रात–रात भर, कहानियों का अनुवाद करने में मेरी बहुत ही सहायता की। उसके बग़ैर किताब छप तो जाती, लेकिन बहुत समय लग जाता।
5. मेरे बहन–भाईयों अथवा सगे सम्बन्धियों, जैसे उषा बजाज, वीना, महिन्दरू, पैमिला सिंह, नीलम दत्ता, मन्जु सागर, रीटा सिंह, रीना सिंह और पायल चौधरी, निधि सागर, मनीषा सागर, शैली, हिना, मौलीना, तारा, कणी, अर्गन, मल्लिका, देविका और कमलेश भाटिया (USA) सब ही मेरे शुभचिंतक हैं। मैं उनका बहुत ही आभारी हूँ।
6. सर्व श्री सुरेश महिन्दरू, कैप्टन प्रेम वीर सिंह, सतीश सागर, पी.जे. सिंह, चांद मोहन और जे.सी. आहुजा की मेरी कहानियों के बारे में उनकी राय बहुत ही लाभदायक थी। मैं उनका आभारी हूं।
7. आखिर में मेरी धर्मपत्नी रेखा मोहन और लड़के विकास मोहन, दोनों का कहानियों की एडिटिंग, प्रमोशन या टाईटल की सैलैक्शन और किताब को फ़ाईनल शेप देने में बहुत बड़ा सहयोग रहा है।